KB266156

살부

殺 夫

리앙 지음

김주아·민경만 옮김

This book was published with a publication grant from
the Ministry of Culture of Taiwan.

이 책은 대만 문화부의 번역출판지원기금을 받아 출판했습니다.

살부

殺 夫

한 여자의 반역, 그리고 침묵의 역사

루청 이야기

“마치 40년 만에야
이뤄진 뒤늦은 ‘명예 회복’ 같다.”

리앙, 2023년 9월

서문 — 적어도 이 책을 읽어본 후에

이 책이 이렇게 짧은 시간 안에 다시 세상에 나오게 되었다는 건, 내게는 무엇보다 반가운 일이다. 적어도 누군가는 이 책을 끝까지 읽어주었다는 뜻일 테니까.

『살부』는 연재되는 동안 이미 적잖은 논란을 불러일으켰다. 아직 끝나지도 않은 작품을 두고, 누군가는 서둘러 판단했고, 누군가는 그 위에 비평을 얹었으며, 또 누군가는 공격했다.

완전히 읽지도 않은 글에, 그렇게 단정적인 말들이 쏟아지는 걸 보며 나는 생각했다. 이건 과연 어떤 문화의 풍경일까? 자유를 믿고, 창작의 힘을 아끼는 사람들이라면 한 번쯤은 이 장면 앞에 멈춰 서야 하지 않을까. 그래서 나는, 당신에게 말하고 싶었다. 어떤 말이든, 부디 이 책을 끝까지 읽은 뒤에 남겨달라고. 다른 이의 판단이 당신의 것이 되지 않기를 바라고, 그저 들려오는 말에 기대지 않기를 바라며 당신 스스로의 눈으로 읽고, 당신 스스로의 말로 생각해주기를 바란다.

우리는 이미 너무 많은 말이 넘치고, 그러면서도 너무 적은 생각이 오가는 시대에 살고 있다. 그렇기에, 나는 조심스레 바라게 된

다. 당신만큼은, 그냥 스쳐 지나가지 않기를. 당신만큼은, 당신의
생각으로, 이 책을 끝까지 읽어주기를.

그리고 혹시, 이 책이 아직 낯설고 선뜻 손이 가지 않는다면 아래
의 글들을 먼저 읽어보아도 좋겠다.

바이셴융(白先勇)

『살부』는 매우 복잡한 소설이다. 예측할 수 없는 인간의 본성을
다루며, 인간과 짐승 사이 그 아슬아슬한 경계선을 지극히 대담하
고, 가차 없이 그려냈다. 폐쇄된 농업 사회 안에서 드러나는 중국인
의 어두운 내면을 원시적인 사회 구조 위에 놓고, 그 속에서 인간성
과 야수성의 일선을 탐구한 작품이다. 수많은 중국 소설의 금기를
깨뜨렸고, 인간 본성의 심연을 거침없이 파고들었다.

쓰마중위안(司馬中原)

나는 개인적으로 도덕적 감각이 예민한 편이라 처음엔 '남편 살
해'라는 소재에 거부감을 느꼈다. 그러나 이 작품은 너무도 완성도
가 높았고, 나를 깊이 뒤흔들었다. 작가는 삶을 정직하고 진지하게
마주하며, 모든 장면을 놓치지 않고 끝까지 파고든다. 섬세하면서
도 깊이 있는 묘사, 그리고 '불을 끈 문화' 같은 주제조차도 경박함
없이 절제된 언어로 그려냈다. 그래서 읽는 이로 하여금 아프고도
아득한 안타까움을 느끼게 만든다.

린화이민(林懷民)

나는 단 한 번도 소설을 쓴다는 일이 얼마나 고통스럽고 지난한 일인지 잊은 적이 없다. 『살부』는 정말 놀라운 작품이다. 소재든 표현 방식이든, 모두 대담하고 정교하며, 초기 하층 사회의 평범한 사람들, 그리고 그 어둠의 구석구석까지도 놀라울 정도로 정확하게 포착했다. 그 사실성과 묘사의 힘은 오히려 공포로 다가올 만큼 강렬했다.

장쉰(蔣勳)

『살부』를 읽는 내내 거대한 파도에 휩쓸리는 듯한 감정의 격랑이 밀려왔다. 작가가 구축한 음산하고 기괴한 세계, 그 공포와 어둠, 나는 그 안에서 묘한 관능적 자극과 호기심을 동시에 느꼈다. 그 몰입감은 실로 강렬했다. 이건 단순한 소설이 아니다. 문학이 도달할 수 있는 극점 중 하나라고 생각한다.

정수썬(鄭樹森)

이 소설은 원시적 색채가 살아 있는 작품이다. 특히 여주인공이 점차 비인간화되고 붕괴에 이르는 과정을 정교하게 그려낸 대목은 소설의 '기괴함'을 가장 탁월하게 살려낸 부분이기도 하다. 그 외에도, 서술 면에서는 인물의 삶과 경험들이 서로를 비추고 보완하며 유기적으로 얽혀 있고, 분위기 연출 면에서는 암시적 이미지, 외

부 풍경, 인물 묘사, 사건 전개가 정밀하게 맞물려 있다. 무엇보다,
언어의 감정 전달력이 매우 뛰어나다.

　물론, 이들의 말은 단지 참고일 뿐입니다. 이 책에 대한 진짜 판
단은, 언제나 당신의 몫이어야 하니까요.
　이야기는 다 읽고 나서야, 비로소 당신의 목소리로 완성되는 것
아닐까요.

한국어판 서문 — 아름다운 교정회귀(矯正回歸)

리앙(李昂)

소설 『살부(殺夫)』는 전 세계 15개국에서 번역 출판되었다.

최근 대만은 지정학적 역학 관계와 반도체 산업의 발전으로 인해 세계적인 주목을 받기 시작했다. 대만 스스로도 세계를 향해 목소리를 내는 데 주력하면서 국제적인 교류 또한 더욱 밀접해졌다. 이러한 흐름 속에 새로운 현상이 나타났는데, 스페인과 이탈리아 등 여러 국가의 출판사에서 『살부』의 재번역과 재출간을 요청해 온 것이다. 이번 한국어판 단행본의 새로운 출간 역시 이러한 여정의 일환이다.

사실 그동안 나는 줄곧 한국어판을 이 15개국 안에 포함해 계산해 왔다. 이유는 매우 간단하다. 지난 세기인 80, 90년대에 이미 한국어 번역본이 있다는 소식을 접했고, 그 덕분에 한국 학계와 독자들에게 내 이름이 알려졌기 때문이다. 인터넷이 오늘날처럼 발달하지 않았고 정보 유통도 빠르지 않았던 그 시절, 나는 내 소설이 한국어로 번역되었다는 사실만으로 충분했기에 그것이 실제로 한 권의 '책'으로 출판되었는지까지는 세세히 따져보지 않았다.

이후 한국에서는 『미원(迷園)』, 『눈에 보이는 귀신(看得見的鬼)』
이 차례로 출판되었고, 나 역시 여러 회의 참석차 한국을 자주 방
문하곤 했다. 하지만 정작 실물로 된 『살부』 한국어판 단행본은 단
한 번도 보지 못했다. 그러던 차에 누군가를 통해 전해 듣게 되었
다. 『살부』는 잡지에 게재되었을 뿐, 한국어 단행본으로 출판된 적
은 없었다는 사실을 말이다.

아차 싶었다! 그제야 내 작품들을 전시하는 전용 공간인 '리앙 문
학전시관'을 꼼꼼히 떠올려 보았다. 그곳에는 내 소설이 각국에서
번역된 판본이 거의 40권 가까이 수집되어 있다. (『살부』 외에도
다른 일곱 작품이 다국어로 번역되었으며, 여기에는 페이퍼백과 양
장본 등 다양한 판본이 포함된다.) 하지만 그 어디에서도 한국어판
실물 도서는 찾을 수 없었다.

"『살부』는 지금까지 15개국에서 번역 출판되었다"라는 문장을
"14개국에서 번역 출판되었다"라고 고쳐야 하나 고민하던 찰나였
다. 마침내 이번 새로운 한국어판 출간 소식과 함께, 과거에도 실제
로 한국어판 단행본이 출판된 적이 있었다는 기쁜 소식을 접하게
되었다. 이 '아름다운 착오' 덕분에, 과거 내 소설의 외역본 숫자를
셀 때 줄곧 한국어판을 포함해 한 권을 더 많게 계산해 왔던 것이
오히려 다행스럽게 느껴진다.

"한국어판이 없을 리가 없지 않은가!" 작가인 내 입장에서 대만
과 한국은 이토록 가깝고 늘 서로 왕래하며 교류하는 사이이니, 한

국어판의 존재는 인지상정이며 당연한 일이라 여겼던 것이다.

이번 한국어판 재출간을 통해 수년 전 단행본이 존재했음을 확신하게 되었으니, 이는 참으로 경사스러운 일이다. 이제 나는 큰 소리로 당당하게 말할 수 있다.

"『살부』한국어판 단행본 실물 도서를 마침내 '리앙 문학전시관'에 비치할 수 있게 되어 작가로서 더할 나위 없는 영광이다!"

책 앞에 부쳐

1970년, 나는 루강(鹿港)을 떠나 타이베이(臺北)로 대학을 다니러 올라왔다. 그 전까지는 심리 분석과 실존주의 색채가 짙은 소설을 3년 가까이 써왔지만, 어느 순간 더는 그 형식과 내용으로는 나아갈 수 없다는 생각이 들었다. 그렇다고 뚜렷한 새로운 길이 보이는 것도 아니었다. 1년 넘게 나는 '무언가를 버리고 싶지만 아직 붙들 수 있는 것이 없는', 그런 불안한 소설의 과도기에 머물러 있었다.

그 무렵, 나는 자연스레 나를 키운 고향, 루강을 돌아보게 되었다. 그리고 자료를 모으기 시작했고, 실제로 글을 쓰기 시작한 건 대학 2학년 무렵이었다. 《루청 이야기(鹿城故事)》라는 제목으로 글들이 하나둘 발표되기 시작한 건 1973년의 일이다. 당시에는 '향토 문학'이라는 말을 들어본 적도 없었다. 나는 그저, 한 작가가 걸어가는 길 위에서 당연히 마주하게 되는 한 지점처럼, 내 고향에 대해 쓰고 있었을 뿐이다. 어떤 유행을 따르려 한 것도, 무언가를 표방하려 한 것도 아니었다. 1972년부터 74년까지, 나는 지금 이 책 제1부에 실린 여섯 편의 단편을 썼다(〈신구(新舊)〉는 제외). 이번에 수록된 버전은 첫 출간 당시보다 조금 손질되었다. 왜냐하면, 이

'루청 이야기'는 아직 끝나지 않았기 때문이다. 나는 이 연작 소설을 앞으로도 계속 써나갈 생각이다.

재미있는 건, 1976년 내가 미국 유학 중이던 시절, '루청 이야기'가 대만에서 출간된 뒤 곧바로 비판을 받았다는 점이다. 비평가들은 내가 향토 문학의 유행을 좇는다거나, 고향을 비하한다고 주장했다. 하지만, 멀리 타국에 있으니 그런 말들조차도 마음에 담기지 않았다. 무엇보다 나는 '향토 문학'이라는 열차에 단 한 번도 올라탄 적이 없다. 비평가들이 실제 집필 시점은 무시한 채 발간 시점만 보고 글을 평한다는 사실에 그저 실소가 터져 나올 뿐이었다.

또한 어떤 이들은 내가 쓴 글이 '향토적이지 않다'고 말하기도 했다. 하지만 나는 그렇게 생각하지 않는다. 루강은 엄연한 '도시'다. 농촌이 아니다. 300년 전, 루강은 대만에서 두 번째로 큰 도시였다. 지금은 쇠퇴했지만 여전히 '작은 도시'의 형태로 살아 있다. '루청 이야기'에서 전통 향토 문학이 말하는 '농촌'의 모습을 찾으려 한다면, 당연히 실망할 수밖에 없다. 도시에 살아 본 이라면 누구나 알 것이다. 도시와 농촌의 삶은 그만큼 다르고, 문학 안에서도 그 다름은 고유한 얼굴로 드러난다.

나는 미국에서 지내던 4년 동안, 향토 문학 논쟁의 전 과정을 지켜보지 못했다. 1978년 귀국했을 땐 이미 그 열풍은 지나간 뒤였고, 두 신문사의 문학상에는 여전히 '불타는 향토의 정'을 내세운 작품들이 보였지만, 그것이 내 마음을 움직이지는 못했다. 나는 종종 나 자신을 이렇게 웃으며 말하곤 한다. "나는 유행에 맞춰 사는 사람은 아니구나." '루청 이야기'를 쓸 당시에는, 향토 문학이 유행이 아니었고, 그 유행이 거대한 문학의 흐름이 되었을 때는 외국에 있어 참여하지 못했다. 그리고 몇 해가 흘러, 다시 루강을 배경으로 한 글을 쓰기 시작했을 때는 이미 그 유행은 저물어 있었다.

하지만 귀국 후, 나는 4년 동안 떠나 있었던 대만 사회를 다시 들여다봐야 했다. 그래서 현실적인 사회 활동에 참여하기도 했고, 그 경험을 바탕으로 소설을 쓰기도 했다. 타이베이의 빠른 일상 속에서, 루강은 어느새 나와는 아주 멀리 떨어져 있는 듯 느껴졌다. 그러던 어느 날, 그 사회 활동을 마무리한 후의 어느 시점에서, 나는 문득 깨달았다. "내가 사회에 기여할 수 있는 가장 큰 역할은, 아마도 '소설을 쓰는 일'일지도 모른다." 나는 다시 간절히 쓰고 싶어졌고, 더는 삶에 휘둘리지 않고, 글쓰기에 집중하고 싶다는 욕망이 피어올랐다.

그 무렵, 《중국시보》의 편집자였던 잔훙즈(詹宏志)와 장우순(張武順)이 나를 찾아와, '여성'을 주제로 한 칼럼 〈여성의 의견〉을 써 보지 않겠느냐고 제안했다. 나는 그 연재를 쓰며, 한 여성의 삶을 더 깊이 성찰할 수 있었고, '여성 작가'라는 이름 앞에서 내가 마주해야 할 수많은 질문들을 떠올리게 되었다. 바로 그때였다. 오래된 원고 더미를 정리하다가 문득, 한참 전 쓰다 만 소설 《부인살부(婦人殺夫)》의 서두를 발견했다. 그 소설은 1977년, 내가 막 미국에서 연극 석사 학위를 마치고, '내가 할 일을 하나 마쳤다'는 마음으로, 당장 귀국하기보다는 미국을 조금 더 체험하고 싶다는 생각을 할 무렵에 썼던 글이었다.

마침 《연합보》에서 젊은 작가들을 위한 생활비 보조 프로그램을 운영하고 있었고, 나는 그 도움을 받아 남쪽 캘리포니아로 향했다. 로스앤젤레스에 머물며, 한동안 '전업 작가'로 살아볼 수 있었던 시기였다. 바이셴융 선생님은 샌타바버라(Santa Barbara)에 계셨고, 로스앤젤레스와는 차로 두 시간 거리였다. 그분은 내가 깊이 존경하는 작가였다. 그의 따뜻함, 섬세함, 그리고 세상을 대하는 원숙한 태도는 나에게 언제나 감탄의 대상이었다. 그 시절, 우리는 종종 그의 집에 모여 함께 식사를 했고, 그분도 가끔 LA에 들르곤 했다. 그날들은 지금도 내게는 햇빛처럼 따뜻하고 푸르렀던 시절로 남아 있다. 그의 집 마당, 느릅나무 그늘 아래 앉아 있노라면 바람이 불 때마다 하얗고 가벼운 느릅나무 씨앗들이 나부꼈고, 어디선가 바이광(白光)의 노래가 흘러나왔다. 그 순간, 나는 문득 시간과 공간이 겹쳐지는 듯한 묘한 감각에 사로잡혔다. 과거와 현재, 동양과 서양이 마치 하나의 숨결처럼 그 자리에 겹쳐지는 느낌이었다.

바로 그 집에서, 나는 한 권의 책을 보게 되었다. 내 삶과는 전혀 접점이 없을 것 같은, 그러면서도 강하게 끌리는 책이었다. 《춘신구문(春申舊聞)》. 그 안에 실린 〈잔저우씨 남편 살해사건(詹周氏殺夫)〉이라는 제목의 사회면 기사는 곧바로 내 시선을 붙들었다. 항

일전쟁 시기, 당시 상하이를 떠들썩하게 만든 이 사건은 잔혹한 '남편 살해 사건'으로 알려졌지만, 내가 이 이야기에 끌렸던 이유는 달랐다. 이건 흔한 '불륜'과는 무관한 이야기였다. 남편을 죽인 여인은 '간통' 때문에 그를 죽인 게 아니라, 전통적인 사회에서 억눌리고 짓눌려 살다 벼랑 끝에 내몰린, 한 여성일 뿐이었다.

나는 이 이야기를 소설로 써보자 마음먹고 《부인살부(婦人殺夫)》라는 제목으로 글을 시작했지만, 어머니가 겁탈당하는 장면을 쓰는 대목에서 도저히 펜을 이어갈 수 없었다. 그 시절 상하이에 대해 나는 아무것도 몰랐고, 의지할 수 있는 자료는 신문과 잡지뿐이었다. 풍토도, 사람도, 거리도 모르는 도시를 배경으로 삼는 데는 확신이 없었다.

결국 이 원고는 내 짐 속에서 4년 동안 잠들어 있었다. 가끔 꺼내 보긴 했지만 어떻게 다시 이어가야 할지 갈피를 잡을 수 없었다. 그러다 〈여성의 의견〉을 연재하며 '여성 문제'에 대해 더 깊이 고민하게 되었고, 그제야 나는 이 이야기에 다시 손을 댈 수 있었다. 그리고 마음을 굳혔다. 그래, 이건 '여성주의 소설'이 될 수 있어. 그 순간부터는 빠르게 결정되었다. 배경은 상하이가 아니라 대만, 그중에서도 내가 가장 잘 아는 루강으로 옮겨가야 했다. 대만 사회에서의 남녀 문제, 전통 사회에서 여성이 맡았던 위치와 역할을 정면으로 그려내기 위해서는 내 고향만큼 어울리는 무대는 없다고 느꼈다.

그렇게 나는, 거의 10년 만에 다시 루강을 무대로 한 소설을 쓰게 되었다. 아무런 계획 없이 시작했지만, 이 이야기는 예상보다 훨씬 커졌고, 결국 7만 자에 달하는 중편이 되었다. 글 자체는 어렵지 않았다. 다만 쓰는 속도가 느린데다, 가르치는 일과 외부 활동이 겹쳐 결국 1년 넘게 걸려 완성할 수 있었다. 집중해서 쓴 기간만 따져도 8개월은 족히 되었을 것이다. 《부인살부》는 내 생애 첫 중편 소설이며, 동시에 다시 '루청 이야기'로 돌아오게 만든 기점이기도 하다. 이 작품은 루강 시리즈 전체는 물론, 내 이후의 창작 여정에서 매우 중요한 전환점이라 생각한다. 그리고 이 소설을 계기로, 나는 앞으로도 멈추지 않고 글을 써나가리라 스스로 다짐하고 있다.

마지막으로, 한 가지 덧붙인다. 이 소설은 원래 제목이 《부인살부(婦人殺夫)》였으나 심사 과정에서 《살부(殺夫)》로 바뀌었다. 하지만 나는 여전히 그 처음의 이름을 좋아한다. 그래서 이 서문에는 그 이름 그대로 적어두고 싶다. 기억 속의, 한 조각 흔적으로.

제1부

고향을 떠나며(辭鄕)

천시롄(陳西蓮)은 리수(李素)의 언니가 다녔던 초등학교의 교사이
자, 그들의 먼 친척이기도 했다. 그녀를 어떻게 불러야 할지, 리수
는 정확히 알지 못했다. 다만 언니의 초등학교 시절에 그녀가 가르
쳤다는 사실만은 알고 있었다. 천시롄이 각별하게 기억에 남게 된
건, 언니가 유학을 떠났던 그해 여름이었다. 언니가 출국하기 며칠
전 어느 황혼녘, 천시롄을 방문하러 같이 가자고 했을 때, 리수는
적잖이 당황했다. 수많은 선생님들 중 왜 하필 천시롄을 찾아가 작
별 인사를 하는지 이유를 알 수 없었다. 그러나 며칠 후 언니가 먼
길을 떠날 것을 생각하니, 언니의 뜻을 거스르고 싶지 않아 아무
런 의문도 제기하지 않은 채 황급히 따라나섰다. 천시롄의 집을 나
온 뒤, 언니는 작은 마을을 한 바퀴 돌자고 제안하며 천시롄에 대
해 이야기를 시작했다.

그 무렵 루청(鹿城)에는 초가을의 기운이 감돌았다. 해질녘 바닷
바람은 왕양루(望洋路)를 따라 늘어선 키 큰 유칼립투스 나무를 흔

들었고, 나뭇잎 특유의 상쾌한 향이 바람에 실려왔다. 언니는 초등학교 국어 교과서에 나왔던 구절 하나에 대해 천시롄 선생님이 얼마나 잘 설명해줬는지를 반복해서 말했다. 그 구절은 바로 '그녀와 그녀의 작은 언니가 문 앞의 돌계단에 앉아 있었다'였다. 늘 단호하고 야무진 언니가 이렇게 단순하고 똑같은 말을 몇 번이나 되뇌는 모습을 보고, 리수는 어리둥절했다. 뭐라고 말해야 좋을지 몰라, 그저 미소를 지으며 언니를 바라볼 뿐이었다. 언니 역시 아무리 강조해도 동생이 이해하지 못하자 조용히 말을 멈췄다. 두 사람은 한동안 말없이 나란히 걸었고, 이내 작은 골목길로 들어서 집으로 돌아갔다.

며칠 후, 마침내 언니의 출국 날이 다가왔다. 온 가족이 공항에 나가 배웅했다. 언니가 떠난 뒤 리수는 홀로 도시에 남아 대학 생활을 시작했다. 그것은 리수가 처음으로 장기간 집을 떠난 경험이었다. 리수는 이틀 이상 연속되는 휴일이 생길 때면 서둘러 고향집으로 돌아왔다. 루청에 이르자 황혼이 짙게 깔린 시간이었다. 멀리서 집 대문을 바라보며 다가가던 리수는 고개를 들어 우연히 문 앞의 두 단 돌계단을 보았다. 깊어 가는 가을의 부드러운 오렌지 빛 석양 아래 그 계단은 차분한 회적색으로 빛나고 있었고, 몇 개의 낙엽이 소리 없이 내려앉아 있었다. 갑자기 눈물이 차올라 리수의 시야가 뿌옇게 흐려졌다. 눈앞에 이런 그림이 그려졌다. 낙엽이 떨어지는 어느 가을날, 어쩌면 황혼 무렵, '그녀'와 그녀의 작은 언니는 문 앞의 돌계단에 나란히 앉아 있었다. 그들은 지는 해가 집 모퉁이로 사라지는 것을 지켜보거나 손을 맞잡고 서로를 위로했을지도 모른다. 이 장면은 마치 동요처럼 맑고 평화로웠다. 순간, 리수는 언니가 왜 떠나기 전 천시렌을 찾아가고 그 구절을 반복해서 이야기했는지를 깨달았다. 그것은 언니의 지나온 날들이었던 것이다.

리수는 어릴 적, 언니가 대가족 속에서도 늘 혼자 대문 앞 계단에 앉아 있었다는 이야기를 들은 기억이 있다. 다른 친척 아이들과 어울리지 않고 홀로 남아 있던 언니는 분명히 책 속에 나오는 '작은 언니' 같은 존재를 간절히 원했을 것이다. 그러나 장녀로 태어난 언니는 그런 역할을 해 줄 사람이 없었다. 천시렌의 가르침을 통해 언니는 책 속에서 자신만의 위안을 발견했을 것이다. 오랜 시간이 지난 뒤 리수는 처음으로 언니가 형제자매의 도움 없이 혼자 많은 일을 헤쳐 나가야 했던 고단함과, 그 과정에서 누구에게도 털어놓을 수 없었던 고독을 깨닫게 되었다. 언니가 마침내 그 감정을 표현하려 했을 때, 아무도 그 뜻을 알아주지 못했다. 이제 언니는 먼 이국 땅으로 떠났고, 모든 설명은 이미 너무 늦어버렸다. 리수는 몇 번이나 언니에게 편지를 써서 이제야 언니의 마음을 이해했다고 전하려 했으나, 도무지 어디서부터 이야기를 시작해야 할지 몰라 결국 포기하고 말았다. 언니의 유학이 리수에게 이렇게 큰 슬픔을 안겨줄 줄은 상상도 못했다. 언니에게 부여된 명예와 영광을 제외하면, 멀고 먼 타지에서의 행복은 결코 위로가 되지 못했다. 리수는 언니와 자신을 이어주는 혈연이 잘려나가는 아픔을 마주하게 되었고, 그 것은 모든 상실의 고통을 압축한 비극이었다. 그제야 리수는 사람들이 '생이별'과 '사별'을 함께 언급하는 이유를 이해하게 되었다.

리수는 한때 언니가 루청과 어린 시절의 모든 추억을 마음속 깊이 품고 있는 이상, 타국에서 행복해질 수는 없을 것이라고 생각했다. 그렇다면 언니의 출국은 어딘가 우스꽝스러운 일이 아닌가? 하지만 언니는 떠나버렸다. 더욱이, 언니가 과거 자신과 함께했던 루청 사람들에 대해 크나큰 실망을 품고 있었으리라는 생각을 지울 수 없었다. 리수는 그런 점에서 천시롄만큼은 그렇지 않았기를 바랐다.

리수는 천시롄이 그리 아름답다고 생각하지 않았다. 그녀는 마르고 키가 컸으며, 안쪽으로 휘어진 길고 뾰족한 코가 얼굴 대부분을 차지하고 있었다. 나머지 이목구비는 단정했으나, 그녀의 입은 여전히 옛날 방식의 진한 빨간 립스틱을 바른 채 약간 아래로 처져 있었다. 마치 언제든지 날카롭고 독설적인 말을 내뱉거나 비웃음을 지을 준비를 하고 있는 듯 보였다. 리수는 천시롄이 언니의 출국 이유를 알게 되자 그녀를 아주 열정적으로 환대하는 모습을 보며 천시롄이 굉장히 영리한 사람이라는 인상을 받았다. 만약 언니가 유학이라는 커다란 미래를 앞두고 있지 않았다면 천시롄이 그렇게 친절하지 않았을 것이라고 생각했다.

언니와 리수는 조심스럽게 천시롄의 근황을 물었고, 그녀는 늘 그렇듯 겸손하게 '그저 그렇다'라고 대답했다. 그러고는 가볍게 그 말을 계기로 의사 남편의 고된 일상에 대해 이야기하기 시작했다. 하지만 그 순간이 지나자, 그녀는 이런 이야기가 자매에게 적합하지 않을 수 있음을 깨달은 듯 즉시 화제를 바꾸었다. 훗날 리수는, 바로 그 순간에야 비로소 십여 년 전 소학생들에게 '그녀와 그녀의 작은 언니가 문 앞의 돌계단에 앉아 있었다'를 가르쳤던 여교사의 모습이 약간이나마 떠올랐음을 느꼈다.

천시렌은 내내 예의 바르고 정중한 태도로, 그러나 동시에 따뜻한 관심을 담아 언니와 출국 준비의 여러 세부 사항에 대해 이야기를 나눴다. 리수는 그 황혼의 대화가 한순간도 끊이지 않았던 것을 기억했다. 천시렌이 그렇게 활기차고 생동감 있게 이야기를 이끌어 나갈수록, 뒤늦게 방에 들어와 남편이라 소개된 남자의 불안한 기운은 더 뚜렷해 보였다. 리수는 낡고 어두운 이 옛집에서 이 부부 사이에 묘한 거리감이 느껴졌으나, 더 이상 알고 싶지는 않았다. 그러나 이번 방문을 통해 언니가 왜 천시렌을 찾아갔는지 알게 되면서, 리수는 천시렌에 대해 묘한 죄책감 섞인 호기심과 관심이 생겼고, 그로 인해 그녀를 좀 더 주의 깊게 바라보게 되었다. 그러나 천시렌의 지난 이야기를 예상 밖으로 쉽게 알게 된 일은, 리수에게 묘한 놀라움을 안겨 주었다. 더구나 마치 온 루청이 오래전부터 알고 있었던 듯한 그 이야기를, 오직 자신만이 모르고 있었다는 데서 오는 어딘지 모를 서운함과 당혹감이 그녀의 마음을 살짝 흔들었다.

어느덧 방학이 끝나고, 리수는 다시 학교로 돌아갔다. 그곳에서 그녀는 이제 자신이 루청과 다시금 마주해야 한다는 사실을 또렷이 깨달았다. 한때 번영을 누리다 지금은 쇠락해버린 이 도시, 그 지난 몇 백 년의 흥망성쇠를 간직한 작은 마을을. 떠나기 전까지는 이곳을 특별히 주목해 본 적 없었지만, 거리를 두고 돌아보게 된 지금, 루청은 그녀의 등 뒤 가까운 곳에 묵직하게 자리 잡고 있었다. 리수는 절감할 수밖에 없었다. 아무리 애써 잊으려 해도, 아무리 그것을 외면하려 해도, 루청은 결코 그녀의 삶에서 쉽게 떨쳐낼 수 없는 존재라는 사실을. 그런데 이상하게도, 해외에 있는 언니는 편지에서 루청에 대해 거의 언급하지 않았다. 언니는 이국의 생활을 마치 허공에 떠 있는 것처럼 실체가 없다고 묘사했고, 매일 세 끼의 식사도 간식을 먹는 것 같은 기분이라고 썼다. 그러나 정작 루청과 관련된 일들은 전혀 물어보지 않았고, 가끔 음력 날짜를 묻는 정도에 그쳤다. 리수는 그런 언니가 이해되지 않아 혼란스러웠지만, 마음을 캐묻는 것이 두려웠다.

시간은 그렇게 흘러갔다. 학교 생활이 차츰 안정을 찾아가고, 질서가 잡히기 시작하자, 학기도 어느덧 절반이 지나 있었다. 학기말 시험을 몇 주 앞둔 어느 날, 리수는 언니로부터 한 통의 편지를 받았다. 편지에는 언니가 최근에 꾼 꿈에 대한 이야기가 적혀 있었다.

'언제나 고향의 그 강이었다. 영화의 패닝 샷처럼 강물이 흔들리며 요

동쳤고, 가을 햇살 아래 너무나도 눈부시게 빛났다. 강둑에는 회색빛 갈대꽃이 무성하게 피어 강물을 감싸 은빛으로 물들였다. 나는 그 요동치는 강가에 서 있었다. 어딘가에 또 다른 사람이 있어야 했지만, 그 모습을 도무지 볼 수 없었다. 나는 갈대숲을 헤치며 찾아다녔다. 때로는 그 사람이 바로 곁에 있을 것 같았지만, 아무리 애를 써도 끝내 찾을 수 없었다. 지치고 불안한 마음에 이 모든 것을 멈추고 싶었으나, 그 사람의 숨결이 어렴풋이 느껴져 다시 찾기 시작했다. 사방에는 눈부시고도 쓸쓸한 갈대꽃과 출렁이며 빛나는 물결뿐이었다.'

리수의 두 뺨 위로 눈물이 흘러, 편지지 위에 떨어졌다.

시롄(西蓮)

이미 오래전, 사오십 년 전부터 천씨 가문은 루청 주민들에게 가장 흥미로운 소문거리였다. 그 중에서도 천시롄의 어머니는 단연 논란의 중심에 서 있던 인물이었다.

천시롄의 증조부와 조부 때만 해도 루청에서 손꼽히는 부유한 집안이었으나, 아버지 대에 이르러 가세가 급격히 기울어 일제강점기에는 딸의 학비조차 감당하지 못할 형편이 되었다. 그러나 천시롄의 어머니는 어릴 적부터 타고난 총명함으로 먼 친척이던 부유한 여인의 총애를 받아, 고등여학교 과정을 무사히 마칠 수 있었다. 게다가 그녀는 출중한 미모까지 갖춘 덕에 곧 천씨 가문의 며느리가 될 수 있었다.

천씨 가문이 루청에서 자주 언급된 것은 막대한 재산뿐만 아니라 뛰어난 아들들을 여럿 배출했기 때문이다. 신혼 몇 달 만에 남편이 의학 학위를 마치기 위해 일본으로 떠났음에도 천시롄의 어머니는 가문의 복잡한 대가족 속에서 조용히 남편을 기다렸다. 그러나 남편은 타지에서 외로움을 견디지 못하고 일본 여성과 동거를 시작했다는 소식이 여러 사람의 입을 거쳐 그녀에게 전해졌다. 당시에는 천씨 가문의 남자가 몇몇 첩을 두더라도 이를 문제 삼지 않았고, 타지에서 여성과 동거하는 것도 큰 일이 아니었다. 천씨 가문의 둘째 부인은 자신이 첩으로 살아온 경험을 바탕으로 눈물 흘리는 천시롄의 어머니를 위로하며 이렇게 말했다. "명분만 지키면 되는 거야. 남자란 원래 그런 거니까, 그냥 가슴에 묻고 살아."

그러나 천시롄의 어머니는 단호했다. 가족들의 반대에도 불구하고 즉시 배를 타고 일본으로 가 남편과 문제를 해결하려 했다. 남편은 일본 여성과의 관계를 인정했고, 이후 어떤 일이 있었는지는 천씨 가문의 어른들도 자세히 말하지 않았다. 다만 천시롄의 어머니는 이혼을 요구했고, 단기간 내에 재산 분할까지 포함해 모든 조건을 정리한 후 루청으로 돌아왔다. 당시 그녀는 이제 막 천시롄을 출산한 지 두세 달 정도밖에 되지 않았다.

이 사건은 루청에서 몇 달간 큰 화제가 되었다. 루청 역사상 첫 공식 이혼 여성이라는 점에서 천시롄의 어머니는 온갖 비난과 소문의 대상이 되었다. 천시롄이 딸이라는 사실이 알려져 재산을 두고 다툴 일이 없다는 점이 확실해지면서 소문은 점차 가라앉았다. 그렇게 천시롄의 어머니는 법적으로 얻은 재산을 바탕으로 오랫동안 조용히 살았다. 겉보기에는 사람들의 관심에서 멀어진 듯했으나, 이후 몇 년간 루청에서 다른 여성들이 비교적 순조롭게 이혼하는 일이 생길 때마다 그녀가 사례로 언급되곤 했다.

천시롄이 점차 성장하는 동안, 어머니는 줄곧 혼자서 손에 넣은 그 대저택을 지키며 지냈다. 그녀는 사람들과 거의 교류하지 않았고, 곁에는 나이 든 여종 한 명만이 있을 뿐이었다. 가끔씩 들려오는 소식에 따르면, 그녀는 불교에 깊이 귀의해 집 안에 불당을 마련하고 매일 아침 경전을 읽었다고 한다. 심지어는 수도원의 생활로 옮길 계획까지 세우고 있다는 이야기도 전해졌다. 당초 천시롄의 어머니가 단순히 재산을 노리고 천씨 가문에 시집갔다고 믿었던 사람들, 더 나아가 결혼 전 이미 다른 남자와 깊은 관계를 맺었으며 이혼은 단지 수단에 불과했다고 주장했던 이들은 점차 생각을 바꿀 수밖에 없었다. 많은 이들이 이제는 이토록 불심이 깊은 여성이 큰 잘못을 저지를 리 없다고 여기기 시작했다. 비록 그 시절 그녀의 나이는 겨우 서른을 넘겼지만 말이다.

그렇게, 이혼한 여자가 딸과 재산만을 붙들고, 알 수 없는 이유로 수많은 혼담을 거절하며 십여 년을 살아냈다. 한때 천시롄의 어머니를 도와준 먼 친척 역시 독실한 불교신자로, 세월이 흐른 뒤에는 천시롄 어머니가 유일하게 마음을 나누는 벗이 되었다. 그녀는 고개를 절레절레 흔들며, 친지들에게 조용히 털어놓곤 했다. 천시롄을 낳은 이후, 그 어머니는 이미 자신의 삶을 마무리할 각오를 굳혔다고. 그래서 딸의 이름을 '시롄(西蓮)'이라 지었노라고. 서방 극락 정토, 불멸과 불사의 경지에 피어난 부처의 연꽃 좌대를 뜻하는 이

름이라며. 마치 그 연꽃처럼, 이 딸만은 세속의 고통을 넘어서 살아
가길 바라는 마음이었을 것이다.

천시롄이 다시 세간의 눈길을 끌게 된 것은 그녀가 고등여학교를
막 졸업하던 무렵이었다. 그녀는 루청 소학교에서 교편을 잡으며,
성실하고 책임감 있는 젊은 교사로 사람들의 입에 오르내렸고, 그
무렵부터 중매쟁이들이 하나둘 천가(陳家)의 문턱을 넘기 시작했
다. 하지만, 막상 천시롄은 본디 큰고모의 아들과 지어놓은 혼약이
있었다. 양가의 아이들이 어느새 다 자랐고, 중매를 통해 오랜 약속
은 이제 이행되어야 할 시점에 이르렀다. 더구나 천시롄은 성도(省
都)에서 대학을 다니는 그 명목상의 남편을 은근히 마음에 들어 했
고, 그녀의 시어머니 될 이 또한 창백하고 가냘픈 데다 어딘지 부끄
러움이 배어 있는 이 젊은 며느리가 몹시 마음에 들었다. 이제 다시
는 아이들에게 '그녀와 그녀의 작은 언니가 돌계단에 나란히 앉아
있었다'는 문장을 읽어줄 기회를 갖지 못할 듯 보였다.

그러나 이때, 천시롄의 어머니는 한 어머니로서의 권력을—아
니, 어쩌면 자식에게 지난 세대의 응어리진 원망을 털어놓을 수 있
는, 오직 어머니만이 갖는 특권을—행사하기 시작했다. 그녀는 오
랜 세월 쌓아온 울분을 딸에게 쏟아냈다. 시댁에서 어떻게 모욕과
핍박을 받으며 살아왔는지, 간신히 독립했음에도 불구하고 어떻게
그들은 날마다 그녀의 일거수일투족을 엿보며 눈을 부릅뜨고 지켜
보았는지, 그녀는 조목조목 이야기했다. 천가의 대문을 나서는 그

때, 그녀는 이미 마음속에 굳게 다짐했던 것이다. '천씨 집안과의 인연을 모조리 끊겠노라고. 구걸하더라도, 절대로 그들의 문 앞에 서는 하지 않겠노라고.' 그 각오 하나로 버틴 세월이었다. 이제 와서 다시 화해하자는 말은 말할 것도 없고, 혼인을 통해 연을 잇는 일은 더더욱 있을 수 없었다. 혼사가 틀어지자, 천시롄은 격렬하게 어머니와 다투었다. 아무도 상상하지 못했다. 그 창백하고 조용한 소학교 여교사가 어머니 앞에서 소중한 청나라 자기 세트를 내던져 산산이 부숴버릴 줄은. 그 자기는 어머니가 시댁과의 치열한 다툼 끝에 간신히 쟁취해낸 귀한 물건이었다.

이 소문은 역시 늙은 하녀의 입을 통해 퍼져나갔고, 사람들은 어김없이 이 모녀를 비교하기 시작했다. 많은 이들은 젊은 딸 또한 이십 년 전 어머니처럼 단호한 결정을 내릴 것이라 여겼다. 몇 달을 끌다 결국 천시롄은 어머니의 연륜과 고집을 이기지 못했고, 마침내 두 집안이 약혼을 파기했다는 소식이 전해졌다. 이 일 이후, 천시롄의 어머니를 둘러싼 소문은 한층 더 거세졌다. 그중에는 그녀가 딸의 혼사를 막기 위해 몸소 순박한 사윗감을 유혹했다는 이야기도 있었고, 심지어는 딸이 잠자리에 들기 직전, 미리 어둠 속에 숨어 있다가 그 장면을 직접 목격하도록 일부러 꾸몄다는 끔찍한 소문까지 떠돌았다. 진상이 무엇이든, 그런 소문이 입에서 입으로 퍼져 나갔다는 사실 자체가, 마흔을 훌쩍 넘긴 나이에도 여전히 농염한 아름다움을 지닌 그녀에 대해 루청 사람들의 마음속 깊이 뿌리내린 불안과 의심을 드러낸다.

혼인 파문의 여진이 채 가시기도 전에, 루청에는 또 다른 소문이 퍼졌다. 이번에는 천시롄이 같은 학교에 다니는 외성 남자 교사와 연애 중이라는 소식이었다. 출신지와 가문이 다른 탓에 이 사랑이 순탄치 않을 것이라는 건 누구나 예감할 수 있었지만, 뜻밖에도 어머니는 그 관계를 말리지 않았다. 사람들은 계속 수군댔다. 서쪽 교외의 운하 둑가에서, 천시롄이 자기보다 키가 작은 그 남자와 허리를 숙이고 입을 맞췄다고. 그러다 결국, 그녀가 그 남자의 아이를 가졌다는 소문까지 나돌기 시작했고, 그 남자는 느닷없이 시골 소학교로 전근을 가게 되었다. 표면상의 이유는 교육자로서의 책임감 부족이었지만, 루청 사람들은 누구나 이 일이 천시롄의 어머니와 무관하지 않다고 생각했다. 그러나 그 남자가 시골 학교 관사에서 자살을 시도하고 병원으로 실려 가 목숨을 건졌다는 소식이 들려오자, 사태는 걷잡을 수 없이 번졌다. 천시롄은 수업을 마친 후 병원으로 달려가, 의사와 간호사 앞에서 울며 말했다. 자신이 이렇게까지 그를 좋아하게 될 줄은 몰랐다고. 무슨 일이 있어도 반드시 그와 결혼하겠다고.

그러나 긴 여름방학이 이어진 탓인지, 아니면 천시롄의 어머니가 무언가 조치를 취했기 때문인지, 루청 사람들은 한동안 천시롄의 모습을 볼 수 없었다. 천씨 집안의 무겁고 두터운 나무 대문은 좀처럼 열리지 않았다.

그 후로도 여러 해가 흘렀지만, 루청 사람들은 더 이상 천시롄 모녀에 대해 새삼스레 떠들 만한 이야기를 찾아내지 못했다. 이제 천시롄은 한때의 책임감 있고 성실한 교사의 모습과는 거리가 멀었다. 그녀는 눈에 띄게 수척해졌고, 나이보다 훨씬 늙어 보였다. 때때로 어머니와 함께 시장에 나선 모습이 눈에 띄었지만, 그 순간조차도 천시롄은 창백한 얼굴에 생기 하나 없이, 오히려 어머니보다 더 쇠약해 보였다. 반면, 사십을 넘겨 오십을 향하던 천시롄의 어머니는 점점 더 젊어진 듯했다. 본래부터 자그마하고 청초했던 그녀는 중년에 들어서며 살짝 풍만해진 몸매에 기묘한 부드러움과 애교 어린 매력을 더해가고 있었다. 그렇게 드러난 풍성하고도 화사한 중년의 아름다움은, 마치 생기를 잃고 마른 나뭇가지처럼 각진 모습의 딸과는 뚜렷한 대비를 이루고 있었다.

루청 사람들은 어느새 이 여인에게서 새롭게 피어난 생기에 주목하기 시작했다. 세상사 다 겪은 노년의 여인들은 수군댔다. 그것은 아무래도 '그 일' 때문일 거라고. 갓 결혼한 젊은 아낙들은 수줍은 농담 속에 생각을 내비쳤다. 오십을 바라보는 과부가 저토록 눈부신 이유가 달리 뭐가 있을까. 하지만 누구도 명확한 흠을 집어내지는 못했다.

그러던 어느 날, 천시롄의 어머니가 병을 앓고 있다는 소식이 들려왔다. 루청에서 이름난 의사들이 차례로 천가에 불려 들어갔고, 차도를 보이지 않자 한 사람씩 교체되었다. 그러다 마침내, 취안자

오(泉郊) 자선병원의 젊은 상주 의사가 찾아온 뒤, 어머니의 병세는 서서히 호전되기 시작했다. 그러나 그 젊은 의사는 어머니의 병이 나은 뒤에도 계속 천가를 드나들었고, 때로는 한밤중 깊은 시각에도 모습을 드러냈다. 수상쩍은 낌새를 놓치지 않는 이웃들은 기어이 진상을 밝혀냈고, 마침내 어머니와 그 남자 사이의 부정한 관계가 드러났다. 하지만 이 금단의 연애는 뜻밖에도 딸이 그 젊은 의사와 혼인하는 일로 마무리되었다. 천시롄의 어머니는, 밤마다 집을 찾던 그가 사실은 딸을 만나러 왔던 것이라고 해명했지만, 정작 어떻게 딸을 설득해 혼인을 승낙하게 만들었는지는 누구도 알지 못했다. 그리고 이 모든 일은 천시롄이 출가한 이후에야 서서히 잊혀졌다.

결혼 후 몇 해가 흐르는 동안, 천시롄은 여러 아이를 낳았다. 남편은 루청에 의지할 이 하나 없는 사람이었고, 여러 차례 상의 끝에 부부는 아이들을 데리고 천가로 이사해 어머니와 함께 살게 되었다. 그 무렵부터 천시롄은 눈에 띄게 변해 갔다. 그녀는 재산에 대한 갈망을 숨기지 않았고, 더 이상 상급생을 가르치지 않고 이제 막 입학한 아이들을 맡았다. 집 안에는 자수 기계를 들여놓았고, 하나둘 아이들이 모여들기 시작했다. 어머니를 설득해 오래된 대청을 개조하자, 그곳은 점차 실과 바늘이 오가는 작은 교습소로 자리 잡았다. 어머니의 손에 쥐고 있던 돈은 어느새 바닥을 드러냈고, 천시롄은 자연스레 집안의 살림을 도맡게 되었다. 그즈음부터 그녀는 홀로서기를 시작했다. 더는 '그녀와 그녀의 작은 언니가 문 앞의 돌계단에 앉아…'를 읽어주는 순박한 신참 교사가 아니었다.

　루청의 시간은 조용히 흘렀고, 한때 천가를 입에 올리던 이들 역시 하나둘 세월에 깎여갔다. 문득 지나간 이야기가 화제에 오를 때면, 사람들은 여전히 천시롄의 어머니를 떠올렸다. 불심 깊은 이들 가운데 몇몇은 이렇게 말하곤 했다. "어머니가 참으로 딸에게 어울리는 이름을 지어주었지. 이 덧없는 세상살이 속에서도, 서쪽 극락의 연꽃 좌대 위에서 그 '시롄(西蓮)'은, 끝내 어머니를 돕는 손길이 되어주었으니 말이야."

수이리(水麗)

린수이리(林水麗)가 루청으로 돌아온 이유는 신문 보도에 나온 것처럼 단순하지 않았다. '유명 무용수 린수이리, 연속된 TV 무용 공연을 돌연 취소하고 고향으로 돌아가…, 계약을 회피하려는 의도가 있을 가능성 추측'이라는 기사는, 그 표면적인 서술만으로는 이 귀환에 담긴 진실을 온전히 드러내지 못했다.

루청을 떠난 세월을 헤아리려 했지만, 몇 년이나 지났는지 막연하기만 했다. 아마도 십여 년은 되었을 것이다. 일본에서 처음 돌아온 이후로 단 한 번도 루청에 발을 들인 적이 없었다. 굳이 돌아가야 할 이유를 느끼지 못했다. 그녀에게 루청은 그저 창밖으로 스쳐 지나가는 대만 중북부의 흔하디 흔한 시골 풍경처럼, 머릿속에 희미한 흔적만 남아 있는 곳이었다. 마치 안개에 휩싸인 산수화처럼 먼 발치에서 바라보는 정도였다. 대략적인 윤곽은 보였지만, 그 안에 얼마나 많은 집이 있고, 얼마나 많은 사람들이 사는지 굳이 가까이 다가가 살펴보고 싶지는 않았다.

린수이리는 창밖을 바라보던 시선을 거두고 손에 들고 있던 신문을 접었다. 정성스럽게 화장한 얼굴에 미묘한 미소가 스며들었다. 십여 년 만에 처음 고향으로 돌아가는 길에 이런 불편한 죄명이 덧씌워졌다니. 기사에 적힌 내용을 되새겨 보며, 그 안에 부정할 수 없는 사실들이 있다는 점을 인정하지 않을 수 없었다. 하지만 기자가 어떻게 그녀의 내밀한 사정까지 알고 있는지 도무지 알 수 없었다. 중요한 무용 공연들을 거절한 것은 사실이었다. 그러나 그 이유가 단지 계약 문제 때문만은 아니었다. 얼마 전 연습 중 입은 다리 부상, 무용에 대한 식상함과 무기력한 회의감, 그리고 고향에 돌아가 정리해야 할 토지 소유권 문제들이 그녀의 결정을 이끌었다. 그래서 그녀는 스스로의 명성을 더욱 공고히 할 수 있었던 공연들을 단호히 포기했던 것이다. 그러나 기사 속 기자의 시선은 오로지 계약 문제에만 머물러 있었다. 린수이리는 미소라 부르기 어려운 쓴웃음을 지으며 고개를 약간 기울였다. 그러면서도 예술을 위해 최선을 다하고 오해와 비난을 감수하면서까지 희생을 결심했던 자신에 대해 묘한 자부심이 들었다. 마치 춤을 춰온 지난 이십여 년의 세월 중 오직 지금 이 순간에야 비로소 진정한 만족과 성취를 느낀 듯했다.

지난 수십 년간 춤은 그녀의 삶에서 가장 중요한 위치를 차지해 왔다. 그러나 춤에 대한 신비롭고도 깊은 열정은 아마도 루청에서 보낸 어린 시절, 그 특정한 날들에만 존재했을 것이다. 린수이리는 쥐광호(疂光號) 열차의 부드러운 청색 벨벳 등받이에 머리를 기댔다. 천천히 눈을 감으며 자신도 모르게 미소를 머금었다.

그때의 기억은 언제나 천시롄 집의 넓고도 어둑한 대청으로 이끌었다. 멀리 위층에서는 천시롄의 어머니가 목탁을 두드리며 불경을 낭송하는 소리가 은은하게 흘러나왔다. 린수이리는 그 소리를 배경 삼아 사지와 몸을 가볍게 움직이며 자신만의 춤사위를 만들어 갔다. 그 모든 순간은 마치 아련한 꿈속에 있는 것처럼 몽롱하고 희미했다. 천창을 통해 희미하게 내리쬐는 빛과 예불 촛불의 은은한 빛은 방 안에 커다란 그림자들을 만들어냈다. 벽과 바닥을 타고 퍼져 나가는 이 그림자들은 마치 실체 없는 환영처럼 형체를 가늠하기 어려웠다. 그러나 그녀의 움직임에 따라 그 그림자들은 신비롭고도 기괴한 형상들로 끊임없이 변화했다. 어떤 그림자는 거대하고 둔중한 짐승 같았고, 방구석에 자리한 그림자는 홀로 쓸쓸히 웅크린 가느다란 형체로 바뀌었다. 하지만 무엇보다 중요한 건, 이 모든 그림자가 결국 그녀 자신이라는 사실이었다. 비록 끝없이 변화하는 그림자에 불과했을지라도, 서로 엮이고 얽히며 하나로 이어질 수 있다는 점은 묘한 안도감을 선사했다.

그 시절 가족이 왜 그토록 춤추는 걸 반대했는지 이제야 이해할 수 있었다. 그러나 당시에는 도무지 이해하지 못했고, 오히려 홀로 외로운 싸움을 벌여야 한다는 생각에 필사적으로 발버둥쳤다. 그래서 천시롄의 집 아래층 대청에서 맨발로 수많은 자신의 그림자들과 함께 춤출 수 있었던 시간은, 크나큰 자유와 기쁨의 순간이었다. 그녀는 천시렌의 어머니가 갑작스럽게 뒤돌아보지 않을 거라는 확신 속에서 마음껏 춤출 수 있었다. 그 후의 날들에서, 다양한 상황 속에서도 꾸준히 춤을 연습할 수 있었던 이유는 아마도 그때 경험했던 그 신비롭고도 황홀한 감각 덕분일 것이다. 그 음울하고 주술적인 쾌감이 어디에서 비롯된 것인지 분명히 알기는 어렵다. 그러나 오랜 세월이 지난 지금도, 가끔 어두운 대청에서 홀로 춤을 출 때면, 그때의 차갑고 단단했던 오각형 붉은 벽돌 바닥이 발끝에 전해 준 서늘한 감각이 몸 안 깊은 곳에서 일어난 욕망과 뒤섞이며 불러일으키던 묘한 쾌락을 떠올리곤 한다. 다만, 그 감각은 당시의 신비한 제례에 참여해 온몸으로 헌신했던 것 같은 영적인 충족감을 결코 되살려주지 못했다. 때때로 린수이리는 그 시절에 대한 깊고도 아련한 그리움과 애착을 고통스럽게 깨닫곤 한다.

그곳이 루청이 아니었다면, 그녀는 아마 진작 돌아가려고 했을 것이다. 하지만 많은 일이 그렇듯, 린수이리는 불평하지도, 굳이 이유를 따지지도 않았다. 열차가 루청의 작은 기차역 앞에 멈췄을 때, 린수이리는 10여 년 전과 크게 달라지지 않은 왕양루를 보았다. 거리 양옆에 우뚝 서 있는 청말 시기의 3층 서양식 고풍 건물들은 여전히 그곳에 있었다. 길게 이어진 단조로운 잿빛 건물들 사이로, 묘한 압도감과 근엄함이 풍겨났다. 린수이리는 몸이 살짝 떨리는 것을 느꼈고, 갑작스럽게 천시렌을 만나고 싶다는 생각이 들었다.

일제강점기 시절 할아버지가 지은 서양식 성곽 같은 옛집으로 돌아왔을 때, 황혼의 태양은 성채의 첨탑 뒤편에 숨듯 희미한 붉은빛을 남기고 있었다. 문을 연 이는 어린 시절 이 집을 지키던 문지기의 아내 무단(牡丹)이었다. 백발이 성성한 그녀를 보고 린수이리는 알아보지 못할 뻔했다. 그제야 자신도 더 이상 어리지 않음을 문득 깨달았다. 쫓기듯 저녁 식사를 마치고, 린수이리는 무단에게 천시롄에 대해 물었다.

천씨네 대청에서 춤을 연습하던 당시, 천시롄은 린수이리와 같은 여고생이었다. 창백하고 왜소하며 약간 구부정한 등과 극도로 수줍어하는 그녀의 모습이 기억났다. 그러나 가끔은 린수이리보다 더 대담하게 이상한 행동을 하곤 했다. 예컨대, 그녀는 어머니가 윗층에서 불경을 외우는 동안, 린수이리에게 아래층에서 춤을 추라고 부추기곤 했다. 들키면 심한 꾸중을 각오해야 하는 일이었지만, 정작 본인은 얼굴을 붉히며 구석에 숨어서 반짝이는 눈으로 자신이 춤추는 모습을 가만히 바라보았다. 그렇지 않으면 일본어로 된 로맨스 소설을 잔뜩 가져와 읽으며 눈물을 흘리곤 했다. 기억 속에서 천시롄은 어머니가 저녁 예불을 드리던 시간에만 조금 엉뚱한 행동을 보였을 뿐, 대부분의 시간에는 창백한 얼굴로 어쩔 줄 몰라 하며 가만히 서 있곤 했다.

여고를 졸업한 후, 가족과의 치열한 갈등 끝에 이모의 주선으로 타이베이에 오게 되면서, 천시롄과는 다시 만날 일이 없었다. 그렇게 10여 년에서 20년 가까이 흐른 뒤, 백발이 성성한 무단이 마치 그녀의 집안일을 떠도는 소문처럼 이야기하며 천시렌의 지난 삶을 거의 다 읊어 내려갔다. 이를 들으며 린수이리는 서늘한 불편함을 느꼈다. 다른 자리라면 자신 또한 이렇게 입방아에 오르내리며 이야기되고 있지 않을까하는 생각이 스쳤기 때문이다. 그날 밤, 린수이리는 한참을 뒤척이며 제대로 잠들지 못했다. 어쩐지 마음이 불안했고, 과거 그토록 수줍음 많고 자기주장이 없던 천시렌이 어떻게 그 많은 일을 버텨냈을까 상상조차 하기 힘들었다. 그녀는 마음속 깊이 천시렌을 향한 안타까움을 느꼈다.

며칠 동안 토지 대리인과 변호사가 그녀의 시간을 빼앗았다. 간신히 틈이 생겼을 때도, 친척들이 소개한 읍내의 무용 선생을 만나는 일이 기다리고 있었다. 그렇게 바쁘게 흘러가던 일정 속에서, 그날 오후 타이베이로 돌아가는 기차표를 마련한 아침에야 린수이리는 천시렌의 집을 찾을 여유를 겨우 낼 수 있었다.

기억 속에서 세심하게 설계된 천씨네 대청은 위아래 두 공간으로 나뉘어 있었다. 그러나 지금은 중간이 막혀 있었다. 그녀가 춤을 추던 아래층은 이제 직조 학원의 교실로 바뀌었고, 위층은 몇 개의 작은 방으로 나뉘어 침실로 사용되고 있었다. 직조 기계 소리와 여성 작업자들의 소란스러운 소음을 뚫고 천시렌과 마주쳤다. 뜻밖의 재회와 함께 놀라움 속에서 안부를 주고받은 뒤, 두 사람 사이에는 약간의 서먹함이 감돌았다. 차를 몇 모금 마신 후, 린수이리가 과거

고등학교 동창들에 대해 물었고, 천시롄은 하나하나 답했다. 대화는 자연스럽게 과거의 추억으로 이어졌고, 두 사람은 약간의 감회에 젖었다. 그러던 중, 천시롄이 말했다.

"넌 참 좋겠다. 신문이나 텔레비전에서 너를 자주 봐."

"별거 아냐." 린수이리가 대답했다. "그냥 세월을 보내는 거지. 너처럼 좋은 팔자는 아니야. 넌 애들도 이렇게나 컸고…." 잠시 멈춘 뒤, 아이들에 대해 몇 마디 칭찬을 건넨 뒤 린수이리는 조심스레, 살짝 떠보듯 물었다. "남편이 의사라며?"

"작은 병원의 의사야, 별거 아니야. 오늘은 병원에 근무하러 가서 집에 없어." 천시롄은 예상 밖으로 담담하게 대답했다.

"어머니는?" 린수이리가 물었다.

"시장에 장 보러 가셨어. 그런 걸 좋아하시거든. 안 그러면 집에만 있는 게 지루하잖아."

두 여자는 이야기를 나누며 점점 편안해졌고, 서로 떨어져 지낸 시간 동안의 이야기를 나누며 진솔하고 다정한 분위기를 이어갔다. 작별 인사를 나누기 전, 천시롄은 린수이리를 잠시 바라보다 약간 어두운 표정으로 말했다.

"너처럼 세계 곳곳을 돌아다닐 수 있으면 얼마나 좋을까. 난 집과 아이들 때문에, 아마도 평생 루청을 벗어나지 못할 거야."

린수이리는 무슨 말을 해야 할지 몰랐다. 그저 천시롄의 손을 잡고 말했다. "시간 나면 타이베이에 놀러 와."

천시롄은 고개를 끄덕이며 대답했고, 린수이리를 집 밖까지 배웅했다. 정오의 햇빛은 눈부시게 빛나고 있었다.

기차에 올라 자리를 잡고 나서야 린수이리는 천시롄에게 자신의 주소를 남기지 않았다는 사실을 문득 떠올렸다. 그러나 곰곰이 생각해보니, 그것은 단순한 실수가 아니라, 그 순간에 자신도 모르게 느꼈던 불필요함에서 비롯된 것이었다. 천시롄은 이미 그녀만의 삶을 살아가고 있었다. 더 이상 과거의 창백하고 여린 여고생이 아니었다. 설령 그 삶이 고난으로 얼룩졌고, 루청이라는 공간이 여전히 그녀를 억누르고 있다 해도, 천시롄은 그 안에서 아이들과 가정을 이루며, 자신만의 세계를 단단히 일구어낸 것이다.

린수이리는 문득 깨달았다. 자신이 지금 누리고 있는 명성과 지위 또한, 그녀가 가진 삶의 무게와 본질적으로 다르지 않다는 것을. 가족과 단절하며 외롭게 독립을 이루었지만, 결국 남은 것은 이혼의 흔적과, 아이 하나 없는 조용한 중년의 나날뿐이었다. 그녀는 손에 쥔 토지 소유 증서를 힘껏 움켜잡았다. 어쩌면 지금에서야 그녀가 마땅히 받아야 할 상당한 유산을 손에 쥔 것이, 그녀에게 주어진 유일하고도 씁쓸한 보상이 아닐까? 린수이리는 눈을 감았다. 기차가 북쪽으로 빠르게 달려가며 루청을 조금씩 뒤로 밀어내고 있었다. 그 거리는 점점 멀어져 갔다.

그 시절의 천씨네 대청은 사라졌지만, 다른 곳에서 새로운 힘을 얻어 다시 춤을 출 수 있을 것이라고, 린수이리는 생각했다.

무용 공연(舞展)

신이(辛夷)가 귀국하기 몇 달 전, 린수이리는 신문에서 그녀에 대해 대서특필된 기사를 읽었다. 이를 두고 함께 무용하던 동료가 불평하듯 말했다. "외국에 한 번 다녀오기만 해도, 제대로 배웠는지 아닌지는 상관없이 금세 이름이 나잖아. 우리는 대만에 남아 평생 애써도 빛 한 번 못 보는데!"

린수이리는 조용히 미소 지었다. 별다른 대응 없이 듣고 있다가, 마지막엔 "실력이 없으면 어디서든 버티기 어렵지" 같은 형식적인 말을 덧붙였다. 그 말을 하면서도 린수이리는 속으로 알고 있었다. 그 동료가 몰라서 이런 말을 하는 건 아닐 터였다. 자신이 동남아 각국을 순회하며 공연했고, 그 여정 끝에 귀국 후 진정한 명성을 얻었다는 것. 그리고 신이가 수년간 자신에게 배워온 제자였다는 사실도 알고 있었다. 그럼에도 그런 말을 한 이유는 뻔했다. 다만 린수이리는 그것을 굳이 따져 묻고 싶지 않았을 뿐이었다.

신이가 귀국한 뒤, 사람들 사이에서 그녀에 대한 이야기가 간간이 이어졌다. 그러던 중 린수이리는 어느 날 저녁 만찬 자리에서 신이를 마주쳤다. 그날 밤, 신이는 단연코 만찬의 중심이었다. 참석한 각계각층의 사람들이 외국에서 수상한 젊은 무용가에게 호기심을 품고 연신 말을 걸며 그녀를 주목했다. 그런 와중에 신이가 린수이리를 보자마자 공손하게 "린 선생님"이라 부르며 반가운 듯 다가와 말을 건넸다. 그녀의 진심 어린 존경과 관심에 순간 자신도 덩달아 주목받는 기분이 들어 약간의 위안을 느꼈다.

깊은 밤 집에 돌아온 뒤, 술기운이 도는 상태로 넓고 화려한 거실에 혼자 앉아 있던 린수이리는 온갖 감회에 잠겼다. 불과 몇 년 전까지만 해도 자신이 오늘 밤 신이처럼 대접받던 시절이 떠올랐다. 그러나 지금은 그런 시절이 지나가 버렸음을 깨닫고, 이렇게 긴 밤을 홀로 견뎌야 한다는 사실에 복잡한 감정이 밀려들었다. 린수이리는 과거를 되짚으며, 이혼한 남편과 깨져버린 가정생활, 그리고 앞으로의 안무 작업을 어떻게 이어 나갈지 모르는 막막함을 떠올렸다. 그러다 문득 만찬장에서의 의미 없는 사교 활동들이 날카롭고 불쾌하게 다가오며, 깊은 절망감에 사로잡혔다. 그녀는 의자에 몸을 기댄 채 입을 벌리고 갑작스레 구역질하며 토해내기 시작했다.

신이가 귀국 후, 무용 발표회를 일절 열지 않고 오직 모교에서 현대무용에 관한 특별 강연을 하겠다는 약속만 한 것이 알려지자, 린수이리는 바쁜 일정을 뒤로하고 그 자리에 참석하기로 마음먹었다. 그녀가 강연장에 도착했을 때는 아직 이른 시간이었다. 린수이리는 잠시 주변을 둘러보았다. 강연장에 앉아 있는 이들은 모두 학생들 뿐이었고, 무용계에서 익숙한 얼굴은 하나도 보이지 않았다. 그 순간 그녀의 마음속에 묘한 감정이 차올랐다. 그것은 자부심, 기쁨, 혹은 그 밖의 다른 감정이 혼재된 미묘한 감정이었다. 강연장 구석에 앉아 있던 리수는 우연히 고개를 돌리다 그녀를 발견했다. 그리고 즉시 그녀가 누구인지 알아보았다.

리수는 이 자리에서 린수이리를 마주치리라고는 꿈에도 생각하지 못했다. 무용을 배운 뒤 십여 년 동안 그녀를 단 한 번도 본 적이 없었고, 오직 텔레비전 화면 속에서 춤추는 모습만이 흐릿한 잔상처럼 남아 있었다. 그래서일까, 린수이리가 눈앞에 모습을 드러내자 리수의 마음에는 묘한 몽롱함과 신비감이 차올랐다. 마치 동화 속에서 너무나 익숙한 인물이 문득 현실로 걸어 나온 듯한 순간이었다. 그녀가 보고 있는 이가 과연 현실 속의 인물인지, 아니면 기억 속에서 만들어진 허상의 그림자인지, 리수는 도무지 분간할 수 없었다.

학기가 끝나갈 무렵, 날씨는 이미 꽤나 매서워졌다. 실내로 들어서며 린수이리는 붉은빛 체크무늬 미디 코트를 조용히 벗어 걸었다. 외투 안으로 드러난 것은 무릎까지 내려오는 우아한 보랏빛 원피스였다. 그 원피스의 길이와 색감은 리수의 마음속 깊은 곳에 묻혀 있던 오래전 한 장면을 선명하게 떠올리게 했다. 기억 속의 린수이리는 늘 무릎 아래로 내려오는 옷을 입고 있었다. 특히 풍성한 퍼

프 스커트가 달린 원피스를 즐겨 입었는데, 그녀가 피아노 앞에 앉을 때면 넓게 펼쳐진 치맛자락이 의자를 가득 채우며 마치 활짝 핀 거대한 꽃 같았다. 어린 시절의 리수는 그런 그녀를 보며 오직 동화 속 공주만이 저렇게 입을 수 있을 거라 생각하곤 했다.

십여 년의 세월이 흐른 뒤, 다시 마주한 린수이리의 옷차림은 그 옛날과 비슷한 길이를 하고 있었다. 그 순간, 리수의 마음속에는 잊혔던 기억들이 고요히 떠올랐고, 그녀에 대한 친근하고도 아련한 감정이 스며들었다. 하지만 동시에 리수는 분명히 느낄 수 있었다. 동화 속 공주는 이미 사라졌다는 것을. 린수이리는 여전히 아름다웠다. 아니, 어쩌면 그녀의 아름다움은 십여 년이 지난 지금에서야 비로소 완전하게 드러난 것인지도 모른다. 그녀는 키가 크고 늘씬하며, 고개를 꼿꼿이 세우고 당당한 자태를 뽐내는 여성이었다. 굵은 눈썹과 큰 눈, 그리고 약간 넓은 입술을 지닌 그녀의 외모는 젊었을 적, 특히 루청이 고수하던 당시의 미적 기준에는 그다지 어울리지 않았을지도 모른다. 그러나 지금, 그녀의 이러한 외모는 특별한 매력을 더해 새로운 아름다움으로 인정받고 있었다. 그럼에도 리수는 린수이리의 얼굴에 세월이 남긴 흔적을 분명히 읽을 수 있었다.

그러나 린수이리가 더는 공주가 아니라고 느낀 이유는 그녀가 나이를 먹었기 때문만은 아니다. 그것은 마치 그녀가 입고 있는 드레스와 같았다. 드레스의 길이는 예전과 크게 다르지 않았지만, 재단과 디자인은 완전히 달라져 있었다. 린수이리는 더 이상 소학교에서 발레를 가르치며 부드러운 손길로 춤을 알려주던 '린 선생님'이아니었다. 그녀는 이제 아름답고 당당하지만, 더 이상 친숙하지 않은 무용가일 뿐이었다. 그 순간, 리수는 문득 천시롄을 떠올렸다. '왜 그녀들은 이렇게 달라야만 하는 걸까?' 리수는 스스로에게 물으며 옷과 여성 간의 신비로운 연관성을 떠올렸다. 지난 10여 년 동안 패션은 유행을 따라 돌고 돌며, 복고풍으로 회귀하는 경향을 보였다. 하지만 리수는 의문을 품었다. 과연 그 십여 년이 한 사람을 완전히 다른 존재로 바꿔놓을 수 있는 시간일까. 그 사이 그녀는 얼마나 많은 일을 겪었을까. 그리고 그 모든 시간을 통과해온 사람이, 디자이너들이 말하는 '회귀'와 '복고'라는 이름의 옷을, 과연 어떤 마음으로 입게 되는 것일까. 리수는 그것이 쉽게 그려지지 않았다.

신이는 시간에 맞춰 강연을 시작했다. 리수는 이사도라 던컨(Isadora Duncan) 이후 미국 현대무용의 발전과 방향성, 그리고 뉴욕에서 무용을 배우며 겪은 일들을 설명하는 이야기를 무심히 들었다. 그러나 그녀는 자꾸만 뒤를 돌아보고 싶은 충동을 느꼈다. 그러다 가까운 거리에서 앉아 있는 린수이리가 강연에 몰두한 채 보여주는 그 진지한 표정이 눈에 들어왔다. 리수는 자신의 행동에 스스로 부끄러움을 느끼며 더는 뒤돌아보지 않기로 했다. 한편, 린수이리는 진심으로 신이가 말하는 내용을 집중해서 듣고 있었다. 신이가 마사 그레이엄(Martha Graham) 밑에서 무용을 배운 경험에 대해 이야기할 때, 린수이리의 마음속에는 오래된 꿈이 떠올랐다. 그것은 그녀가 오랫동안 품었던 꿈이었다. 하지만 이제 그 꿈의 세세한 부분을 자신이 아닌 제자로부터 전해 듣는 처지가 되자, 그의 가슴 깊은 곳에서 애잔한 서글픔이 조용히 솟아올랐다.

뉴욕에서 춤을 배우겠다는 꿈은 이미 이십 년 가까이 묻힌 지 오래였다. 당시 무용계의 분위기, 가족의 반대, 기타 여러 현실적인 제약 속에서, 뉴욕 유학은 영원히 이루어질 수 없는 꿈이었다. 그래서 그 희망은 이미 오래전에 버린 상태였다. 때로는 스스로를 위로하며 생각하기도 했다. '설사 그곳에서 배웠더라도 당시의 사람들에게 받아들여지지 않았을 테니 결국 외로운 무용가로 끝났을 거야.' 이런 생각은 그동안 그녀를 위로해 주었다. 그런데 이 모든 위안은 하나의 전제조건 아래에서만 가능했다. 그 조건이란, 지난 20여 년 동안 마사 그레이엄 밑에서 배운 중국인은 한 명도 없다는 것이었다. 최소한 린수이리가 알기로는 그렇다는 것이었다. 이 사실은 어느 정도 그녀에게 위로가 되었다. 그러나 이제 그녀의 학생 중 한 명인 신이가 그 꿈을 이루고 대만으로 돌아왔다. 그것도 그다지 어렵지 않게 이뤄낸 듯했다. 린수이리의 마음속에 처음 떠오른 감정은 가슴 저미는 슬픔이었다. 그리고 그 뒤에 이어진 것은 억울함과 질투에서 비롯된 분노와 원망이었다.

한동안 린수이리는 가만히 앉아 과거를 떠올렸다. 배울 곳이 없어 자신의 춤이 더 이상 나아가지 못했던 날들, 춤과 춤 사이의 빈

틈에 스며든 불행한 결혼 생활이 그녀의 기억 속에 되살아났다. 그녀는 자신이 평생 환경의 속박에 갇혀 결국 아무런 성과도 이루지 못한 채 남을 것이라는 생각에서 벗어날 수 없었다. 그런데 신이는 어떻게 그토록 쉽게 그 벽을 넘어설 수 있었단 말인가? 그리고 이제는 그 기준을 넘어서 앞으로도 훨씬 수월하게 더 높은 곳으로 나아갈 것이 분명했다.

린수이리는 핸드백의 끈을 단단히 움켜쥐었다. 몇 번이고 자리에서 일어나 이곳을 떠나려 했지만, 마음처럼 쉽지 않았다. 이 자리에 더 머물러 있는 것은 자신에게 어떤 이로움도 가져다주지 않으리라는 것을 그녀는 분명히 알고 있었다. 모르는 채로 남는 것이 차라리 마지막 남은 자존심과 자신감을 지키는 길이었다. 그래야만 앞으로도 춤을 만들어갈 힘을 간신히 유지할 수 있을 터였다. 그러나 그녀는 일어나지 못했다. 마음 한편에서 신이가 과연 무엇을 배워왔는지, 그녀가 이뤄낸 것이 무엇인지 끝까지 확인하고 싶었다.

신이는 몇 명의 중요한 현대 무용가들에 대해 간략히 설명하며, 그들의 노력으로 현대 무용이 고전 발레에서 완전히 벗어나 문학과 회화처럼 시대를 반영하는 예술로 자리 잡았다는 점을 강조하며 강연을 마무리했다. 그리고 그녀가 미국에서 가져온 영상을 틀기 시작했다. 첫 번째 영상은 일상적인 훈련에서 기본 동작을 보여주는 것이었다. 린수이리는 자신이 배웠던 고전 발레와는 완전히 다른 훈련 방식을 보았다. 그녀는 춤이 몸과 동작을 통해 완전히 새로운 언어를 만들어내고, 가장 진실하고 직관적인 생각과 감정을 표현할 수 있다는 사실을 처음으로 깨닫고, 자신도 모르게 몸을 떨었다. 그다음 영상은 신이 직접 안무한 작품과 다른 사람의 작품을 포함한 몇 편의 무용을 보여주었다. 모두 짧은 소품이었으며, 대형 무용 작품은 아니었다. 두 편을 다 보고 난 후, 린수이리는 갑자기 자리에서 일어나 밖으로 나갔다.

아마도 화면의 빛이 너무 강했기 때문일 것이다. 급히 일어서는 순간 그녀의 눈앞에는 무엇인지 분간할 수 없는 캄캄함만이 가득했다. 린수이리가 자리를 뜬 이유는 단순히 그 춤들을 견딜 수 없었기 때문이다. 그녀는 그것들이 최상의 기술, 최고의 조명과 분위기, 그리고 효과를 갖추고 있음을 인정했다. 하지만 그것들은 그녀가 이해할 수도, 다가갈 수도 없는 세계를 표현하고 있었다. 그러나 린수이리는 확신했다. 그러한 기술을 기반으로 하고 자신의 색깔을 더한다면, 자신이 진정으로 표현하고자 하는 춤을 만들어낼 수 있을 것이라고. 문제는 단 하나였다. 모든 것이 이미 너무 늦었다는 사실이었다. 그녀는 더 이상 처음부터 다시 시작할 수 없었다.

어둠 속에서 린수이리는 더듬거리며 밖으로 나아갔다. 길게 늘어선 좌석 사이를 간신히 빠져나와 문을 열자, 차가운 바람이 얼굴을 정면으로 내리쳤다.

한편 리수는 스크린 속 춤에 깊이 감동하여 린수이리가 이미 떠난 것을 전혀 눈치채지 못했다. 영상이 끝나고 불이 켜진 뒤, 리수는 코트를 챙겨 들고 자리에서 일어났다. 그러나 군중 사이에 더 이상 린수이리의 모습은 보이지 않았다.

리수의 마음속에는 이유를 알 수 없는 쓸쓸함이 서서히 밀려들었다.

방학(假期)

고향으로 가는 기차표를 사고, 짐을 정리하며 떠날 준비를 끝낸 뒤, 리수는 텅 빈 기숙사 방에 홀로 앉아 있었다. 동기들 역시 떠날 채비를 마친 후라 방 안은 금세 적막으로 가득 찼다. 이곳이 싫었던 것은 아니었다. 그러나 처음 이곳을 떠올렸을 때 품었던 열정과 설렘은 이미 빛이 바래고, 대신 이루 말할 수 없는 쓸쓸함과 서글픔이 그녀의 마음을 조용히 감쌌다. 기차에 올라타고 나서도 리수는 여전히 마음이 울적했다. 창밖으로 보이는 타이베이의 시먼(西門) 번화가가 천천히 멀어지자, 그녀는 속으로 중얼거렸다.

"안녕, 타이베이."

그 작별 인사는 누구를 향한 것일까? 네 달 동안 살아온 이 도시를 향해서일까? 어쩌면 그렇다. 특히 이곳에 그녀가 사무치게 그리워했던 누군가가 있었기에, 작별 인사를 해야만 했다. 리수는 눈을 감았다. 어딘지 모를 슬픔 속에서 그녀는 자신이 다시는 이곳으로 돌아오지 못할 것 같은 불길한 예감을 느꼈다. 놀라서 눈을 급히 떴을 때, 창밖은 이미 끝없이 펼쳐진 논밭이었다.

불과 몇 달 남짓 머물렀을 뿐인데, 이 거대하고 낯선 도시는 리수의 마음속에 묘한 친근함을 남겼다. 이 도시 안에서 그녀는 알 수 없는 안도감마저 느꼈다. 적어도 앞으로 네 해를 보내야 할 이 도시는 리수의 삶에 깊이 엮여 있었고, 시간은 어느새 그녀와 도시 사이에 보이지 않는 연결고리가 되어 있었다. 그 연결은 두 존재 간에 새로운 관계를 만들어냈다.

복잡하고 거대한 대도시와 작고 보잘것없는 개인 사이에서도 때로는 아주 사소한 인연이 엮여, 거대한 도시와 한 개인을 단단히 결속시키고 심지어는 잊을 수 없는 기억으로 새겨지게 된다. 리수는 아직 이 점을 뚜렷이 깨닫지는 못했다. 다만 지금 그녀의 마음속에는 이 도시를 떠나야 하는 서글픔과, 고작 네 달 머물렀던 이곳에 이토록 쉽게 애정을 품게 된 자신에 대한 놀라움이 희미하게 자리 잡고 있었다. 그리고 그러한 감정은 자연스럽게 그녀를 떠나온 루청으로 이끌었다.

루청에 도착했을 때, 아직 초저녁이었지만 거리는 한산했고, 차가운 바람이 스산하게 불었다. 리수는 코트 깃을 바짝 여미며, 루청이 이렇게 쓸쓸하고 적막할 줄 몰랐다는 사실에 약간 놀라면서도 서글퍼졌다. 그녀가 기억하는 루청은 조용하고 평화로운 분위기로 가득했지만, 이렇게 쓸쓸하고 황량하지는 않았다. 그녀는 예전에 자주 다니던 긴 골목 어귀에 도착했다. 겨울밤의 희미한 가로

등 불빛이 돌바닥을 비추었고, 그것은 마치 묘비처럼 창백한 회색이었다. 과거 이 골목에 얽힌 귀신 이야기가 갑자기 떠올랐다. 그리고 타이베이에서 들었던 어두운 골목에서 여성들이 공격당했다는 이야기도 함께 생각났다. 리수는 골목 입구에서 잠시 망설이다가, 결국 골목을 돌아 큰길로 돌아가기로 했다. 길을 걸으며, 리수는 자신의 불안을 떠올리고는 약간 부끄러웠다. 루청의 평온함을 의심한 적이 없었건만, 이제는 불현듯 끔찍한 상상들로 마음이 어지러워지다니⋯⋯, 겨우 네 달을 떠나 있었을 뿐인데, 그 짧은 시간이 이토록 모든 것을 낯설고 멀게 만들어버린 것인가.

집으로 돌아오니 온 가족이 반겨주었다. 가족들은 한동안 쌓였던 이야기를 털어놓았다. 힘들었던 일도, 재미있었던 일도 서로 나누며 오랜만의 재회를 만끽했다. 밤이 깊어 모두 각자의 방으로 흩어진 후, 아직 고등학교에 다니는 리수의 남동생이 잠옷으로 갈아입고 그녀의 방 앞에서 몸을 반쯤 들이밀며 조심스레 말을 건넸다.

"둘째 누나, 아직 안 잘 거지?"

기차에서 반나절 넘게 보낸 탓에 몹시 피곤했던 리수는 미소를 지으며 고개를 가볍게 저었다. 그리고 동생을 방 안으로 불러들였다. 그 순간, 문득 오래전 기억이 떠올랐다. 어릴 적, 그녀 역시 방학을 맞아 집으로 돌아오는 언니를 손꼽아 기다리며 밤늦게까지 옆에 붙어 이야기를 나누던 자신이 떠올랐다. 가끔은 언니에게 "피곤하지 않아?"라고 물었던 것도 기억났다. 그때마다 언니는 부드럽게 미소를 띤 채 말없이 고개를 저었다. 이제 그녀가 그 언니의 자리에 서게 되니, 그 미소와 고갯짓 속에 담겨 있던 다정함과 사랑이 무엇이었는지 비로소 깨닫게 되었다. 하지만 이제 언니는 저 멀리 떠나버렸고, 손 닿지 않는 곳에 머물러 있었다. 불과 네 달간의 대학 생활이었지만, 자신 역시 적지 않은 변화를 겪었음을 떠올리며 리수는 저도 모르게 한숨을 내쉬었다. 그러나 이런저런 생각을 뒤로 하고, 결국 집으로 돌아왔다는 사실이 무엇보다도 큰 위안이자 기쁨이라고 생각했다.

집으로 돌아온 후의 생활은 평온하고 안락했다. 며칠이 지나자 리수는 모든 것이 마치 떠나기 전으로 돌아간 듯한 느낌을 받았다. 루청이 가진 소도시만의 느린 삶의 리듬이 다시 그녀의 일상 곳곳을 채웠다. 그 일상은 한가롭고 걱정이 없었지만, 동시에 변화라곤 거의 찾아볼 수 없었다. 시간이 조금 더 지나자, 리수는 마치 달콤하지만 검은 그물 속에 갇혀 있는 듯한 기분에 사로잡혔다. 하지만 그녀는 그곳에서 빠져나올 생각도, 몸부림칠 의지도 없었다. 물론, 이번 방학 동안 실행하려 했던 계획들은 하나도 실현되지 못했다. 꼼꼼히 읽으려 했던 《중국문학사》는 여전히 신화시대에 머물러 있었다. 그러나 점차 집에서의 생활은 리수로 하여금 수많은 순수했던 과거를 내려놓게 만들었다. 그것은 무엇보다 어머니의 태도 변화에서 비롯된 것이었다.

어머니는 전통적인 여성이었다. 많이 배우지는 못했지만, 이 넓은 집안에서 모두가 인정할 만큼 유능하고 재치 있는 사람이었다. 리수의 기억 속 어머니는 언제나 모든 문제를 해결할 줄 아는 사람이었다. 때로는 아버지와의 사소한 다툼조차도 능숙하게 처리했다. 소학교 때부터 고등학교를 졸업할 때까지, 어머니는 한 번도 집안일의 복잡한 문제를 리수에게 털어놓지 않았다. 늘 혼자서 모든 일을 처리했고, 가끔 무심코 이야기를 꺼내더라도 아이들에게는 어떤 관여도 요구하지 않았다. 그런데 이번 방학 동안, 어머니는 몇 번이나 리수에게 의견을 물어왔다.

밤 9시, 드라마가 끝난 시간이었다. 리수는 여느 때처럼 텔레비전 연속극에 별다른 흥미를 느끼지 못한 채 방 안에서 고등학교 때 시작해 끝내지 못한 꽃과 새가 그려진 자수를 놓고 있었다. 그때 어머니가 방으로 들어왔다. 그녀는 방 안을 잠시 정리한 뒤, 리수가 자수를 놓는 모습을 곁에서 가만히 지켜보았다. 그러다 가끔씩 긴 바늘질과 짧은 바늘질, 색깔의 배합에 대해 의견을 내놓았고, 리수는 어머니의 말 대로 따랐다. 어머니는 자수를 잘 놓기로 이웃들 사이에서도 정평이 나 있었다. 잠시 후 어머니는 침대 가장자리에 앉아 부드럽게 말을 꺼냈다. "아수(阿素)야, 네 큰아버지 댁 아칭(阿靑)이 다음 달에 결혼한대."

리수는 짧게 "응" 하고 대답하며 바늘질을 멈추고 고개를 들었다.

"원래는 선물 하나 보내는 걸로 충분할 텐데, 네 큰아버지가 워낙 옛날식 사람이기도 하고, 또 이런 일에 떠들썩한 걸 좋아하셔서, 차라리 '희장(喜幛)'을 보내는 게 나을 것 같구나……."

"천에다가 돈을 붙여서 큰 글씨로 '희(喜)'자를 써넣고, 신부를 맞이할 때 거실에 걸어놓는 그거 말이에요?"

갑자기 어린 시절 기억 속에서 떠오른 빨간 천과 돈으로 가득한 혼례 장면이 리수의 마음에 생생히 되살아나며, 그녀는 뜻밖의 즐거움에 어머니의 말을 끊었다.

어머니는 리수의 장난기 어린 말투에 미소 지으며 다정하게 그녀를 바라보았다. "그래, 바로 그 희장이야. 돈은 네 아빠랑 이미 얘기해놨고, 이제 문제는 그 천인데, 네가 타이베이에서 대학을 다니니까, 유행하는 천을 좀 더 잘 알 것 같아서 말이다."

리수는 그 순간 처음으로 이 집안에서 자신이 맡아야 할 책임과 역할을 뚜렷하게 느꼈다. 그 후로도 어머니는 한가한 대화 속에서 가끔씩 집안의 다툼에 대해 이야기를 꺼내곤 했다. 그러면서 누가 이성적으로 행동했고, 누가 감정적으로 굴었는지, 또 그런 문제들을 어떻게 처리해야 하는지에 대해 비판적인 시각으로 리수에게 설명하곤 했다. 어머니는 자신의 입장에서만 이야기를 했지만, 리수는 그 속에서 어머니가 자신도 모르게 루청에서의 삶의 방식과 인간관계를 다루는 법을 가르치려 하고 있음을 느꼈다.

예전의 어머니는 이런 이야기를 철저히 아이들에게서 숨겼다. 리수가 어린 시절, 부모님과 손님들 사이에 오가는 대화를 우연히 들으면 어머니는 고개를 돌려 "어린애가 무슨 이야기를 듣고 있어!"라고 꾸짖곤 했다. 그런데 이제 어머니는 스스로 그런 이야기를 들려주고 있었다. 어머니가 말했듯, "타이베이에서 대학을 다니고 있으니, 이제는 좀 달라져야지!" 그래서일까? 그렇다면 고작 네 달 동안의 대학 생활이 대체 어떤 성장을 의미하는 걸까? 리수는 여전히 혼란스러운 마음속에 머물러 있었지만, 결국 복잡다단한 어른들의 세계로 발을 들이는 것을 피할 수는 없었다. 주변의 일과 사람들에 대해 관심을 가지기 시작하면서, 그녀는 자신이 얼마나 많은 것을 모르고 살아왔는지 깨닫게 되었다. 루청에서의 긴 세월 동안 그녀는 책과 학교, 그리고 가정이라는 작은 세계 속에서만 머물렀고, 그 바깥에 이토록 다양한 사람들이 서로 얽히며 살아가고 있다는 사실을 전혀 알지 못했던 것이다.

리수는 점점 주변의 사소한 움직임들에 호기심을 느끼기 시작했다. 그녀는 사람들과 사건들을 유심히 지켜보며 흥미를 느꼈다. 그러던 어느 날, 차이관(蔡官)의 말 한마디가 그녀를 놀라게 했다. 차이관은 집에서 빨래를 하고 어머니의 허드렛일을 돕는 아주머니였다. 평소 리수는 낮에는 학교에 나가 있는 경우가 많아 그녀와 마주칠 일이 드물었다. 가끔 주말 아침에 차이관이 빨래하러 오는 날이면, 리수는 짧게 인사만 하고, 더 할 말을 찾지 못한 채 곧장 자신의 일로 돌아가곤 했다. 오히려 차이관이 먼저 리수에게 학교 생활에 대해 묻는 경우가 있었다. 자신의 막내아들도 고등학교에 다닌다며 덧붙이곤 했지만, 리수는 그저 짧게 대답하고는 서둘러 자리를 떠났다. 리수의 기억 속 차이관은 늘 기름진 머리카락을 단단한 쪽머리로 틀어 올리고 있었다. 그녀가 입고 다니는 푸른 천으로 된 덧옷은 오래되어 색이 바랬지만, 빳빳하게 풀을 먹여 깔끔하게 정돈되어 있었다. 그녀의 온몸에서는 머릿기름 냄새와 시큼한 쌀겨 냄새가 섞여 났다. 길쭉하고 까무잡잡한 얼굴에는 거의 웃음기가 없었고, 늘 무표정에 가까운 모습이 떠올랐다.

방학 동안 주변을 좀 더 주의 깊게 바라보게 되면서, 리수는 차이관이 늘 어두운 얼굴만 하고 있는 사람은 아니라는 것을 알게 되었다. 특히 할머니가 집에 와 머무는 날이면, 차이관은 마당의 우물가에 쪼그려 앉아 힘껏 빨래를 하면서도, 끊임없이 할머니와 이야기를 나누곤 했다. 그 이야기들은 이웃의 소소한 소문들로 가득 찼고, 그녀는 그 대화 속에서 때로는 분노를, 때로는 환한 웃음을 드러내며 놀랍도록 생기 넘치는 표정을 짓고 있었다.

리수는 차이관과 할머니가 주고받는 이야기 속 이름 모를 사람들의 이야기를 들으며 신비롭고도 낯선 호기심에 사로잡혔다. 그들은 리수에게 너무도 생소한 존재였기에, 마치 책 속의 인물들과 그들만의 사건처럼 느껴졌고, 거기에는 아무런 비난이나 상처를 남길 만한 감정도 섞이지 않았다. 리수는 그렇게 어른들의 세계에서 펼쳐지는 천일야화를 계속해서 들었다. 그러던 어느 날, 차이관이 문득 린수이리의 집안 이야기, 그리고 무엇보다 린수이리에 대해 말하기 시작했다.

　차이관은 린수이리가 최근 루청에 돌아왔을 때 불러일으킨 소동에 대해 열을 올리며 이야기했다. "그 여자, 옷 차림새 하고는…, 가슴골이 훤히 드러나는 낮게 파인 목선, 등이 완전히 노출된 채 꼬리뼈까지 내려오는 옷, 그리고 두세 사람이 들어가도 남을 만큼 어정쩡하게 넓은 바지라니. ……게다가, 일부러 온 동네 사람들이 보고 싶어 하는 걸 알면서도, 한참을 기다리게 만들지 않나, 그 말투며 태도까지 차갑고 거만하기 짝이 없더군. 그게 다 자기 잘난 맛에 사는 거지." 차이관은 린수이리를 혹평한 뒤 단호하게 말했다. "솔직히, 텔레비전에 나와 춤추는 여자나, 술집 무희나 다를 게 뭐야?"

　리수는 깊은 모욕감을 느꼈다. 그 어떤 비판도, 이렇게 남의 말과 시시비비를 즐기는 늙은 하녀의 입에서 나오는 말만큼 린수이리를 대신해 수치스럽고 가슴 아프게 만든 적은 없었다. 리수는 몇 번이나 그들에게 변명하고 싶었다. 린수이리의 춤이 결코 그들이 생각하는 것처럼 천박하거나 하찮지 않다는 것을 말해주고 싶었다. 하지만 차이관의 까무잡잡하고 깊은 주름이 패인 얼굴, 그리고 냉소적이고도 자의식으로 가득 찬 태도를 마주하자, 리수는 깨달았다. 어떤 일들은 절대로 설명할 수 없다는 것을. 그들은 이해하려 하지 않을 뿐 아니라, 애초에 이해할 생각조차 없기 때문이다.

　차이관은 린수이리에 대해 이야기를 이어가더니, 곧 그녀의 어머니로 화제를 옮겼다. 그 순간, 리수는 갑작스럽게 자리를 떠야겠다는 충동에 사로잡혀 급히 의자에서 일어섰다. 그러나 신던 슬리퍼가 의자 다리에 걸려 꼼짝하지 않았다. 그녀는 당황한 나머지 한참 동안 허둥대며 발을 뺐고, 그 사이 차이관의 말소리는 계속 이어졌다. 마침내 리수가 들은 마지막 말은 차이관이 과장된 어조로 내뱉은 한마디였다. "수이리 같은 딸이 나오는 걸 보면, 정말 썩은 대나무에선 좋은 대순(筍)이 날 수 없나 봐!"

'이것이 내가 타이베이에 있을 때 그렇게도 그리워했고, 집에 돌아온 뒤 함께할 수 있다는 기쁨과 동시에 불안을 느꼈던 루청의 삶일까?' 리수는 스스로에게 물었다. 그리고 문득 깨달았다. 악의와 독설 가득한 험담 위에 쌓아 올려진 이 삶의 방식이, 어쩌면 자신이 대학을 졸업하고 나면 영원히 돌아와 속해야 할 세계일지도 모른다는 것을. 그 생각에 리수의 마음 한구석에 미묘한 혐오와 알 수 없는 두려움이 스며들었다. 리수는 대부분의 여가를 《중국문학사》를 읽는 데 쏟기 시작했다. 신화 부분 이후의 이야기를 천천히 이어가며, 그녀는 일상과는 아무런 상관도 없는, 먼 세상의 이야기들에 조용히 귀를 기울였다. 그렇게 두 달의 방학도 어느새 서서히 끝을 향해 가고 있었다.

학교 등록을 앞두고, 리수는 동생을 대신해 천시렌의 집으로 갔다. 새 교복에 학번을 수놓기 위해서였다. 개학이 임박한 탓인지, 학번을 새기는 기계 주변에는 기다리는 학생들로 긴 줄이 늘어서 있었다. 줄 끝에서 가까이 다가가 보니, 기계 위에 몸을 숙이고 바쓰게 작업하는 이는 다름 아닌 천시렌의 남편이었다. 그의 옆에는 천시렌의 어머니가 서 있었지만, 정작 천시렌의 모습은 보이지 않았다.

비록 낡고 어두운 오래된 집이었지만, 대낮에 켜진 형광등은 방 안 가득 차가운 흰빛을 퍼뜨리고 있었다. 그 차갑고 눈부신 빛은 기계에 몸을 낮게 숙인 한 남자의 야위고 창백한 몸 위로 내려앉았다. 이미 깡마른 체구에 창백한 안색을 가진 그는, 자세를 낮추자 더욱 왜소해 보였고, 형광등의 빛을 받아 어딘가 섬뜩한 광채를 띠었다. 언뜻 보기에 그는 마치 떠도는 시신처럼 흰빛 속에 부유하는 것 같았다. 그 옆에 서 있는 어머니는 한때 세심하게 자신을 꾸미던 사람임이 분명했다. 세련된 옷차림과 둥글고 단정한 얼굴은 형광등 아래에서도 은근한 기품이 느껴졌다. 하지만 그녀의 얼굴을 덮은 납빛이 도는 하얀 분(粉)은, 시대에 뒤떨어진 것임을 감출 수 없었다. 어머니는 작은 정교한 가위 한 자루를 들고, 자수로 새겨 넣은 학번 끝에 남은 실밥을 조심스럽게 잘라내고 있었다.

리수는 고개를 숙이고 능숙하게 작업을 이어가는 두 사람의 모습을 바라보았다. 어머니가 사위의 손에서 옷을 하나씩 받아드는 그 순간마다, 두 사람 사이에는 어딘지 모르게 묘한 기류가 흐르고 있었다. 그것은 도무지 부인할 수 없는 어색한 친밀감, 마치 은밀한 관계에서만 느껴질 법한 불편한 친근함이었다. 리수는 문득 예전에 들었던 천씨 집안에 관한 소문이 떠올랐다. 그러나 천시렌이 위층에서 내려오자마자, 두 사람 사이의 묘한 기류는 단번에 끊어져 버렸다. 특히 천시롄은 뭔가 마음에 들지 않는 듯한 표정으로 일본 어를 섞어가며 어머니와 남편을 날카롭게 꾸짖었다. 그녀의 비난 을 받은 두 사람은 조용히 자리에 앉아, 단 한마디도 변명하지 않았 다. 그런데도 그들의 얼굴에는 뜻밖에도 어딘지 모를 쑥스러운 웃 음이 떠올랐다. 마치 꾸중을 들으며 오히려 기묘한 만족감을 느끼 고 있는 듯한 표정이었다.

한참을 말을 쏟아내던 천시롄은 그제야 리수를 발견하고는 급히 인사를 건넸다. 그러면서 그녀의 표정도 조금 누그러졌다. 천시롄 은 리수의 언니 이야기를 물었고, 답을 듣자마자 고개를 돌려 아무 일 없다는 듯 다시 위층으로 올라갔다. 남겨진 것은 창백한 얼굴 의 남편이었다. 그는 몇 번 헛기침을 하더니, 아무 일도 없다는 듯 색색의 실타래들 사이에서 다시 재봉틀의 페달을 밟기 시작했다.

이것이 바로 한때 리수가 깊이 가슴 아파하며 염려했던 천씨 집 안의 어두운 비극이었다. 하지만 지금 이렇게, 삶의 소소한 일상 속 단편으로 마무리되는 모습은, 리수에게는 너무도 의외였다. 리수 는 이 세 사람이 함께 살아가며 품었을 날카로운 원망과 참을 수 없 는 어색함이 가득한 모습을 상상하곤 했다. 그러나 현실은 그러한 감정들을 부드럽게 다듬고 눌러, 마침내 매일 반복되는 일상의 평 평함 속에 묻어버렸다. 남은 것은 오직 그들이 살아가야 할 하루하 루뿐이었다. 천씨 집안의 불행에 대한 상상을 접어두고 나자, 리수는 문득 자신이 이들, 한때는 익숙하다고 여겼던 루청 사람들과 사실은 아무런 연관도 없다는 것을 깨달았다. 결국 천시롄은 단지 언니의 선생님일 뿐이었다. 그리고 그 관계는 그저 언니의 선생님이라는 사실에서 더 이상 나아가지 않았다.

천시롄의 집을 나섰을 때, 겨울의 이른 밤이 이미 왕양루를 짙은 어둠으로 덮고 있었다. 리수는 문득 언니가 출국을 앞두고 천시롄의 집에서 나왔던 그 여름날 황혼을 떠올렸다. 오랫동안 가슴 한구석에 얹혀 있던 이별의 슬픔이 그 순간 처음으로 조용히 가라앉는 것을 느꼈다. '언니는, 어찌 되었든, 떠나야만 했던 것이다.'

어쩌면 천시롄은 루청이라는 한정된 세계 안에서 자신이 겪었던 과거에 나름의 복수를 했을지도 모른다. 그러나 그것이 무슨 의미가 있을까? 지금 그녀는 남편을 재봉틀 앞에 앉게 하고, 어머니를 마음대로 꾸짖을 수 있을지 몰라도, 결국 그들과 함께 이 작은 루청에 갇혀 살아가야 한다. 그리고 아마도, 그렇게 평생을 보내야 할 것이다. 그러나 언니는 이 모든 것에서 벗어나, 전혀 다른 삶을 펼칠 수 있었다. 설령 낯선 타국에서 고통을 겪게 된다 해도, 그 고통이 어찌 의미가 없을 수 있겠는가? 리수는 사람들의 비난 속에서도 꿋꿋이 견뎌온 린수이리와, 그녀가 춤을 위해 바쳐온 헌신을 떠올렸다. '이 모든 것이, 분명 가치 있는 일이 될 거야.'

리수는 마음속으로 다짐했다. 앞으로 마주할 도전들을 헤쳐 나갈 용기와 결연한 믿음이 그녀 안에서 단단히 자리 잡고 있었다.

차이관(蔡官)

루청에서 과거 이름을 날렸던 가문을 논하자면, 차이 가문을 빼놓을 수 없다. 차이 가문도 한때 명성을 떨친 적이 있었다. 그러나 그 명성은 다른 가문들처럼 막대한 자산에서 비롯된 것이 아니었다. 차이 가문은 과거에 한 명의 문진사를 배출했던 가문이다. 그 문진사는 차이관의 몇 대 전 조상이었는데, 그럼에도 차이관이 시집갈 때, 당시의 유력 가문들은 누구도 이 혼사를 받아들이려 하지 않았다. 몇 대 전의 문진사라는 영예는, 비록 문풍과 품격을 중시하는 루청에서조차, 이제 더는 아무런 실질적 의미를 가지지 못했다. 아마도 이는 당대 뜻 있는 사람들이 목소리를 높여 한탄하던 '세태의 타락'이라는 흐름을 보여주는 단면이었을 것이다.

차이관은 막대한 재산을 쌓은 신흥부호의 아들과 결혼해, 많은 이들이 부러워하는 우(吳)씨 집안의 젊은 안주인이 되었다. 몰락한 문진사의 후손들이 가진 것이라곤, 낡고 허물어진 대청에 걸려 있는 몇 점의 서화뿐이었다. 루청에서는 계급의 우월함마저도 돈으로 판가름 나는 세상이었으니, 우씨 집안이 차이관을 며느리로 맞이한 이유도 고귀한 가문의 전통 같은 낭만적 이유가 아니었다. 단지, 유흥과 사치를 일삼던 우씨 집안의 아들이 차이관의 순수한 미모에 반했기 때문이었다. 그것이 아마 문진사 가문에 남아 있던 마지막 잔향이었을 것이다. 결혼 후, 방탕하던 그 남편은 한때 자제하는 듯 보였지만, 얼마 지나지 않아 더욱 대담해져, 북관(北管) 공연을 하던 여배우를 첩으로 삼았다고 전해진다. 그 당시 극단에는 그녀와 의자매처럼 지내던 여성이 있었는데, 당시 매혹적인 외모와 풍류로 루청을 사로잡은 인물이었다. 그녀는 후에 린씨 가문의 도련님과 결혼했는데, 바로 린수이리의 어머니였다.

남편이 여배우와 술, 도박에 빠져 방탕한 나날을 보내던 시절, 우씨 집안의 하녀 입에서 나온 이야기에 따르면, 처음엔 차이관이 남편과 격렬하게 다툰 적이 있었다고 한다. 하지만 어느 날, 남편이 그녀에게 손찌검을 한 뒤부터 모든 것이 달라졌다. 차이관은 더 이상 남편을 상대하려 하지 않았고, 젊은 남편은 그 이후로 집에 돌아오는 날이 더욱 뜸해졌다.

하녀들은 차이관에 대한 불만을 은연중에 드러내며, 새로 들어온 이 젊은 안주인을 두고 '정체를 알 수 없는 거만함'을 가졌다고 험담했다. 그들은 차이관이 자주 말을 하지 않고 조용히 있으며, 사람들을 곁눈질로도 쳐다보지 않는다고 비난했다. 하지만 대가족의 얽히고설킨 갈등과 시시비비는 단 몇 마디로 정리될 수 있는 것이 아니었다. 시누이들은 이러한 태도가 남편이 외부에서 여배우와 놀아나는 이유라고 강조했지만, 정작 차이관은 시부모로부터 깊은 사랑과 신임을 받았다. 이는 어쩌면 신흥부호로 떠오른 이 가문의 부모 세대가 아들의 방탕한 생활을 도저히 받아들일 수 없었던 탓일지도 모른다. 반면, 차이관은 이 가문 특유의 과시적인 기질과는 다른, 신중하고 사려 깊은 태도를 보여주었기에 시부모는 언젠가 그녀를 통해 가문이 제자리를 찾을 수 있으리라는 희망을 품고 있었다.

그러나 차이관이 몰락한 문진사 가문의 딸로서 신흥 부유층 가문에서 자신의 자리를 얻기까지는 결코 쉬운 일이 아니었다. 수많은 전후 사정을 통해 얽히고설킨 일들이 있었고, 물론 루청 사람들의 추측에 따르면 그중 가장 큰 이유는 돈 문제였을 가능성이 높았다. 바로 그 일로 인해, 차이관은 나이 든 아버지와 갈등을 빚게 되었다. 차이관처럼 전통적 규율 속에서 자란 딸은 결코 아버지와 갈등을 벌일 수 있는 위치에 있지 않았다. 그러나 사건은 차이관의 아버지가 우씨 집안을 찾아와 방탕한 사위를 꾸짖는 자리에서 벌어졌다. 사위는 참지 못하고 차이관을 손가락으로 가리키며 분노에 찬 목소리로 말했다. "이 모든 게 당신 딸이 원해서 된 거니까, 따님에게 직접 물어보시죠!"

차이관은 끝내 아버지가 앉아 있는 의자 앞에 무너져 내리며 흐느꼈다. 그녀는 울먹이는 목소리로 말했다. "처음부터 집안에서 부귀를 욕심내 저를 잘못된 사람에게 시집보냈으니, 이제 와서 더는 무슨 말을 할 필요가 있겠어요? 아버지도 이런 모욕을 받으러 여기 오지 마세요. 괜히 사람들이 우씨 집안의 돈을 노리고 있다고 의심하게 할 뿐이에요. 다 제 팔자려니 하며 살아가고 있어요. 이제 와서 달라질 것도 없잖아요.”

평생 글을 쓰고 그림을 팔며 생계를 이어온 나이 든 아버지는, 그날 분노와 비통함이 섞인 목소리로 맹세하듯 말했다. “내가 딸을 돈 때문에 시집보냈다면, 결코 편히 죽지 못할 거다. 우리 차이 진사의 후손들에게는 아직 지켜야 할 체면이 있다. 그러니 너는 친정이 네 돈을 탐낼까 봐 두려워할 필요가 없다. 하지만 이렇게 서로 할 말을 다했으니, 앞으로 부모가 옳고 그름에 간섭하지 않는다고 탓하지는 말아라.”

이렇게 해서 차이관은 친정의 가난한 친척들과 완전히 연을 끊었다. 물론 친족들 중에는 그녀가 우씨 집안에서 겪었을 고충을 이해하는 이들도 있었다. 그러나 차이관이 우씨 집안의 며느리로서 확고히 자리 잡았다는 사실만큼은 누구도 부인하지 않았고, 쉽게 잊을 수도 없는 일이었다. 소문에 따르면, 차이관이 좁은 골목을 지나다 남편과 마주칠 때면, 남편은 늘 어깨를 옆으로 돌려 그녀가 먼저 지나가도록 길을 비켜 주었다고 한다. 이는 차이관이 우씨 집안에서 누린 지위를 엿볼 수 있는 단적인 예였다.

문진사의 후손답게, 친정은 집안의 체면을 지키며 더 이상 차이관을 찾지 않았다. 차이관은 홀로 우씨 집안의 며느리로 십여 년을 견뎌냈다. 남편이 가끔씩 집에 돌아와 하룻밤 머무르는 날이면, 그녀는 우씨 집안을 위해 몇 명의 아이를 낳았다. 그러나 시부모가 세상을 떠나고, 집안이 분가되어 각자 독립하게 된 후부터, 차이관은 밤마다 방의 문을 굳게 잠그고 남편과의 동침을 거부했다. 그녀는 남편이 외부의 여자들로부터 병을 옮길까 두렵다는 이유를 들어 그와의 관계를 완전히 단절했다. 그때 차이관은 고작 서른이 조금 넘은 나이였다.

남편은 이후로 아예 여배우와 함께 밖에서 살림을 차려, 집에는 발길조차 하지 않았다. 그러던 중, 거센 폭풍우가 몰아친 어느 밤, 우씨 집안의 부의 근간이었던 창산에서 만재로 돌아오던 화물선이 하룻밤 사이에 침몰하고 말았다. 그나마 남아 있던 부동산마저도 모두 남편의 명의로 되어 있었다. 그제야 남편은 사람을 보내 아이들의 양육 문제를 논의하려 했다. 그러나 그 논의에는 여배우의 신분 문제와 여러 복잡한 사안이 얽혀 있었다. 그러나 차이관은 단호히 그 제안을 거부했다. 그러나 어떻든 간에, 차이관은 한때 우씨 집안에서 당당히 인정받는 며느리였다. 그 후 몇 년 동안, 차이관은 불평 한 마디 없이 혼자 힘으로 집을 꾸려가며 아이들을 돌봤다. 자녀들이 성장했지만, 이들을 공장에 보내거나 기술을 배우게 하지는 않았다. 그러다 보니 아이들 교육비가 막대한 부담으로 다가왔고, 결국 그녀는 여러 집을 돌며 빨래를 해주는 일을 시작했다. 그때부터 차이관은 단 한 번도 빨래 일을 멈추지 않았다.

남편은 몇 년 지나지 않아 조상 대대로 내려온 재산을 거의 탕진했고, 마지막 남은 돈마저 여배우가 가져가 다른 지방으로 떠나버렸다고 한다. 이 무렵, 의지할 데 없는 남편이 집으로 돌아오려다 차이관에게 거절당했는지, 아니면 또 다른 일이 있었는지는 아무도 알지 못했다. 다만 확실한 것은, 차이관이 끝내 남편과 화해하지 않았다는 사실뿐이었다. 이웃들의 말에 따르면, 가끔 길에서 두 사람이 우연히 마주칠 때가 있었다. 그럴 때면 차이관은 고개를 휙 돌려 남편을 못 본 척 스쳐 지나치며, 일부러 크게 콧방귀를 뀌곤 했다고 한다.

차이관은 여전히 여러 집을 돌며 빨래 일을 계속했다. 어린아이였던 자식들은 이제 모두 장성해 교육을 마치고, 직장을 얻어 가정을 꾸렸다. 아이들은 어머니를 모셔 편히 살게 해드리고자 했고, 이제 차이관도 마땅히 고생을 내려놓고 여생을 편안히 보낼 때라고 생각했다. 하지만 차이관은 내가 하루라도 빨래를 할 수 있는 한, 내 힘으로 살 것이다. 자식을 낳아 기르는 건 부모로서 당연한 일이지, 그것으로 자식에게 보답 받을 생각은 하지 않는다라며 이를 거절했다. 한편, 차이관은 이웃들에게는 또 다른 말을 내놓았다. "평생을 외롭게 살아왔고, 혼자 지내는 게 몸에 배어서…, 이제 와서 아들 며느리 집에 들어가 밥 얻어먹으며 사는 건 힘들지 싶네…." 그녀는 한숨을 내쉬며 말했다.

그리하여 평생을 스스로 옳다고 믿는 기준 속에서 살아오며, 자신의 역할은 언제나 정당하게 다했다고 여긴 차이관은, 모든 잘못은 자연스럽게 자신과 함께 살아온 사람들에게 귀속된다고 여겼다. 그녀는 여러 집을 돌아다니며 빨래를 하는 동안, 점차 세상의 시시비비를 논하고 평가하는 습관을 익혀갔다. 차이관은 자신이 흠결없이 깨끗한 과거를 지녔다고 믿으며, 이를 바탕으로 루청 사람들을 가차 없이 비웃고 논평했다. 더욱이 그녀의 일이 집집마다의 부엌과 뒷마당을 오가는 일이었기에, 차이관에게는 늘 이야기할 주제가 끊이지 않았다. 차이관은 한 집에서 듣고 본 이야기를 다른 집에서 풀어놓았다. 그녀는 어느 집의 여자가 어떻게 피 묻은 속옷을 가져와 매달 그녀에게 빨게 했는지, 또 그 집은 어떤지, 그 사람은 또 어떤지에 대해 이야기했다. 사소한 일이라도 차이관의 입을 피해가는 법이 없었다. 게다가 차이관은 다른 집의 수다스러운 며느리나 하녀들에게서 더 많은 이야깃거리를 들었다. 그렇게 얻은 이야기를 교묘히 엮어 각 집마다 널리 퍼뜨렸다. 한때 대가족 속에서 치열하게 살아온 차이관은, 이러한 미묘한 순간들을 가장 잘 이해했고, 바로 그런 지점에서 더 많은 이야깃거리를 찾아내는 데 능했다.

이렇게 해서, 평생 루청을 한 발자국도 벗어나지 않았고 글도 몇 자밖에 모르는 차이관은, 살아오며 쌓아온 수많은 세월과 경험을 바탕으로 루청 부엌과 뒷마당의 '양심'으로 자리 잡았다. 그녀는 자신의 결백하고 흠잡을 데 없는 과거를 내세워 당당히 고개를 들고 말했다. 그녀는 냉정하고 단호한 어조로 모든 옳고 그름을 판단하며, 그녀가 보기에는 도덕에 어긋난 사생활을 신랄하게 비판했다. 차이관이 린수이리의 어머니를 '썩은 대나무에서 좋은 대순이 나올 수 없다'며 심하게 비난한 것도 그런 맥락에서다. 그녀는 린수이리의 어머니가 과거 극단에서 활동했던 것을 꼬집어 말했고, 더 나아가 그 어머니의 재능을 이어받아 춤을 추는 린수이리조차 무희와 다를 바 없다며 폄하했다.

차이관은 수많은 사람들을 비판했지만, 유독 린수이리 모녀에 대해서는 더욱 신랄했다. 소문을 좋아하는 루청의 여성들은 가끔 차이관의 남편을 빼앗아간 사람이 바로 린수이리 어머니의 의자매였다는 사실을 떠올리곤 했다. 아마도 이것이 차이관의 흠 없는 명성을 흐리는 유일한 오점일 것이다. 루청에는 차이관의 신중함과 도리를 아는 태도를 칭찬하는 사람들이 적지 않았다. 그들은 문진사 가문에서 자란 딸이기에 이토록 이치를 알고, 옳고 그름을 명확히 분별할 줄 아는 여성이 되었을 것이라 여겼다. 그러나 보다 겸허한 마음을 가진 사람들은 이렇게 생각했다. 차이관이 바로 그런 성정 때문에 평생 남의 빨래를 하며 생을 보내게 된 것이라고.

그러나 아무도 헤아려 본 적이 없다. 차이관의 옳고 그름에 대한 양심이 루청에서 얼마나 많은 가정의 갈등을 촉발했는지, 얼마나 많은 이들의 마음에 깊은 상처를 남겼는지, 심지어 얼마나 많은 이들의 명예를 짓밟아 관계를 파탄으로 몰아넣었는지를.

써양(色陽)

떠오르는 태양을 붙들 긴 끈은 애초에 없고, 흐르는 물과 돌아오는 구름 속에 한이 가득하네. 마고할멈에게 창해를 사려 했건만, 봄 이슬 한 잔은 차갑기가 얼음 같구나.

— 이상은, 「알산(謁山)」

써양(色陽)은 이미 나이가 지긋한 여인이다. 그러나 루청에서의 세월 속에서, 써양과 같은 여인들은 때로 다른 사람들보다 더 오래 세월의 풍파를 견뎌내는 법이었다.

　젊은 시절, 써양은 극단에서 주변의 압박에 떠밀려 거침없이 앞으로 나아가야 했다. 열댓 살, 거칠고 서투른 봄날이 채 끝나기도 전에 이미 스물 즈음의 성숙한 풍모를 갖춰야만 했다. 그러나 아무리 서둘러도 그 몇 해를 넘길 수 없었다. 스무 살이 되자, 그녀는 이미 나이든 여인의 모습을 하고 있었고, 명성이 사라진 뒤에는 나이가 많든 적든 더는 아무런 의미가 없었다. 그때부터 그녀는 한숨을 고르며, 마치 잃어버린 청춘을 되찾겠다는 듯이 살아갔다. 지나치게 빠르게 흘러가 버린 그 시절을 되돌려 놓으려는 듯, 세월은 더 이상 그녀를 늙게 만들지 못했다. 새로이 더해지는 날들은 모두 과거의 시간 속으로 흡수되어 갔고, 그녀의 현실과는 점점 무관해져 버렸다.

동료들은 써양이 왕번(王本)을 만나 젊음과 아름다움을 오래 붙잡을 수 있었다며 부러워했다. 그러나 써양은 결국 얼어붙은 꽃 한 송이, 그것도 만개한 뒤에 꺾인 꽃에 불과했다. 그런 꽃이 햇빛 아래에서 오래 견딜 수 없었던 것은 어찌 보면 당연한 일이었다. 왕번이 가산을 모두 탕진했음에도 써양은 그의 곁을 떠나지 않았다. 그리고 수많은 황혼녘, 써양은 르마오(日茂) 본가 집 앞의 대나무 의자에 앉아 낡고 해진 옷을 꿰매고 오래된 옷을 고쳐 입는 날들을 보냈다. 바로 그때부터, 써양의 얼굴에는 다시 세월의 흔적이 서서히 드러나기 시작했다.

세월이 흘러가며, 르마오 옛집 앞에 앉아 있는 써양의 몸 위로 그무게가 하나둘 쌓여갔다. 하루하루가 깊어질수록 세월은 더 뚜렷하게 그 자취를 새겨 넣었다. 써양은 해지고 낡은 옷을 꿰매는 것으로도 모자라 명절이나 제삿날마다 시장 풍경에 맞는 자잘한 물건들을 만들어야 했다. 단오절에는 정성스레 향주머니를 만들고, 칠월 제사에는 풀로 엮은 짚인형을, 원소절에는 손수 빚어낸 꽃등을 준비했다. 그녀는 손재주가 그리 뛰어난 편은 아니었다. 써양이 어릴 적 자란 시골에서는 실조차 귀했고, 자수를 떠본 적도 없었다. 그러나 극단에서 일하게 된 후 그녀의 삶은 이전과 완전히 달라졌고, 호화롭게 변했다. 손님이 적어 한가한 날이면 동료들과 함께 옷을 만들고 남은 부드러운 비단 조각과 오색 실로 향주머니를 만들어보며 시간을 보내곤 했다. 하지만 당시 그녀는 언젠가 그런 기술로 생계를 이어가게 될 줄은 상상도 하지 못했다.

5월의 황혼이 다가올 무렵, 써양은 르마오의 본가에 앉아 있었다. 무릎 위에는 이제 낡고 빛 바랜 헌 옷이 아닌, 밝고 화려한 비단 실과 서늘한 광택이 비치는 작은 비단 조각들이 놓여 있었다. 황혼빛의 태양 아래 비단 고유의 은은한 광택은 비록 약했지만, 그녀의 몸을 온통 감싸는 듯했다. 써양은 자수가 끝난 후 남은 실을 한 가닥씩 이어 접어둔 종이 틀에 정성스럽게 감아 색색의 별, 팔각형, 원형, 그리고 부귀와 길상을 상징하는 동전과 쭝즈(粽子)를 만들어냈다. 또한 옷을 만들고 남은 작은 천 조각으로는 노란색 작은 호랑이, 수탉, 돈주머니, 여의(如意)복숭아 같은 것을 바느질했다. 하나를 완성할 때마다 써양은 그것을 곁에 놓인 죽은 반얀나무 분재의 가지에 걸었다. 작은 향주머니들은 5월의 산들바람에 가볍게 흔들리며, 향신료의 은은한 향기를 풍겼고, 간혹 작은 방울이 뚝뚝 끊어지는 소리를 내는 듯했다. 앞으로 이 손수 만든 향주머니들로 인해 얼마나 많은 아이들의 어린 시절 추억이 5월 황혼 속에서 은은히 떠오르게 될지 모를 일이었다.

하지만 막상 써양 자신은 과거를 회상하는 경우가 거의 없었다. 오랜 세월 겹겹이 쌓인 나날들은, 본디 상상하는 법조차 배우지 못한 그녀의 사고에 무거운 짐처럼 내려앉았다. 그렇게 그녀는 자연스럽게, 그리고 점차적으로 기억의 많은 부분을 지워나갔다. 써양이 실을 한 올 한 올 감고, 바늘로 한 땀 한 땀 꿰매며 아이들이 자라나며 추억할 작은 장식품을 만들어낼 때도, 그녀의 마음은 텅 비어 있었다. 같은 모양의 향주머니를 반복해서 만들어내면서도, 그것이 과거의 삶을 떠올리게 한 적은 단 한 번도 없었다. 지난 시절이 아무리 쓰라렸거나, 때로는 소소한 기쁨이 있었더라도, 이제 그 모든 것은 입 밖에 오르내리지 않았다. 미래 또한 그녀의 마음속에서 자취를 감춘 지 오래였다. 이미 상상조차 버린 삶이었다.

그렇게 많은 세월이 흘렀다. 써양은 저무는 노을이 깃든 르마오 집 앞에 앉아 온 마음을 다해 향주머니를 만들었다. 계절이 바뀔 때마다 그녀의 손은 짚인형을 엮고, 꽃등을 붙이며 쉼 없이 움직였다. 느릿하게 흘러가는 그 시간 속에서, 써양은 더 이상 어떤 꿈도 품지 않은 채 오롯이 자신의 일에 몰두했다. 하지만 루청의 사람들 사이에서 그녀를 향한 수군거림은 쉽게 잦아들지 않았다. 오랜 세월 동안 그녀가 왕번을 저버리지 않았다는 점을 인정하면서도, 여전히 몇몇은 비웃는 듯한 어조로 말했다. "써양 같은 여자가 과거에 그런 일을 겪었으니, 결국은 편안한 삶에 길들여진 것 아니겠어.

아무리 변했다 해도, 고작 손쉬운 일이나 골라서 하며 여전히 힘든 노동은 하려 들지 않잖아."

사람들의 험담이 끊이지 않았지만, 써양은 여전히 묵묵히 자신의 일을 이어갔다. 그러나 시간이 흐르며, 그녀를 품고 키워낸 이 작은 마을 역시 느릿한 속도로 변화를 맞이하기 시작했다. 그 변화는 느릿느릿 찾아왔지만, 한 번 시작되자 되돌릴 수 없는 것이었다. 처음에는 판매하기에도 모자랄 정도였던 짚인형이 해마다 점점 팔리지 않게 되었다. 짚인형을 위탁 판매하던 제사용품 가게의 주인은 써양에게 사람들이 이제 칠월 제사에서 짚인형을 태워 액운을 막는다는 옛 풍습을 점점 믿지 않게 되었다고 알려주었다. 처음에 써양은 크게 신경 쓰지 않았다. 자신과 같은 나이대의 노년층이 모두 세상을 떠나지 않는 이상, 짚인형을 사는 사람이 분명히 있을 것이라고 확신했기 때문이다. '칠월 제사에서 짚인형을 태우지 않으면 떠도는 영혼과 악령의 기운이 집안에 쌓이고, 제사를 지내는 것도 아무런 소용이 없을 텐데, 어떻게 안 태울 수 있겠어?' 하지만 결국 짚인형 판매량은 해마다 줄어들었고, 마침내 제사용품 가게 주인은 더 이상 짚인형을 수거하지 않았다.

그 이후에도 써양은 매년 7월이 되면 잊지 않고 볏짚을 준비했다. 묶음을 2척 길이로 자르고 중간에서 접어, 전체 길이의 약 5분의 1 지점에 하얀 실로 머리를 묶은 다음, 아래를 세 가닥으로 나누어 양옆은 손으로 꼬고, 가운데는 몸통으로 두고 나머지로 두

다리를 만들어 짚인형을 완성했다. 이렇게 만든 짚인형은 제사를 지낸 뒤 금은보화와 함께 태워버렸다. 비록 주변 사람들이 더 이상 짚인형을 태우지 않아도 평온히 지내고 재앙도 찾아오지 않았지만, 써양은 자신의 습관을 계속 지켰다. 다만 달라진 점이 있다면, 매년 만드는 짚인형이 점점 더 정교해졌고, 써양 스스로는 짚인형을 태워야만 지금의 평온이 유지된다고 더 확고히 믿게 되었다. 만약 짚인형을 태우지 않는다면 삶이 훨씬 더 불안정해질 것이라고 믿었다.

새로운 외부의 관념이 대중매체와 지식을 통해 루청 같은 지역에서도 점차 확산되었고, 결국 오래된 관습을 대체하기 시작했다. 하지만 이러한 변화는 상당히 오랜 시간을 거쳐 이루어졌다. 모든 크고 작은 제사에서 짚인형을 태우던 시대에서 짚인형 판매가 줄어들기까지, 그 과정은 느리게 진행되었다. 그러나 써양이 마지막 짚인형을 팔지 못했을 때, 그녀는 오랜 세월 동안 조금씩 새로운 환경에 적응하는 법을 배우고 있었다. 그러던 중 또 하나의 변화가 있었는데, 이번에는 써양의 삶에 심각하고 빠른 영향을 미쳤다.

그해 5월, 전혀 예고 없이, 단오절을 불과 이틀이나 사흘 앞둔 어느 날, 시장에는 갑자기 대량의 화학 스펀지로 만든 향주머니가 쏟아져 나왔다. 그것들은 여전히 다양한 모양을 하고 있었다. 춤추는 인형, 여의주를 품은 복숭아, 쭝즈, 호랑이, 수탉…. 그러나, 그것들은 기계로 찍어낸 공산품이었다. 크기도, 모양도, 심지어 향기까지도 모두 똑같았고, 일부는 봉제선에 끈적한 접착제의 더러운 황색 흔적이 남아 있었다. 그럼에도 불구하고, 이 공장에서 대량 생산된 향주머니들은 파격적으로 저렴한 가격 덕분에 단숨에 거의 모든 손님들의 선택을 받았다. 단오절 당일 저녁, 써양은 팔리지 않은 향주머니들을 한 아름 안고 돌아왔다. 그리고 평소처럼 르마오 옛집 대문 앞, 대나무 의자에 앉았다. 오월의 저녁 바람이 그녀의 이마 앞에 늘어진 흰머리를 부드럽게 흔들었고, 대나무 바구니에 어지럽게 쌓인 향주머니들 사이로, 희미한 향료 냄새가 흩어져 나왔다. 왕번은 늘 그렇듯 날이 어두워진 후에야 집으로 돌아왔다. 써양은 오랜 시간 움직이지 않아 뻣뻣하고 뻐근한 목을 들어 올리며 물었다.

"어디 가요?"

"좀 나갔다 올게." 왕번은 무심하게 늘 하던 대답을 했다.

써양은 그가 어디로 갔는지 알고 있었다. 함께한 20여 년 동안, 매일 오후마다 그가 어딜 가는지 그녀는 늘 알고 있었다. 그러나 이 순간, 20여 년간 사소하게 쌓여 온 그의 그 행동과 관련된 모든 것이, 과거와는 완전히 다른 의미로 다가오며 뚜렷하게 깨달아졌다. 커다란 눈물이 써양의 두 눈에서 흘러내렸다.

그녀는 그의 그 습관을 받아들였다. 루청의 대부분의 여성들처럼, '딸을 시집보내는 것은 채소 씨앗을 뿌리는 것과 같다'는 오래된 격언을 믿으며, 운에 맡기고 남편이 비옥한 땅이 될지, 아니면 척박한 황무지가 될지 알 수 없는 상황에서도 선택의 여지없이 적응하는 법을 배웠기 때문이다. 그녀는 그의 습관을 받아들이되 동의하거나 인정한 것은 아니었다. 그저 거의 무감각하게 운명으로 받아들이며, 살아오며 쌓은 경험으로 인해 그 문제를 절대 입 밖에 내지 않는 법을 터득했을 뿐이었다. 그러나 이러한 인내는 최소한 끼니를 걱정하지 않아도 되는 안정적인 생활이 유지된다는 전제 아래 가능했다. 기본적인 생활조차 위협받기 시작하자, 그녀는 그 상황이 얼마나 불합리한지를 자각하기 시작했다.

하지만 써양은 결코 강한 성격의 여자가 아니었다. 그녀에게는 그럴 기회조차 없었다. 어린 시절 시골에서 많은 형제자매들 사이에서 자라며, 극단에서도 주목받지 못하는 존재였던 그녀는 마음대로 행동하거나 자기 뜻대로 사치를 부리며 살아본 적이 없었다. 그래서 그 단오절 저녁에도 써양은 왕번과 다투지 않았다. 그저 스스로를 책망하며, 억울함과 슬픔의 눈물을 펑펑 쏟아낼 뿐이었다. 생활은 눈에 띄게 어려워지기 시작했다. 향주머니를 만드는 데 드는 비용은 감당하기 어려웠고, 판매 후 남는 수익은 점점 줄어들었다. 왕번이 하루벌이로나마 어떻게든 수입을 얻으려 애썼지만, 상황은 좀처럼 나아지지 않았다. 결국 몇 달이 지나자, 써양은 일상의 최소한을 유지하기 위해 물건들을 하나둘 전당포에 내놓아야 했다.

써양은 공장에서 일하는 것을 고민하기 시작했다. 마침 실공장에 다니는 이웃 소녀에게서 뜻밖의 이야기를 듣게 되었다. 이 작은 루청에도 다양한 종류의 소규모 공장이 그렇게나 많다는 사실에 놀란 것이다. 실공장, 방직공장, 철공소, 전자 부품 공장, 그리고 자잘한 물건이나 간식을 만드는 작은 공장들까지. 그러나 그 공장들은 주로 미성년 아동이나 젊은 여성만을 고용할 뿐, 나이가 든 사람들을 받아주는 곳은 거의 없었다. 힘들게 철공소에서 망치 손잡이를 끼우는 일을 구한 써양은, 며칠도 지나지 않아 포기하고 말았다. 쉴 새 없이 울리는 기계의 거대한 소음이 견디기 어려웠던 것이다. 결국 그녀는 그 일마저 내려놓을 수밖에 없었다.

그 후 써양은 다양한 소규모 수공업 일을 찾아 나섰다. 가끔은 나일론 끈으로 바구니를 엮거나, 뜨개질한 스웨터를 꿰매기도 했다. 하지만 이런 일은 장기적으로 이어지지 않았고, 경쟁자도 많아 기회가 흔치 않았다. 생활은 오직 왕번이 하는 일용직 노동의 성패에 따라 불안정하게 흔들렸다. 써양은 향주머니를 만들던 시절의 안정적이고 꾸준한 수입을 떠올리며 그리워했지만, 그 시절이 절대로 돌아오지 않을 것을 잘 알고 있었다. 유일한 위안은 다가오는 팔월 보름의 꽃등뿐이었다. 써양은 큰 노력 끝에 작은 돈을 빌려 필요한 재료를 사들였고, 왕번과 함께 짬짬이 꽃등을 만드는 데 매달렸다. 전기 요금을 아끼기 위해 써양은 매일 황혼녘이면 르마오 본가 앞의 대나무 의자에 앉아 석양빛에 기대어 온갖 모양의 꽃등을 정성스레 붙이고 다듬었다.

써양은 꽃등 만들기도 오래가지 않을 것임을 어렴풋이 알고 있었다. 그래도 한두 해는 더 이어질 수 있으리라 믿었다. 그러나 그해 가을, 시장에는 대량의 플라스틱 꽃등이 등장했다. 배, 비행기, 둥근 등과 같은 일률적인 모양들이 같은 틀에서 찍혀 나왔고, 플라스틱 특유의 선명한 붉은빛과 똑같은 무늬, 색상, 크기를 자랑했다. 플라스틱 꽃등은 종이 등과 달리 쉽게 찢어지거나 불에 타지 않는 장점이 있었고, 가격도 크게 저렴하지는 않았지만 대부분의 고객을 사로잡았다. 그해 중추절에 써양은 관우등 몇 개와 비행기등 한 개 그리고 새 한 마리밖에 팔지 못했다. 그것도 루청의 몇몇 부유한 집안의 부인들이, 플라스틱 꽃등이 거칠고 종이등만큼 정취가 없다는 이유로 사간 것이었다.

중추절 밤, 왕번은 여느 때처럼 어둑해진 뒤에야 집으로 돌아왔다. 이미 초승달은 멀리 밤하늘에 떠 있었고, 사방은 끝없는 밝은 달빛으로 가득했다. 그날 밤, 써양은 쏟아지는 눈물과 함께 왕번의 늦은 귀가를 핑계 삼아 격렬한 다툼을 벌였다. 그녀는 그와 함께한 날들이 단 한 번도 평탄했던 적이 없었다며 깊은 원망을 쏟아냈다. 지난 세월, 소나 말처럼 고단하게 살아왔지만, 자식 하나 없이 허망한 나날뿐이었다. 이제는 그마저 자신을 이렇게 대하니, 명절에도 일찍 돌아오지 않고 제멋대로 놀고 즐기기만 하는 그의 모습에 절망감이 밀려들었다. 쌓여 있는 꽃등들은 처리할 길이 없고, 앞으로의 삶은 누구에게 기대야 할지도 알 수 없었다. 왕번은 한마디 대꾸도 하지 않았다. 그는 방 한쪽, 불을 밝히지 못한 온갖 색의 꽃등 더미 앞에 쪼그려 앉아 있었다. 흐릿한 불빛 아래, 왜소한 그

의 모습은 종이로 만든 가짜 산기슭에 기대어 있는 작은 동물 장식
처럼 보였다.

써양은 지친 기색이 역력할 때까지 왕번을 몰아세우며, 온갖 모
욕적인 말을 쏟아냈다. 그러나 결국 남은 것은 간헐적으로 터져 나
오는 흐느낌뿐이었다. 그제야 왕번은 조용히 몸을 일으켜 한 손에
옷을 집어 들고 밖으로 나가려 했다. 이미 어느 정도 진정된 써양
은 왕번이 나가려는 모습에 두려움이 밀려왔다. 동시에 자신을 완
전히 무시하는 그의 태도에 다시 분노가 치밀었다. 그녀는 단숨에
몸을 일으켜 허리를 곧추세우고, 손가락을 뻗어 그의 코끝을 가리
키며 분노에 찬 목소리로 외쳤다. "그렇게 좋으면 그 떠돌이 개들
과 살아! 들개들하고 어울리면서 다시는 돌아오지 마! 영원히 이 집
문턱을 넘을 생각도 하지 마!"

말이 끝나고 순간, 두 사람 모두 자신이 무엇을 말했는지, 또 무
슨 일이 벌어졌는지 정확히 알 수 없는 듯 멍하니 서로를 바라보았
다. 그러다 왕번은 그녀의 말의 의미를 깨닫고 갑자기 손을 들어
그녀의 뻗은 팔을 세게 내리쳤다. 그런 다음 그는 문을 박차고 밖
으로 나갔다. 중추절 밤 특유의 밝고 투명한 달빛이 사방을 비추었
다. 마치 물속을 꿰뚫는 듯한 투명함이었지만, 지나치게 화려해 오
히려 더 쓸쓸하게 느껴졌다. 맑고도 환한 빛은 온 세상을 감싸며,
그 무게감이 숨이 막힐 정도로 내려앉았다. 거리는 달을 감상하는
사람들과 등을 든 아이들로 가득했다. 그러나 도시를 벗어나자 인

92

파는 점점 줄어들었다. 바닷가에 이르렀을 때, 왕번이 마주한 것은 하얗게 빛나는 달빛 아래 끝없이 펼쳐진 어두운 갈색의 갯벌뿐이었다. 그 끝은 수평선에서 회색과 검은색의 경계로 희미하게 이어졌다. 멀리서 들려오는 파도가 부딪치는 소리는 여전히 선명했다.

왕번은 이미 폐허가 된 낡은 방파제 위에 다리를 웅크리고 앉았다. 그는 멍하니 앞을 바라보며 깊은 생각에 잠겼다. 바닷물은 규칙적으로 밀려왔다가 물러갔다. 쉼 없이 이어지는 파도 소리는 과거의 기억과 꿈처럼 반복됐다. 왔다가 가고, 갔다가 다시 오는 그 움직임 속에서 그는 자신의 과거를 조용히 떠올렸다. 그는 거의 40여 년 동안, 매일같이 저녁 무렵이면 이곳에 와서 다리를 웅크리고 방파제 위에 앉아 있었다. 40여 년 전, 바닷물이 아직 간조일 때조차 둑에서 불과 3~4척 떨어진 곳까지 차올랐다. 그 시절 그는 둑 위에 앉아 품에 든 만두를 하나씩 아래의 들개 무리에게 던져주었다. 들개들은 밀려드는 파도에 두려워하면서도 서로 찢고 빼앗으며 먹이를 차지하려고 아우성을 쳤다.

그렇게 많은 해 동안, 그는 10대 시절 바닷가에서 충동적으로 시작했던 이 행동을 거의 중단 없이 반복해 왔다. 처음에는 친구들이 그의 행동을 비웃었지만, 그는 신경 쓰지 않았고 해명할 필요조차 느끼지 못했다. 날마다 같은 행동을 반복하며 그저 습관처럼 이어졌다. 시간이 지나면서 비웃는 사람들은 줄어들었고, 나중에는 아무도 그의 행동에 대해 언급하지 않게 되었다. 그렇게 어떤 의미도 부여하지 않은 채, 그는 이 행동을 그저 이어갔다. 자신조차 이 시간이 얼마나 오래되었는지 알지 못할 정도로 말이다. 그러나 이 중추절 밤, 방파제 위에 앉아 멀지 않은 곳에서 반복적으로 밀려오는 파도를 바라보며, 그는 처음으로 40여 년이라는 세월이 흘렀음을 분명히 깨달았다. 그는 둑 위에서 40여 년을 앉아 있었다. 눈앞에는 점점 진흙과 모래로 메워져버린 항구가 있었고, 과거 번성했던 항구는 이제 사라져버린 옛 영광이 되었다. 그는 또한 강둑 위에서 40여 년을 기다리며 살았다. 어느 정도 있었던 집안의 재산이 모두 탕진되는 것을 지켜보았고, 청춘을 보내며 삶의 부침을 경험했다. 혹은 이렇게 말할 수도 있을 것이다. 그는 이 강둑 위에서 40여 년을 앉아 망각하며 세상의 번잡함을 회피해 왔던 것이다. 이 모든 것이, 그가 스스로 생각하고 분석하는 법을 배울 기회가 전혀 없었기 때문이었다. 그저 밀려오는 파도처럼, 시간도 그렇게 흘러가도록 내버려 두었다.

만약 써양이 아니었다면, 그는 자신이 바닷가 강둑 위에서 인생의 대부분을 허비했다는 사실을 결코 깨닫지 못했을 것이다. 그는 계속해서 매일 저녁 이곳에 와서, 들개들이 먹이를 두고 다투는 모습을 내려다보며 그렇게 나날을 보내다 어느 날 나이가 들어 생을 마감했을 것이다. 그러나 써양이 그것을 언급했다. 그제야 그는 왜 써양이 그것을 그렇게 혐오했는지 이해하게 되었다. 그리고 처음 이 바닷가에 앉았던 순간부터 자신이 얼마나 많은 것을 포기해 왔는지를 깨닫게 되었다. 젊은 시절부터 지금까지 자신이 해야 했던 수많은 일들, 그리고 그 모든 것을 멀리해 왔던 시간을 떠올렸다. 그는 마침내 써양의 변함없는 온화함을 떠올렸다. 그녀가 많은 세월 동안 변덕스러운 상황 속에서 홀로 이 가정을 지켜왔던 것을 되새겼다. 왕번의 눈가에서 눈물이 주르륵 흘러내렸다.

그는 눈물을 흘리며 얼마나 오래 앉아 있었는지 알 수 없었다. 다만 점점 떠오르는 달이 더욱 찬란히 빛났고, 주변은 이상할 정도로 무겁고 밝은 흰빛에 휩싸였다. 왕번이 일어나 떠나려 할 때, 익숙한 방파제와 해변이 전에는 한 번도 본 적 없는 새로운 모습으로 그의 머릿속을 스쳐 갔다. 잠시 동안 그는 마치 40여 년 동안 이 둑에 앉아 있었던 적이 없으며, 사실상 아무 일도 일어나지 않았고, 아무것도 변하지 않았으며, 40여 년이라는 시간이 흐르지도 않았다는 느낌을 받았다. 그는 그저 한순간 동안 둑에 앉아 있었을 뿐이었다. 그가 젊었을 때 처음 이곳에 왔던 순간부터 지금 떠나려는 이 순간까지, 모든 것이 단 한순간에 일어난 일처럼 느껴졌다.

왕번은 가볍게 웃음을 지었다.

그는 다음 날 저녁, 더 이상 이 해변에 오지 않을 것임을 깨달았다.

아마도 이것이 오래전부터 전해 내려오는 창해상전(滄海桑田)의 신화일지도 모른다. 그다지 신비하지도, 특별하지도 않았다. 한 사람이 이유 없이, 어쩌면 설명할 수 없는 행동을 했을 뿐이었다. 그리고 그 행동을 40여 년 동안 같은 방식으로 반복했을 뿐이다. 그 시간 동안 그는 세상의 온갖 일을 겪었고, 그의 눈앞에서 진흙과 모래로 메워진 바다가 전설 속 뽕밭처럼 변해가는 것을 보았다. 그러다 어느 순간, 그는 이 오랜 시간이 실은 한순간이었을지도 모른다는 사실을 깨달았다. 그 순간, 그는 바다가 뽕밭으로 변하는 것을 분명히 보았다. 그리고 그로 인해 그의 삶의 모든 것이 더 이상 중요하지도, 언급할 가치도 없는 것이 되었다. 누가 이것이 창해상전의 신화가 아니라고 말할 수 있을까?

다음 날 아침, 바다로 나간 어부들은 왕번의 시신을 강둑 아래에서 발견했다. 그는 몸을 웅크리고 있었고, 정확한 사인은 아무도 알지 못했다. 밤새 잠들지 못했던 써양은 그 소식을 듣고 마치 이미 예상하고 있었던 것처럼 놀라울 정도로 무표정하고 고요했다. 그녀는 르마오 조상집 앞 대나무 의자에 하루 종일 앉아 있었다. 그녀는 단지 20여 년간 참아왔던 한마디를 내뱉었을 뿐이었다. 어쩌면 그 말은 그다지 중요한 말도 아니었을 것이다. 그러나 이런 작은 루청에서, 이런 소박한 부부 사이에서도 그것은 감당할 수 없는 말이었다. 사실, 무엇이 원인이고 무엇이 결과인가? 그리고 루청의 변화하는 삶의 모습이 그녀에게 어떤 방식으로 영향을 주어 이런 결말에 이르게 했는가? 그러나 이 모든 것은 어쩌면 중요하지 않을지도 모른다. 중요한 것은 그녀가 그 말을 내뱉은 것이 결국 피할 수 없는 일이었다는 점이다. 이미 되돌릴 수 없게 된 이상, 그녀는 그것을 받아들이는 수밖에 없었다.

그래서 써양은 르마오 본가 앞에서 하루 종일 멍하니 앉아 있었다. 황혼이 지고, 그녀는 집 안에 있는 모든 꽃등에 불을 밝혔다. 흔들리는 붉은 초의 부드러운 불빛이 그녀의 얼굴을 비췄고, 그 모습은 마치 그녀가 매우 행복한 사람처럼 보였다.

"난 빨간색과 흰색이 섞인 걸로 할래."

5월의 달콤한 산들바람이, 린난먼(臨南門) 시장 도로변에 서 있는 소녀의 짧은 머리카락과 치맛자락을 가볍게 흩날렸다. 키가 크고 안경을 쓴 소년은 한 손으로 소녀의 다소 야윈 어깨를 감싸고, 남은 왼손으로 긴 대나무 막대에 걸려 있는 빨강과 흰색 실로 엮은 육각형 쭝즈 모양의 향주머니를 꺼냈다. 소녀는 그것을 받아 들고 코끝 가까이 가져가 깊이 향을 맡았다. 미소를 지은 채 소년의 허리를 부드럽게 끌어안고, 길을 걸으며 나지막이 이야기를 이어갔다.

"어렸을 때……, 우리 집 뒤쪽에 한 여자분이 살았어. 그분이 향주머니를 정말 잘 만드셨거든. 단오절만 되면 꼭 한 움큼씩 만들어서 내 손에 쥐어주셨어. 참 다정한 분이었지. 얼굴도 동그랗고 피부도 하얗고, 인상도 참 곱고……, 항상 끝단에 예쁜 장식 달린 치파오를 입고 계셨던 게 아직도 기억나. 근데……, 우리 엄마는 내가 그 집에 놀러 가는 걸 왜 그렇게 싫어하셨는지 모르겠어."

소녀는 흥미로운 듯 쉴 새 없이 이야기를 이어갔다. 그러나 마지막 말을 하며 약간 침울해졌고, 소년은 부드럽게 물었다.

"왜 싫어하셨는데?"

"왜냐하면….." 소녀는 잠시 머뭇거리더니, 갑자기 무엇인가를 떠올린 듯 서둘러 말했다. "그건……, 이제 알겠어. 그 여자가 예기(藝妓)였거든."

"예기?"

"그러니까 노래도 부르던 그런……, 기생 말이야."

'기생'이라는 단어가 자연스럽게 입 밖으로 나오자, 리수는 스스로도 깊이 놀랐다. 무심코 멈춰 섰다. 예전 루칭에서, 그녀는 한 번도 써양을 '기생'으로 생각해본 적이 없었다. 가끔 누군가 그 단어를 언급하더라도, 그녀는 '기생'이라는 말이 써양에게 어떤 의미를 갖는지 알지 못했다. 써양은 그녀의 작문 숙제 속에서 단오절과 관련된 아름다운 추억의 일부로 종종 등장했을 뿐, '기생'이라는 단어와는 아무런 관련이 없는 존재였다.

그러나, 단오절이 가까워온 어느 날, 질문에 답한 뒤, 리수는 문득 써양과 그 단어가 얽혀 있는 의미를 깨닫고 말았다. 당혹감과 놀라움에 휩싸인 그녀가 고개를 들어 올려다본 것은, 차와 사람들로 혼잡하게 뒤엉킨 타이베이 시내의 거리 풍경이었다.

신구(新舊)

리보셴(李伯先)은 리수 큰오빠의 첫 아들이자 집안의 장손이었다. 루청의 풍습에 따르면, 장손은 조부모가 세상을 떠났을 때 장례의 귀로에서 혼백을 모셔오는 중요한 역할을 맡는다. 그는 위패를 담은 함을 손에 들고, '혼교(魂轎)'라 불리는 가마에 올라 조상의 영혼을 집으로 이끄는 의식을 행해야 했다. 아이가 태어나기도 전, 조부는 이미 고심 끝에 이름을 준비해 두었다. 가문의 전통을 따르기 위해 장손의 이름에는 반드시 '보(伯)' 자를 넣어야 했고, 차손에게는 '중(仲)' 자가 배정될 터였다. 이런 배경 아래, 몇 번의 숙고 끝에 리보셴이라는 이름이 결정되었다. 태어날 아이가 여자일 가능성은 처음부터 고려 대상이 아니었기에 딸의 이름은 준비하지 않았고, 다행히도 남자아이가 태어나 이름을 사용하는 데 혼란은 없었다. 리보셴이 태어난 지 얼마 지나지 않아, 상업을 전공했던 리수의 큰오빠는 학문을 바탕으로 루청에 작은 가공 공장을 세웠다. 이 공장은 목재나 등나무를 사용해 작은 장식품과 소품을 제작하는 곳이었다. 초기에는 타이베이에 있는 대형 무역회사를 통해 수출만을 담당했으나, 점차 사업이 성장하면서 직접 무역 회사를 설립하게 되었다. 때마침 1960년대 대만이 수출 전성기를 맞으며, 예전에는 하찮게 여겨졌던 작은 소품들이 리씨 가문에게 큰 부를 가져다주는 밑천이 되었다.

물품 운송의 편의를 위해, 얼마 지나지 않아 승객과 화물을 동시에 실을 수 있는 스바루 차량을 구입했다. 보셴이 어릴 적 가끔 큰오빠가 기분이 내킬 때면, 차를 몰고 나가 아들을 태우고 드라이브를 하곤 했다. 당연히 집안의 TV도 기존의 19인치 흑백 TV에서 일본 회사가 대만에서 조립한 21인치 컬러 TV로 교체되었다. 그래서 보셴이 처음으로 텔레비전을 보기 시작했을 때, 화면에 나온 뽀빠이 만화 시리즈는 이미 컬러였다.

당시 루청 마을의 다른 몇몇 아이들처럼, 리보셴도 다섯 살이 되자 교회에서 운영하는 유치원에 입학했다. 리씨 가문에는 오랜 기간 동안 입학할 아이가 없었기에 유난히 신중을 기했다. 학교 선택의 여지는 없었고, 루청에는 이 유치원이 유일했으며, 게다가 교회에서 운영하기에 믿을 만했다.

수업이 시작되었다. 처음에는 부모가 리보셴을 데리고 다녔다. 그러나 리수의 새언니는 최근 또 한 명의 남자아이를 낳았고, 리보셴 아래로는 어린 여동생도 있어 집안은 이미 두 아이를 돌보느라 분주했다. 결국 리수의 어머니가 손자를 데리고 며칠 동안 학교에 동행했다. 하지만 며칠 뒤, 리보셴에게 혼자 유치원 버스를 타고 가라는 말이 나왔다. 그러나 리보셴은 무슨 말을 해도 듣지 않았고, 아침 내내 울며 떼를 썼다. 결국 그날은 수업을 제대로 시작하지도 못했다. 저녁 식사 자리에서 리보셴이 유치원에 가지 않으려 한 일이 화제의 중심이 되었다. 조부모는 아이가 아직 어리니 유치원을 1년쯤 늦게 보내도 큰 문제가 되지 않을 거라며 느긋한 의견을 내비쳤다. 그러나 리수의 큰오빠는 단호했다. 아이는 반드시 단련을 받아야 하며, 집에서 동생들과 놀게 두면 점점 더 고립되어 사람들과 어울리지 못하는 성격으로 변할 것이라고 했다. 리수의 새언니는 평소처럼 의견을 거의 드러내지 않았고, 결국 다음 날 리보셴의 반응을 보고 최종 결정을 내리기로 했다.

며칠이 더 지난 뒤에도, 리보셴은 여전히 할머니가 함께 가지 않으면 유치원에 가지 않겠다고 고집을 부렸다. 결국 아버지가 화를 내며 드물게 그를 때리기까지 했지만, 아이의 태도는 좀처럼 바뀌지 않았다. 집안 여자들이 모여 의논한 끝에 내린 결론은, 리수의 큰오빠 몰래 할머니가 계속 아이를 데려다주자는 것이었다. 그렇게 한 달 가까이 조용히 시간이 흘렀다. 점차 리보셴은 유치원에서 마음 맞는 친구들을 사귀게 되었고, 그제야 혼자서도 즐겁게 등원하려 했다. 그 무렵부터 할머니도 동행을 그만두었다. 이 모든 일은 리수의 큰오빠가 모를 리 없었지만, 어쨌든 일이 원만하게 풀렸기에 굳이 입 밖에 내지 않았을 뿐이다.

리보셴이 어느새 유치원에 가는 날만을 손꼽아 기다릴 즈음, 집 안에는 아이 특유의 맑은 목소리로 부르는 노래가 퍼지기 시작했다. '작은 당나귀', '여동생이 인형을 업고' 그리고 '주와 함께' 같은 동요가 울려 퍼졌고, 리보셴은 유치원에서 선생님과 친구들을 통해 빠르게 국어를 익혀 돌아와 할머니에게 대만어로 '개'를 가리켜 표준어로는 '샤오거우거우(小狗狗)'라고 부른다고 알려주기도 했다. 어느 날은 '예수(耶穌)'라는 단어의 발음이 잘되지 않아 가족 누구도 무슨 말을 하려는지 알아듣지 못했고, 그 일로 리보셴은 눈이 빨개질 때까지 엉엉 울기도 했다.

이듬해 유치원 상급반에 올라간 리보셴은 간단한 산수를 배우기 시작했고, 리수의 방에 자주 찾아와 문제를 내 달라고 요청했다. 그는 통통한 작은 손가락으로 덧셈과 뺄셈을 세며 즐거워했다. 어느 날 밤, 보셴은 리수의 방에서 한참을 서성거렸다. 당시 리수는 다음 날 모의고사를 준비하느라 바빠 여동생과 놀라고 했지만, 아무리 말해도 움직이지 않았다. 결국 그의 얼굴이 근심으로 가득 차 있음을 알아차렸다. 리수가 추궁하자, 보셴은 혼란스러워하며 이렇게 말했다. "선생님이 그러는데, 하나님이라는 분이 있고, 그의 아들 예수님이 있는데, 그분이 우리 하늘에 계신 아빠래."

"근데…." 여섯 살의 아이는 찡그린 얼굴로 고개를 들며 물었다. "난 이미 아빠가 있잖아?"

리수는 매우 조심스럽게 설명했지만, 어린아이의 의문을 완전히 풀어주지는 못했다. 결국 리수는 그것을 초자연적인 왕국에서 일어나는 일이라고 말하며 얼버무렸고, 보셴은 이해가 되는 듯 고개를 끄덕였다.

이후 리수는 보셴이 상상의 세계에 매우 민감하다는 사실을 알게 되었다. 예를 들어 그는 귀신을 무척 두려워했다. 루청에 전해 내려오는 전설들, 예컨대 어떤 어두운 골목길에서 특정한 모습의 귀신이 나타났다는 이야기를 들려주면, 그는 한동안 그곳을 지나려 하지 않았고, 심지어 낮에 어른과 동행하더라도 꺼려했다. 더욱이 루청에는 여전히 심야에 신들을 모아 행렬을 이루어 귀신을 쫓는 '야방(夜訪)'이라는 풍습이 남아 있었다. 이 행렬에 늘 등장하는 흑무상(黑無常)과 백무상(白無常)이 있었는데, 보셴은 이를 보고 깜짝 놀라며 크게 울곤 했다. 하지만 또 한편으로는 문틈 뒤에 숨어 몰래 엿보기를 무척 좋아했다.

집안에서는 얼마 지나지 않아 리수가 보셴에게 귀신 이야기를 들려주는 것을 금지했다. 특히 루청과 관련된 귀신 이야기는 더 이상 해서는 안 되었고, 리수가 보셴을 데리고 사찰에 가는 일도 막았다. 그 무렵 루청에서 열리는 여러 신을 맞이하는 축제와 행사는 점차 일부 스스로를 '개화된' 가정이라 여기는 이들 사이에서 미신적이고 어리석은 것으로 치부되었다. 그런 행사는 생계에 쪼들리거나 천한 사람들만이 참여한다고 여겨졌다. 리수의 아버지는 젊은 시절 읍사무소의 관리로 일했던 도시 지식인으로, 이런 전통적 행사에 대해 강하게 반대해 왔던 인물이었다. 따라서 그가 장손인 보셴이 사찰에 드나드는 것을 반대하는 것도 당연했다. 한편 리수의 큰오빠는 보셴이 다른 남자아이들과 함께 어울리기를 바랐다. 어릴 적 보셴이 유치원에 가기를 거부했던 일이 여전히 그의 기억 속에 깊이 남아 있었다. 그는 보셴에게 늘 끈기와 투지를 가져야 한다고 강조하곤 했다.

이런 금지에 대해 리수는 별다른 이의 없이 따랐다. 특히 할머니는 절의 신상이 보셴을 겁먹게 할까 봐 걱정했다. 하지만 가끔은 보셴의 간청을 이기지 못하고, 근처의 작은 왕예(王爺)* 사당에 데려가 공탁(供桌) 아래 놓인 황갈색 점박이 토우 호랑이를 보여주기도 했다. 이 호랑이는 신으로 여겨져 향로가 앞에 놓였고, 사당 관리자가 정기적으로 향을 피웠다. 보셴은 사당의 신상들에는 별 관심이 없었지만, 사당의 어두운 구석에서 향연(香煙)에 휩싸여 있는 그 호랑이를 무척 좋아했다. 그는 그늘진 구석에 앉아 호랑이와 눈을 맞추며 한참 동안 시간을 보냈다. 때로는 그 자리에서 꼼짝도 하지 않아, 집으로 데려오는 데 한참 설득이 필요할 때도 있었다.

이후 리수는 보셴이 소학교 4학년이던 해에 대학에 합격하여 타이베이로 떠나 공부하게 되었다. 당연히 그 뒤로는 보셴에게 귀신 이야기를 들려주거나 함께 절에 가서 호랑이를 보러 가는 일이 더

---

* 　왕예(王爺): 대만과 중국 남부 지역에서 모시는 민간신앙의 수호신. 주로 역사적 인물이나 전설 속 충신이 신격화된 존재로, 마을의 재앙을 막고 평안을 지키는 역할을 한다.

이상 없었다. 그러나 리수는 보셴이 이야기책을 탐욕스럽게 좋아한다는 사실을 알게 되었고, 보셴이 점점 더 많은 글을 읽을 수 있게 되자 그를 위해 책을 보내기 시작했다. 처음에는 어릴 적 자신이 좋아했던 《그림형제 동화》와 《안데르센 동화》를 보냈으나, 보셴이 자신이 한때 몰입했던 왕자와 공주 이야기에는 별로 흥미를 느끼지 않는다는 것을 발견했다. 리수는 보셴이 남자아이이니 자연과학 관련 어린이 책에 더 흥미를 느낄 것이라고 생각하고, 과학과 자연에 관한 어린이용 책들을 보내기 시작했다. 보셴은 이를 열심히 읽어 나갔다. 그러나 시간이 지나면서 리수는 보셴이 가장 몰입하는 책들이 오히려 《봉신연의》, 《서유기》처럼 각색된 신화나 모험 이야기라는 것을 알게 되었다.

특히 《서유기》에 대한 보셴의 열정은 리수를 깜짝 놀라게 했다. 보셴은 리수가 보내준 책을 몇 번이고 반복해서 읽었을 뿐 아니라, 어디선가 청소년용으로 각색된 《서유기》 독본을 구해와 주음부호(注音符號)가 달린 것을 어렵게 읽어 나갔다. 그 해 여름방학, 리수가 타이베이에서 집으로 돌아왔을 때, 보셴은 매일같이 그녀를 붙잡고 《서유기》 이야기를 해달라고 졸랐다. 리수는 처음에는 간단히 각색된 독본을 바탕으로 이야기를 들려주다가 점차 더 깊이 있는 독본을 사용했다. 몇 번이고 이야기를 반복했지만, 보셴은 질려하지 않았다. 결국, 리수는 루청에 있는 한 서점에서 시내암(施耐庵)의 완전판 《서유기》를 사와 읽으며 이야기를 들려주었다. 그 방학 동안 보셴은 거의 매일 《서유기》 이야기를 들을 수 있었고, 리수는 이 기회에 처음으로 《서유기》를 완독했다. 그 뒤 리수가 다시 긴 방학을 맞아 집에 돌아왔을 때, 보셴은 이미 소학교 6학년에 올라가려 하고 있었다. 그는 곧바로 중학교에 진학할 수 있었지만, 가족들은 모두 보셴이 사립 중학교에 입학하기를 바랐다. 이를 위해 가정교사를 초빙해 집에서 보충수업을 시켰다.

리수의 아버지는 특히 장손인 보셴을 위해 학업 계획을 대략 구상해 두었다. 우선 사립 중학교에 진학한 뒤, 북부의 명문 고등학교에 입학하고, 궁극적으로는 의사가 되는 것이 목표였다. 만약 타이완대학교 의과대학에 합격한다면 가장 좋겠지만, 그렇지 않더라도 북의(北醫, 타이베이 의과대학)나 고의(高醫, 가오슝 의과대학)에라도 진학해야 한다고 했다. 리수의 아버지는 자신이 의학을 공부하지 못한 것을 평생 아쉬워했다. 당시 학창 시절에 자신보다 성적이 낮았던 친구들조차 의사 면허를 따서 루청에서 병원을 개업해 지역의 유지로 자리 잡았지만, 자신은 읍사무소 직원으로 평생을 보냈던 탓이었다. 그는 큰아들이 자신의 오랜 꿈을 이루지 못했기에, 장손인 보셴에게 그 꿈을 걸고 있었다. 반면, 리수의 큰오빠는 보셴이 꼭 의사가 되어야 한다고 생각하지 않았다. 오랜 사업 경험을 통해, 의사가 더 이상 소도시에서 재산과 지위를 쌓을 수 있는 몇 안 되는 직업이 아니라는 것을 깨달았던 것이다. 그는 언젠가 의사의 중요성마저 대규모 기업가들에 의해 점차 대체될 수 있으리라 믿고 있었다. 그는 보셴이 자유롭게 자신의 길을 찾아가길 바랐다. 만약 훗날 보셴이 사업에 흥미를 가진다면, 그것도 나쁘지 않다고 여겼다. 다만, 어떤 길을 선택하든 기본적인 교육은 반드시 필요하다고 그는 굳게 믿고 있었다.

가족 모두가 보셴의 초기 교육에 대해 같은 생각을 가지고 있었기에, 여름방학 동안 보셴은 전담 교사를 통해 산수와 국어를 배우며 보충 수업을 받았다. 또한 학교에서 내준 숙제를 빠짐없이 해야 했고, 남는 시간에는 동생이나 이웃의 남자아이들과 어울려 놀았다. 리수는 그제야 처음으로 깨달았다. 보셴이 더 이상 사찰에 가서 호랑이를 보겠다며 조르거나 귀신을 두려워하던 예전의 어린 소년이 아니라는 것을. 한 번은 보셴이 갑자기 생각난 듯 《서유기》를 꺼내 와 리수에게 읽어달라고 조르기 시작했다. 리수는 내심 반가운 마음에 흥미롭게 이야기를 시작했다. 그러나 그 즐거움은 오래가지 못했다. 잠시 뒤 보셴의 아버지가 이를 눈치채고 다가와 단호히 막았다. 그는 리보셴이 곧 입학시험을 앞두고 있으니, 이런 하찮은 이야기책에 시간을 낭비해서는 안 된다고 생각했던 것이다. 리수는 고개를 끄덕이며 순순히 따를 수밖에 없었다.

소학교를 졸업한 보셴은 무사히 루청 지역에서 가장 좋은 사립 중학교에 합격했다. 그는 매일 지역 버스를 타고 통학을 시작했고, 얼마 지나지 않아 시내에 사는 새로운 친구들을 사귀었다. 보셴의 대화 주제도 자연스럽게 시내와 학교 생활에 관한 이야기가 중심이 되었다. 예를 들어, 그는 종종 시내에는 교통신호등이 있는데 루청에는 없다는 점이나, 시내 곳곳에 고층 건물이 있지만 루청에는 단 하나의 큰 길에만 2~3층 건물이 있다는 점을 이야기했다.

그해 겨울방학에 리수가 집에 돌아왔을 때, 짧게 깎은 머리와 중학교 교복을 입고 훌쩍 자란 듯한 보셴을 보고 놀라움을 감추지 못했다. 특히 보셴이 동생과 함께 매일같이 TV 만화 '과학닌자대 갓챠맨(독수리오형제)'나 '마징가Z'를 시청하는 모습이 인상적이었다. 화려한 색상의 TV 화면에는 기이한 과학 장비와 격렬한 전투 장면이 가득했고, 이는 아이들의 일과처럼 되어 있었다. 가족들도 이를 아이들의 오락으로 받아들였고, 숙제를 끝낸 후에 보는 것이라면 전혀 제지하지 않았다. 보셴은 심지어 숙제를 하면서도 "날아라! 날아라! 과학 닌자!"를 흥얼거렸지만, 새로운 수학 문제를 풀 때도 한 번의 실수 없이 정확히 해냈다. 리수는 웃음을 지을 수밖에 없었다. 리수를 더욱 놀라게 한 것은 보셴과 그의 친구들이 만화 영화의 등장인물을 서로 흉내 내며 놀이를 즐기는 모습이었다. 그들은 "마징가의 비행 칼날! 공격!", "마징가 번개!" 같은 대사를 외치며 격렬한 전투 놀이를 벌였다. 이를 본 리수는 이렇게 속으로 생각했다. 'TV를 보며 자란 새로운 세대 아이들에게는 그들만의 독특한 놀이 리듬이 있는 모양이라고.'

게다가 보셴은 기계에 대해 유난히 강한 흥미를 보이기 시작했다. 과거 물품 운송을 위해 구입했던 스바루 외에, 리수의 큰오빠는 최근 루청의 몇몇 사업가들처럼 포드사가 대만 공장에서 제조한 '랠리'라는 차량을 새로 들여와 자가용으로 사용하기 시작했다. 보셴은 아버지의 자동차를 특별히 소중히 여겼다. 자동차를 닦고 관리하는 일은 대부분 그의 몫이었다. 그는 얼마 지나지 않아 '기어', '엑셀', '클러치' 같은 용어들의 의미를 빠삭하게 익혔고, 법정 나이인 열여덟 살이 되면 아버지에게 운전을 가르쳐 달라고 요구할 정도였다. 아버지는 보셴의 부탁에 대수롭지 않게 고개를 끄덕이며 허락했다. 그러나 조부모는 이를 두고 위험하다며 단호히 반대했다. 보셴이 크게 실망하는 모습을 보자, 조부모는 시간이 아직 많이 남아 있으니 굳이 완강하게 거절할 필요는 없다고 생각했다. 대신, 보셴이 좀 더 자라면 집안에 있는 할아버지의 야마하 오토바이부터 배우게 하겠다고 약속했다. 오토바이는 말할 것도 없고, 어느 여름날 거실에 설치된 에어컨조차 보셴의 관심을 끌기에 충분했다. 그는 관련된 지식이라면 무엇 하나 놓치지 않았다. 평소 인문학에만 익숙하고 기계에는 문외한이었던 리수는 점차 보셴과 무슨 이야기를 나눠야 할지조차 알 수 없게 되어버렸다.

그 후, 리수가 대학 4학년을 마치기 직전 해, 구십 평생을 살아온 외할머니가 세상을 떠났다. 평소 활발하고 부지런하셨던 외할머니는 돌아가시기 며칠 전까지도 지팡이를 짚고 이웃집에 들러 담소를 나누셨다고 한다. 하지만 갑작스러운 몸의 이상을 느낀 뒤, 일주일도 채 안 되어 침대 위에서 조용히 눈을 감으셨다. 외할머니는 장수하셨을 뿐만 아니라, 다섯 대를 이은 집안의 자손까지 두고 떠났기에 가족들은 슬픔 속에서도 한편으로는 큰 아쉬움 없이 평온히 떠나셨다는 위안을 삼을 수 있었다. 특히 5대를 이은 손주들을 위해·만든 상복용 붉은 옷을 보며, 가족들 사이에는 묘한 경사가 깃드는 듯한 분위기도 감돌았다. 리수는 끝내 외할머니의 마지막 순간을 보지 못했다. 장례식은 빠르게 준비되었고, 리수는 학교에서 시험이 있었지만 급히 결석계를 내고 집으로 돌아왔다. 그날 밤, 리수가 마지막으로 빈소를 찾아 절을 올리러 간다고 하자, 보셴이 자신도 함께 가겠다고 말했다. 그렇게 두 사람은 나란히 빈소로 향했다.

이른 봄이었다. 밤이면 여전히 차가운 봄바람이 뼈 속까지 스며들었고, 바다를 끼고 있는 루청의 바람은 특히 매서웠다. 구불구불한 골목길을 따라 바람이 휘몰아치며 윙윙 소리를 냈다. 두 사람은 옷깃을 단단히 여미고 빠른 걸음으로 걸었다. 대부분의 집들은 이미 문을 굳게 닫아 적막했으며, 그나마 도시의 큰길에서만 드문드문 사람의 그림자가 보일 뿐이었다. 마침내 빈소가 마련된 리수의 큰외숙부 댁에 다다르자, 그곳은 전혀 다른 풍경이었다. 불빛이 환히 비추는 집 안에는 사람들이 가득 모여 있었고, 모두들 장례 준비로 바쁘게 움직이고 있었다.

향을 올린 후, 리수와 보셴은 함께 빈소 옆 공터로 발길을 돌렸다. 그곳에는 고인을 위해 마련된, 종이로 정교하게 지은 커다란 집 한 채가 세워져 있었다. 이 집은 다음 날 아침 화장해 저승에서 고인이 사용할 수 있도록 준비된 것이었다. 집은 전통 건축 양식을 충실히 재현한 것이어서, 중앙에는 다섯 칸으로 된 대문이 놓이고, 그 안으로는 안채들이 세 겹으로 깊숙이 이어져 있었다. 그 웅장한 모습은 마치 실제 저택처럼 우뚝 솟아 있었고, 양옆에 설치된 형광등이 비추자 조각된 들보와 화려하게 채색된 문양들이 곳곳에서 선명히 드러났다. 인간이 상상할 수 있는 온갖 부귀와 찬란함이, 종이로 빚은 이 저승의 저택 속에 오롯이 담겨 있었다.

보셴은 커다란 집 자체에는 별다른 흥미를 보이지 않았다. 그러나 그 안에 놓인 가구나 하인, 집기들에는 몹시 호기심을 느끼는 듯했다. 그는 잠시 후, 큰 방에 놓인 종이로 만든 소파를 가리키며 리수에게 말했다. 또다시 손짓하며 종이로 만든 냉장고와 텔레비전을 가리키더니, 웃음을 지으며 이렇게 말했다. "증조할머니는 생전에 텔레비전이 어떻게 작동하는지 끝내 이해하지 못하셨잖아요. 저승에서는 텔레비전을 어떻게 보실까요?" 보셴은 고개를 갸웃거리더니 이어 말했다. "저승에서도 '독수리오형제'를 볼 수 있을까요?"

리수는 그의 말에 웃음을 터뜨렸다. 그러더니 보셴은 문 앞에 세워진 몇 대의 종이로 만든 자동차를 살펴보다가, 갑자기 약간 초조한 목소리로 물었다. "고모, 증조할머니는 차를 한 번도 몰아본 적 없잖아요. 저승에서는 이 차들을 어떻게 운전하시죠?" 리수는 순간 어떻게 대답해야 할지 몰라 잠시 머뭇거렸다. 그리고는 보셴이 가리킨 종이 자동차들을 자세히 들여다보았다. 자동차는 길이가 겨우 반 자 정도였지만, 핸들과 좌석까지 세세히 만들어져 있었다. 운전석에는 종이로 만든 작은 사람이 앉아 있었는데, 두 손을 핸들 위에 올리고 있었다. "걱정 마. 증조할머니가 직접 운전하실 필요 없어. 운전사가 있잖아!" 리수는 웃음기 어린 목소리로 말하며, 보셴에게 그 작은 종이 사람을 가리켜 보였다. 보셴은 답을 듣고 나서야 만족스러운 표정을 지으며, 다시 커다란 종이집의 다른 부분으로 관심을 돌렸다. 두 사람은 집 곳곳을 가리키며 이야기를 나누다, 문득 리수는 보셴이 어릴 적 사찰에서 제단 아래 놓인 황갈색 호랑이를 보며 좋아했던 기억이 떠올랐다. 그는 무심히 물었다. "그거 기억나니? 사찰에서 보던 진흙 호랑이 말이야." 보셴은 잠시 생각하더니 살짝 멋쩍은 표정을 지었다. 한참 뒤에야 말했다. "그까짓 진흙 호랑이가 뭐 볼 게 있다고…, 그땐 내가 애였으니까 그런 짓을 했죠." 보셴의 말투에 리수는 다시 한번 미소를 지었다.

집으로 돌아오는 길, 두 사람은 옷깃을 단단히 여미고 이따금 한두 마디씩 이야기를 나누며 걸었다. 집에 가까워졌을 때, 보셴은 갑자기 걸음을 늦추더니 머뭇거리며 말했다. "고모, 뭐 하나 물어봐도 돼요?"

"그럼, 물어봐." 리수는 약간 의아해하며 대답했다. "무슨 일이야?" "고모, 절대로 놀리지 마세요." "놀리지 않을게." 리수는 다정한 목소리로 격려하듯 말했다. 보셴은 잠시 멈칫하더니 조심스럽게 물었다. "외증조할아버지는 아주 오래전에 돌아가셨잖아요, 맞죠?"

"글쎄…, 아마 50년도 더 됐을 거야." 리수가 답했다.

"이제 외증조할머니도 돌아가셨잖아요. 그럼 저승에서 외증조할아버지를 만나겠죠?" 리수가 고개를 끄덕였다. 보셴은 한참 신중한 표정으로 생각하다가 말했다. "제가 생각해봤는데요…, 외증조할아버지는 정말 일찍 돌아가셨잖아요. 그땐 텔레비전도 없고, 냉장고도 없고, 자동차도 없었을 텐데…, 외증조할머니는 그 후로 훨씬 오래 사시면서 텔레비전도 보고, 자동차도 타고, 심지어 원자폭탄 같은 것도 다 아셨을 거 아니에요. 근데 저승에서 만났을 때, 두 분이 이야기를 나누시면…, 외증조할아버지는 그런 걸 한 번도 못 보셨는데, 도대체 이해하실 수 있을까요?" 보셴은 다시 조심스러운 어조로 덧붙였다. "고모, 제 말은…, 외증조할아버지가 그런 거 하나도 모르시니까, 외증조할머니가 말씀하셔도 이해 못 하실 거라는 뜻이에요."

리수는 손을 뻗어 보셴의 어깨를 가만히 감쌌다. 그러고 나서야 성장기 소년인 보셴이 어느새 자신과 거의 같은 키로 자랐다는 사실을 깨달았다. 이른 봄밤의 루청 공기는 여전히 서늘했다. 특히 모든 것이 잠든 고요 속에서는 그 차가움이 더 뚜렷하게 느껴졌다. 그러나 가만히 서서 깊이 숨을 들이마시자, 어디선가 벌써 봄의 따뜻한 기운이 스며들기 시작한 것만 같았다. 루청의 어두운 골목길 한가운데 서서, 리수는 보셴의 질문에 어떻게 대답해야 할지 생각에 잠겼다.

제2부

살부(殺夫)

언론 보도자료

루청(鹿城) 북쪽 변두리 천춰(陳厝)에 사는 부부 사이에서 살인 사건이 벌어졌다. 남편 천장수이(陳江水)는 40대 초반으로 도축업에 종사해 왔고, 아내 천린스(陳林市)는 스무 살을 갓 넘긴 젊은 여자였다. 사건 당일, 천린스는 남편이 도축에 사용하는 칼을 이용해 남편을 살해하고, 시신을 여덟 조각으로 토막 낸 후 등나무 상자에 담아 유기하려 했다. 다행히 이웃의 신고로 경찰이 즉시 출동해 사건이 드러났다.

왜 남편을 죽였느냐는 질문에, 천린스는 이렇게 진술했다. "남편은 늘 저에게 몹시 폭력적이었어요. 매일같이 술에 취해 들어와 저를 때리고 욕하며 즐거워했지요. 제가 생명을 죽이는 걸 무서워한다는 걸 알면서도, 굳이 저를 도축장에 데려가 돼지를 죽이는 걸 보게 했어요. 그날도 흉악한 모습으로 도축칼을 들고 돌아온 남편이 너무 무서웠어요. 날이 밝고 남편이 잠들자, 제가 그동안 도축장에서 본 그대로 따라 했습니다. 남편을 돼지처럼 토막 냈어요. 평생 수많은 돼지를 죽여온 사람인데, 그 죗값을 대신 치르게 한 셈이지요."

천린스의 진술은 이성적으로도, 감정적으로도 납득할 수 없는 부분이 많다. 예로부터 "간통 없인 남편을 죽일 수 없다"는 말이 있다. 천린스가 남편을 살해한 뒤에는 반드시 간통 상대가 존재하며, 그 사주가 있었을 가능성이 있다. 이는 관계 당국의 철저한 수사가 필요하다.

또한 일각에서는 천린스가 정신 질환을 앓고 있었다는 설도 제기되고 있다. 남편이 돼지를 죽이는 모습을 오랜 기간 본 끝에 일종의 환상 공포증에 시달렸다는 것이다. 그러나 아무리 그렇다 해도 남편을 살해했다는 사실은 도덕과 윤리를 크게 어긴 중죄다. 단순한 정신질환을 이유로 면죄부를 줄 수는 없다. 관계 당국은 단호히 이 사건을 처리해야 할 것이며, 이는 사회적 여론을 진정시키고 풍속을 바로잡기 위한 필요 조치이기도 하다.

당시 사회를 발칵 뒤집은 천린스의 남편 살해 사건은 간통 상대를 끝내 밝혀내지 못했음에도 불구하고, "천륜을 거스른 죄, 극악무도한 범죄"로 판단되어, 그녀는 총살형을 선고받고 어제 타이난부(臺南府) 감옥으로 이송되었다. 민심과 전통 예법에 부응하기 위해, 감옥에 넘기기 전 천린스를 화물트럭에 묶은 채, 여덟 명의 형사와 함께 시내를 돌며 행진시켰고, 한 사람이 징을 치며 사람들을 불러모았다. 천린스가 지나가는 거리마다 인산인해를 이뤘고, 사람들로 가득 찼다. 하지만 구경꾼 중 일부는 실망감을 드러내기도 했다. 천린스가 미모가 뛰어난 것도 아니고, 간통 상대를 볼 수 있는 것도 아니었기에, 구경거리가 별로 없다는 것이다.

그러나 남편을 살해한 패륜의 여인을 대중 앞에 끌어내는 행위는 사회 기강을 바로잡는 효과가 있다. 비록 간통 상대가 드러나진 않았지만, 이번 천린스의 시가행은 꼭 필요한 조치였다. 여성들이 이 모습을 보고 경각심을 가질 수 있을 것이며, 서양 여성들처럼 '여성 해방', '여성의 권리'를 외치며 서양 학교에 다니고, 거리로 나서기를 꿈꾸는 일이 없도록 해야 한다. 그런 일은 결국 가정과 사회를 어지럽히고, 천년을 이어온 여성 덕목을 무너뜨리는 길이다. 이번 시가행을 계기로 뜻 있는 이들이 무너져가는 여성의 덕목을 바로 세우는 데 힘을 보탤 수 있길 바란다.

1

천린스*가 남편을 살해한 사건은 한동안 루청을 떠들썩하게 만들었다. 신문이며 수사 관계자들은 하나같이 '불륜남의 사주'를 강조했지만, 마을 사람들 사이에서는 조용히 다른 이야기가 돌았다. "그건 말이야, 린스의 엄마가 되살아와 복수를 한 거래. 업보라는 거지."

린스(林市)의 조부는 루청에서 약간의 재산을 가진 사립 서당의 훈장으로 소위 '지식인'이었다. 그러나 린스의 아버지 대에 이르러 폐결핵을 앓게 되었고, 농사일을 할 줄 몰랐던 그는 치료비로 전 재산을 탕진했다. 결국 아홉 살 된 린스와 당시 서른이 채 되지 않았던 어머니만이 남겨졌다. 홀로 된 어머니와 어린 딸. 게다가 그 딸이 가문의 대를 잇지 못할 여아라는 이유로, 린스의 숙부는 어머니가 언젠가 재혼할 것이라는 핑계를 대어, 린스와 그녀의 어머니가 지니고 있던 마지막 기와집마저 빼앗아 갔다. 거리로 내몰린 어머니와 딸은 낮에는 길을 떠돌며 폐품을 줍거나 허드렛일을 하며 생계를 이어갔으며, 밤이 되면 몰래 돌아가 린씨 가문의 사당에서 잠을 청했다.

사당이라 해도 실상은 낡고 허물어진 합원(合院)일 뿐이었다. 한때 린씨 가문이 번성했던 시절, 그 규모와 위용을 자랑하며 지어

---

* 천린스(陳林市)의 본명은 린스(林市)이다. 중국 전통에서 여성은 결혼 후에도 본래 성을 유지하지만, 사회적으로는 "남편 성 + 본래 이름"의 형태로 불리는 경우가 많았다. 따라서 그녀는 결혼 후 남편의 성을 덧붙여 "천린스"로 불리게 되었다.

진 건물이었지만, 시간이 흐르며 황폐해졌다. 쓸 만한 재료들은 이미 다른 린씨 가문의 집으로 옮겨졌고, 남아 있는 것은 사람 한 아름으로 겨우 감쌀 수 있는 굵직한 기둥 몇 개와 지붕에 남은 몇 장의 기와뿐이었다. 심지어 그 사당에서 지내는 것마저도 일부 린씨 집안 사람들은 불만을 품었다. 그러나 린스의 어머니가 집안의 명예를 더럽히는 행동을 하지 않았다는 점과, 린씨 가문 사람들 역시 과부와 어린 고아를 돕는다는 명목으로 결국 모녀가 그곳에 머물도록 묵인했다.

소동은 어느 겨울, 전쟁의 해에 일어났다. 누가 누구와 싸우고 있는지는 평범한 민초들에게 중요하지 않았다. 그러나 전쟁이 몰고 온 혼란은 땅을 황폐하게 만들었고, 들판의 수확은 기대에 못 미쳤으며, 종종 흩어진 병사들이 작은 마을과 시골로 흘러 들어왔다. 린스와 그녀의 어머니는 그로 인해 더 이상 자잘한 일거리를 구할 수 없게 되었고, 대부분의 시간을 굶주림의 경계에서 버티며 보내야 했다. 설을 앞둔 어느 겨울 밤이었다. 몇 해에 한 번 있을까 말까 한 살을 에는 듯한 추위가 몰아쳤지만, 하늘에는 유난히 밝고 찬란한 보름달이 떠올라 있었다. 린스는 작은 언덕으로 올라가 땔감으로 쓸 나뭇가지를 주워 오고 있었다. 겨울의 해는 특히 짧아, 잠깐 눈을 돌린 사이 이미 주변은 황량한 밤으로 변해 있었다. 바닷가 마을 루청에는 매서운 바닷바람이 불어와 온 거리를 울리며 날카로운 소리를 내고 있었다. 바람은 좁은 골목부터 대로까지, 온 마을을 귀청이 찢어질 듯한 소음으로 뒤덮었다.

린스는 눈부신 달빛 아래, 집으로 돌아오던 길이었다. 멀리서 그녀는 군복을 입은 키 큰 남자가 사당으로 숨어드는 모습을 목격했다. 거센 바람이 그의 낡은 군모 가장자리를 뒤집으며, 젊고 상처가 난 얼굴을 드러냈다. 바람은 또한 그의 발에 감긴 회색 천 띠를 흩날렸다. 당시 열세 살이었던 린스는 다가올 위험을 직감했다. 잠시 멈춰 서서 생각하던 그녀는 곧 근처에 있는 숙부의 집으로 달려가 도움을 청해야겠다고 생각했다. 살을 에는 추위 속에서 뛰기 시작했지만, 마음속에 가득 찬 두려움은 그녀의 걸음을 휘청거리게 만들었다. 린스는 몇 번이고 넘어지고 일어나기를 반복하며 간신히 숙부의 집에 도착했다. 그러나 놀란 마음에 숨이 차고, 두려움이 온몸을 휘감아 말을 제대로 잇지 못한 채 더듬거렸다.

"구…, 군인이에요….”

숙부는 즉시 위기 상황을 파악했다. 그는 대여섯 명의 집안 사람들과 이웃들을 불러모아 사당으로 향했다. 군복을 입은 남자를 자극하지 않으려는 듯, 모두가 숨죽인 채 소리 없이 움직였다. 그들은 조심스럽게 사당의 별채 앞까지 다가갔고, 깨진 창문 너머로 달빛이 비치는 방안을 들여다보았다. 린스는 방 안의 모습을 또렷하게 목격했다. 그 빛 아래, 어머니 위에 올라탄 군복 차림의 남자가 있었다. 그의 하반신은 이미 벗겨진 상태였다. 회색 군용 띠는 흩어진 채 발목에 어지럽게 얽혀 있었다.

그리고 그녀는 보았다. 어머니의 얼굴을. 평소 수척했던 얼굴에 선명한 붉은 홍조가 가득했고, 그 얼굴에는 욕망과 황홀감으로 빛나는 표정이 서려 있었다. 어머니의 입에는 이미 하얀 밥덩이가 꽉 차 있었고, 손에도 또 다른 밥덩이를 움켜쥐고 있었다. 입 속은 밥으로 가득 차 있었고, 어머니가 웅얼거리며 소리를 내는 동안 씹힌 하얀 밥알과 침이 섞여 얼굴 한쪽으로 흘러내렸다. 그것은 목을 타고 옷깃을 적셨다.

군복을 입은 남자가 붙잡혀 끌려올 때, 그는 잠시 동안 무슨 일이 일어나고 있는지 전혀 알지 못하는 듯했다. 숙부는 그의 몸에 무기가 없다는 것을 확인한 후, 그를 발로 세게 차 그의 아랫도리를 가격했다. 키 큰 군복 남자는 그 부위를 움켜쥔 채 그 자리에서 쓰러졌다. 어머니는 여전히 처음의 자세로 바닥에 누워 있었다. 바지는 무릎까지 내려갔고, 윗옷은 위로 말려 올라갔다. 그녀는 계속해서 밥을 씹고 있었다. 그러다 린스가 그녀 쪽으로 달려가자, 어머니는 린스의 손을 붙잡고 그제야 오열하기 시작했다. 끊어지는 목소리로 말했다. "배고파…, 너무 배가 고파…."

"며칠째 고구마 줄기랑 풀만 먹었어…, 배부르게 먹어본 적이 없어…."

일가와 이웃들은 린스와 그녀의 어머니를 사당의 굵직한 기둥 두 개에 각각 묶어 두었다. 곧 더 많은 일가친척들이 소집되었고, 주변 사람들이 몰려들어 어떻게 처분할지 논의하기 시작했다. 린스의 어머니는 더 이상 울지 않았다. 그녀가 되풀이해 말한 것은 그 몇 마디뿐이었다. 정말 배가 고팠다는 것, 며칠째 고구마 줄기와 돼지 먹이로 끓인 채소밖에 먹지 못했다는 것, 군복 입은 사내가 주먹밥 두 개를 내밀었고, 자신은 너무도 배가 고파서 그만…, 무슨 일이 일어날 줄은 정말 몰랐다는 것이다.

군복을 입은 그 남자는 처음부터 끝까지 무기력하게 앞만 바라보고 있었다. 그의 눈빛은 허공을 떠돌며, 무언가를 생각하는지도 알 수 없을 만큼 텅 비어 있었다. 그는 아무런 말도 하지 않았다. 아직 젊은 얼굴이었다. 만약 눈썹과 눈 사이에서 턱 끝까지 이어지는 깊은 흉터만 아니었다면, 그는 제법 준수한 사내로 보였을 것이다.

소란과 논쟁이 한동안 이어졌지만, 뚜렷한 결론에 도달하지 못했다. 그러던 중, 린 씨 가문의 한 원로가 천천히 입을 열었다. "간통한 남녀는 큰 돌에 묶어 강물에 던지는 것이 예로부터의 법도 아니던가." 그러나 곧 말을 고쳐 덧붙였다. "물론, 그건 옛 관습에 불과하오." 이어 또 다른 사람이 신중히 나섰다. "하지만 저 군복을 입은 남자가 어느 부대 출신인지조차 모르니, 나중에 문제가 될까 두렵군요." 결국, 린씨 가문의 도리를 따지기 좋아하는 큰할아버지가 나섰다. 그는 린스의 어머니가 어디까지나 강제로 당한 피해자라며, 일반적인 간통한 남녀와는 다르다고 주장했다. "이 정도의 죄로 단정 짓는 것은 옳지 않소."

바로 그 순간, 린스의 숙부가 갑자기 사람들 사이를 헤치고 나와 군복을 입은 남자 앞에 섰다. 그는 남자의 뺨을 두 번 세차게 후려 치더니, 가슴을 쿵쿵 내리치며 외쳤다. 우리 린씨 가문은 시와 글로 가문의 이름을 떨친 집안인데, 린스의 어머니가 정말로 부끄러움을 아는 여인이었다면, 어떤 희생을 치르더라도 끝까지 저항했어야 마땅하다. 그렇게만 했더라면, 우리 가문이 그녀를 위해 정절을 기리는 비석이라도 세워줬을 것이다. 어떤 이유에서인지, 사람들이 '정절비(貞節碑)'라는 말을 듣자마자 일제히 폭소를 터뜨렸다. 잠시 후, 더 이상 흥미로운 일이 벌어지지 않자, 밤이 깊었음을 느낀 이들은 하나둘 흩어졌다. 사람들이 흩어지자, 문중 어른들은 결정을 내려야 했다. 어른 중 한 명이 린스의 숙부에게 눈짓을 보내자, 숙부는 마지못한 표정으로 말했다. "린씨 가문의 피를 더럽힐 수는 없다!"

그리하여 일가 사람들은 린스를 데리고 집으로 돌아가기로 했다. 린스는 떠나기 전, 줄곧 웅얼거리며 몇 마디를 반복하던 어머니가 갑자기 하늘을 향해 통곡하기 시작하는 것을 보았다. 그녀는 마지막으로 어머니를 돌아보았다. 기둥에 묶인 어머니는 옷이 흐트러져 있었지만, 찢기거나 해진 곳은 없었다. 오히려 어머니가 입고 있던 것은 깨끗한 빨간 새 옷이었다. 옷에는 군데군데 접힌 자국이 뚜렷이 남아 있었다. 린스는 그 옷이 어머니의 결혼식 때 입었던 예복이라는 것을 기억해냈다. 그 옷은 언제나 상자 깊숙이 보관되어 있던 것이었다. 린스가 어머니를 마지막으로 기억하는 장면은 사당의 굵직한 기둥에 붉은 옷을 입은 채 묶여 있던 모습이었다. 그다음 날 아침, 린스는 더 이상 어머니를 볼 수 없었다.

그 이후로 그녀는 어머니에 대한 여러 다른 소문들을 단편적으로 듣게 되었다. 어떤 이들은 어머니가 그날 밤 강물에 던져졌다고 말했다. 또 어떤 이들은 어머니가 군복 남자와 함께 매질을 당한 뒤 루청에서 쫓겨났으며, 다시는 돌아올 수 없게 되었다고 했다. 또 다른 사람들은 어머니가 그 군복 남자와 함께 도망쳐버렸다고도 했다.

린스는 일가 어른들의 결정에 따라 숙부의 집에서 지내게 되었다. 하지만 그 집은 사실 린스의 아버지가 돌아가시기 전까지 살던 바로 그 기와집이었다. 익숙한 집으로 돌아왔지만, 린스의 삶에는 아무런 변화도 일어나지 않았다. 그 무렵, 전쟁의 여파는 끊임없이 이어졌고, 비록 루청이 직접적인 피해를 입지는 않았지만, 곳곳이 혼란스러웠다. 게다가 수확은 점점 나빠졌고, 숙모는 오랜 병으로 자리에 누워 있었다. 린스는 안팎으로 온갖 고된 일을 도맡아 했지만, 여전히 배불리 먹을 수 있는 날은 드물었다.

그 몇 해 동안, 린스는 자라서 길고 마른 몸의 여자가 되었다. 어머니와 닮은 긴 얼굴에 길쭉한 손발을 지녔지만, 영양 부족 탓에 몸은 제대로 성장하지 못했다. 마치 대패로 깎아 만든 사람처럼 앙상하고 곧게 뻗은 모습이었다. 숙부 집 근처의 여자들 사이에서는 이런 소문도 돌았다. "린스가 저렇게 말라붙은 몸매를 가진 건, 초경이 남들보다 훨씬 늦었기 때문이야." 이런 여성 신체의 변화는 원래 어머니나 언니가 어린 소녀들에게 은밀히 가르치는 것이었다. 그러나 린스의 초경은 이웃 여성들 사이에서 거의 공개적인 웃음거리로 전락했다. 여자들은 린스가 지나치게 소란을 피운 탓이라고 여겼다. 사람들은 어머니가 곁에 없는 린스가 당황하는 것이 당연하다며 어느 정도 이해를 표했지만, 동시에 그녀가 땅바닥에 누워 울부짖으며 "피가 나요! 나 죽는 거 아니에요?"라고 외쳤다는 이야기를 웃으며 떠들었다.

초경의 소동이 채 가라앉기도 전에, 린스는 누구를 만나든 최근에 꾼 꿈 이야기를 하기 시작했다. "기둥 본 적 있죠? 그냥 기둥 말고요. 사람 한 아름으로 겨우 안을 수 있는, 우리 사당에 있는 그런 큰 기둥 말이에요." 그다음에 이어지는 꿈속 풍경은 늘 같았다.

'기둥 몇 개가 까마득히 하늘로 치솟아 있었고, 끝이 보이지 않는 먹빛 어둠 속으로 곧장 뻗어 있었다. 그러던 어느 순간, 천둥소리가 멀리서부터 점점 다가오더니, 우르르 쾅 하는 굉음이 터졌다. 불길이 치솟지도 않았는데, 그 굵은 기둥들은 순식간에 새까맣게 그을렸다. 그런데도 그것들은 끝내 무너지지 않고, 꼿꼿하게 그 자리에 서 있었다. 그리고 아주 오랜 시간이 지난 뒤, 그 시커멓게 탄 기둥의 갈라진 틈 사이로 진한 붉은색 피가 천천히, 아주 천천히 흘러나오기 시작했다.'

꿈 자체는 특별히 이상한 이야기가 아니었다. 그러나 린스가 같은 꿈 이야기를 반복해서 하자, 사람들은 곧 싫증을 느꼈다. 이후로 린스가 말을 꺼내기만 하면 곧바로 "또 꿈 얘기야? 듣기 싫어."라고 잘라 말했다.

그렇게 시간이 흐르며, 린스는 더 이상 자신의 꿈 이야기를 하지 않게 되었다. 그녀는 점점 말수가 적은 여인이 되었다. 린스는 늘 일을 하다 말고 긴 얼굴을 들어 올리곤 했지만, 그 얼굴은 언제나 무겁고 깊은 생각에 잠긴 듯했다. 그러나 그녀가 무슨 생각을 하고 있는지 아는 사람은 없었다. 린스의 침묵이 오래 지속되자, 사람들은 그녀가 사춘기를 겪고 있다고 생각했다. 이웃들은 그녀의 멍한 표정과 남자들을 빤히 쳐다보는 행동이 사춘기의 징후라고 여겼다. 어떤 젊은 남자는 그녀가 자신을 바라보던 눈빛을 이렇게 묘사했다. "마치 날 통째로 삼켜버릴 것 같았다니까."

린스에게서 무언가를 얻어내려 기회를 엿보던 숙부는, 일가의 체면 때문에 몇 차례 그녀를 인신매매꾼에게 팔려던 시도가 무산되었다. 그러나 그는 이번 기회를 놓치지 않고 크게 떠들며 말했다. "린스는 그 애미와 똑같아. 누가 날 데려가 주길 기다리고 있는 꼴이야." 그리고는 서둘러 그녀를 시집 보낼 곳을 물색하기 시작했다.

결국 숙부가 선택한 상대는 이웃 마을 천취에 사는 도축업자였다. 그의 이름은 천장수이였으며, 40세의 나이에 독신으로 살고 있었다. 지금까지 그에게 딸을 시집보낸 사람이 없었던 이유는 여러 소문 때문이었다. 그는 수십 년간 도축업에 종사하며 수많은 생명을 죽였고, 그 탓에 밤마다 돼지들이 그의 집 앞에서 울부짖는다는 이야기가 돌았다. 또한, '허우처루(後車路)'의 여자들 사이에서는 천장수이가 여자를 마치 돼지를 도살하듯 거칠게 대한다는 소문이 자자했다. 그로 인해 그는 '도살꾼 천'이라는 별명을 얻었고, 시간이 지나며 본명인 천장수이는 잊힌 지 오래였다.

이 결혼은 천장수이의 악명 높은 평판과 두 사람의 나이 차이로 인해 뒷말이 많았다. 린스의 숙부가 이 결혼으로 무언가를 챙겼을 것이라는 소문이 파다했다. 그중 가장 유력한 이야기는 "돼지 도살꾼인 천장수이가 열흘에 한 번꼴로 돼지고기 한 근씩을 보내주기로 했다"는 것이었다. 이처럼 바로 손에 들어와 먹을 수 있는 돼지고기는, 물자가 부족하던 당시에는 그 어떤 혼수보다도 훨씬 가치가 있었다. 그래서였을까, 이웃 사람들은 한편으로는 부러움 섞인 목소리로 말했다. "린스 몸엔 살이 몇 근 붙어 있지도 않은데, 그 덕에 돼지고기를 얻다니, 참 복도 많지." 물론 다른 의견도 있었다. "천장수이는 그저 도축업자일 뿐이야. 돼지고기를 파는 사람이 아니라고. 고기를 받을 수 있다고 누가 보장해?"

어찌 되었든, 린스는 결국 그와 결혼하게 되었다. 몇 벌 안 되는 옷가지들을 작은 보따리로 묶어 손에 들고, 그녀는 흑묘교(黑貓橋)를 건넜다. 다리 아래로는 폭이 한 장 남짓한 수로가 흐르고 있었다. 그 수로를 지나면 천씨 집안 마을, 즉 천춰가 나왔다. 천장수이의 집은 마을 끝자락에 있었고, 그곳에서는 멀리 바다가 내다보였다.

결혼식이 있던 날, 린스가 시댁에 도착한 시간은 오후였다. 그녀는 반나절 동안 고개를 숙인 신부로 있어야 했다. 다행히 천춰는 루청 외곽의 시골 마을이라 결혼 풍습이 까다롭지 않았다. 임시로 끌려온 중매쟁이도 주방 일을 해야 했기에, 린스는 큰 어려움 없이 신랑인 천장수이를 자세히 살필 수 있었다. 천장수이는 키가 작고 다섯 등분으로 나뉜 듯 뭉툭한 체격에 두툼한 뱃살을 내밀고 있었다. 몸 전체에 지방이 두껍게 쌓인 듯 보였고, 그로 인해 걸음걸이마저 약간 팔자걸음을 띠었다. 거의 바짝 깎은 짧은 머리에, 뒤통수가 평평하게 깎여 있어 마치 후두부가 아예 없는 사람처럼 보였다. 얼굴 이목구비는 별다른 이상이 없었으나, 작은 눈은 깊이 패여 있었고, 눈두덩의 부푼 살로 거의 묻혀 있었다. 나중에 들은 이야기로는 이런 눈을 '돼지 눈'이라 부르며, 평생 돼지와 얽힐 운명이라는 속설이 있다고 한다.

저녁에는 관례에 따라 작은 혼인잔치가 열렸다. 그러나 참석한 이들은 숙부네 가족과 천장수이의 몇몇 이웃과 친구들뿐이었다. 손님은 고작 두세 상의 식사를 마치고 금세 흩어졌다. 린스는 그날 제대로 된 음식이나 물조차 얻어먹지 못했지만, 손님들이 일찍 돌아가 주어 내심 다행이라 여겼다. 그러나 예상치 못한 일이 있었다. 천장수이의 몇몇 도축업 친구들이 남아 큰 사발로 술을 퍼 마시며 밤늦도록 떠들썩하게 소란을 피운 것이었다. 린스는 방 안에서 얇은 천 너머로 들려오는 그들의 먹고 마시고 떠드는 소리를 생생히 들으며 점점 더 배고픔을 느꼈다. 마침내 손님들이 모두 돌아갔을 때는 이미 허기와 피로로 거의 탈진 상태가 되었다.

그럼에도 불구하고, 술에 취한 천장수이는 첫날밤 의무를 다하겠다며 린스에게 다가왔다. 이로 인해 그녀는 남은 힘을 짜내며 고통스러운 비명을 질렀다. 그녀의 비명은 밤새 이어졌고, 이웃들 사이에서는 그녀의 울음소리가 밤바람에 섞여 돼지가 우는 소리로 착각할 정도였다. 모든 것이 끝난 후, 린스는 거의 의식을 잃은 상태가 되었고, 천장수이는 숙련된 듯 그녀의 입에 술을 들이부었다. 술에 목이 메인 린스는 기침을 하며 정신을 번쩍 차렸지만, 여전히 몽롱한 상태였다. 그녀는 그저 외쳤다.

"배고파….."

천장수이는 거실로 가서 껍질과 비계가 그대로 붙은 큼직한 돼지고기 한 덩이를 들고 와, 린스의 입에 밀어 넣었다. 린스는 입 안 가득 돼지고기를 씹었다. 질겅질겅, 이가 부딪히는 소리가 났다. 입가에서 넘쳐 흐른 기름이 턱과 목덜미를 타고 흘러내렸다. 끈적끈적한 기름기가 피부 위에 번졌다. 그 순간, 눈물이 흘러넘쳤다. 뺨을 타고 떨어진 눈물방울이 이마선과 머리카락 끝에 닿았을 때, 그제야 차가운 감각이 느껴졌다. 린스는 꿈에도 몰랐다. 앞으로 그녀가 살아가야 할 삶이, 바로 이런 것일 줄은.

2

도축업자로서 천장수이는 업계에서 손꼽히는 실력자였다. 소문에 따르면, 그는 열 살 갓 넘었을 무렵 '돼지 도살장'에서 허드렛일을 시작했다. 그 후 곧바로 칼을 들 기회를 얻었다고 한다. 그가 처음 칼을 잡았을 때, 그는 한 자 남짓한 날렵한 칼을 들고, 단숨에 돼지의 목을 찔렀다. 빠르고, 거침없으며, 정확했다. 손끝 하나 떨리지 않았다. 도살장의 사내들은 그를 '도살꾼 천'이라 불렀다. 여자를 다루는 그의 방식에 대한 비아냥이었지만, 동시에 그의 빼어난 솜씨를 인정하는 뜻도 담겨 있었다.

오랜 도축 일로 인해 몸에 밴 습관처럼, 천장수이는 항상 새벽에 일어났다. 첫날밤이 지나고도 그는 변함이 없었다. 새벽 세 시, 하늘이 아직 캄캄할 때 그는 자리에서 일어났다. 옆에서 깊이 잠든 린스를 흘끗 바라보더니 깨우지 않고 혼자 옷을 챙겨 입었다. 그는 늘 가지고 다니던 도축용 칼을 챙긴 뒤, 천춰 중심에 있는 작은 장터로 향해 아침을 먹었다. 미리 자리 잡고 있던 노점상의 노인은 낡은 대나무 의자 두 개를 펼쳐놓고 커다란 주전자에서 뜨거운 국물을 준비하고 있었다. 노인은 천장수이를 보자 반갑게 인사를 건넸다. 그러면서 장난스럽게 농을 던졌다. "신부를 들였는데도 단골은 잊지 않네? 신부가 아침 일찍 일어나는 게 안쓰러워서? 정말 다정하다니까."

천장수이는 웃으며 욕을 한마디 내뱉었지만, 별다른 답을 하지 않았다. 그는 몐차(麵茶, 미숫가루, 설탕, 기름 넣고 볶은 전통 음료)를 건네받아 땅에 쪼그려 앉아 순식간에 두 그릇을 비웠다. 그리고 자리에서 일어나, 천취를 지나 돼지 도살장으로 걸음을 재촉했다. 도살장은 루청 남쪽, 끝없이 펼쳐진 논 한가운데 자리 잡고 있었다. 루청에서 가장 이름난 윤락가인 '허우처루'에서부터 좁고 구불구불한 길을 뻗어 나와, 논을 지나 커다란 연못을 가로질러 가면 마침내 도살장에 닿는다. 전기가 루청까지 들어오면서 마을 사람들은 인근에 작은 발전소를 세웠지만, 이 일대는 여전히 인적이 드물었다. 더구나 도살장으로 향하는 오솔길 양옆에는 빽빽이 자란 대나무가 마치 길을 덮치듯 뻗어나와, 햇빛조차 제대로 들지 않았다. 바람이 불면 대나무 잎이 서로 스치며 사각사각 불길한 소리를 냈고, 달빛은 그 사이로 얼룩진 그림자를 길바닥에 내려 앉혔다. 스산하고 음침한 기운은 밤이 깊어질수록 더욱 짙어졌다.

도살장과 맞닿아 있는 연못, 그리고 어둠에 잠긴 길. 오래전부터 루청 사람들은 이곳을 귀신이 자주 나타나는 곳이라 했다. 천장수이는 그런 귀신 따위에는 관심조차 두지 않았다. 어린 시절, 집이 가난해 이 일을 업으로 삼은 뒤부터, 그는 많은 도살업자들과 마찬가지로 한 가지 확신을 품고 있었다. '돼지를 죽여 생명을 해친 죄로 정말 지옥에 떨어진다면, 이 땅 위의 귀신 따위가 무에 그리 두려울까? 기껏해야 함께 지옥으로 가는 것일 뿐.'

그러나 제사는 여전히 빠질 수 없는 일이었다. 도살장 입구에는 한 길 남짓한 거대한 바위가 서 있었고, 그 표면에는 '수혼비(獸魂碑)'라는 세 글자가 깊이 새겨져 있었다. 새겨진 글씨의 흔적은 붉은 안료로 채워져 있어, 더욱 또렷하게 도드라졌다. 그 앞에는 향로가 놓여 있었고, 하루도 빠짐없이 향불이 피어올랐다. 매달 정기적으로 올리는 제사 외에도, 음력 칠월 보름의 '푸두(普渡)' 나 '다자오(打醮)'* 같은 날에는 규모가 더 커졌다.

수혼비를 지나면 돼지 도살장은 L자 형태의 벽돌 건물로 이루어져 있었다. 중앙의 긴 방이 도살 작업이 이루어지는 곳이었고, 오른쪽에 연결된 작은 방들은 도구를 보관하거나 작업 외의 용도로 쓰였다. 이곳은 도축업자들이 개인 물품을 보관하는 공간이기도 했다. 천장수이는 도살장에 도착하면, 늘 작은 방으로 먼저 갔다. 여기서 그는 목이 높은 고무 장화로 갈아 신었다. 그러나 앞치마 같은 방수 천을 매번 착용하지는 않았다. 오랜 도축 경험 덕분에 그의 옷에 피가 묻는 일은 거의 없었기 때문이다. 하지만 도살장 바닥은 항상 얕은 물이 고여 있었기 때문에, 장화를 신지 않으면 작업이 매우 불편했다. 준비를 마친 천장수이는 도살장으로 이어지는 문을 지나갔다.

---

* 　푸두(普渡): 음력 7월 15일(백중절, 중원절)에 행해지는 대만 및 화남 지역의 불교·도교 전통 행사. 굶주린 혼령을 달래기 위해 공양을 올리고 제사를 지내는 의식이다; 다자오(打醮): 대만과 남중국에서 도교식으로 치러지는 대규모 의식. 지역의 평안을 기원하며 신에게 제사를 올리는 행사로, 사당과 마을 단위에서 진행된다.

문을 열자, 익숙한 강렬하고 자극적인 피비린내가 코를 찔렀다. 그 순간, 그의 온몸이 날카롭게 깨어났다. 천장수이는 고개를 쳐들었다. 그리고 묵직한 발걸음으로 도살장 한가운데로 성큼성큼 걸어 들어갔다. 입구 오른쪽에는 우물이 하나 있었는데, 이미 몇몇 여인들이 모여 물을 긷고 있었다. 그 주변에는 돼지 몇 마리가 다리가 단단히 묶인 채로 땅바닥에 누워 있었다. 근처에는 몇몇 남자들이 여기저기 흩어져 있었다. 아직 시간이 이른 탓인지, 그들은 한가롭게 몇 마디씩 주고받고 있었다. 이들 중 일부는 도살장의 일꾼들이었고, 나머지는 고깃집 상인들이었다. 상인들은 돼지들을 운반해 왔지만, 직접 도살하지 않고 작업을 감독하기 위해 남아 있었다. 천장수이가 모습을 드러내자, 사람들이 저마다 인사를 건넸다. 도살장 일꾼 몇 명은 장난기 어린 목소리로 희죽거리며 소리를 질렀고, 천춰좡(陳厝莊) 근처에 사는 한 노인은 장난스럽게 주먹을 휘둘러 그의 아랫도리를 툭 쳤다. 그러곤 크게 웃으며 말했다. "말해 봐. 첫날밤 어땠어?"

"당연히 좁고 꽉 차서 끝내줬겠지. '내춘각(來春閣)'의 진화(金花) 같은 여자처럼 너덜너덜한 자루가 아니니까 말이야. 거긴 들어가면 휑해서, 끝이 어딘지도 모르겠다니까." 근처에서 돼지고기를 파는 상인이 일부러 정색한 얼굴로, 마치 공정한 판결이라도 내리듯 덧붙였다. 그 말에 한바탕 폭소가 터져 나왔다.

그중 한 중년 일꾼이 부러운 듯 말했다. "이제 여자가 생겼으니

홀아비 신세는 면하게 해야, 먹고 잘 곳 걱정도 없고, 이만하면 신세 제대로 폈네." 그러자 다른 놈이 짓궂게 소리쳤다. "신세 폈다고? 그래, 폈지. 힘 하나 없는 저 꼴 좀 봐라. 간신히 기어 나와서 하마터면 늦을 뻔했잖아!" 다시 한바탕 웃음이 터졌다. 그러나 천장수이는 언제나 그렇듯, 그들의 농담에 대꾸하지 않았다. 다만 짧게 욕설을 내뱉으며 거칠게 웃어넘길 뿐이었다. 하지만, 그의 작은 눈은 이미 살짝 찌그러져 한 줄기 가느다란 웃음으로 변해 있었다.

한동안 왁자지껄하던 도살장 안은 시간이 꽤 흘렀음을 깨닫고 서야 점차 소란을 가라앉혔다. 일꾼들은 아쉬운 듯 웃음을 사그라뜨리며 제자리로 흩어졌다. 그러고는 두세 명이 힘을 합쳐 바닥에 묶여 있던 돼지 한 마리를 들어 올렸다. "하나, 둘. 홱!" 묵직한 구령과 함께, 돼지는 벽돌로 쌓아 올린 도살대 위로 던져졌다. 도살대는 땅에서 서너 자쯤 높이 솟아 있었고, 상판은 얕은 V자형으로 기울어져 있었다. 돼지는 한쪽으로 돌려 눕혀졌고, 네 발이 단단히 다시 묶였다. 이제, 몸을 뒤집을 수도, 도망칠 수도 없었다.

하지만 이미 자신에게 닥칠 운명을 직감한 듯, 돼지는 크게 울부짖기 시작했다. 그 소리는 바닥에 있던 다른 돼지들까지 함께 울부짖게 만들었다. 돼지들의 비명 소리가 끊임없이 이어지는 가운데, 한 일꾼이 갑자기 목소리를 높여 천장수이에게 외쳤다.

"어제 네 마누라도 이렇게 울어댔냐?"

이번에는 천장수이도 욕설 대신 손에 들고 있던 날카로운 칼을 높이 들어 찌를 듯한 제스처를 취했다. 그 모습을 본 사람들이 또다시 웃음보가 터져 여기저기서 넘어지고 배를 잡고 웃으며 소리쳤다. "아이고, 배야!" 그렇게 한바탕 농담이 오가던 사이, 울부짖으며 필사적으로 몸부림치던 돼지 한 마리가 거의 작업대에서 굴러떨어질 뻔했다. 일꾼들은 급히 달려들어 돼지를 붙잡았고, 작업대의 V자 홈 덕분에 안정감을 찾을 수 있었다. 한바탕 소란이 지나고, 작업은 다시 정상적으로 이어졌다. 천장수이는 그제야 작업대로 다가갔다. 그는 왼손으로 돼지의 주둥이를 단단히 움켜쥐고, 거칠게 위로 젖혔다. 순간, 돼지의 목줄기가 그대로 드러났다. 그러나 그가 오른손을 어떻게 움직였는지조차 알아채기도 전에 한 자 남짓한 날렵한 도살칼이 이미 돼지의 목구멍 깊숙이 박혀 있었다. 그 순간, 돼지는 귀청을 찢을 듯한 비명을 내질렀다. 그러나 천장수이의 손은 망설이지 않았다. 칼끝은 단번에 아래로 그어졌고, 목을 가로질러 두 치 넘게 찢어졌다. 그리고, 칼날이 단숨에 뽑혀 나오자 붉은 피가 거센 물줄기처럼 솟구쳤다.

이 순간이야 말로 천장수이의 시간이었다. 새벽부터 응축해온 기운을 단번에 터뜨리는 순간. 칼끝이 살을 뚫고, 날이 혈관을 가를 때, 그리고, 칼날을 뽑아내려는 찰나 아직 피가 뿜어져 나오기도 전에, 한 줄기 따뜻한 비릿한 기운이 먼저 손을 감쌌다. 그것은 마치 살아 있는 숨결처럼 부드럽고도 뜨겁게 손가락을 스쳤다. 그 순간, 피를 보지 않아도 알 수 있었다. 이번에도 완벽했다.

　그러나 그날, 막 신혼 첫날밤을 보낸 다음 날의 아침, 천장수이
는 한순간 흔들렸다. 밤새 거의 잠을 이루지 못한 데다, 몸속에 남
아 있는 들뜬 흥분이 묘하게 속을 뒤흔들었다. 그 탓인지, 손에 쥔
칼이 순간적으로 조금 늦게, 조금 불안하게 움직였다. 그는 누구보
다도 잘 알고 있었다. 자신이 찌르는 단 한 번의 칼질이 단순히 돼
지 한 마리의 죽음을 결정하는 것이 아니라는 것. 칼을 꽂는 위치,
칼날이 가르는 깊이와 각도, 그 모든 것이 이 돼지 한 마리의 육질
을 결정했다. 만약 피를 온전히 빼내지 못하면, 고기는 창백하면서
도 불그스름한 시체빛을 띠게 된다. 그러면 사람들은 그것을 죽은
뒤에 도살된 고기라 의심할 것이고, 그것은 돼지고기 시장에서 가
장 금기시되는 일이었다. 다행히도 그날은 초하루도 보름도 아니
었고, 왕예의 생일도 아니었다. 도살을 기다리는 돼지가 많지 않은
날이었다. 천장수이는 흩어진 정신을 강하게 붙들어 매듯 집중했
다. 오랜 세월 쌓아온 손놀림 덕분에, 다행히 큰 실수 없이 도살을
마칠 수 있었다. 그러나 그의 손아귀는 축축하고 미끈했다. 땀이 배
어나와 손바닥을 적셨고, 그 촉감은 마치 따뜻한 돼지 피를 한 움
큼 움켜쥔 것 같았다.

　천장수이는 길게 숨을 내쉬며 도살장을 나섰다. 아직 아침 일곱
시를 조금 넘긴 때였으나, 햇빛은 이미 사방을 환하게 물들이고
있었다. 도살장을 벗어나자, 그는 오랜 습관대로 무심히 발걸음을
‘허우처루’ 쪽으로 돌렸다. 늘 그랬듯, 자연스럽게 그곳으로 향하

려 했다. 그러나 연못가에 이르렀을 때, 문득 한 가지가 떠올랐다. 집에는 이제 막 맞아들인 새 신부가 있다는 사실. 순간, 그는 발걸음을 멈추고 잠시 망설였다. 늘 그래왔듯 '내춘각'으로 가서 진화의 따뜻한 이불 속에서 단잠을 청할 것인가. 그런데, 불현듯 떠오른 어젯밤의 기억. 린스의 흐느낌과, 몸을 떨며 내지르던 그 소리. 그 순간, 천장수이는 문득 생각을 바꿨다. 그는 발길을 틀어, 천취로 향하는 다른 길을 따라 걸어갔다.

　집으로 돌아오니, 린스는 막 잠에서 깨어난 참이었다. 그녀는 문을 등지고, 침대 곁에서 머리를 빗고 있었다. 그 순간, 천장수이의 눈에 들어온 것. 그토록 마르고 야윈 여자에게, 뜻밖에도 풍성하고 윤기 흐르는 검은 머리칼이 드리워져 있었다. 그는 주춤하더니, 이내 성큼성큼 다가섰다. 그러고는 린스의 머리채를 단숨에 움켜쥐었다. 굵고 거친 손아귀가 머리카락을 휘감아 쥐고, 한순간 거칠게 움켜잡았다가 천천히 풀어내듯 손끝에서 놀렸다. 그러다 갑자기 훅, 아래로 거칠게 잡아당겼다. 린스는 비명을 지르며 몸을 젖혔고, 그대로 침대 위로 쓰러졌다. 그 순간, 천장수이도 그녀의 위로 몸을 던지듯 거칠게 덮쳤다. 처음에는 놀란 듯 비명을 질렀던 린스. 그러나 그녀는 곧 천장수이의 얼굴을 확인하고는 소리를 멈췄다. 그러나 그가 숨을 거칠게 몰아쉬며 그녀의 하의에 손을 뻗었을 때 린스는 그제야 사태를 깨달았다. 다가오는 것이 무엇인지. 그녀는 온 힘을 다해 몸을 비틀며 저항했다. 몸부림치며 소리를 내질렀다. 그러나 그는 마치, 그 모든 저항이 자신을 더 부추기기라도 한다는 듯. 더욱 거칠게 그녀를 짓눌렀다. 이번엔 오래 걸리지도 않았다. 그는 그저 린스가 고통을 견디지 못하며 비명을 지르는 모습을 즐기고 있었다. 그의 작고 움푹 패인 눈이 가늘게 찢어졌고, 입가에서는 건조한 웃음이 흘러나왔다. 마지막 순간이 찾아왔을 때, 천장수이는 깨달았다. 이번엔 그다지 많은 것이 뿜어져 나오지 않았다. 그러나 아침 내내 속을 뒤틀며 그를 괴롭히던 답답한 기운, 손바닥을 축축하게 적셨던 불안과 짜증이, 그 순간 한꺼번에 빠져나갔다. 온몸이 기분 좋게 가벼워졌다. 그리고, 극심한 나른함 속에서 그대로 깊은 잠에 빠져들었다.

아래쪽에서 밀려오는 통증에 린스는 겨우 몸을 일으켰다. 손을 더듬어 내려가자, 손끝에 와 닿은 것은 선명한 붉은 피. 검붉게 물든 침상 위, 이미 굳어버린 어두운 피덩이들이 군데군데 얼룩져 있었다. 그리고 그 피덩이 옆, 선명하게 빛을 반사하며 놓여 있는 물건 하나. 길고 날카로운 도살칼. 천장수이가 잠들기 전, 무심코 내려놓은 칼이었다. 린스는 칼에서 최대한 멀리 떨어진 곳으로 기어가더니, 이내 몸을 다시 눕혔다. 아래쪽에서 흐르는 따뜻한 감각. 피는 아직도 서서히, 멈추지 않고 흘러내리고 있었다. 옷에 피가 스며들까 두려워, 그녀는 벗겨진 옷을 다시 입을 엄두조차 내지 못했다. '이번에는 정말 죽겠구나….' 희미한 의식 속에서, 그녀는 그렇게 생각했다. 그러나 극심한 피로와 깊은 탈진감이 몸을 무겁게

짓눌렀다. 결국, 그녀는 서서히, 어둠 속으로 가라앉듯 잠에 빠져
들었다.

린스는 흔들리는 감각에 겨우 눈을 떴다. 이미 한낮이었다. 창문
이라 부르기조차 어려운 작은 틈새로 강한 햇빛이 쏟아져 들어왔
다. 눈이 부셨다. 희미한 시야 속에서, 누군가가 커다란 밥그릇을
들고 그녀 앞에 서 있었다. 린스는 반사적으로 손을 내밀어 그것을
받아 들었다. 비로소, 눈앞에 서 있는 사람이 천장수이라는 것을 알
았다. 식어버린 밥과 반찬. 어제 잔치에서 남은 찬밥과 반찬들이었
지만, 그 안에는 제법 큼직한 돼지고기 조각들도 섞여 있었다. 린
스는 허겁지겁, 숨도 제대로 쉬지 않고 밥을 입안으로 밀어 넣었다.
태어나서 처음으로, 이렇게 배불리 먹었다. 그러나 배를 채운 후에
야, 린스는 천장수이가 줄곧 묘한 눈빛으로 자신을 바라보고 있다
는 것을 느꼈다. 순간, 불안한 기분이 엄습했다. 린스는 서둘러 고
개를 숙였다. 그리고 자신의 아래쪽을 내려다본 순간, 심장이 얼어
붙는 듯한 충격이 밀려왔다. 허벅지 아래로 흘러내려 있던 옷자락.
그녀는 알몸으로, 아무것도 걸치지 않은 채, 그 한 그릇의 밥을 끝
까지 다 먹고 있었던 것이다. '이 사람이 또 덮쳐오면 어쩌지….' 공
포가 온몸을 휘감았다. 린스는 허겁지겁 옷을 끌어올려 입고, 침대
모서리에 몸을 낮춘 채, 두 발을 바닥에 내딛는 것조차 두려워했다.
천장수이는 그런 그녀를 가만히 바라보다가, "나갔다 올게." 짧게
한마디를 남기고, 아무 일 없었다는 듯 성큼 문을 나섰다.

린스는 여전히 침대 위에 웅크린 채 앉아 있었다. 그의 발소리가 점점 멀어지는 것을 들으며, 그가 완전히 떠났음을 확신할 때까지 꼼짝도 하지 않았다. 그리고 마침내, 천천히 한 발을 침대 아래로 내딛었다. 그러나 순간, 날카로운 통증이 온몸을 덮쳤다. 린스는 자신도 모르게 몸을 움츠리며, 다리를 모으듯 움켜쥐었다. 그곳은 여전히 무언가에 의해 가득 차 있는 듯한 감각. 찢기는 듯한 고통은 서서히 옅어졌지만, 몸을 곧추세우는 것조차 쉽지 않았다. 한참 동안이나 몸을 숙인 채 그대로 멈춰 서 있었다. 그리고 마침내, 천천히 허리를 펴며 일어섰다. 그러나, 한 가지는 확실했다. 이제, 더는 크게 걸음을 내디딜 수 없다는 것을. 린스는 조심스럽게 작은 걸음으로 방 안을 이리저리 걸어 보았다. 그러나 모든 것이 낯설게 느껴졌다. 거칠게 쌓아올린 흙벽돌로 지어진 집. 한낮이었지만, 여전히 음습하고 서늘했다. 울퉁불퉁한 흙바닥에는 냉기가 내려앉아 있었고, 그 틈새로 스며든 습기는 묵은 물기처럼 차갑게 번져 나갔다. 방 안의 작은 창 두 개는 단단히 닫혀 있었고, 어디에서 배어 나오는지 모를 눅눅하고 무거운 곰팡내가 공기 속에 가득 찼다. 이 집은 방 하나와 작은 마루 하나가 전부였다. 그마저도 낡은 천막 하나로 대충 나뉘어 있을 뿐. 한쪽 구석에는 솥과 조리기구 몇 개가 놓여 있어, 겨우 부엌이라 부를 만한 공간이 만들어져 있었다. 린스는 몇 걸음 걷지도 않아 집 안의 모든 공간을 훑어볼 수 있었다. 그녀는 무엇을 해야 할 지조차 막막했다. 그러나 사방에 쌓인 먼지와

어지럽게 널린 쓰레기들이 눈에 들어오자, 이내 숙부 집에서 길러진 부지런함이 발동한 그녀는 양동이와 걸레를 찾아 들고 하나하나 닦아내기 시작했다.

얼마나 시간이 흘렀을까. 누군가 집 안으로 들어서는 소리가 들렸다. 린스는 순간적으로 천장수이가 돌아온 줄 알고, 몸을 피하려했다. 그러나 이어 들려온 것은 날카롭게 솟구친 여자 목소리. "있소? 집에 누구 없소?" 린스는 망설이며 조심스레 대답한 뒤, 문 앞으로 나섰다.

그곳에는 오십 즈음 되어 보이는 한 노파가 서 있었다. 태양에 그을려 거무스름한 피부, 얼굴엔 깊은 주름이 여러 겹 겹쳐 있었고, 머리는 새하얗게 샜으나, 뒤통수에 단정하게 비둘기 모양으로 틀어 올려져 있었다. 그 모습은 단정하고, 날렵하고, 강인해 보였다.

"옆집에 사는 사람인데, 다들 날 아왕관(阿罔官)이라 부르지."

그녀가 입을 열자, 린스는 순간적으로 그의 입에 시선이 갔다. 선명한 하얀 치아들이 빛을 받으며 반짝였다. 너무나도 가지런하고 선명해서, 마치 남의 입에서 빼내어 끼운 가짜 이빨처럼 보였다. 린스는 본능적으로 몸을 움츠리며 한쪽 구석으로 물러섰다. 손님을 맞이해 앉으라 권해야 할 텐데, 그럴 줄도 몰랐다. 그러나 아왕관은 개의치 않았다. 스스로 대청에 놓인 대나무 의자 두 개 중, 문 가까운 곳에 있는 의자를 골라 털썩 앉았다. 그리고는 린스의 성과 이름부터 시작해, 그녀의 부모, 친척, 조상의 내력까지 마치 조사라도 하듯 샅샅이 캐물었다. 그렇게 한참을 묻고 나서야, 그녀는 불쑥 목소리를 낮추고, 비밀스럽게 속삭였다.

"사실은 말이다…, 네 엄마를 좀 알지."

린스는 순간적으로 몸을 굳히고, 천천히, 아주 천천히 고개를 들어 노파를 바라보았다. 그러나 아왕관은 갑자기 무언가 떠오른 듯, 말을 툭 끊더니, 이번엔 갑작스럽게 목소리를 키워 천장수이에 대해 떠들어대기 시작했다.

"사람 자체는 나쁘지 않아. 하지만 돼지를 죽이는 업을 하잖아? 그게 문제야. 그렇게 짐승을 많이 죽였으니, 나중에 지옥 가면, 그 돼지들이 죄다 몰려와 원수를 갚으려고 할 거야. 결국에는, 입이 찢기고, 배가 갈리고, 핏물 속에 담겨 고통받는 형벌을 피할 수 없을 걸?"

아왕관은 마치 직접 본 것처럼 생생하게 이야기를 늘어놓았다. 그러나 린스는 아무런 반응도 보이지 않았다. 두려움도, 놀람도 없었다. 그 반응이 흥을 깨는 듯싶어, 노파는 곧바로 화제를 바꿨다. "그러니 말이다, 자네도 앞으로 나랑 같이, 천부(陳府)의 왕예한테 자주 가서 절을 올려야 해. 그래야 천장수이의 죄를 조금이라도 덜어줄 수 있지. 그렇지 않으면, 나중에 지옥 가서 부부가 함께 벌을 받게 될 거야. 아내도 그 죄를 나눠져야 한다고."

그 순간, 린스의 눈이 커다랗게 휘둥그레졌다. 이번에는 그녀도 두려움을 느꼈다. 그녀는 허겁지겁 고개를 끄덕이며, 빠르게 승낙

했다. 그제야 아왕관은 흐뭇한 미소를 지으며, "아미타불" 하고 불경을 읊조렸다. 그러고는 기운 빠진 손을 천천히 움직여, 바래져 하얗게 탈색된 푸른색 다타오산(大褂衫)*의 주머니 속을 뒤적였다. 손가락을 조심스럽게 놀리며 한참을 더듬더니, 마침내 노르스름한 기름종이 한 장을 꺼냈다. 그리고는 그것을 신중하게 펼쳐 보였다. 그 안에는 작은 원형으로 말려 있는 검은 고약 한 조각이 들어 있었다. "자, 이거 상처에 바르면 딱 좋아. 가져다 쓰거라." 아왕관은 의미심장한 미소를 지으며 고약을 내밀었다.

그녀의 눈가와 입꼬리에는 어딘가 묘한 기색이 스며 있었다. 마치 은근한 흥분과 쑥스러움을 감추려는 듯, 애써 태연한 척하며 말했다. "어젯밤이랑 아침에 네가 그렇게 소리를 질러대는 걸 들으니, 내 마음속에서 저절로 '아미타불'이 나오더구나." 린스의 얼굴에 즉시 붉은 기운이 확 밀려올랐다. 그녀는 고개를 깊이 숙였고, 부끄러움에 고약을 받을 엄두조차 내지 못했다.

"자, 어서 받아. 이게 뭐 그렇게 부끄러울 일이라고." 아왕관은 린스의 손을 잡아 올려, 고약을 억지로 그녀의 손에 쥐여 주었다. 그리고는 곁눈질을 하며 넌지시 물었다. "숙모가 이런 것도 안 가르쳐 주디?" 린스는 아무 말 없이 멍한 얼굴로 고개를 저었다.

"에휴, 어미 없는 애들은 늘 이렇게 가엾다니까." 아왕관은 혼잣

---

* 다타오산(大褂衫): 대만과 중국 남부에서 입던 전통적인 긴 웃옷. 품이 넉넉하고 헐렁한 외투 형태로, 소매가 넓고 길게 늘어지는 것이 특징이다.

말처럼 중얼거리며, 천천히 자리에서 일어섰다. "난 이만 가야겠다." 그리고 문 쪽을 향해 걸음을 옮기며 덧붙였다. "바다에 나갔던 사람들이 돌아올 시간이 되어서 밥을 차려야 하거든."

남겨진 린스는 아왕관의 뒷모습이 멀어지는 것을 가만히 바라보았다. 노파의 걸음걸이는 예사롭지 않았다. 작았다가, 다시 커진 발. 그녀의 발은 한때 단단히 동여매어졌지만, 지금은 풀려 일반 여성들과 비슷한 크기였다. 그러나 걸음걸이는 여전히 자연스럽지 않았다. 한 발을 내디딜 때마다, 발을 통째로 들어 올렸다가 내려놓아야 했고, 그 과정이 어딘가 어색하고, 둔탁했다. 그녀는 휘청이며, 살금살금, 작은 걸음으로 앞으로 나아갔다. 한 걸음 한 걸음이 버거워 보였다.

린스는 멍하니 앉아 있었다. 아왕관의 뒷모습이 왼쪽으로 사라지는 것을 바라보다가, 어느새 하늘이 서서히 어둠에 잠기는 것을 바라보았다. 그녀의 손에는 여전히 작은 고약이 쥐어져 있었다. 아랫배의 통증은 점점 옅어지고 있었지만, 린스는 그것이 중요하지 않다는 것을 오래전부터 배워 왔다. 통증이란 그저 견디면 지나가는 것. 그러나 몸속 깊숙이 남아 있는 듯한, 알 수 없는 이질감. 무언가가 여전히 막혀 있는 듯한 그 팽창감이, 그녀를 더욱 불안하게 했다. 그리고 그 순간 린스는 공포 속에서, 지난밤을 떠올렸다. 두 줄기 눈물이 저도 모르게 흘러내렸다. 린스는 얼른 손을 들어 옷깃으로 눈물을 훔쳤다. 그러나 눈물은 다시금 고이고, 차올랐다. 그녀의 마음속에 특별한 슬픔이 있는 것도 아니었다. 그런데도 왜 눈물이 멈추지 않는 것인지, 린스는 스스로도 이해할 수 없었다. 그저 멍하니 앉아, 조용히, 하염없이 눈물을 흘릴 뿐.

그러다 문득, 저 멀리서 점점 다가오는 한 사람의 모습을 보았다. 천장수이가 그녀를 향해 걸어오고 있었다. 처음에 린스는 그가 천장수이인지 알아보지 못했다. 그저 한 사내가 멀리서 걸어오고 있다는 것만 알았다. 그는 집 바깥으로 펼쳐진 드넓은 해안 평원을 가로지르고 있었다. 한참을 걸었으나, 그의 모습은 좀처럼 가까워지지 않았다.

그곳은 바다를 향해 끝없이 뻗어 있는 공간이어야 했으나, 저 멀리 우거진 갈대숲과 몇 그루의 작은 나무들이 시야를 가로막고 있었다. 그리하여, 그곳은 그저 끝없이 이어지는 회색과 누런색의 황량한 땅처럼 보일 뿐이었다. 풀 한 포기 자라지 않는 메마른 땅. 곳곳에 둥글고 매끈한 조약돌들이 흩어져 있고, 어딘가 버려진 듯한 적막함이 가득한 곳.

황혼이 밀려오고, 루청 특유의 바닷바람이 불어오기 시작했다. 그러자 모래바람이 일어, 하늘 가득 황톳빛 먼지가 소용돌이쳤다. 그 너머로, 거대한 붉은 해가 천천히 가라앉고 있었다. 그 풍경은, 그곳을 더욱 쓸쓸하게 만들었다. 텅 빈 공간 속, 저 멀리서 홀로 걸어오는 남자. 그것은 기이할 정도로 적막하고, 쓸쓸한 광경이었다. 붉은빛과 주황빛이 뒤섞인 저녁노을 아래, 린스는 천장수이가 점점 다가오는 모습을 바라보았다. 그리고 어렴풋한 생각이 스쳤다. '이 사람이, 사람들이 말하는 그 평생의 의지라는 걸까…?' 그러나 무엇을 의지할 수 있다는 것인지, 그녀는 도무지 알 수 없었다. 그저 붉게 타오르는 저녁노을 아래, 자신의 남자가 회색과 누런빛이 뒤섞인 조약돌 가득한 황량한 대지를 걸어오는 모습을 멍하니 바라볼 뿐. 처음에는, 아무리 걸어도 가까워지지 않는 듯하더니, 한순간, 그 모습이 또렷하게 보이기 시작했고 그러고 나서는, 너무도 빠르게 그녀의 문 앞에 도착했다.

본능적으로, 린스는 자리에서 일어나 몸을 피했다. 천장수이는 문턱을 넘어서자마자, 한쪽에서 위축된 채 서 있는 린스를 흘끗 바라보았다. 그리고 다시 집 안을 둘러보았다. 미묘하게 바뀌어 있는 가구들. 그러나 그의 얼굴에는 아무런 감정도 드러나지 않았다. 그는 단지 무덤덤한 목소리로 한마디 내뱉었다. "밥도 안 했냐?" 그러고는 천막을 거칠게 젖히고 그냥 방 안으로 들어가 버렸다. 린스는 그러자 허둥지둥 움직이기 시작했다. 한쪽 구석에서 마른 짚을 가져와, 불을 지폈다. 불길이 타오르는 순간 익숙한 움직임 속에서, 그녀의 마음도 조금씩 가라앉았다. 그리고 솥뚜껑을 열어 보았을 때, 거기에는 어젯밤 남은 '채미(菜尾, 남은 반찬을 모아 끓인 국)'가 아직도 가득 남아 있었다. 그 순간, 린스는 거의 기쁨에 가까운 안도감을 느꼈다. 린스는 짚을 덮어 밥을 뜸들이고, 어젯밤 남은 반찬을 데워 따뜻하게 만들었다. 그러던 중, 천장수이의 발소리가 방에서 들려왔다. 린스는 황급히 솥을 들고 대나무 탁자로 옮겨 놓았다. 그리고 급히 그릇을 챙겨 밥을 뜨려고 돌아섰다.

그때 "필요 없어." 천장수이가 거칠게 말을 던졌다. 그는 곧장 벽쪽에 기대어 놓인 대나무 찬장에서 바이루(白鹿) 청주 한 병을 꺼냈다. 그리고 린스의 손에서 그릇을 받아 들었다. 그릇 가득 술을 따랐다. 그러고는 고개를 젖혀 한 모금 넘긴 뒤, 비로소 그릇을 들고 앉았다. 천장수이는 술을 연거푸 들이켰고, 가끔씩 젓가락을 들어 반찬을 집어먹었다. 그렇게 한참을 먹고 마신 뒤에야, 그는 자신이 혼자 먹고 있었다는 것을 알았다. 그리고, 아직도 어찌할 바를 모르고 서 있는 린스를 보았다. "안 먹어?" 술기운이 오르자, 천장수이는 목소리를 한껏 높여 물었다.

그제야 린스는 조심스레 주방으로 가서, 푸른색 사기그릇에 가득히 고구마채 밥을 담았다. 그러나 그녀는 감히 탁자에 앉지 못했다. 그저 그 자리에서 서서, 급하게 밥을 몇 숟가락 입에 밀어 넣었다. 그리고 솥 바닥에 남아 있던 국물 몇 방울을 떠서, 그렇게 서둘러 한 그릇을 비웠다. 조심스럽게 천장수이를 힐끗 보았다. 그는 여전히 술잔을 들고 있었다. 그녀가 무엇을 하든 관심조차 두지 않았다. 이내 린스는 몰래 밥을 한 그릇 더 뜨러 갔다. 이번에는 밥을 단단히 눌러 담아, 최대한 많이 퍼 담았다. 그리고 이번엔, 급하게 먹지 않았다. 고구마채부터 먼저 다 먹고, 마지막으로 남은 한 움큼의 쌀알을 천천히, 입안에서 곱게 씹고 또 씹었다. 그렇게, 천천히, 마지막까지 음미하며 삼켰다. 완전히 배가 부른 것은 아니었지만, 린스는 이제 더 이상 밥을 뜨러 가지 않았다. 그저 조용히, 부엌가로 가서 섰다. 그러나 얼마 지나지 않아, 그녀의 몸은 자연스럽게 아래로 미끄러지듯 내려갔다. 그리고 결국, 부뚜막 옆에 웅크리고 앉았다. 잔잔한 온기. 부뚜막에서 퍼지는 따뜻한 열기가 그녀를 감싸 안았다. 그 온기에 스며들 듯 린스는 서서히 눈꺼풀을 감았다. 그리고 어느덧, 반쯤 잠에 빠져들었다.

천장수이는 그저 혼자 술을 마시는 데만 몰두했다. 몇 사발의 청주가 목으로 넘어가자, 그의 입에서는 뜻도 분명치 않은 흥얼거림이 새어나왔다. 때때로 가락이 이어지는 부분이 나오면, 그는 입맛에 맞는 대목을 꿰어 맞추듯 제멋대로 몇 소절 노래를 이어 부르기도 했다.

깊은 밤, 북소리 울리고, 달빛은 마당을 비추네.
그대 손을 잡고, 수놓은 방으로 들어가네.
우리 인연 하늘이 맺었으니,
남의 말에 귀 기울이지 말아요.

그는 콧노래를 부르며, 한쪽 발끝을 장단 맞추듯 까닥이며 바닥을 두드렸다. 때때로 멜로디에 맞춰 탁자 위를 손으로 가볍게 두드리기도 했다. 그렇게 한참을 흥얼거리다 문득 고개를 숙였다. 텅 빈

술잔이 보였다. 그 순간, 그의 입에서 흘러나오던 가락이 뚝 끊겼다. 그리고 곧바로, 날카로운 목소리가 터져 나왔다.

"뒈졌냐? 어디 쳐박혀 있는 거야! 술도 안 따라오고."

린스는 화들짝 깨어났다. 이전에도 그렇게 고함을 들은 적이 많았으므로, 그녀는 본능적으로 태연한 척하며, 재빨리 자리에서 일어났다. 무슨 이유인지도 모른 채, 그저 명령을 기다리듯 천장수이에게 조심스레 다가갔다. 그 순간, 그의 거친 팔이 그녀의 허리를 단단히 감아 붙잡았다.

"이리 와, 이 썩을 계집. 나랑 술이나 마셔."

그제야 린스는 그가 자신을 부른 이유를 알았다. 그러나 이미 그의 손에 사로잡힌 몸. 이제는 도망칠 수도 없었다. 린스는 두려움을 억누르며, 순순히 술병을 집어 들었다. 그리고 그릇 가득 술을 따라 올렸다. "마셔, 마셔, 마셔!" 천장수이는 술기운에 말도 흐려진 채, 린스에게 억지로 술을 권했다.

린스는 조용히 술잔을 받아 들었다. 그리고 살짝 한 모금 입에 댔다. 겨울날, 몰래 술을 훔쳐 마시며 추위를 견디던 날들. 그녀는 이미 독한 술맛을 알고 있었다. 손수 빚어 진득하게 농축된 걸쭉한 찹쌀주, 목구멍을 칼처럼 긁고 지나가던 강한 독주. 그런 것들에 비하면, 맑고 투명한 청주는 대수롭지 않았다. 린스가 아무런 망설임 없이 술을 들이키는 모습을 보자, 오히려 천장수이의 흥이 깨졌다. 그는 심드렁한 얼굴로 손을 휘저으며 말했다.

"꺼져, 꺼져. 저리 비켜." 그러면서 린스를 거칠게 밀쳐냈다. 린스는 균형을 잃고 비틀거리더니, 그대로 바닥에 털썩 주저앉았다. 천장수이는 그 모습을 보고 호탕하게 웃었다. 그 웃음은 거칠고, 비웃음이 섞인 웃음이었다. 그러더니 그는 주머니를 뒤적여 손에 잡히는 대로 몇 개의 동전을 꺼냈다. 그리고 린스를 향해 힘껏 내던졌다. "오늘은 내가 이긴 날이니…, 옜다, 첫날밤 값이다, 이 썩을 년아!" 동전이 쨍그랑 바닥에 떨어지며 사방으로 튀었다.

린스는 몸을 잔뜩 웅크리며, 부엌 한구석으로 기어갔다. 그리고는 다시 부뚜막 옆에 몸을 움츠리고 앉았다. 그녀는 바닥에 흩어진 동전을 주울 엄두조차 내지 못했다. 아니, 감히 손을 뻗을 수조차 없었다. 더 깊이 몸을 말고, 얼굴을 부뚜막의 붉은 벽돌에 바짝 붙였다. 그러나 그곳에서 느껴졌던 온기는, 이제는 서서히 사라지고 있었다. 술기운 때문인지, 아니면 밤이 깊어졌기 때문인지. 이제는 그녀의 뺨에 희미한 열기만이 남아 있을 뿐이었다. 그러나 천장수이는 더 이상 아무런 행동도 하지 않았다. 그저 고개를 젖혀, 술잔에 남은 술을 단숨에 들이켰다. 그러고는 크게 트림을 한 뒤, 린스를 한 번도 돌아보지 않은 채, 비틀거리며 방 안으로 사라졌다. 얼마 지나지 않아 방 안에서는 거친 코고는 소리가 울려 퍼졌다. 린스는 여전히 부뚜막 옆에 몸을 웅크린 채, 조금도 움직이지 못하고 가만히 있었다. 귀를 기울이자 천장수이의 거친 숨소리가 깊어졌다. 들쑥날쑥하던 숨결이 점점 일정한 리듬을 타기 시작했다. 때때로

높아지는 숨소리는, 마치 오랜 억울함을 한꺼번에 토해내려는 듯, 밤공기 속으로 깊이 퍼져 나갔다.

린스는 한참 동안 숨을 죽인 채 듣고 있었다. 그렇게 시간이 흐르고, 그가 완전히 깊은 잠에 빠졌음을 확신했을 때 그제야 조심스럽게 몸을 움직였다. 몸을 낮추고, 조용히 부뚜막에서 빠져나왔다. 그리고 바닥에 엎드려, 손끝을 조심스레 움직이며, 사방으로 흩어진 동전들을 하나하나 찾아 나갔다. 바깥 하늘은 이미 완전히 어둠에 잠겼다. 방 안에는 5촉광 남짓한 희미한 전등 하나가 어렴풋한 빛을 내고 있을 뿐. 린스는 제대로 보이지 않는 어둠 속에서, 눈보다 감각에 의지해, 바닥을 더듬으며 동전들을 찾아 나섰다. 손끝으로 흙바닥을 조심스레 훑으며, 어두운 흙빛과 구별되지 않는 동전들을 하나둘 주워 올렸다. 그러나 아직도 어딘가에 남아 있을지도 모른다는 생각에, 그녀는 포기하지 않고 더 뒤적였다. 하지만 더 이상 찾을 수 없었다. 결국, 그 자리에 주저앉아, 손바닥 위의 동전들을 하나씩 세어 보았다. 손끝에 느껴지는 묵직한 '좋은 돈' 한 닢. 그리고 얇고 가벼운 '나쁜 돈' 몇 개. 그녀는 순간적으로 기쁨을 느꼈다. 이제 이것을 어디에 둘 것인가. 소중히 감춰둘 작은 천조각이라도 없을까. 그녀는 사방을 뒤지며 보관한 만한 마땅한 곳을 찾았다. 하지만 아무리 찾아도 적당한 것이 보이지 않았다. 그때, 그녀의 손이 옷자락 속 주머니에 닿았다. 그 속에서 낮에 아왕관이 건네 주었던, 그 작은 고약을 발견했다. 린스는 손에 들고 있던 고약을 가만히 굴려보았다. 그러다 문득, 기름종이의 크기가 딱 맞을 것이라는 생각이 들었다. 망설임 없이, 그녀는 고약을 손가락으로 파내었다. 그리고 주운 동전 네 개를 그 안에 넣었다. 검은 고약이 손에 묻어도 상관하지 않았다. 그녀는 동전이 단단히 감싸이도록, 기름종이를 꼼꼼하게 접고 또 접었다. 그리고 그것을 옷자락 속 깊숙이 감추었다.

길게 한숨을 내쉬며, 그녀는 조용히 자리에 앉았다. 그러다 손가락 끝에 아직도 고약 한 덩어리가 남아 있다는 걸 깨달았다. 그 순간, 아왕관의 말이 떠올랐다. 린스는 잠시 망설이더니, 이내 조심스레 속옷을 내렸다. 희미한 전등 빛 아래, 그녀는 두 다리 사이의 부어 오른 상처를 바라보았다. 그리고 검은 고약을 손끝으로 떠서, 천천히 그곳에 넓게 펴 발랐다. 순간, 서늘하고 싸한 감각이 피부 위로 스며들었다. 그 감촉이 너무도 개운해, 그녀는 한숨을 내쉬었다. 무엇보다도, 그 검은빛이 보기 싫을 정도로 깊었다. 어둠 속에 가려지는 듯한 그 색이, 그녀에게 묘한 안도감을 주었다. 린스는 만족스러웠다. 속옷을 다시 입지 않고, 그저 겉옷만 걸쳤다. 그러자 무언가 보호받고 있다는 느낌이 들었다. 린스는 조심스럽게 몸을 일으켰다. 그리고 방 안을 정리하며, 흩어진 그릇들을 모았다. 그리 많지도 않은 그릇들이었기에, 그녀는 금세 설거지를 끝마쳤다. 물을 닦아내고 손을 털었지만 이제 무엇을 해야 할지 알 수 없었다. 그저 귀를 기울였다. 밖에서는 거센 바람 소리가 몰아쳤다. 소용돌이치는 듯한 바람은 집 주변을 맴돌며 낮게 윙윙거렸다. 그러다 어느 순간 마치 무언가를 뚫고 나가는 듯한 날카로운 소리가 터져 나왔다. 린스는 그 순간 저도 모르게 몸을 움츠렸다.

그녀는 조용히 문가로 다가갔다. 그리고 천막을 살짝 들어 올려, 방 안을 흘깃 들여다보았다. 천장수이는 팔다리를 쭉 뻗은 채, 깊고도 무겁게 잠들어 있었다. 린스는 그 모습을 가만히 바라보았다. 그러다 기어들어가다시피 방 안으로 들어가, 문가 구석에 몸을 웅크리고 옷도 벗지 않은 채 누웠다. 눈을 감으려는 순간 천장수이가 몸을 뒤척이며 낮게 신음했다. 린스는 화들짝 놀라 벌떡 일어났다. 그리고 숙부의 집에서 가져온 보따리를 꼭 끌어안은 채, 당장이라도 도망칠 듯 문을 향해 달려가려 했다. 다행히, 천장수이는 다시 몸을 뒤척이더니 곧 깊은 잠에 빠져들었다.

린스는 더는 눕지 못하고, 침대 옆 벽에 몸을 기대고 앉아 품속의 보따리를 단단히 그러쥔 채, 서서히 잠에 빠져들었다.

3

천취의 중심부 근처에 있는 우왕예(五王爺) 사당의 오른편 뒤쪽에
는 오래전부터 기이한 전설이 전해 내려오는 우물이 하나 있었다.
그 우물은 안쪽은 둥글고, 바깥쪽은 팔각형을 이루고 있었다. 우물
입구는 지면에서 약 서너 자 정도 높이로 솟아 있었으며, 붉은 벽돌
로 단단히 쌓아 올려져 있었다. 그러나 세월이 쌓이고, 습기가 스
며들면서, 그 벽돌들은 언제나 물기 어린 어두운 붉은빛을 띠고 있
었다. 우물 벽 아래, 땅과 맞닿는 부분에는 축축하고 푸른 이끼가
두텁게 자리 잡고 있었다. 늘 눅눅하고, 차갑고, 끈적한 느낌. 우물
가장자리, 사람들이 자주 기대어 쓰다듬는 곳은 수십 년간 손길에
닳아 매끈하게 윤이 날 정도였다. 하지만, 그곳은 언제나 미끄러웠
다. 물기가 가득 스며든 표면은 한 번이라도 몸을 기댔다가는, 어
쩔 수 없이 우물 속으로 미끄러져 내려갈 것 같은 착각을 일으켰다.

　이 우물에 얽힌 이야기들 중, 가장 최근에 퍼진 가장 유명한 전
설은, '국낭(菊娘)'이라는 한 하녀가 이곳에서 몸을 던져 스스로 목
숨을 끊었다는 것이다. 그녀가 왜 자결했는지에 대해서는 여러 가
지 말이 많았다. 하지만 한 가지는 분명했다. 그녀는 참을 수 없는
고통과 억울함에 시달리다가, 결국 이 우물 속으로 몸을 던졌다는
것. 그리고 그녀의 죽음 이후 이곳에서는 기이한 일들이 시작되었
다. 달빛이 또렷한 밤이면, 우물가를 지나가는 사람들은 그녀를 보

았다고 말했다. 우물가에 홀로 앉아, 우물 속 자신의 모습을 바라보며 머리를 빗는 모습. 혹은 긴 머리를 풀어헤친 채, 우물 주변을 떠돌며 한숨을 내쉬고, 쉽사리 자리를 떠나지 못하는 모습. 어떻게 나타나든, 사람들은 그녀를 '원한이 서린 아름다운 귀신'이라고 묘사했다. 눈과 코에서 피를 흘리고, 긴 혀를 늘어뜨린 흉악한 악귀가 아니라, 그저 슬픔과 억울함을 안고 떠도는, 한 아름다운 여인의 혼령이었다.

그러나 세월이 흐르고, 오랜 시간이 지난 후에도, 여전히 이 우물가에서 '국냥'을 보았다는 이야기가 들려왔다. 그런 이야기가 전해지고 난 어느 맑고 화창한 삼월이었다. 루청에서는 드물게 바람조차 불지 않는 고요한 하루. 하늘은 청명하고, 공기는 맑았으며, 따스한 햇살이 부드럽게 대지를 감싸고 있었다. 그날, 아왕관과 린스는 이 우물가에서 빨래를 하고 있었다. 그때, 아왕관이 빨래를 하던 손을 멈추고, 린스를 향해 의미심장한 미소를 지으며 말했다. "이 우물은 왕예 사당 바로 옆에 있잖니. 그러니 왕예의 관할 안에 있는 셈이지." 그녀는 주위를 한번 둘러보더니, 다시 린스를 향해 속삭였다. "그러니 말이다 귀신조차 이곳에서 모습을 드러낼 수 있는 거야." 그러고는, 살짝 목소리를 낮추더니, 장난스러운 웃음을 흘리며 덧붙였다. "그만큼 왕예께서 영험하시다는 뜻 아니겠니? 억울하게 죽은 자들에게, 한마디라도 말할 기회를 주고 계신다는 거지."

린스는 양팔에 빨래판과 대나무 바구니를 안은 채 아왕관의 말을 곱씹으며 천천히 주위를 둘러보았다. 그리고 곧 눈에 들어온 것. 우거진 반얀나무의 잎 사이로 살짝 모습을 드러낸 왕예 사당의 처마. 그 처마의 끝은 제비 꼬리처럼 위로 휘어져 있었고, 그 날렵한 곡선은 푸른 하늘을 향해 날아오르듯 뻗어 있었다. 그 위로는 부드러운 바람이 스치며, 희미한 흰 구름이 천천히 떠돌고 있었다. '그래…, 왕예께서는 귀신조차 숨지 못하게 하시지.' 린스는 마음속으로 생각했다. '억울한 자들에게, 원한을 말할 기회를 주는 거야.' 그녀는 어딘가 경외감마저 느끼며, 조용히 우물가의 한쪽 구석을 찾아 자리를 잡았다. 그리고 빨래판과 옷가지를 정돈해 내려놓았다. 그런데 우물에서 물을 길으려다, 그녀는 무심코 우물 안을 내려다보았다. 깊고도 깊어, 바닥조차 보이지 않는 검은 심연. 그 순간, 린스의 입에서 저도 모르게 작은 속삭임이 새어나왔다. "국냥, 정말 영혼이 있다면, 부디 저를 지켜주세요."

그 말을 내뱉고 나서야, 그녀는 문득 가슴이 철렁 내려앉는 듯했다. 혹여 누군가 자신을 보고 있었던 것은 아닐까. 조심스럽게 주변을 둘러보았다. 그러나, 우물가에서 빨래를 하던 여인들은 여전히 각자의 일에만 열중하고 있었다. 아무도 그녀를 신경 쓰지 않았다. 그제야 린스는 안도하며, 우물에서 길어 올린 가득 찬 물동이를 들어 올렸다. 그리고는 빠른 걸음으로 그 자리를 떠났다.

아침 여덟, 아홉 시 무렵. 우물가에는 그리 많은 사람이 모여 있지 않았다. 논밭으로 나가거나 바다로 나가야 하는 여인들은 이미 동틀 무렵 서둘러 빨래를 끝냈기 때문이었다. 지금 이곳에 남아 있는 이들은 대부분 나이가 지긋한 부인들이었다. 어떤 이들은 집안에서 일해야 할 젊은 여자들을 대신해 이곳에 나와 집안일을 거들었고, 어떤 이들은 그저 자신이 입을 몇 벌의 옷을 빨기 위해 나왔다. 그들 사이로는 아침 일찍 이 집 저 집에서 수거한 빨랫감을 가져와 한나절 내내 빨래를 해야 하는 세탁부들도 섞여 있었다. 그들은 거품이 이는 물 속에서, 손놀림을 멈추지 않은 채, 햇살이 강해지는 정오까지 쉴 새 없이 빨래를 했다. 비록 사람이 많지는 않았지만, 우물을 중심으로 주변 일곱, 여덟 자 남짓한 회색 화강암 바닥 위에는 빨래감과 빨래판, 물동이들이 빼곡하게 놓여 있었다. 이곳에는 원래 배수로가 정비되어 있어, 사용한 물이 낮은 곳으로 먼저 흘러간 뒤, 가까운 도랑으로 모이도록 설계되어 있었다. 그러나 아침 내내 쉴 새 없이 물을 사용한 탓에, 배수로는 이미 제 기능을 다하지 못하고 있었다. 물이 곳곳에서 고여 웅덩이를 이루기 시작했고, 그 속에는 오래된 잡동사니들이 퉁퉁 불어 있었다. 어디선가 떠내려온 낡은 속옷 한 조각, 한때는 신었으나 이제는 버려진 낡은 나막신 한 짝. 그것들은 물속에서 부풀어 올라, 축축하고 탁한 기운을 뿜어내고 있었다. 맑고 따스한 봄날의 파란 하늘 아래에서도, 이곳의 공기에는 묘한 눅눅함과 막막한 습기가 가라앉아 있었다.

우물가의 여인들은 대부분 나이가 지긋했고, 빨래에 열중하고 있었다. 그들은 모두 빛이 바랜 낡은 옷을 걸치고 있었으며, 묵묵히 이를 악문 채 옷감을 비비고, 때로는 빨래 방망이를 내리치며 우렁찬 소리를 냈다. 가끔씩 근처에서 놀던 아이들이 장난을 치며 다가오면, 그들은 거침없이 소리를 질러 쫓아버렸다. 그러나 이곳이 완전히 침묵에 잠긴 것은 아니었다. 빨래를 하며, 여인들은 소곤소곤 작은 말들을 주고받았다. 그 속에서 새로운 소식 하나가 건너가면, 곧 낮은 웃음소리가 피어 올랐다. 그리고 무엇보다 중요한 것은, 그들은 항상 귀를 열어 두고 있었다. 바람이 스치는 소리라도 놓치지 않으려 했다. 그들에게 있어, 어떤 정보든 결코 가볍게 넘길 일이 아니었다.

우물가에서 가장 흥미로운 순간은 하루 중 반드시 찾아왔다. 그것은 이들 가운데 한두 명쯤 있는, 남들 일에 간섭하기 좋아하는 연장자 여인들이 입을 열 때였다. 그 순간, 다른 여인들은 귀를 쫑긋 세우고, 한마디도 놓치지 않으려 신중하게 경청했다. 그러다 들리지 않은 부분이 있으면, 슬쩍 웃으며 귀엣말로 서로 속삭였다. 빠뜨린 말을 보태고, 자신들만의 해석과 의견을 덧붙이기도 했다. 그런데 이야기가 특별히 흥미롭거나 기막힌 지점에 다다르면, 모두가 일손을 멈추었다. 그리고 웅성거리며 수군대다가, 마침내 한바탕 웃음보가 터졌다. 빨래터 전체가, 여인들의 낮고도 날카로운 웃음소리로 출렁였다.

아왕관 역시, 우물가의 웃음과 이야기 속에서 빠질 수 없는 인물이었다. 그녀는 행동이 거침없었다. 어느 날, 한 여인의 손에서 월경 피가 묻은 속옷을 홱 낚아채더니, 입을 삐죽이며 비웃듯이 내던 졌다. "이런 걸 시누이한테 빨라고 내놓다니, 창피한 줄도 모르나 봐!" 아왕관은 그 집에서 누가 누구의 빨래를 해야 하는지 속속들 이 꿰고 있었다. 또는 세탁부들이 빨래하는 틈을 유심히 살피다가, 남자 속옷에서 선홍빛 얼룩이 배어 나오는 걸 보면, 그녀는 고개를 절레절레 흔들며, 마치 정의로운 심판자처럼 단호하게 선언했다. "이놈이 어디 가서 무슨 짓을 했길래, 꼴이 이 지경이 된 거야? 이 건 그냥 놔두면 안 돼. 그 애미한테 꼭 알려야겠어."

그러자 옆에서 듣던 한 여인이 웃음을 머금으며 슬쩍 한마디 거 들었다. "그 애미 말고, 차라리 그 마누라한테나 알리지 그래?" 그 러자, 아왕관은 콧방귀를 뀌며, 즉각 받아쳤다. "마누라한테 말하 면 뭐해? 아무 소용도 없지." 그리고는 이어서, 더 확신에 찬 말투 로 덧붙였다. "마누라가 지 남편을 단속할 수 있었다면, 애초에 저 렇게 만들어놓지 않았겠지. 그럼, 우리가 지금 이 속옷을 빨고 있 을 일도 없었을 걸?"

그 말이 떨어지기 무섭게, 주변에서는 웃음이 터졌다. 여인들은 웃음을 삼키며, 빨래질을 멈추지 않은 채, 서로 눈짓을 주고받으며 키득거렸다. 대부분의 시간 동안, 린스도 다른 여인들과 함께 웃었 다. 그녀는 무엇이 그토록 우스운지 정확히 알지 못했지만, 그럼에 도 주변의 분위기에 따라 웃음을 지었다. 원래 그녀는 아왕관의 손 에 이끌려 처음 우물가에 나왔다. 손발이 재빠르고 힘이 좋았기에,

늘 자발적으로 아왕관의 물동이를 날랐다. 가끔 그녀 자신의 빨래가 끝난 후, 아왕관이 수다를 떨며 분주히 움직이는 모습을 보면, 린스는 조용히 아왕관의 빨랫감을 가져와 대신 빨아주었다. 그러나 아왕관은 일부러 모르는 척했다. 그녀는 계속 수다를 떨며, 한참 이야기를 이어가다가 문득, 빨래가 이미 다 끝났음을 깨닫고 깜짝 놀라는 척하며 이렇게 말했다. "아이고, 참 착하기도 해라! 복받을 거다, 복받을 거야." 그녀는 연신 그렇게 중얼거리며, 곧이어 린스를 향해 의미심장한 말을 덧붙였다. "넌 정말 팔자가 좋구나. 위로 시부모가 있나, 아래로 시누이가 있나, 밭일이나 바다일도 안 해도 되니 말이야. 그냥 둘이 먹고 살 거나 챙기면 되잖니." 그리고 나지막하게 강조했다. "이런 복은 몇 대를 타고나야 얻는 거란다."

린스는 언제나 고개를 푹 숙이고 아무 말 없이 듣고만 있었지만, 어쩐지 전보다 얼굴이 화사해진 모습이었다. 그리고 어딘가 쑥스러운 듯, 제법 살이 오른 몸을 가리는 듯이, 팽팽하게 당겨진 저고리 깃을 살짝 당겨 여몄다. 시집온 지 채 반년도 안 되었건만, 린스는 눈에 띄게 살이 올랐다. 마치 그동안 멈춰 있던 성장의 시간이 이제서야 폭발하듯, 갑작스레 찾아온 변화는 그녀의 팔이며 몸매를 한층 굵어지게 만들었고, 여인의 징표라 할 만한 것들도 더는 감출 수 없을 만큼 뚜렷해졌다. 원래 키가 크고 긴 얼굴에 외꺼풀의 가늘고 긴 눈을 가진 그녀였지만, 요즘 들어 그 눈동자에는 은근한 물기까지 감돌았고, 오랜만에 그녀를 본 이들마다 "몰라보게 달라졌다."

며 감탄했다. 예전 그 딱딱하고 메마른 판자 같던 아이가 이토록 여성스러워질 줄은 아무도 몰랐던 것이다.

아왕관은 차가운 눈으로 린스를 바라보았다. 그저 몇 마디 칭찬에 그렇게 웃음기를 띠다니. 그녀는 린스가 허리를 굽힐 때마다, 팽팽하게 당겨지는 가슴선을 흘깃 보더니, 얇고 납작한 두 입술 사이, 가지런한 흰 이빨 틈으로 싸늘한 말을 뱉어냈다. "참 복도 많지. 나 같은 과부랑은 비교가 안 된다니까. 그런데 말이다, 전생에 진 빚을 아직 다 못 갚았나 보더라." 그러곤 일부러 목소리를 낮춰, 거의 귀에 바짝 대다시피 하며 속삭이듯 이어 말했다. "니 남편이 올라타기만 하면 정신을 못 차리더라. 네가 소리 지를 때마다…, 속으로 아미타불을 몇 번이나 외운 줄 아니?" 그 말을 끝낸 아왕관의 얼굴엔 아직도 어딘가 서늘하고 비극적인 기운이 남아 있었지만, 곁눈질로 주위를 한번 훑더니, 숨죽이고 있던 여자들 쪽으로 눈짓을 날렸다. 그러곤 입술을 삐죽이며 린스를 가리켰다. 그 눈짓의 뜻을 알아차린 가까운 자리의 여자들이 애처로운 듯, 그러나 경멸을 섞은 시선으로 린스를 쳐다보았다. 린스는 웃음을 거두고, 고개를 푹 숙인 채 옷자락을 문질렀다. 그녀는 자신을 둘러싼 분위기가 어떻게 흘러가는지 전혀 감지하지 못한 채, 그저 멍하니, 손에 잡힌 천 조각을 한 번 쥐었다 놓았다 하며 씻고 있었다.

아왕관은 곁눈질로 린스를 살폈다. 그녀는 고개를 들지 않은 채 여전히 손을 멈추지 않고 있었고, 심지어 자신이 건네준 낡은 옷

앞자락에 큼직하게 묻은 간장 자국조차 알아채지 못한 듯 보였다. 이대로라면 아침 내내 빨아도 얼룩 하나 지워내지 못할 판이었다. 그러자 아왕관은 일부러 목소리를 높이며 말했다. "그러니까 말이지, 전생의 죄를 씻으려면 부처님을 믿어야 하는 거야. 그 믿는다는 게 초하루에 한 번 채식하고, 석 달 쉬었다가 생각나면 보름날에 한 번 들러 절하는 그런 게 아니고, 마음속에 언제나 부처님을 모셔야 한다는 말이지."

그 특유의 비꼬는 어투에 주위 여자들이 모두 웃음을 터뜨렸다. 린스도 따라 웃으며 고개를 들었다. 그 순간 그녀의 시야에 들어온 건, 왕예 사당의 장중한 지붕이었다. 곡선을 그리며 치솟은 사찰의 처마 끝이 아침 햇살을 받아 노랗게 빛나고 있었고, 그 지붕 꼭대기, 제비 꼬리처럼 휘어진 추녀 끝에선 화려한 자오즈(交趾)* 도자기로 빚은 청룡 한 마리가 하늘을 향해 몸을 치켜든 채 앉아 있었다. 하늘빛 아래에서 당장이라도 날아오를 듯한 그 푸른 용을 바라보며, 린스는 마음속으로 '아미타불'을 조용히 되뇌었다. 그러고는 다시 고개를 숙이고, 손에 쥔 옷감을 조용히 문질렀다.

그때였다. 귀를 찢을 듯한 날카로운 목소리가 아왕관의 말을 이어받았다. 린스가 곁눈질로 보니, 목소리의 주인은 사십을 갓 넘긴 과부 춘즈(春枝)였다. 춘즈는 외동아들과 함께 우물 뒤편 골목에 살

---

*   자오즈(交趾): 대만 및 중국 남부에서 발달한 전통 도자기 공예 기법. 유약을 발라 채색한 화려한 도자 장식으로, 사찰과 사당, 전통 건축물의 장식에 사용된다.

았는데, 몸집은 자그마한 편이었지만, 목소리는 늘 날카롭고 새된 음색이었다. 뭔가를 억지로 눌러내듯 콧소리를 섞어 말하는 그녀의 말투는 언제나 부자연스러웠다. 린스는 문득 아왕관이 예전에 했던 말을 떠올렸다. "춘즈 저 목소리 말이야, 팔자를 망치는 흉조야. 그래서 그 나이에 과부가 된 거라니까."

"혹시 이 얘기 들었어……." 춘즈의 이야기는 언제나 이런 식으로 시작되었다. 말을 꺼내기 전, 일부러 잠시 뜸을 들이고, 눈을 가늘게 뜨며 주변을 슬쩍 훑었다. 거슬리는 사람이 없는 걸 확인한 뒤, 이윽고 다시 말을 이었다. 그 짧은 침묵조차, 이미 여러 쌍의 귀를 쫑긋 세우게 만들었다. "우리 옆집에 사는 아첸(阿欠)댁 말인데, 아첸이 계집질하는 건 이제 새삼스러운 일도 아니지만……, 그거 알아? 요즘 아첸댁이 며느리를 보려고, 북쪽 마을로 사람을 만나러 갔는데…."

"그거, 메이관(梅官)네 딸 아냐? 중매쟁이가 우리 오숙모 친척이라던데?" 입이 빠르기로 유명한 왕스(罔市)가 말을 받아쳤다. 정보를 먼저 말해 뿌듯한 듯 의기양양했다. 그녀의 남편은 천춰좡에서 꽤 이름난 어부였고, 둘 사이의 다툼은 늘 왕스가 이겨 마을에서 소문이 자자했다.

"맞아, 바로 그 집 딸이야!" 누군가가 거들자, 춘즈는 더 신이 나서 이야기를 이어갔다. "아첸댁이 선보러 갔는데, 양쪽 다 마음에 들어 했대. 웬만큼 얘기가 오간 후에 아첸댁이 그 집 딸 손을 꼭 붙잡고선, 말을 끝도 없이 하더래. 그러다가 아예, 남편 얘기를 다 해 버린 거야."

춘즈가 숨을 고르자, 주위 여인들이 재촉했다. "어서 말해 봐! 그 래서?"

"아이 참, 좀 기다려. 내가 천천히 얘기해줄게." 춘즈는 일부러 여유를 부리며 이어갔다. "아첸댁이 그 집 딸한테 뭐라 그랬는지, 알아? 지 남편이 계집들이랑 노닥거리느라 집을 여관처럼 쓰고, 돈이든 뭐든 다 그 계집들한테 갖다 바치고, 지 손으로 개들 발 씻겨주고, 속옷까지 빨아줬다나 뭐라나!"

"어머나, 세상에!" 누군가가 외마디를 질렀고, 다른 이들은 웃음을 터뜨렸다.

"그래서? 그다음엔?" 왕스가 얼른 물었다.

"당연히 그 집 딸이 기겁했지. 아첸댁은 자기가 아들을 어떻게 키웠는데 울고불고 하면서, 앞으로 자길 잘 모셔야 한다고 했다더라니까."

"정말 기가 막혀!"

"별꼴 다 보겠다?" 주변에서 다들 혀를 끌끌 찼다.

"그럼, 혼사는?" 왕스는 다시금 집요하게 물었다.

춘즈는 무심하게 손을 휘저으며 말했다. "글쎄, 물 건너갔겠지? 그런 시어머니 밑에서 누가 감히 시집을 오겠냐고?"

이런 얘기를 하나도 못 들은 왕스는 불쾌한 기색이 역력했다.

"아니, 왜 나만 몰랐대? 오숙모가 나한테 그런 얘기 하나도 안 했는데." 왕스는 단단히 벼른 목소리로 말했다. "이번에 가서 물어봐야겠어!"

그때, 평평하고 냉랭한 목소리가 대화를 뚫고 들어왔다. "아첸 엄마가 일부러 그랬을 수도 있지." 모두 고개를 돌렸다. 말을 꺼낸 사람은 줄곧 말없이 빨래만 하던 아왕관이었다. 그녀는 담담한 얼굴로 덧붙였다. "미리 겁 좀 줘서, 자기 아래로 들어올 며느리한테 기세를 좀 보여준 거겠지." 아무도 그렇게는 생각하지 못했던 터라, 잠시 정적이 흘렀다. 그 침묵을 깨며, 그 자리에서 가장 연장자이자 남편도 아들딸도 다 건재한 구번 할멈(顧本嬤)이 헛기침을 하며 조용히 말했다. "아왕 이 사람아, 내가 말하지만…, 자네는 왜 꼭 그렇게 남을 삐딱하게 봐. 입이 이렇게 날카로우니, 마치 칼로 무를 써는 것 같지!"

아왕관은 콧방귀를 뀌듯 가볍게 흥 소리를 냈지만, 더 이상 말을 잇지는 않았다. 구번 할멈은 그녀의 얼굴을 가만히 들여다보다가 조용히 미소 지었을 뿐, 더는 말하지 않았다. 한동안 아무도 입을 열지 않았고, 모두 고개를 숙인 채 말없이 빨래를 했다. 그러다 이윽고 여기저기서 속삭이듯 낮은 목소리로 이야기가 다시 오가기 시작했다. 그러던 중, 또 한 번 분위기를 깨트린 건 왕스의 쩌렁쩌렁한 목소리였다.

"뭐라고? 그 인간이 딸한테 혼수까지 챙겨 줬다고? 말도 안 돼!

걔네 첫 손주 돌잔치 때, 보낸 기름밥 봤어? 안에 파 한 조각, 고기 한 점도 없었다니까!" 여자들은 한바탕 킥킥대며 웃다가, 이내 왕스가 말한 그 집이 어딘지 캐묻기 시작했다.

린스는 줄곧 조용히 귀 기울이며 앉아 있었다. 다른 이들이 웃으면 그녀도 덩달아 웃었고, 그들의 이야기 하나하나가, 그녀에겐 전혀 새로운 세계처럼 느껴졌다. 과거 숙부 집에 살던 시절, 숙모는 늘 병을 핑계로 침대에 누워 있었지만 아이를 줄줄이 낳았고, 린스는 무려 여덟이나 되는 사촌동생들을 돌보느라 하루도 바쁜 손을 놓을 틈이 없었다. 거기에 병든 숙모까지 돌봐야 했기에, 그녀 앞에 놓인 일은 끝도 없었다. 게다가 전쟁은 끊이지 않았고, 해가 지면 온 동네가 대문을 꼭꼭 걸어 잠가야 할 만큼 늘 공포 속에 살아야 했다. 그런 삶 속에서, 남들끼리 주고받는 수다 같은 건 그녀의 삶에서 단 한 번도 가까이 온 적 없었다. 그래서 이 모든 이야기들이, 그녀에겐 새롭고도 흥미로운 것이었다.

그러나 아왕관을 만나고부터, 그녀가 만들어내는 말들 속에서 린스는 처음으로, 자신이 한 번도 바라본 적 없는 사람들, 알지 못했던 사건들, 모른 채 살아온 어떤 삶들을 마주하게 된 듯했다. 다만 아쉬운 건, 그 많은 이야기 속 인물들을 직접 본 적은 없다는 사실이었다. 그들을 정말 봤더라면, 훨씬 더 재미있었을 텐데…, 린스는 그렇게 생각했다. 그리고 어렴풋이, 언젠가 자신도 다른 여자들처럼 이야기에 능숙하게 끼어들 수 있을 거란 상상을 했다. 누가 누구인지 알고, 무슨 일이 있었는지도 알고, 그에 대해 자신의 말을 얹을 수 있는 날이 올지도 모른다고.

그날 아침, 여자들의 이야기가 워낙 활기를 띠다 보니 시간이 훌쩍 지나버렸다. 린스가 집에 도착했을 땐 이미 열 시가 넘은 시각이었다. 문을 열자마자 천장수이가 거실의 대나무 의자에 앉아 있는 모습이 눈에 들어왔고, 린스는 직감적으로 '아, 잘못됐다'는 생각이 들었다. 역시나, 천장수이는 그녀를 보자마자 날을 세워 소리쳤다.

"씨발, 어디서 뭐하다 이제 기어들어와?"

린스는 움찔하며 허리에 껴안고 있던 빨래 바구니를 조심스레 끌어안았다.

"겨우 빨래 몇 벌 하는 데 아침을 다 보내? 빨래가 그렇게 좋으면, 온 동네 빨래 다 몰아서 일년내내 빨래속에 파묻히게 해줄까?" 천장수이는 거친 목소리로 몰아붙였다.

"오늘은 좀…, 붐벼서요…." 린스가 작게 변명하자, 천장수이는 벌떡 일어나더니 몸을 바짝 들이밀어 뺨을 사정없이 갈겼다.

"니미 좆까고 있네! 어따 대고 감히 말대꾸야?"

린스는 불끈 달아오른 뺨을 문지르며 고개를 푹 숙였다. 잠시의 정적 뒤에, 천장수이는 다시 이를 갈듯 말했다.

"또 아왕관, 그 미친…, 늙은 창녀랑 있었지? 씨발 네년 엄마도 똑같이 좆같은 년이더니. 다시는 그년이랑 남의 말 함부로 까지 마라. 언젠가 진짜 돼지 잡는 칼로 네년 혀를 잘라버릴 줄 알아!"

그 말에는 장난스러운 기색이 전혀 없었다. 그의 목소리에는 섬뜩한 진지함이 배어 있었다. 린스는 온몸이 떨려왔다. 그때 천장수이의 손이 가슴께로 뻗어 왔다. 그녀는 그제야 그가 무엇을 원하는지 알아차렸다. 그러나 그럼에도 불구하고 그녀의 입에서는 참을 수 없는 비명이 터져 나왔다.

그는 아침마다 돼지를 잡고 돌아오면, 린스를 원했다. 그것은 어느덧 하나의 습관이 되어 있었다. 다만, 그가 그녀를 찾는 간격은 일정치 않았다. 막 신부로 들어왔던 초반에는, 거의 하루 걸러 한 번씩, 아니, 어떤 날은 하루에도 몇 차례씩 그녀를 덮쳤다. 그는 전혀 예고 없이 갑자기 그녀를 요구했다. 부뚜막에서 불을 지피고 있어도 상관없었다. 그녀가 햇볕에 젖은 옷을 널고 있어도, 그는 신경 쓰지 않았다. 그저 자신의 욕망이 솟구치면, 곧바로 그녀를 덮쳤다. 그리고, 그럴 때마다 린스의 입에서는 날카로운 비명이 터져 나왔다. 린스도 무의식중에 저항한 적이 있었다. 하지만 천장수이의 힘은 그녀가 감당할 수 없는 것이었다. 결국, 그녀는 항상 같은 결말을 맞이했다. 온몸이 짓눌리고, 벗어나려 발버둥 쳐도 소용없었다. 그녀는 그저 눈앞에서 점점 다가오는 그의 얼굴을 바라볼 뿐이었다. 번들거리는 기름진 피부. 핏발이 선 채로 희미하게 찢어진 눈. 그 눈 속에서, 그녀는 짐승 같은 본능이 번뜩이는 것을 보았다.

그는 항상 그녀를 아프게 했다. 어둑한 방 안에서, 린스는 그가 자신에게 정확히 무엇을 하고 있는지조차 알 수 없었다. 그녀는 눈을 질끈 감았다. 본능적인 수치심에 사로잡혀, 감히 눈을 떠 그를 바라볼 수도 없었다. 그저 몸을 짓누르는 거친 무게를 느낄 뿐. 숨이 막히도록 밀려오는 압박감. 아래로 파고드는 거대한 존재. 그것이 그녀의 몸을 가득 채웠다. 그녀는 견딜 수 없는 통증에 온몸을 떨며, 끝내 비명을 질렀다. 그리고 끊임없이, 신음했다.

다행히도 어떤 방식으로든, 시간이 길든 짧든, 그 일은 언젠가는 끝이 났다. 그 순간이 오면, 천장수이는 몸을 뒤척이며 그녀에게서 떨어져 나갔다. 그리고 침대 위에 널브러진 채, 곧장 깊은 잠에 빠져들었다. 그의 거친 코고는 소리가 방 안에 울려 퍼질 때 린스는 비로소 '이제…, 오늘 하루 중 가장 견디기 힘든 순간이 지나갔다'는 것을 알았다. 그녀는 조용히 몸을 일으켜, 헝클어진 옷 매무새를 가다듬었다. 아직도 남아 있는 통증. 그러나 그녀는 이미 여러 번의 경험을 통해 배워버렸다. 이 고통은 머지않아 사라진다는 것을. 천장수이가 다시 덮쳐오지만 않는다면.

그래서 린스는 거의 기쁜 마음으로 방을 나섰다. 그리고 서둘러 부엌으로 향했다. 이제는 그녀도 익숙했다. 그것은 하나의 규칙처럼 굳어져 있었다. 천장수이가 그녀를 원한 날이면, 그는 늘 손에 뭔가를 들고 돌아왔다. 싱싱한 생선, 갓 딴 굴, 때때로 잘게 썬 고깃덩어리. 그리고 가끔은 특별히 내장까지. 심지어 간 같은 것까지 가져오는 날도 있었다. 린스는 부뚜막 위에 올려진 음식을 천천히 살폈다. 손끝으로 하나하나 뒤적이며, 그날의 식재료를 조심스레 확인했다. 그렇게 살핀 후에야, 그녀는 만족한 얼굴로 돌아섰다. 그리고 대청마루로 나가, 말리지 못한 빨랫감을 한아름 안아 들었다. 그리곤 조용히 집 밖으로 걸어 나갔다.

바람 한 점 없는 루청의 삼월. 그날의 하늘은 눈부시게 맑고 푸르렀다. 고르고 짙은 청색이 온 하늘을 고요하게 덮고 있었고, 저 멀리 바다와 하늘이 맞닿은 경계 너머로, 해변의 갈대숲이 봄을 맞아 연둣빛 새순을 틔우고 있었다. 새싹이 움튼 갈대밭은 신록이 펼쳐진 듯 이어졌고, 햇살은 부드럽게 대지를 감쌌다. 그러나 그럼에도 불구하고, 공기 속에는 봄의 싸늘한 기운이 남아 있었다. 가볍고 은은한 봄 햇살이 내려앉았지만, 여전히 차가운 바람이 실낱같이 얼굴을 스치고 지나갔다.

린스는 재빨리 대나무 장대 위에 빨랫감을 널었다. 그녀의 손길은 민첩하고 능숙했다. 그렇게 몇 벌의 옷을 정리한 후, 기분 좋게 집 안으로 돌아왔다. 이제 점심을 준비해야 할 시간. 그녀는 부엌으로 향하려다, 문득, 빨랫감을 담았던 나무 대야를 집 안으로 들여놓지 않았다는 걸 알았다. 그녀는 다시 몸을 돌려, 한 걸음 집 밖으로 내디뎠다. 그 순간! 옆집과 맞닿은 낮은 흙담 모퉁이에서 허둥지둥 뛰어나오는 한 사람.

린스는 놀라 멈춰 섰다. 그녀의 눈앞에 모습을 드러낸 이는 아왕관이었다. 린스는 순간적으로 놀랐다. 아왕관은 마치 오랫동안 흙담 아래 쭈그리고 앉아 있었던 것처럼 제대로 몸을 펴지도 못한 채 비틀거리며 일어섰다. 그리고 그녀가 린스를 바라보며 지은 미소. 그것은 어딘가 기이하고 불길했다. 얼굴은 주름져 쪼그라들었고, 눈가에는 희미한 물기가 맺혀 있었다. 그러나 린스가 가장 불편하게 느낀 것은, 그녀의 시선이었다. 그것은 마치 천장수이가 그녀에게 다가올 때의 그 탐욕스러운 눈빛과도 같았다. 아왕관은 어색하게 웃으며 중얼거렸다. "이 흙담 말이야, 곧 쓰러질 것 같아서 내가 좀 붙들어 주고 있었지." 그녀의 목소리는 평소와 다름없었지만, 봄 햇살 아래 그녀의 얼굴은 묘하게 붉어 보였다. "이제 됐네! 가서 점심 준비나 해야지."

그리고 린스의 대답도 기다리지 않은 채, 아왕관은 몸을 돌려 빠르게 걸어갔다. 작은 발을 질질 끌며, 거의 절뚝거리듯 허겁지겁 집 안으로 사라졌다. 린스는 그녀가 사라진 자리에 남은 흙담을 바라보았다. 그러나 그 벽은 그다지 무너질 것 같지도 않았다. 그녀는 한순간 의아했지만, 곧 점심 준비가 떠올랐다. 그녀는 깊게 생각하지 않은 채, 몸을 돌려 부엌으로 향했다. 그리고 금세, 아왕관의 이상한 행동도 잊어버렸다.

점심상에는 생선도 있고, 고기도 있었다. 린스는 돼지고기 삼겹살을 간장에 조려 한 솥 가득 끓였다. 그녀는 평소처럼 간장을 넉넉히 부었다. 그래서인지, 완성된 고기는 짠맛이 강해, 마치 소금에 절인 듯했다. 그녀는 음식이 다 되기를 기다리다가, 아직도 잠들어 있는 천장수이를 기다리다 못해, 젓가락을 들어 조심스레 한 점 집어먹어 보았다. 한 조각, 두 조각. 그녀는 자신도 모르게 몇 점을 더 집어먹었다. 그제야, 너무 짜다는 걸 깨닫고, 젓가락을 내려놓았다.

그날, 천장수이는 평소보다 늦게까지 잠을 잤다. 한 시가 가까워질 무렵에서야 그는 비로소 자리에서 일어났다. 그의 얼굴에는 충분한 휴식과 만족이 묻어 있었다. 그리고 별다른 말도 없이, 그는 서둘러 밥을 먹었다. 어디 간다는 말도 없이, 그는 뚜벅뚜벅 집을 나섰다. 그의 발걸음은 곧장 해변의 갈대숲을 향하고 있었다. 린스는 그가 멀어져 가는 모습을 멍하니 바라보았다. 그리고는 천천히, 게으른 몸짓으로 식기를 정리하기 시작했다.

설거지를 마친 후, 린스는 하품을 길게 내뱉었다. 별다른 할 일이 없었다. 그래서 그녀는 조용히 방으로 들어가 눕기로 했다. 얼마 지나지 않아, 깊은 잠에 빠져들었다. 보통 두세 시간은 거뜬히 잘 수 있었다. 천장수이가 돌아올 시간쯤 일어나 저녁 준비를 시작할 생각이었다. 그러나 그날 무엇 때문인지, 잠든 지 얼마 지나지 않아, 연이어 꿈을 꾸었고, 결국 그 꿈에 목이 타 깨어났다. 꿈속에서 그녀는 소금에 찍은 고구마밥을 먹고 있었다. 먹을 것이 마땅치 않았고, 배가 고팠다. 그러나 밥은 미친 듯이 짜서 도저히 삼킬 수가 없었다. 그녀는 입안 가득한 것을 뱉어내려 손을 넣었다. 그러나 손가락 끝에서 느껴진 것은, 축축하고 끈적한 액체. 그리고 그 순간 붉은 피가 마구 솟구쳐 나왔다. 그녀는 본능적으로 피를 빨아 삼켰다. 그러나 그 피조차도 짜디짰다.

린스는 화들짝 놀라 몸을 일으켰다. 급히 방을 나와, 물을 떠서 들이켰다. 밖에는 여전히 한낮의 눈부신 햇살이 가득했다. 그녀는 문득 생각했다.

'대낮에 이렇게 낮잠을 자는 호사를 누리다니….'

4

매일같이 평온한 낮잠 속에서 시간은 쏜살같이 흘러갔다. 아직도 오월에 굴을 꽂던 날이 엊그제 같은데, 어느새 중원 푸두의 절기가 다가와 있었다. 루청에서는 푸두가 유난히 성대하고도 치밀하게 치러졌다. 음력 칠월 초부터 다음 달 초이틀까지, 동네마다 순번을 정해 돌아가며 제를 올리는 관습이 있었다. 사람들은 이 복잡한 절차를 기억하기 쉽게 하기 위해, 오래전부터 입에 익은 노래 가락으로 외워왔다.

"초하루는 수등을 띄우고, 초이튿날은 왕궁 앞에서 푸두하고, 초사흘은 쌀시장 거리에서…, 스물아홉은 퉁강푸(通港普), 삼십일은 구이궈 가게(龜粿店), 초하루는 걸식동네, 초이틀은 쌀국수 마을…."

그리하여 칠월 한 달 동안, 각 지역의 주민들은 이 노래에서 정해진 날짜에 맞춰 정성껏 제물을 마련해 주인 없는 외로운 혼령들에게 제사를 올렸다. 지역의 평안과 무사함을 기원하며 말이다. 푸두를 준비하는 데 있어, 사람들은 결코 인색하지 않았다. 오히려 설날보다 더 많은 음식을 차리는 이들도 많았다. 이 제의에는 단순한 자비심 이상의 것이 깃들어 있었다. 평소에는 성황신(城隍神)의 명령으로 붙잡혀 있던 혼령들이 이날만큼은 세상 밖으로 나와 제물을 맛볼 수 있었기에, 사람들이 정성을 다하지 않으면 굶주린 영혼들이 돌아다니며 탈을 부릴지도 모른다는 두려움도 깔려 있었던 것이다.

그해 칠월, 푸두가 가까워오던 어느 날. 린스는 오후의 나른한 잠결 속에서 아왕관의 목소리에 깨었다. 그녀는 작은 발을 절룩이며 휘적휘적 집 안으로 들어섰다. 몇 차례 불러도 린스가 나오지 않자, 이내 목청을 돋워 외쳤다. "또 낮잠이냐? 젊은 것이 복을 모르는구나! 대낮부터 그렇게 자면 수명 줄어드는 줄 몰라?"

린스는 부스스 방에서 나왔다. 부끄러운 마음에 머리를 긁적이며 변명했다. "자는 건 아니었어요. 그냥 좀 누웠을 뿐이에요. 딱히 할 일도 없고요…."

"게으른 계집 같으니!" 아왕관이 웃으며 타박했다. "나 같은 나이에도 감히 낮잠은 안 자. 누웠다가 그대로 죽을까 봐 겁나서."

"아이, 그런 말씀 마세요…." 린스는 쩔쩔매며 연거푸 대답했다.

"오늘은 수다 떨러 온 게 아니라, 할 말 있어서 왔다." 아왕관은 얼굴을 반쯤 찌푸리며 당부하듯 말했다. "곧 푸두야. 우리 동네, 천취는 십칠일이야. 네가 전에 살던 안핑진(安平鎮)은 이십칠일이었지? 기억해. 열다섯은 주궁(舊宮), 열여섯은 둥스(東石), 열일곱은 천취! 우리 동네 푸두는 십칠일이야." 수다 떨러 온 것이 아니라 했지만, 아왕관은 해가 서쪽으로 기울 때까지 자리를 떠나지 않았다. 그녀는 그제야 허둥지둥 몸을 일으켜 서둘러 집으로 돌아갔다.

아왕관의 들뜬 기운이 린스에게도 전해졌다. 그래서 그날 저녁, 천장수이가 집으로 돌아오자마자, 린스는 기다렸다는 듯 다가가 푸두 준비를 어떻게 해야 하느냐고 물었다. 뜻밖에도 천장수이는 무덤덤하게 내뱉었다. "때 되면 알아서 준비해. 우린 바다에 나가는 어부들처럼, 주인 없는 넋에게 절해 무사 귀환을 비는 사람들이랑은 달라."

린스가 여전히 불안한 눈빛을 거두지 않자, 천장수이는 말을 덧붙였다. "제사 지내는 일이라면 내가 남한테 지는 거 질색이니, 괜한 걱정 붙들어 매!"

린스는 비로소 마음을 놓았다. 그녀는 은근히 걱정하고 있었다. 돼지를 잡아 생계를 잇는 이 남편이, 혹여 푸두조차 마다하는 것은 아닐까. 그렇게 된다면 아왕관의 말처럼, 그 모든 재앙의 절반이 고스란히 그녀에게 돌아올 터였다. 그러나, 천장수이는 비록 마지못한 듯한 태도였지만, 푸두를 거를 생각은 없어 보였다. 그 사실에 안도한 린스는 마을 사람들이 푸두를 앞두고 분주하게 움직이는 동안에도, 여전히 한낮의 달콤한 낮잠을 즐길 수 있었다.

어떤 날은, 그녀가 예정보다 일찍 깨어나기도 했다. 눈을 뜨고 바라본 창밖. 여전히 밝고도 평온한 오후의 햇살. 그러자 그녀는 문득 이런 생각이 들었다. '이렇게 바쁜 칠월에, 내가 대낮부터 낮잠을 잘 수 있다니…, 이거, 괜찮은 걸까?' 어딘가 불안한 마음이 스쳤다. 그러나 그녀는 스스로를 다독였다. '아마도…, 이게 아왕관

이 말한 복받은 팔자겠지.'

만약 천장수이가 여전히 그녀를 괴롭히지만 않았다면 린스는 자신의 팔자를 '꽤 괜찮은 운명'이라 믿었을지도 몰랐다. 그러나, 그는 여전히 정해진 때도 없이, 예고도 없이, 그녀를 탐욕스럽게 원했다. 그녀가 그의 방식에 익숙해지고, 비명이 점점 잦아들자, 천장수이는 더욱 거리낌 없이 그녀를 유린했다. 어느 날 린스는 일을 하다가 팔을 내려다보니, 팔뚝 한쪽이 온통 시퍼렇게 멍들어 있었다. 그 검푸른 멍이 온전히 가시는 데에는 열흘이 넘게 걸리기도 했다.

그날 오후, 아왕관이 집에 들렀다. 한여름의 뜨거운 날씨였지만, 린스는 유행에 맞춰 팔꿈치까지 오는 반소매 다타오산을 걸치고 있었다. 그러나, 그마저도 팔뚝을 뒤덮은 검푸른 멍을 완전히 가릴 순 없었다. 아왕관은 힐끗 그녀를 바라보았다. 그리고는, 눈빛이 단단하게 굳어졌다. 잠시 뜸을 들이더니, 조금 망설이듯 입을 열었다. "우린 이웃사촌이잖아. 그런데 이런 말, 내가 해도 되는 건지 모르겠네……."

아왕관은 린스를 바라보며, 어딘가 머뭇거리며 주저했다. 그러나 린스는 이유를 알지 못한 채, 멍한 얼굴로 그녀를 바라볼 뿐이었다. 결국, 아왕관은 더 이상 참지 못했다. 속에 담아둔 말을 꺼내지 않고는 견딜 수 없었는지, 빠른 속도로 쏟아내기 시작했다. "너도 알잖아, 칠월은 '귀신의 달'이야. 이달에 태어난 애들 중엔, 귀신이 태 속에 들어와 다시 태어난 경우도 있다고. 그런 애들은 사주팔자가 세서, 평생 고생만 하다가 비참하게 살게 된다고. 그러니, 그런 귀신의 자식이라면, 애초에 없는 게 나아. 도대체 왜 그렇게 철이 없어? 하필이면 이 달에도……." 아왕관은 말을 끝맺지 않았다.

처음엔 그 말에 깜짝 놀란 린스는 이내 고개를 떨구며 침울하게 말했다. "원해서 하는 것도 아닌데……, 저도 어쩔 수 없는 걸요…."

그러자 아왕관은 피식 웃음을 터뜨렸다. "멍청하긴! 그런 건, 조금만 머리를 쓰면 되는 거야."

"어떻게요?" 린스가 조심스레 되물었다.

"그냥 이번 달 내내 생리 중이라고 해. 도무지 끝나질 않는다고. 그렇게 하면 칠월은 슬쩍 넘어가는 거야."

"아, 그런 방법이 있었군요?" 린스는 환하게 웃으며 무릎을 탁 쳤다. 순간 얼굴에 화색이 돌았다.

그날 오후, 두 사람은 그렇게 한가롭게 수다를 떨며 시간을 보냈다. 아왕관은 손짓 발짓을 곁들여 이웃들 이야기를 늘어놓았고, 평소와 달리 저녁밥 준비를 핑계로 서둘러 일어서는 일도 없이, 해가 뉘엿뉘엿 질 때까지 앉아 있었다. 그 무렵이 되자 다시 며느리 이야기가 시작되었는데, 린스는 이미 익숙했다. 아왕관은 며느리가 사람을 무시하고, 시어머니라고 조금도 존중하지 않는다며 자주 푸념하곤 했는데, 고작 몇 평 남짓한 굴 양식을 돌보는 걸 가지고 마치 온 가족이 자기 덕에 먹고사는 것처럼 생색을 낸다는 것이었다. "난 아직 아들이 있잖아. 저 계집한테 신세 질 일은 없어!" 아왕관은 낮고 묵직한 목소리로 말했다. "내 아들은 말이지, 세 살 때부터 내가 혼자 키웠어. 그 죽은 아비란 작자는 바닷가에 고기 잡으러 나갔다가, 살아서 나간 몸뚱이가 시신이 되어 돌아왔지. 몸이 부풀어 올라 수의조차 들어가지 않았다니까."

린스는 대충 듣는 척하며 끄덕이던 중이었지만, 이 대목에 이르자 마음이 아릿했다. 이런 이야기는 아왕관이 예전부터 수차례 들려준 터였지만, 오늘따라 가슴에 더 크게 와닿았다. 무슨 위로라도 해 주고 싶었지만, 무슨 말을 어떻게 꺼내야 할지 몰라, 그저 말없이 고개를 숙이고 아왕관의 말을 더 집중해서 들었다.

한낮의 태양이 점점 서쪽으로 기울며, 먼 하늘 끝을 붉게 물들였다. 무더운 여름, 대지는 바싹 마른 열기로 가득했고, 낮 동안 하늘은 한 점 구름 없이 끝없이 푸르렀다. 그러나 해가 저물기 시작하자, 어디선가 회색빛 구름 조각들이 모여들었다. 그것들은 서서히 바다와 하늘이 맞닿은 곳을 뒤덮었고, 그 틈으로 붉은 태양이 가라앉자 순식간에 불길이 번지는 듯, 온 하늘이 황금빛으로 타올랐다. 그리고 그 빛 속에서, 구름들은 끊임없이 형상을 바꾸며 춤을 췄다. 어느 순간, 그것은 울부짖는 사자의 곱슬진 갈기처럼 변하더니, 다음 순간, 겹겹이 포개진 붉은 연꽃의 꽃잎으로 피어났다. 그러나 그 모습이 무엇이든, 어떤 형체로 바뀌든, 모든 것은 눈부신 황금빛에 물들어 있었고, 하늘은 더없이 찬란하게 타올랐다. 멀리 갈대밭 너머, 그 끝자락마저 황금빛 석양을 머금었다. 한여름의 갈대는 이미 짙은 녹색으로 무성했고, 우뚝 서서 바람결에 흔들리고 있었다. 그 갈대 사이로, 멀리서부터 어부들이 밀고 오는 수레가 보였다. 양쪽 바퀴에 갓 따온 굴을 가득 실은 채, 두세 명씩 무리를 지어 걸어오고 있었다. 노을을 등지고 다가오는 그들의 모습은, 길게 늘어진 그림자처럼 보였다. 마치, 그들의 실체가 도착하기도 전에, 먼저 도착한 것은 그림자들인 듯했다.

어부들이 무리를 지어 지나갔다. 대부분 젊은 이들이었고, 그중에서도 여인들이 많았다. 몇몇은 네댓 살 된 아이를 수레에 태운 채 밀고 가기도 했다. 남자들의 연령대는 한결같지 않았다. 햇볕에 검게 그을린 단단한 근육질의 젊은이들, 그 틈새엔, 머리가 희끗희끗해진 노인들도 몇몇 섞여 있었다. 그들은 이미 허리가 굽었고, 짧은 염소수염마저 하얗게 바래 있었다. 앙상한 몸은, 마치 말라붙은 새우처럼 보였다. 그들 모두, 기나긴 하루의 노동에 지쳐 있었지만, 그럼에도 한 걸음 한 걸음 묵묵히 앞으로 나아갔다. 그리고, 린스와 아왕관이 앉아 있는 반얀나무 아래를 지나며, 조용하고도 친근한 목소리로 인사를 건넸다.

"밖에서 쉬고 계시네요!"

"이제 그만 들어가 봐야지!"

아왕관은 태연히 앉아 일일이 인사를 건넸다. 그러나, 멀리서 자신의 며느리 허차이(和彩)가 다가오는 걸 보자, 그녀는 의도적으로 고개를 홱 돌렸다. 그리고는, 린스를 향해 냉소적으로 빈정대기 시작했다. 요즘 며느리들은 얼마나 기만하고 버릇이 없는지, 한탄하듯 쉴 새 없이 늘어놓았다. 그러면서, 일부러 목소리를 높였다. 마치, 주변 사람들이 다 듣길 바라는 듯이.

그 며느리, 허차이는 작고 둔탁한 체형의 여인이었다. 몸집이 제법 풍채가 있었으나, 그 살집이 물렁한 것이 아니라, 단단하고 튼튼하게 붙어 있었다. 저녁노을을 등지고 걸어오는 모습은, 실루엣만으로도 묵직한 덩어리 같았다. 그녀가 쓰고 있던 짚모자를 벗자 붉게 기울어가는 석양 속에서 짙은 갈색의 둥근 얼굴이 드러났다. 오밀조밀한 이목구비는 제법 반듯하고 단정했으나, 그녀의 눈가와 미간은 깊이 주름져 있었다.

그녀는 앞을 향해 묵묵히 걸어왔고, 이미 반얀나무 그늘 아래 아왕관이 앉아 있다는 것을 분명히 보았을 터였다. 그러나, 그녀는 단 한 마디도 하지 않은 채, 아무 일도 없다는 듯 조용히 지나쳐 갔다. 아왕관은 계속 중얼거리며 자신의 불만을 늘어놓았고, 그렇게 시간이 지나 이웃 어부들이 대부분 떠난 뒤에야 자리에서 일어났다. 작고 왜소한 발로 느릿느릿 걸음을 옮기며 집으로 돌아갔다. 얼마 지나지 않아, 린스가 부엌에서 쌀을 씻으며 저녁을 준비하고 있을 때였다.

갑자기, 아왕관의 날카롭고 빠른 고함 소리가 들려왔다. 그 사이사이로, 며느리 허차이의 낮고 굵은 목소리가 간헐적으로 들려왔다. 허차이는 말이 느린 편이었지만, 목소리만큼은 크고 우렁찼다.

속사포처럼 쏟아내는 아왕관의 말 속도를 따라가진 못했지만, 그녀의 말 한마디 한마디는 무겁고 단호했다. 게다가, 그녀의 독한 말투는 오래도록 이어지곤 했다. 아왕관은 한동안 날카로운 소리로 쏘아붙였지만, 점점 숨이 차오르기 시작했고, 마침내 기세가 꺾이며 목소리가 약해졌다. 그러나, 허차이의 속도는 처음과 다름없이 일정했다. 이제는, 둘이 한 마디씩 주고받으며 서로를 향해 끝없는 욕설을 퍼붓고 있었다.

갑자기, 날카롭게 울리는 손바닥 소리가 공기를 갈랐다. 그리고, 순식간에 허차이가 마루에서 뛰쳐나왔다. 그녀는 한쪽 뺨을 감싼 채, 울음을 터뜨리며 흐느껴댔다. 뒤이어, 아왕관이 쫓아 나왔다. 손에는 대나무 자루가 길게 드러난 빗자루를 움켜쥔 채. 그녀는 작은 발을 종종거리며, 며느리를 향해 필사적으로 손을 뻗으며 쫓아갔다. 그러면서도, 날카로운 목소리로 쉴 새 없이 고함을 질러댔다.

"잘됐다! 어디 한 번 뛰쳐나와 봐라, 내가 동네방네 다 떠벌릴 거다! 이 썩을 년아! 내가 맨날 집에서 종처럼 살림해주고, 밥해다 처먹이면서 젖만 안 물렸지, 그 정도 해줬으면 조용히 기어들어가 있어야 할 년이, 말 한마디 했다고 어디서 대꾸질이냐? 내가 니년을 안 때리면 니년이 날아가 하늘에 뜰 셈이냐?"

"웃기고 자빠졌네! 내가 너 늙은 거 봐서 봐준 거지, 안 그랬으면 진작 가만 안 놔뒀어!" 허차이도 뒤돌아보며 악다구니를 퍼부었다. 둘은 쫓고 쫓기며 집 앞을 휘젓고 다녔다. 결국 젊고 건강한 허차이가 금세 아왕관을 따돌렸고, 대문 앞에 멈춰서 태연하게 말했다.

"내가 니년이 해준 밥을 처먹었다고? 내가 날마다 굴밭 나가는 게 놀러가는 줄 알아? 늙은 할망탱이가! 밖에서 헛짓거리만 하고 다니지 않았어도, 내가 먹고 입는 것쯤은 걱정할 일도 없었을 거다!"

"뭐라고? 니년 지금 뭐라고 씨부렸어? 감히 다시 한 번 말해봐!" 아왕관은 얼굴이 벌겋게 달아오른 채 벌벌 떨며 소리쳤다. 머리는 흐트러지고 회색 머리카락이 얼굴에 달라붙은 그녀는 꼭 미친 노파 같았다.

"무서워서 못 하겠냐? 내가 다 떠벌려줄 테니…."

며느리의 말을 다 끝내기도 전에, 아왕관이 갑자기 들고 있던 빗자루를 휘둘러 그녀를 향해 세차게 내던졌다. 빗자루는 쉭 하고 허차이의 머리 옆을 스쳐 날아갔고, 그녀는 괴성 섞인 비명을 내질렀다.

"아이고, 사람 죽이네! 사람 살려!"

그녀는 재빨리 몸을 돌려 집 안으로 달려들어가, 나무 대문을 쾅 닫고 빗장을 걸어 잠갔다. 뒤따라온 아왕관은 빗나간 빗자루를 주워 들고, 대문을 마구 두드리며 고래고래 욕설을 퍼부었다. 그러나 집 안에서는 아무런 반응이 없었다. 아왕관은 허둥지둥 집 뒤편으로 뛰어갔지만, 허차이는 이미 부엌 쪽 출입문까지 단단히 걸어 잠근 상태였다. 그제야 아왕관은 집에서 쫓겨난 신세가 되었다는 것을 알고, 다시 빗자루를 움켜쥔 채 문을 향해 고함쳤다. "이 천벌받을 년, 천하에 싸가지 없는 년! 벼락 맞아 죽어도 할 말 없는 년이 감히 날 문밖에 내쫓아? 잘났으면 나와 봐! 어딜 숨어!"

"왜, 들어오고 싶어? 들어오시지! 들어오기만 하면, 맞든지 패든지 맘대로 하셔!" 허차이는 집 안에서 일부러 기괴한 목소리로 대답했다. 그 뒤로도 아왕관은 계속해서 문 밖에서 욕을 퍼부었고, 허차이는 절대로 문을 열지 않았다. 결국 두 사람의 고성과 욕설이 동네 사람들을 끌어 모았고, 문밖에 선 채 화를 주체하지 못하던 아왕관은 망신까지 당하자 거의 미쳐버릴 지경이 되었다. 빗자루로 문을 마구 두드리고, 온몸으로 들이박으며 거의 경련하듯 몸을 흔들었다. 그러면서도 악에 찬 목소리로 계속 내뱉었다. "이 미친 년, 걸레같은 년! 천 놈 만 놈이 올라탄 더러운 년! 니 애미나 니년도 마찬가지야! 이 뻔뻔한 년, 썩은 창녀같으니라구!"

집 안에서 허차이가 목소리를 한껏 높여 맞받아쳤다. "우리 엄마 욕하지 마! 우리 엄마는 적어도 깨끗하게 살았어. 그리고 자꾸 입만 열면 쌍욕을 달고 사는데, 난 당신 며느리고, 천 놈 만 놈이 날 건드렸다는 건 당신 집안 수치야." 그녀는 기세등등하게 외쳤다.

"왜, 내가 틀린 말이라도 했어? 동네 사람들이 다 알아! 아지(阿吉)란 놈 침상까지 기어들어가 놓고, '과부 행세'는 개뿔, 삼일이 멀다 하고 들락거리면서 한번 박혀야 속이 시원하지!"

"닥쳐! 주둥이 닥치지 못해!" 아왕관은 소리를 지르며 얼굴이 잔뜩 일그러졌다.

그러나 허차이는 아랑곳하지 않았다. 오히려 입에 더 담지 못할 말을 내뱉었다. "아니면 뭐야? 집안 제사 음식도 부족한 판에 무슨 놈의 푸두 제사라고 닭이랑 오리까지 들고 가서 아지한테 바쳐? 그놈은 자식이 없냐? 손자가 없냐?"

며느리 허차이는 좀처럼 말을 그칠 기색이 없었다. 그러나 그 순간, 아왕관의 몸이 심하게 떨리기 시작했다. 그러더니, 그녀는 그 자리에 힘없이 털썩 주저앉았다. 입술은 파리하게 질려 있었고, 부들부들 떨고 있었으나, 더는 한마디 말도 내뱉을 수 없었다. 평소 단정하게 틀어 올렸던 비녀머리는 완전히 풀어져 회백색 머리카락이 얼굴 위로 흐트러져 덮였다. 그녀의 두 눈은 초점 없이 넋이 나간 채, 허공을 멍하니 응시하고 있었다.

이웃집 여인이 급히 뛰어와, 아왕관을 부축했다. 그러면서, 등을 세차게 쓸어내리고, 손으로 가슴을 지그시 눌러 주었다. 주변 사람들은 웅성거리기 시작했다. 그때 사람들 틈을 비집고 한 남자가 급히 앞으로 나왔다. 아왕관의 아들이었다. 건장한 체격에 다부진 몸집을 가진 사내. 그는 어깨에 짊어졌던 어망을 바닥에 내려놓고, 그 안에 담긴 반 바리나 되는 생선을 내려놓았다. 그리고 무겁게 걸어가, 문을 툭, 툭 두 번 두드렸다. 그런 다음, 담담한 목소리로 말했다. "아차이(阿彩). 나야. 문 열어."

허차이는 밖이 조용해진 것을 확인한 후에야 욕설을 멈추었다. 그리고 남편의 목소리가 들리자, 그녀는 아무런 경계도 없이 문 앞

으로 다가갔다. "아칭(阿清)……." 그녀가 이름을 부르려는 순간이
었다.

문이 열리자마자 남편이 거칠게 몸을 들이밀며, 순식간에 그녀
의 머리채를 움켜쥐었다. 그리고 확 잡아당겨 문 밖으로 끌어냈다.
짝! 짝! 왼쪽, 오른쪽. 거침없이 그녀의 얼굴을 후려쳤다. 허차이는
균형을 잃고 휘청이다가, 그대로 땅바닥에 나가떨어졌다. 입술 끝
에서 붉은 피가 배어나왔다. 그러나 남편은 멈추지 않았다. 그는 주
먹을 쥐고, 발길질을 퍼부으며 허차이의 몸을 짓밟았다. 허차이는
두 팔로 배를 감싸 쥔 채, 몸을 웅크리고 비명을 질렀다. 그래도 분
이 풀리지 않은 듯, 바닥에 놓인 짐보따리에서 곧장 나무 몽둥이를
꺼내 들었다. 그대로 한 대 내리치려는 찰나, 곁에서 구경하던 몇
몇 뱃일꾼들이 황급히 달려와 그의 팔을 붙잡고 말렸다. "됐어, 그
만해!" "이러다 사람 죽겠어!"

그제야, 남자는 거친 숨을 내쉬며, 억지로 손에서 몽둥이를 내려
놓았다. 그러자, 주변의 어부들이 그의 어깨를 툭툭 치며 말했다.
"그만하고 우리랑 가서 한 잔 해. 바이루나 한 병 마시고 화 풀어."
그들은 남자의 등을 떠밀며, 그를 데리고 어둑한 골목길로 사라져
갔다. 남자들이 하나둘 자리를 뜨자, 주변에 모여 있던 여자들도 천
천히 흩어졌다.

굴 양식장에서 늘 허차이와 함께 일하던, 나이가 비슷한 여자들
두어 명은 그녀 곁을 떠나지 않았다. 그들은 급히 달려가 그녀를 부

축했다. 허차이는 낮게 흐느꼈다. 그러나, 몸을 움직일 때마다 통증이 밀려오면, 그녀는 참지 못하고 비명을 터뜨렸다. 그녀는 비틀거리며 집으로 들어가더니, 서랍과 장을 뒤적거리며, 이것저것 서둘러 옷가지 몇 개를 꾸렸다. 그리고는, 눈물을 흘리며 소리쳤다. "친정 갈 거야! 죽어도 이 집에는 다시 안 와!" 그녀는 몇몇 여자들의 부축을 받으며, 급히 집을 떠났다.

아왕관은 여전히 땅바닥에 주저앉은 채 아무 말도 하지 않았다. 이웃집 여인 몇몇이 다가와 그녀를 부축하려 했으나, 아왕관은 움직이지 않았다. 그러자 그들은 달래듯 조용히 말했다. 연로한 구번 할멈이 나직한 목소리로 말했다. "자네 아들이 본때를 보여줘서, 대신 갚아줬으니, 이제 그만 속 풀어. 젊은 것들 말하는 게 다 그렇지. 너무 마음에 담아두지 말게." 그러나 아왕관은 여전히 허공을 멍하니 바라보며 아무 대답도 하지 않았다. 한참을 그렇게 앉아 있다가, 마침내 입을 열었다. "조금만 더 앉았다가 내가 알아서 일어날게."

그러자 아침에 함께 빨래하던 왕스가 갑자기 탄식하듯 말했다. "맞다! 노인이 넘어졌을 땐, 혼자 일어나게 둬야 한다더라!" 그리고는, 주변을 두리번거리더니, 이웃들에게 말했다. "저기, 대나무 걸상 하나 가져와!" 그러자 누군가 마당에서 작은 의자 하나를 가져와 아왕관의 팔 밑에 놓아주었다. 아왕관은 그제야 천천히 몸을 기댔고, 다시 한 번 힘없이 같은 말을 반복했다. "괜찮아, 조금만 앉았다가 내가 일어날 게." 그녀의 표정에는 눈물 없고, 분노도 보이지 않았다.

집안사람들과 이웃들은 그녀가 더 이상 울지도 않고, 소란을 피우지도 않는 것을 보고, 해도 저물었으니 하나둘씩 그곳을 떠나갔다.

황혼의 마지막 빛줄기가 서서히 사라지며, 세상은 점점 어둠에 잠겼다. 사방은 어둑해졌고, 밤바다에서 몰아치는 바람은 더욱 거칠어졌다. 바람은 쉭쉭거리는 소리를 내며 사방에서 몰아쳤고, 그 소리는 끝없는 어둠 속에서 맴돌며 사라지지 않았다. 마치 깊은 절망에서 울부짖는 처절한 비명처럼, 바람 소리는 끊임없이 허공을 울렸다. 린스는 아왕관을 살피러 가볼까 생각했지만, 천장수이가 이미 집에 돌아와 있는 게 마음에 걸렸다. 천장수이는 평소 아왕관을 극도로 싫어했기에 괜히 그의 심기를 건드릴까 봐 망설여졌다. 결국 린스는 부엌에서 불을 피워 밥을 짓기 시작했다. 틈틈이 물독에서 물을 길어오겠다며 밖으로 몇 번 나갔지만, 아왕관은 여전히 그 자리에서 꼼짝도 하지 않고 있었다. 마침 갓 떠오른 푸른빛이 도는 커다란 보름달이 그녀의 희미하게 바랜 회청색 옷 위로 빛을 비췄다. 그 모습을 본 린스는 문득 망자를 위해 제사 때 태우는 얇고 곧은 종이인형이 떠올랐다.

그런데 이상하게도, 아왕관은 이번에는 울지도 않았다. 린스는 뭔가 어색하고 잘못된 것 같아 마음이 불안했다. 아왕관이 며느리와 다툰 일이 이번이 처음은 아니었다. 평소에도 며느리가 홧김에 친정으로 가버릴 때면 아왕관은 문 앞에 앉아 통곡을 하곤 했다. 그녀는 "내가 얼마나 고생했는데, 내가 얼마나 힘들게 아칭을 키웠는데…." 하고 소리를 질렀다. 때로는 하늘을 원망하고 며느리를 저주하며 온 동네가 떠나가라 외치다가도, 그렇게 몇 시간은 거뜬히 버텼다. 그런데 이번에는 한 마디 소리도 내지 않는 것이었다. 이 상황이 영 이상하다고 느낀 린스는 저녁 식사 중에 참지 못하고 천장수이에게 조심스럽게 얘기를 꺼냈다. 그러나 천장수이는 코웃음을 치며 아무 대꾸도 하지 않았다. 식사를 마치고 설거지를 하던 중, 갑자기 옆집에서 무언가 무겁고 둔탁한 물체가 쓰러지는 소리가 들렸다. 린스는 바람에 마당의 무언가가 쓰러졌겠거니 하고 대수롭지 않게 여겼다. 그러나 천장수이는 귀를 기울여 소리를 듣더니, 얼굴이 굳어지며 말했다. "이런, 염병할!" 그는 재빨리 탁자 위에 놓여 있던 돼지 도축용 칼을 집어 들고, 반쯤 열린 나무문을 발로 걷어차며 밖으로 뛰쳐나갔다.

린스는 설거지하던 그릇을 내려놓고, 무심코 남편을 따라 달려갔다. 천장수이는 발이 빨라 이미 이웃집 문을 밀치고 들어갔고, 린스가 뒤따라 갔을 땐 희미한 전구 빛 아래 아왕관이 바닥에 쓰러져 있었다. 그녀는 목에서 이상한 소리를 내며 힘겹게 신음하고 있었고, 두세 손가락 굵기의 풀로 엮은 밧줄이 목에 감겨 있었다. 천장수이는 손에 든 돼지 도축용 칼로 밧줄을 단칼에 끊었다. 밧줄이 끊어지자마자 아왕관은 거친 숨을 몰아쉬며 크게 한숨을 내뱉었다. 그녀의 얼굴은 이미 붉게 부어올라 자줏빛을 띠고 있었다. 천장수이는 무릎을 꿇은 채 앉아 아왕관의 상반신을 일으켜 세운 뒤, 그녀의 가슴을 문질러 숨을 돌리게 했다. 그러면서 린스를 향해 소리쳤다.

"물 좀 가져와!"

린스는 허둥지둥 주변을 뒤지며 간신히 물을 찾아왔다. 그 사이 손은 떨리고 물은 흘러내려, 겨우 밥공기 반쯤 찬 물을 들고 있었다. 천장수이는 물을 받아들고 조심스럽게 아왕관에게 한 모금씩 먹였다. 그런 뒤 그녀의 깡마른 몸을 가볍게 안아 올려 마치 힘 하나 들이지 않는 것처럼 침대에 눕혔다. 그제야 그는 뒤도 돌아보지 않고 문 밖으로 나가며 말했다.

"가서 아칭을 데리고 올테니, 여기서 지키고 있어."

집 안에 혼자 남게 된 린스는 점차 두려움이 밀려들었다. 희미한 전등 아래 아왕관은 몸을 옆으로 돌려 벽을 향한 채 누워 있었고, 미동조차 없었다. 문가에는 아왕관이 밧줄을 걸었던 문 위의 부서져 나간 나무 조각이 몇 개 떨어져 있었다. 그것들은 그대로 바닥에 나뒹굴고 있었다. 린스는 처음엔 아왕관이 왜 밧줄을 문지방에 걸었는지 이해할 수 없었다. 천천히 방 안을 둘러보니, 흙벽돌로 지어진 이 집에는 서까래가 없었다. 문지방 외에는 밧줄을 걸 만한 곳이 없었던 것이다. 린스는 아왕관과 거리를 둔 채 침대 옆에 쪼그리고 앉았다. 그러나 머릿속에서 지워지지 않는 환영이 또렷하게 떠올랐다. 일곱 구멍에서 피를 흘리고, 눈은 뒤집혀 흰자만 보이며, 혀는 한 뼘 넘게 튀어나와 가슴까지 늘어진 모습. 그것은 자줏빛으로 부어오른 흉측한 형상이었다. 린스는 고개를 가로저으며 스스로에

게 말했다. '아니야. 아까 분명 물을 마셨잖아. 아직 살아 있어. 그리고 천장수이가 곧 돌아올 거야.'

그러나, 천장수이는 오지 않았다. 시간은 느릿하게 흘렀고, 바깥에서는 거센 바람 소리가 끊임없이 휘몰아쳤다. 린스는 더 이상 확신할 수 없었다. 혹시, 아왕관은 이미 죽은 게 아닐까? 지금 자신이 마주하고 있는 것은 아왕관의 시체가 아닐까? 그런 생각이 들자, 전신이 오싹한 공포에 휩싸였다. 마치, 극심한 허기로 배가 뒤틀리듯, 몸 안에서 무언가 휘몰아치는 듯했다. 린스의 머릿속에는 단 하나의 생각만이 남아 있었다. '도망쳐야 해.' 그러나, 팔다리에 힘이 들어가지 않았다. 그녀는 그대로 바닥에 주저앉아, 무릎을 두 팔로 감싸 안고, 온몸을 부들부들 떨었다. 그때였다. 자신도 모르게, 입에서 허스키한 목소리가 새어나왔다. "아왕관…, 아왕관…." 그 소리는 마치 망자의 혼을 부르는 주문처럼 들렸다. 순간, 린스는 입을 틀어막았다. 그리고, 한동안 숨을 멈추고, 조심스럽게 다시 불러 보았다. 그러나, 그녀의 목소리는 낮고도 무겁게 방 안을 가득 메웠다. 묵직한 공기 속에서, 그 메아리는 차츰차츰 짓눌리듯 되돌아왔다.

그녀는 더욱 다급해졌다. 마치 조금만 늦으면, 아왕관이 영영 돌아오지 않을 것만 같았다. 린스는 간절한 목소리로 다시 부르짖었다. "아왕관! 아왕관!" 그리고, 긴 정적 끝에 무겁고 둔탁한 신음이 들려왔다. 그것은, 울컥 치밀어 오르는 오열을 억누르는 듯한 소리였다. 이내, 그 소리는 점점 가늘고 날카로운 흐느낌으로 변했다. 그러나, 그 흐느낌조차 숨을 헐떡이며 끊어졌고, 곳곳에 거친 숨소리가 섞여 나왔다. 린스는 비로소 몸을 움직일 수 있었다. 손바닥을 바닥에 짚고, 몸을 일으키려 했다. 그러나, 너무 오래 쪼그려 앉아 있었던 탓에 다리가 저려 힘이 빠졌다. 순간적으로 몸이 앞으로 기울어지며, 린스는 그대로 쓰러졌다. 그러나, 그녀는 손을 뻗어 아왕관의 침대 쪽으로 기어갔다. 그리고, 침대 기둥을 붙잡고 몸을 일으키며, 떨리는 손으로 아왕관의 어깨를 잡았다. 그녀의 손끝에 닿은 것은, 앙상한 뼈가 느껴질 정도로 마른 어깨. 그러나, 아직 따뜻했다. 린스는 그제야 깊은 안도의 한숨을 내쉬었다. 그러나, 그 안도감은 곧 터져 나오는 울음으로 변했다. 린스는, 어깨를 들썩이며 흐느꼈다.

천장수이가 아칭을 데리고 돌아왔을 때, 린스는 아직도 울음을 멈추지 못하고 있었다. 그녀는 통곡하며 흐느꼈고, 그 소리는 방 안을 가득 메웠다. 그런데 문을 들어서자마자, 이 광경을 본 아칭의 얼굴이 사색이 되었다. 그는 급히 침대 앞으로 달려가, 두 무릎을 꿇었다. 그리고, “어머니!” 그는 처절하게 비명을 지르며, 그대로 오열했다. 천장수이는 깜짝 놀라, 급히 앞으로 다가섰다. 그러던 순간, 아왕관이 희미한 목소리로 아칭의 이름을 불렀다. 그녀는 몸을 뒤척이며, 그를 향해 몸을 돌리려 했다. 그러나, 그보다 더 빨리 린스의 뺨을 때리는 소리가 울려 퍼졌다. 천장수이의 손이 반사적으로 움직였다. 그녀는 눈을 크게 뜬 채, 순간적으로 울음을 멈추었다. 그러나, 천장수이는 노기 어린 목소리로 차갑게 말했다.

"사람이 멀쩡한데 왜 울고 지랄이야?"

린스는 충격에 말을 잃었다. 그러나, 그 순간 곁에 있던 아칭이 그녀를 향해 몸을 돌렸다. 그는 조용히 고개를 숙이더니, 갑자기 그녀에게 깊이 절을 올렸다. 그리고, 진중한 목소리로 말했다.

"당신이 우리 어머니를 살렸습니다! 이 은혜에 삼배(三拜)를 올립니다."

린스는 멍하니 굳어버렸다. 눈앞에서, 아칭의 이마가 땅에 닿는 순간, 묵직한 충돌음이 울려 퍼졌다. 그는 천천히 몸을 일으켰다. 그리고, 그 순간, 린스는 그의 얼굴을 똑똑히 마주 보았다. 술기운이 남아 붉게 달아오른 부은 얼굴, 눈가에는 핏줄이 잔뜩 서려 있었지만, 그 시선은 의외로 맑고도 차분했다. 그리고, 무엇보다도 진지했다.

그러나, 린스가 아직 정신을 차리기도 전에, 아칭의 머리는 또다시 바닥을 향해 내리꽂혔다. 이번에는 더 깊고, 무거운 소리였다. 린스는 놀라 허둥지둥 몸을 숙였다. 그녀는 본능적으로 땅에 엎드린 채, 온몸을 움츠렸다. 그런데, 귀 옆에서 또다시 더욱 깊고 강한 충돌음이 들려왔다. 린스는 몸을 더욱 웅크리며, 숨도 제대로 쉬지 못했다. 그녀는, 무엇을 해야 할지, 어떻게 반응해야 할지, 도무지 알 수가 없었다. 그저, 그대로 얼어붙은 채, 단 한 걸음도 움직이지 못했다.

　그때, 천장수이의 손이 린스의 팔을 거칠게 잡아당겼다. 그녀는 비틀거리며 끌려갔다. 어느새, 자신이 집으로 돌아왔다는 사실조차 제대로 인식하지 못한 채, 침대 위로 내던져졌다. 그리고, 아직도 머릿속이 혼란스러운 와중에 천장수이는 거칠게 그녀를 눌렀다. 그는 힘껏 바지를 잡아당기며, 린스 위로 무겁게 덮쳤다. 그녀는 숨을 쉴 수도, 저항할 수도 없었다. 천장수이의 거칠고 필사적인 요구는 린스를 공포에 몰아넣었다. 게다가 아왕관의 목에 감긴 새끼 밧줄이 눈앞에 생생히 떠올랐다. 린스는 어디서 그런 힘이 났는지 몰라도 본능적으로 필사적인 저항을 시작했다. 그녀는 천장수이를 물고 할퀴며 두 다리로 마구 발길질했다. 하지만 그녀의 모든 반항은 천장수이의 더욱 거친 흥분을 불러올 뿐이었다. 그는 연신 욕설을 내뱉으며 장난스럽게 그녀의 공격을 막아냈다. 결국 온 힘을 다해도 천장수이의 무겁고 단단한 몸을 떼어낼 수 없다는 것을 깨달은 린스는 저항을 멈췄다. 그리고 한 가지 생각이 그녀의 머릿속을 스쳤다. 린스는 큰 소리로 외쳤다. “나 그날이야!”

　천장수이는 동작을 멈췄지만 거친 숨을 내뱉으며 욕설을 퍼부었다. 린스는 그가 몸을 일으키려는 듯 움직이는 것을 보며 안도했지만, 그는 여전히 미련을 버리지 못하고 손을 뻗어 그녀의 하반신을 더듬었다. 그리고는 갑자기 뺨을 세게 내리쳐 린스의 눈앞이 아찔해졌다. 귀가 멍해지는 와중에도 그의 저주 섞인 목소리가 들렸다.

"씨발, 이 썩을 년이! 감히 날 속이려 들어? 좆같은 년…, 죽여버릴 거야, 좆박아 죽여버릴 거라고"

린스는 충격에 몸도 움직일 수 없었고, 아무 말도 할 수 없었다. 그저 천장수이가 그녀 위에서 격렬하게 움직이는 것을 느낄 뿐이었다. 그는 빠르고 난폭하게 몸을 흔들었고, 린스는 점점 더 멍해졌다. 어둠 속에서 그녀는 천장수이의 번뜩이는 눈빛만을 볼 수 있었다. 그 눈빛은 무섭게 빛났고, 그의 거친 숨소리와 함께 반복되는 낮은 목소리가 그녀의 귀에 들려왔다. "좆박아 죽일 거야…, 네 이 쌍년을, 좆박아 죽여버릴 거라고…."

긴 시간이 흐른 뒤, 린스는 온몸이 산산조각 날 것처럼 흔들리다가 천장수이가 멈추는 것을 느꼈다. 그는 중얼거리던 욕설도 멈추고 몸을 굴리더니 곧바로 코를 골며 깊은 잠에 빠졌다. 린스는 어둠 속에 누운 채 한동안 아무것도 할 수 없었다. 겨우 정신을 차린 뒤에도 몸을 움직이기 힘들었다. 그녀의 머릿속에는 허차이가 아왕관과 아지의 관계에 대해 했던 막말이 떠올랐다. '설마 아왕관이 정말로 그런 이유로 아지에게 몰래 접근했던 건가? 그래서 목숨을 끊으려 했던 걸까?' 린스는 그 생각을 떨쳐내려고 고개를 저었다. 한참을 생각했지만 답을 찾을 수 없었다. 어둠이 짙게 깔린 방 안에서 그녀는 무력감에 휩싸였다. 바깥에서는 밤바다의 바람이 몰아치며 더욱 요란하게 울부짖고 있었다.

5

아왕관이 목을 매려 했다는 소식은 다음 날 새벽, 해 뜨기도 전에 일찍 일어난 어부들 사이에서 순식간에 퍼졌다. 린스는 그날 아침도 아왕관이 빨래하러 오기를 기다리고 있었다. 그러나 아왕관이 나타나지 않자, 그녀는 결국 혼자 빨래감을 챙기고 나무 대야와 빨래판을 들고 우물가로 향했다. 우물가에는 이미 여자들 열댓이 모여서 빨래를 하고 있었다. 그들은 린스가 다가오자 갑자기 이야기를 멈췄다. 왕스는 친근하게 자기 옆에 쌓아 둔 빨래를 옮겨 빈자리를 만들며 린스를 불렀다. 그러고는 입을 열었다.

"듣자 하니, 도살꾼 천을 도와 아왕관을 구했다며? 그 자리에 있었던 거야?"

린스는 순간적으로 당황했지만, 본능적으로 고개를 끄덕였다.

"아왕관이 매달린 모습, 직접 봤어?" 질문을 던진 건 춘즈였다. 그녀는 며칠째 감기에 걸려 목소리가 잠겨 있었지만, 여전히 다른 사람들보다 날카롭게 울렸다.

춘즈의 질문에 여자들은 모두 빨래하던 손을 멈추고 린스를 바라보았다. 갑작스러운 관심에 린스는 잠시 입을 떼지 못하고 머뭇거렸다. 다행히도, 곁에 있던 구번 할멈이 대신 말을 받았다. "어젯밤 많이 놀랐을 텐데, 너무 몰아붙이지 마라."

그 순간 린스는 갑자기 입을 열어 말했다. "아왕관이 목을 맨 게 아니었어요…, 못이 빠져서 땅에 떨어져서, 남편이 그 소리를 듣고 가서 구해낸 거예요.”

그녀의 말에 여자들 얼굴에는 실망한 기색이 역력했다. 왕스가 다시 물었다.

“눈알이 튀어나오고, 혀는 가슴까지 늘어지고, 일곱 구멍에서 피가 흘렀다던데, 정말이야?” 린스는 고개를 저었다.

“어떻게 그럴 리가 없지?” 춘즈가 투덜거리듯 말했다.

“아! 맞다.” 린스는 갑자기 무언가 떠오른 듯 말했다. “얼굴이 붉게 부어올랐어요. 꼭 가지처럼 보랏빛으로 변한 색깔로요.”

여자들은 묘한 눈빛을 주고받았다. 린스는 그 시선을 이해할 수 없었다. 혹시라도 자신이 뭔가 잘못 말한 게 아닐까 불안해졌다. 원래도 여러 사람 앞에서 말하는 일이 없었던 그녀는 손끝이 미세하게 떨리기 시작했다. 잠시 정적이 흘렀다. 모두가 마치 빨래에 온 신경을 집중하는 듯 보였다. 그러다 구번 할멈이 마른기침을 한번 하더니, 천천히 입을 열었다. “할 말이 있으면 그냥 해라. 빙빙 돌려 말하지 말고.”

왕스는 주위를 힐끔거리며 눈치를 살폈다. 주위에 꺼림칙한 사람이 없는 것을 확인한 후에야 그녀는 주저주저하며 입을 뗐다. “나도 그냥 들은 얘긴데…, 내가 하는 말이 아니야. 아니면 벼락 맞아 죽겠지…….”

왕스의 말은 사람들의 관심을 단번에 끌었다. 모두가 그녀를 재촉하자, 그녀는 한숨을 내쉬며 말했다. "내가 듣기론, 아왕관이 처음부터 진짜로 목을 매려던 게 아니래. 그냥 겁을 주려고 쇼를 한 거라지. 아니, 생각해 봐. 누가 대문 위에 못을 박아 놓고 거기에 목을 매겠어? 바보라도 그 정도는 알지 않겠어?" 왕스는 한숨에 말을 내뱉더니, 다시 덧붙였다. "이건 내가 한 말이 아니야. 나도 들은 얘기일 뿐이라고."

린스는 놀라 얼떨결에 입을 열었다. "하지만, 그때 분명 목에 새끼줄이 감겨 있었는….."

"그걸 네가 어떻게 알아?" 춘즈가 말을 뚝 잘랐다. "묶인 매듭이 어떤 건지라도 알기나 해?" 린스는 고개를 저었다.

춘즈는 비웃듯 말했다. "그러니까 말이야, 죽을 생각도 없이 대충 묶은 걸로 어떻게 목을 매겠어?"

린스는 입을 벌린 채 얼어붙었다. 곁에 있던 구번 할멈이 조용히 그녀의 소매를 잡아당기자, 그제야 비로소 정신이 돌아왔다. "이런 얘기해 봤자 소용없다." 구번 할멈이 단호히 말했다. "너랑 도살꾼 천이 아왕관을 구했지만, 목 매달아 죽으려던 귀신이 가장 질긴 법이다. 이번엔 아왕관이 죽지 않았지만, 그 귀신이 너희를 가만두지 않을 거야."

구번 할멈의 말에 빨래하던 여자들은 모두 숨을 죽였다. "도살꾼 천이 이런 걸 안 믿겠지만, 너는 돌아가서 아칭에게 돼지족발 국수를 준비하라고 해. 돼지족발엔 반드시 붉은 실을 묶어야 한다. 그

걸로 집에서 금지를 태우며 제사 지내고, 폭죽도 한 줄 터뜨려야 한다. 알겠니?"

린스는 멍하니 고개를 끄덕였고, 눈에서는 두려움에 눈물이 주르르 흘러내렸다. 구번 할멈은 린스의 어깨를 다독이며 몸을 돌리더니 말했다. "사람이 안 죽었으니 그나마 다행이다. 그런데도 너희는 여기 앉아서 남의 일에 입방아 찧으며 떠들고 있으니, 정말 겁도 없구나…."

"난 그냥 들은 걸 말했을 뿐이에요, 제가 한 말 아니라고요." 왕스가 급히 할멈의 말을 가로막았다.

"나도 들은 것뿐이에요." 춘즈가 맞장구 쳤다.

"솔직히, 아왕관 같은 사람이 진짜로 죽으려고 했겠어?"

"만약 사실이라면?" 구번 할멈이 쏘아붙이듯 말했다. 그녀의 목소리에는 노기가 서려 있었다. "네가 죽기로 결심한 순간, 그게 활 매듭인지 죽을 매듭인지 따질 정신이 있을 것 같으냐?"

춘즈는 옆으로 고개를 돌리더니, 퉤, 하고 침을 한껏 내뱉었다. 무언가를 중얼거리는 듯했으나, 입 밖으로 소리를 내지는 않았다.

린스는 고개를 떨군 채 옷 몇 벌을 대충 빨고 물기를 짜낸 뒤 나무 대야에 넣고는 자리를 떠나려 했다. 그때 구번 할멈이 그녀의 손목을 붙들었다. "내가 한 말, 잊지 않았지!" 린스는 눈가가 붉어지며 고개를 끄덕였다.

우물가를 떠나 걷던 린스는 불현듯 우물에 몸을 던져 생을 마감했다가 다시 나타났다는 국냥 이야기가 떠올랐다. '언젠가 내가 죽는다면…, 린스는 생각했다. 난 우물에 뛰어들 거야. 그래야 아왕관처럼 사람들을 놀라게 하지 않겠지. 그리고…, 애초에 죽음의 매듭이니 활매듭이니 따위는 묶지 않을 거야. 누구도 나를 비웃지 못하도록.' 그녀는 마음속으로 되뇌었다.

그러나 지금은 그런 생각을 할 때가 아니었다. 돼지족발 국수를 어떻게 준비해야 할지, 남편인 천장수이에게 말해야 할지, 아니면 아칭에게 먼저 상의해야 할지 걱정이 앞섰다. 고개를 떨군 채 천천히 집으로 돌아오던 린스는 문지방을 넘으며 무심코 얼굴을 들었다. 집 안에는 이미 여러 사람이 모여 있었다. 숨소리마저 무겁게 가라앉은 방 안. 사람들은 말없이 앉아 있거나 서 있었다. 린스는 재빨리 그들 사이를 훑어보다가, 방 한가운데 가장 높은 자리에 앉아 있는 사람이 바로 천춰좡의 연장자, 라이파(來發) 어르신이라는 것을 알아보았다. 그리고 그 옆에 아칭 또한 엄숙한 얼굴로 서 있었다. 린스의 심장이 순간적으로 조여들었다. 그녀는 얼른 고개를 숙이고, 아무 말 없이 방 안으로 몸을 숨겼다.

토담집의 대청과 방 사이에는 문이 없고, 얇은 천막 하나가 공간을 가르고 있을 뿐이었다. 린스는 나무 대야를 조용히 바닥에 내려놓고, 자연스럽게 벽 모퉁이에 쪼그려 앉아 귀를 기울였다. 잠시 후, 낮고 신중한 음성이 들려왔다. 거친 숨소리와 가래 섞인 목소리로 보아, 라이파 어르신이 말하는 것이 분명했다. "별일 아니다. 괜히 동네 사람들까지 소란스럽게 만들 필요 없고. 사방에 소란을 피울 필요 없어. 원래 보름이 지나면 몇 번쯤 신들이 밤에 찾아오기도 하는 법이다. 조심해서 지내면 그만이지.” 말을 마친 그가 마른기침을 몇 번 뱉더니, 바닥에 퉤! 하고 가래를 뱉었다. 그리고는, 다시 천천히 입을 열었다. “이 일은 내가 맡아 처리하마.” “천장수이, 천아칭, 너희는 내 결정에 따르겠나?” 린스는 남편 천장수이가 짧게 “예”라고 대답하는 소리를 들었다. 뒤이어 아칭도 “모든 것은 어르신 뜻대로 따르겠습니다”라며 짤막하게 응답했다.

그다음엔 무언가를 옮기는 소리, 물건을 챙기는 소리가 들려왔다. 얼마 지나지 않아, 선향(線香)의 향내가 방 안을 가득 메우기 시작했다. 그와 함께, 종이돈이 타는 짙은 연기가 공기 속을 헤집으며 퍼져 나갔다. 짙은 연기 속에서, 이내 귀청을 찢을 듯한 폭죽 소리가 터져 나왔다. 대지는 요동쳤고, 집 안 가득 천지가 뒤흔들리는 듯한 굉음이 울려 퍼졌다. 린스는 사람들이 모두 흩어진 뒤에야 방에서 나왔다. 팔선탁(八仙桌) 위에는 커다란 대나무 쟁반이 놓여 있었고, 그 위에는 큼직한 돼지족발 한 쌍이 올려져 있었다. 발굽 가까운 부분은 거의 흑 빛을 띠고 있었고, 그곳에는 정말로 손가락 한 마디쯤 되는 넓이의 붉은 종이띠가 칭칭 감겨 있었다. 돼지족발은 이미 푹 삶아져 윤기가 흐르는 기름막이 얇게 퍼져 있었고, 살짝 비릿한 냄새가 은은히 풍겼다. 그 옆에는 몇 다발의 국수가 묶인 채 그대로 놓여 있었다. 아직 봉지를 뜯지도 않고, 포장할 때 묶었던 붉은 실도 그대로 달려 있었다.

향불은 여전히 타고 있었다. 흐릿한 대낮, 그리 밝지 않은 토담집 안에서, 선향의 연기가 짙고 묵직하게 피어올랐다. 향촉 끝에서 점멸하는 불씨들은 작고 희미했지만, 끊임없이 은근한 붉은빛을 토해냈다. 그 빛이 벽에 걸린 태상노군(太上老君)의 초상을 어슴푸레 비추자, 그 그림 또한 몽롱하게 일렁이며 저 너머 먼 세계에서 떠도는 듯했다. 잘 삶아진 돼지족발, 한 가닥 한 가닥 가지런한 국수, 실내를 가득 채운 선향의 그윽한 냄새, 그리고 바닥을 뒤덮은 폭죽의 붉은 잔해들 그 모든 것이 린스의 마음을 한결 편안하게 만들었다. 린스는 팔선탁 앞에 조용히 섰다. 두 손을 경건히 모아 합장한 채 눈을 감았다. 마음 깊은 곳에서 우러나오는 간절한 기도로, 입술을 조용히 떼며 낮은 목소리로 읊조리기 시작했다.

"마조(媽祖)님, 관음보살님, 부디 아장(阿江)과 저를 지켜주세요. 아장의 본명은 천장수이, 돼지를 잡는 사람입니다. 저는 그의 아내 린스입니다. 우리가 귀신을 시끄럽게 했지만, 아왕관을 구하려던 것뿐입니다. 아왕관은 저희 이웃인데, 한순간 마음이 약해져 목을 매려 했습니다. 저희는 그를 구했을 뿐 나쁜 의도는 없었습니다. 마조님, 제발 아장과 제가 귀신에게 끌려가지 않게 해주세요……."

기도를 마치고 나자, 린스의 마음은 한결 가벼워졌다. 문득 시간을 보니 벌써 정오가 가까웠다. 이제 점심을 준비해야 했다. 린스는 부엌으로 가서 아궁이에 불을 지피고, 쌀을 씻어 밥을 짓기 시작했다. 하지만 마음 한구석은 계속해서 대청에 놓인 그 큼직한 돼지족발을 떠올리고 있었다. 몇 번이나 가서 힐끗 들여다보았지만, 어쩐지 손을 뻗어 그것을 가져올 용기가 나지 않았다. 평소 제사를 지낼 때처럼, 종이돈을 태우고 나면 신께서 음식을 드셨다고 여기고 내려와 먹는 것이 당연했다. 그날도 집안에 별다른 반찬이 없었기에, 린스는 더욱 간절히 그 돼지족발과 국수 맛을 보고 싶었다. 하지만 이상하게도, 아무리 배가 고파도, 끝내 팔선탁 위에 놓인 돼지족발을 손댈 엄두가 나지 않았다. 결국 스스로를 달래며 애써 되뇌었다. '조금만 더 기다리자. 더 오래 기도해야, 신들이 더 큰 가호를 내려 주실 거야. 저녁이 되면, 그때 아장에게 가져오라고 하면 되지……'

그렇게 한순간 망설인 탓에, 린스는 고구마 줄기를 밥에 넣을 때를 놓치고 말았다. 문득 깨달았을 땐 이미 밥이 다 익어 물까지 말라붙어 있었다. 더는 고구마 줄기를 넣을 수 없었다. 린스는 남편 천장수이가 화를 낼까 봐 불안했다. 아니나 다를까, 그는 밥그릇을 보자마자, 거칠게 손을 뻗어, 그녀의 뺨을 세차게 후려쳤다. "씨발, 니년 일부러 우리 집 말아먹으려는 거지? 예전엔 고구마채도 못 얻어먹던 거 벌써 잊었냐!"

린스는 아무 말 없이 고개를 떨궜다. 천장수이는 성난 듯 몇 숟가락 밥을 퍼먹었다. 그러다 식탁을 둘러보고는, 남은 반찬이 고작 공심채 한 접시와 말린 생선뿐인 것을 보고는 인상을 찌푸렸다. "이게 다야?” 거친 목소리로 쏘아붙였다. “반찬은 어디 갔어? 니년이 몰래 다 처먹은 거 아니야?”

린스는 나지막이 대꾸했다. “며칠째 집에 아무것도 안 가져왔잖아요…”, 그러다 팔선탁 위의 돼지족발을 힐끗 바라보더니, 순간적으로 입을 열었다. “저기 있는 돼지족발, 저걸 먹으면 안 될까요?” 천장수이는 한동안 밥그릇과 젓가락을 내려놓고 잠시 생각에 잠긴 듯했지만, 아무 말도 하지 않았다. 그는 팔선탁 위의 돼지족발 쪽을 쳐다보지도 않은 채, 공심채와 마른 생선을 반찬 삼아 급하게 밥 두 그릇을 비운 뒤, 숟가락과 젓가락을 소리 나게 내려놓고 문밖으로 나갔다.

그날 오후, 린스는 문가에 앉아 아왕관이 혹시나 들르길 기다렸다. 아왕관이 오면 돼지족발을 어떻게 처리해야 할지 물어볼 참이었다. 그러나 아무리 기다려도 아왕관은 나타나지 않았다. 린스는 앉은 채로 무심코 졸기 시작했고, 문에 기대어 불어오는 바닷바람에 몸을 맡긴 채 깊은 잠에 빠져들었다. 그러나 여름 오후의 꿈은 늘 뒤엉키고 무겁게 가라앉는 법. 꿈속에서 린스는 팔선탁 위에 놓인 돼지족발을 집어 들었다. 묶여 있던 국수를 풀어 함께 삶아, 국수 한 가닥을 젓가락으로 집어 올렸다. 그 순간 긴 국수 가닥이 붉고 부어오른 혀로 변해, 꿈틀거리며 밖으로 튀어나왔다. 잘라낸 돼지족발의 단면에서는 검붉은 핏덩이가 스멀스멀 스며 나왔다. 그러나 린스는 손을 멈출 수 없었다. 젓가락을 들어, 그것을 입으로 가져가려 했다. 그 순간, 목이 조여 오고, 숨이 막혀 왔다. 눈이 위로 치켜 올라가고, 머리가 핑 돌기 시작했다. 린스는 비명을 지르려 했으나, 목에서 단 한 마디도 나오지 않았다. 그 순간, 그녀는 싸늘한 한기를 느끼며 화들짝 눈을 떴다. 그녀는 의자에 앉은 채로 잠들었기에, 머리가 한쪽으로 기울어진 채였다. 잠에서 깬 린스는 뻐근하게 뭉친 목덜미를 한참 동안 주물렀지만, 여전히 뻐근하고 아픈 감각이 가시지 않았다.

해 질 무렵 천장수이는 평소보다 늦게 돌아왔다. 문을 열고 들어온 그의 얼굴은 잔뜩 어두웠다. 밥상에 앉기도 전에 술부터 꺼내 마시며, 린스를 향해 안주를 내오라고 소리쳤다. 린스는 겁에 질려 집에 더 이상 내놓을 반찬이 없다고 더듬거리며 말했다. 또다시 얻어맞을까 두려워 몸을 잔뜩 웅크리고 있었지만, 천장수이는 술에 취한 듯 대수롭지 않게 말했다. "그 돼지족발 썰어와."

린스의 가슴에 거대한 공포가 짓눌렀다. 그녀는 당황하며 말했다. "그 돼지족발……, 목맨 귀신에게 바친 거예요."

"귀신 같은 소리 하고 있네!" 천장수이는 손을 휘저으며 소리쳤다. "난 그딴 미신 같은 거 안 믿어! 죽고 사는 일에 벌벌 떠는 어부들처럼 살진 않는다고."

린스는 망설이며 그대로 굳어 서 있었다.

천장수이는 희미한 웃음을 지으며, 다시 술잔을 들이켰다.

"내가 지금까지 돼지를 몇 마리나 잡았는데도 멀쩡하거든." 그러더니 비릿한 웃음을 흘리며, 마치 혼잣말처럼 중얼거렸다. "죽은 귀신이 돌아온다면 나한테 오라고 해."

천장수이가 그렇게 단언하자, 린스는 한결 덜 두려워졌다. 그의 말대로, 그녀는 조심스레 팔선탁 위에서 돼지족발을 내려놓았다. 칼을 들어 힘껏 잘라내자, 속이 드러났다. 그제야 알았다. 겉은 푹 삶아진 듯했으나, 안쪽은 여전히 생핏물이 흥건했다. 칼날을 따라 주르륵 흘러내리는 붉고 탁한 액체. 식지 않은 핏물이 흐릿한 갈색을 띠며, 짙고 탁하게 고여 있었다. 순간, 머릿속을 스쳤다. 일곱 구멍에서 피를 흘리며 죽어간다는 그 끔찍한 자줏빛 선혈. 그 불길한 상상이 다시금 린스의 가슴을 죄어왔다.

린스는 돼지족발을 커다란 솥에 넣고, 펄펄 끓는 물속에 한참을 굴렸다. 다시 한 조각씩 건져내, 널찍한 사발에 담았다. 그러나 국물 속에서 퍼져 나오는, 뭔가 알 수 없는 비릿한 기운에 속이 울렁였다. 목구멍이 뒤틀릴 듯 울컥, 구역질이 밀려왔다. 린스는 이를 악물고 고개를 홱 돌려 외면했다. 그리고는 더 이상 쳐다보지도 않은 채, 그대로 돼지족발을 식탁 위에 올려놓았다. 천장수이는 돼지족발의 발굽을 물어뜯으며 소리까지 내며 먹었다. 린스가 여전히 젓가락을 들지 않자, 천장수이는 비웃으며 빈정거렸다. "아니, 몰래 먹는 거 그렇게 좋아하더니, 닭 주둥이도 좋은 쌀밥 골라먹듯 하던 년이, 오늘은 무슨 새침데기야? 왜 안 먹냐?"

린스는 아무 말 없이 고개를 숙였다. 천장수이는 그녀를 몇 번 더

조롱했지만, 린스가 반응하지 않자 화가 치밀었다. 그는 식탁을 손바닥으로 세게 내리쳤고, 그 충격에 그릇과 접시가 요란하게 흔들렸다. "안 먹어? 씨발, 안 먹으면 뒤지게 팬다." 천장수이는 위협적으로 소리쳤다.

린스는 마지못해 젓가락을 들어 돼지족발 한 조각을 집어 입에 넣었다. 하지만 한 입을 베어 물자, 입안 가득 끈적한 젤리 같은 점액이 퍼졌다. 기대했던 맛은커녕, 껍질과 힘줄, 기름기가 엉겨 붙어 질겅질겅 씹혀 들어왔다. 마치 오래된 심해어의 가죽처럼, 쉽게 끊어지지도 않았다. 린스는 두 번째 한입을 삼키려다, 더 이상 씹을 엄두가 나지 않았다. 그냥 그대로, 억지로 삼켜버렸다. 린스가 얼굴을 찡그리며 돼지족발을 삼키는 모습을 보자, 천장수이는 묘한 흥분을 느꼈다. 그는 희번덕거리는 눈으로 그녀를 바라보며, 기분 좋은 듯 헛웃음을 터뜨렸다. 그러고는 더 많은 돼지족발 조각을 그녀의 그릇에 밀어 넣었다. 린스는 한 조각, 한 조각, 힘겹게 삼켜 내려갔다. 다행히 발굽 부분은 커다란 뼈를 포함하고 있어, 오래 걸리지 않아 접시는 금세 비워졌다. 하지만 천장수이는 여전히 들뜬 얼굴이었다. 취한 몸을 휘청이며 부엌으로 향하더니, 이번엔 큼직한 돼지 넓적다리 부분을 한 손에 움켜쥐었다. 그리고 그것을 식탁 위에 던지듯 내려놓으며, 명령하듯 외쳤다. "먹어! 먹어! 쳐 먹으란 말야! 봐라, 내가 얼마나 통 큰 남편이냐, 마누라한테 돼지 한 마리를 통째로 먹이잖아?"

그가 던진 돼지 넓적다리는 표면만 익었을 뿐, 속은 여전히 생살 그대로였다. 커다란 살점들이 겹겹이 쌓인 중심부는 붉디붉었고, 미처 익지 않은 핏물이 뚝뚝 떨어졌다. 묵직하게 손에 쥐어진 그 덩어리, 핏빛에 젖어 축축하고, 거칠고, 미끈한 감촉. 린스는 한순간 그 광경을 바라보다가, 온몸이 얼어붙었다. 그리고 곧, 갑자기 치솟는 역겨움에, 그녀는 그대로 고개를 숙이고 토해버렸다. 방금 삼킨 돼지족발 조각이 몽땅 입 밖으로 쏟아졌다. 그녀의 몸은 비명을 지르듯 연거푸 헛구역질을 했고, 끝내, 쓸개즙이 배어든 노란 위액만이 쏟아질 뿐이었다. 그렇게 쏟아내고 나니, 린스는 속이 텅 빈 듯 허탈했고, 숨조차 가빠졌다. 그날 밤, 그녀는 뒤척이며 자잘한 꿈 조각들 속을 떠돌았다. 희미한 형상과 소리들, 어딘가 기이하고 뒤틀린 꿈들. 몇 번이고 놀라 깨어났으나, 정신을 차릴 때쯤이면 기억은 모래알처럼 흩어져 있었다. 아득한 의식 속에서, 멀리서 들려오는 닭 울음소리를 들었다. 창밖을 보니, 여전히 깊고 짙은 어둠이 깔려 있었다. 이내 그녀는 깊은 잠 속으로 스르르 빠져들었다.

그러나 채 얼마 지나지 않아, 어렴풋한 감각이 그녀를 다시 깨웠다. 누군가가 그녀의 옷을 벗기고 있었다. 그녀는 너무 지쳐 있었고, 꿈인지 현실인지도 분간할 수 없었다. 잠결에, 희미하게 중얼거렸다.

"나, 그날이야……."

두 번의 매서운 손길이 뺨을 후려쳤다. 그제야 린스는 퍼뜩 눈을 떴다. 그의 입가에 비릿한 웃음이 떠올랐다.

"또 그 핑계? 이제 그건 안 통해."

린스는 침 삼키듯 힘없이 대꾸했다.

"이번엔…, 진짜예요…."

어둠 속에서 천장수이는 혼자서 희희덕거리며 웃더니, 곧 그녀를 차지했다. 이번에는 손으로 짓누르거나 거칠게 다루지는 않았지만, 그 시간은 끝없이 길게 이어졌다. 린스는 뻣뻣하게 몸을 뒤로 젖힌 채, 침대에 누워 있었다. 생리 중일 때는 결코 침해당해서는 안 된다는 두려움에 몸을 떨며, 이로 인해 죽을 수도 있다는 막연한 공포에 사로잡혔다. 고통 속에서 그녀는 억눌린 신음과 울음만을 토해낼 뿐이었다. 그리고, 창문 너머 밤하늘이 어둑한 채로 서서히 흐려지고 있었다. 마침내 천장수이가 몸을 돌려 그녀에게서 떨어졌다. 그 순간, 창틈으로 흘러든 희미한 새벽빛이 방을 가로질렀다. 그 빛 아래, 그는 자신의 몸 아래쪽이 온통 더럽게 물들어 있는 것을 보았다. 어두운 핏빛이 번진 피부. 침대 위에도, 린스의 하반신에도, 붉고 칙칙한 얼룩과, 굳어붙은 핏덩이들이 묻어 있었다.

6

루청에서는 음력 7월 초하루부터 8월까지 한 달 동안 푸두가 이어졌다. 각 지역마다 푸두를 올리는 날짜가 달랐기 때문에, 도살업자들도 이 시기에 특별히 더 바쁘다고만은 할 수 없었다. 예년과 비교해도, 또는 톈성공(天生公)의 제사 기간과 비교해도, 이맘때가 유난히 분주한 시기는 아니었다. 물론, 모든 지역이 그런 것은 아니었다. 예를 들면, 7월 13일 푸두를 올리는 진성샹(金盛巷)이나 7월 9일 푸두가 열리는 싱화 마조궁(興化媽祖宮)은 루청의 도심 한복판에 자리 잡고 있었다. 이른바 '시내'라 불리는 곳이었다.

이곳에 사는 사람들은, 도심 한가운데 점포를 가지고 있었고, 또한, 변두리에 논밭을 두고 있었다. 그들에게는 들에서 농사를 짓는 수고도, 바다로 나가 고기를 잡는 위험도 없었다. 그렇기에, 이들의 삶은 루청 외곽의 천춰좡이나 '차오디(草地)'라 불리는 변두리 지역과는 비교할 수 없을 정도로 풍족했다. 당연히, 푸두에 쓰이는 제물 또한 그 규모가 어마어마했다. 그렇기에, 이들이 푸두를 올리는 날이면, 도살업자들은 그야말로 눈코 뜰 새 없이 바빴다.

음력 7월 17일, 이날은 천춰좡에서 푸두를 올리는 날이었다. 도살장에는 줄지어 도살을 기다리는 돼지들이 놓여 있지는 않았지만, 평소보다 훨씬 더 많은 살진 돼지들이 끌려왔다. 도살을 돕는 일꾼들과 돼지를 씻는 일을 맡은 여자들은 오늘은 손놀림을 더 재빠르게 해야 한다는 것을 잘 알고 있었다. 해가 완전히 떠오르기 전까지, 가능한 많은 돼지를 도살해 푸두 제사에 올릴 수 있도록 운반해야 아침 일찍 장을 보러 오는 천취좡 사람들의 시간을 맞출 수 있었다.

이미 시간이 늦었음에도 불구하고, 천장수이는 아직 나타나지 않았다. 그러자, 일꾼들은 싱글벙글 웃으며 빈정댔다. "마누라 얼더니 늦잠 자는 거 아냐?" 그들은 장난스레 욕설을 섞어가며 농을 던졌지만, 손은 쉬지 않았다. 도살될 돼지 몇 마리를 먼저 결박하여 V자 모양의 도살대에 눕혔다. 한편, 여자들은 이미 커다란 가마솥에 끓는 물을 준비해 놓았다. 이제, 모든 준비는 끝났다. 천장수이만 도착하면, 바로 작업을 시작할 수 있었다.

하늘이 희뿌옇게 밝아올 무렵, 천창수이는 뒤늦게 나타났다. 이미 때는 늦었지만, 그는 일꾼들의 웃음 섞인 원망을 뒤로한 채, 고무 장화로 갈아 신을 새도 없이 곧장 첫 번째 도살대의 V자형 도살구로 향했다. 그의 손놀림이 어찌나 재빠른지, 어찌 손을 쓴 것인지조차 보이지 않았다. 그러나 너댓 백 근은 족히 될 거대한 돼지가 처절한 비명을 길게 내지르더니 온몸을 부르르 떨며 격렬하게 경련하기 시작했다. 천장수이의 손이 떨어지자, 옆으로 뉘어 있던 돼지의 머리가 힘없이 한쪽으로 툭 꺾였다. 그 순간, 작은 공기 대접만한 굵기의 피 기둥이 솟구쳤다. 높이 오르지는 못하고 겨우 일곱, 여덟 치 남짓한 높이에서 머물렀으나, 그 양은 실로 엄청났다. 거품을 일으키며 뜨겁고 끈적한 선혈이 쉼 없이 솟구쳐 나왔다. 미리 준비하고 있던 여자들이 재빠르게 그릇을 가져와 피를 받아냈지만, 그래도 피의 기세를 온전히 막지는 못했다. 비명이 갈라지듯 터져 나오는 동안, 돼지는 발버둥을 치며 온몸을 비틀었고, 그때마다 피방울이 사방으로 튀어 도살대를 적셨다. 선홍빛 액체가 미친 듯 흩어지며 바닥과 벽을 번갈아 물들였다. 핏물이 강물처럼 흘러 나온 지 채 몇 분도 되지 않아, 돼지의 몸부림은 점점 약해졌고, 목구멍 깊은 곳에서 흘러나오는 신음 소리도 희미하게 꺼져갔다. 그제야 일꾼들이 돼지를 도살대에서 끌어내려 바닥으로 밀어 보냈다. 바닥에 내던져진 돼지는 아직도 미세한 경련을 일으키며 몸을 떨었다. 숨통이 끊어진 목에서 여전히 붉은 피가 간헐적으로 솟구쳐 나왔고, 바닥은 금세 비릿한 선혈로 흥건해졌다.

이 순간이야말로 천장수이의 시간이었다. 날카로운 칼날이 살점을 가르며 빠져나오고, 핏물이 거품을 일으키며 솟구칠 때, 그의 가슴속에는 말로 형언할 수 없는 절정이 찾아왔다. 마치, 질주하는 속도감 속에서, 몸 안을 휘몰아치던 뜨거운 욕망이 하얗고 끈적한 액체가 되어 여성의 가장 깊숙한 곳에 뿜어지는 순간처럼. 천장수이에게 있어, 폭발하듯 뿜어져 나오는 돼지의 핏줄기와, 그의 정액이 튀는 순간은 거의 같은 감각이었다.

그러나, 천춰쫭 푸두가 열리던 그날 아침, 도살대 위에서 분수처럼 솟아오르는 선혈을 바라보며, 천장수이의 머릿속을 끊임없이 파고드는 것은 침대 위에서 보았던, 그 검붉은 핏자국들이었다. 이유를 알 수 없는 분노와, 설명할 수 없는 섬뜩한 공포. 그것이, 그의 몸을 순간적으로 얼어붙게 했다. 천장수이는 미간을 찌푸리며 연거푸 침을 뱉었다. 천장수이는 여자의 월경이 남자의 운을 깎아먹는다는 따위의 미신을 전혀 믿지 않았다. 하지만 피를 보는 일이 생업인 그에게, 길조와 액운은 무엇보다 중요한 문제였다. 그는 속으로 씹어 삼키듯 저주를 내뱉었다. '멍청한 놈, 씨발, 진짜 멍청했어…, 씨발.' 자기 부주의를 좀처럼 용서할 수가 없었다.

그러나 도살장의 일은 멈추지 않았다. 돼지가 바닥에 내팽개쳐지기가 무섭게 여자들이 우르르 달려들어, 갓 도축된 돼지를 붙잡고 물을 끼얹었다. 우물에서 길어 올린 물로 돼지의 선혈을 씻어내고는, 곧장 끓는 물이 가득한 큰 탕으로 밀어 넣었다.

물이 펄펄 끓는 화덕은 우물 맞은편에 있었다. 벽돌로 쌓아 올린 거대한 아궁이에는 불꽃이 끊임없이 타올랐고, 가마솥에서는 뜨거운 물이 연신 퍼 올려지고, 식지 않도록 새 물이 보충되고 있었다. 천장수이는 속이 부글부글 끓어올랐지만, 그 분노의 정체를 정확히 짚어낼 수 없었다. 그러나 날카로운 칼을 뽑아든 순간, 본능적으로 다음 도살대로 발걸음을 옮겼다. 이미 또 다른 돼지 한 마리가 V자형 도살대 위에 단단히 고정되어 있었다. 일꾼들이 온 힘을 다해 짓누르며 그의 손길을 기다렸다. 그리고, 같은 일이 또다시 반복되었다.

한 마리, 또 한 마리. 천장수이는 손에 쥔 칼을 단단히 움켜쥐고,

정신을 집중했다. 점차 손끝이 감각을 되찾으며 일에 몰입해 갔다. 그러나 문득 손을 멈추고 보니, 어느새 열 마리 넘는 돼지가 피를 쏟고 쓰러져 있었다. 뒤를 돌아보니, 맨 처음 도축했던 돼지는 이미 가죽이 벗겨지고, 깨끗이 씻겨져 있었다. 뒷다리가 V자형 도살대 앞쪽 철고리에 걸려, 거꾸로 매달린 채 기다리고 있었다. 이제, 칼을 들고 가슴을 가를 차례였다. 보통 이때쯤이면 천장수이는 일꾼들에게 헛헛한 웃음과 함께 여자를 주제로 한 농담을 던졌다. 능글맞은 농담을 뒤로 하고, 그는 아무렇지도 않게 앞으로 걸어 나갔다. 한 손에 들린 칼을 거침없이 들어 올리고, 돼지의 가슴팍을 깊숙이 찔러 넣었다. 칼날이 단숨에 가르며 내려오자, 퍼억 돼지의 배가 단번에 갈라졌다. 그러나 피는 나오지 않았다. 대신, 회백색의 창자가 한꺼번에 쏟아져 나왔다. 일꾼들이 재빨리 달려들었다. 솜씨 좋게 내장을 들어 올리고, 한 덩어리가 된 내장과 위장을 통째로 꺼냈다. 곧이어 거꾸로 매달린 돼지를 철고리에서 풀어내자, 그제야 입과 목구멍 깊숙한 곳에서 검붉은 피가 천천히 스며 나왔다.

그러나 천춰 푸두의 아침, 모든 것이 달라졌다. 늦게 도착한 탓인지, 천장수이는 평소처럼 여자를 주제로 농담을 던지지 않았다. 대신, 그는 마치 더욱 집중하려는 듯 묵묵히 돼지의 배를 가르기 시작했다. 하지만, 칼이 깊이 박히지 않았다. 날이 제대로 들어가지 못한 탓인지, 근육층을 뚫지 못한 채 멈춰 섰다. 그는 다시 한 번 칼을 꽂았다. 그러나 이번엔 절개선이 엉망이 되어버렸다. 이런 실수는 극히 드문 일이었다. 가끔 이런 일이 생기면, 천장수이는 바닥에 퉤하고 침을 뱉으며, 거칠게 욕을 내뱉곤 했다. 대체 뭐가 그의 운을 틀어막았는지 씩씩대며 원망하곤 했다. 그러나 푸두의 아침, 그는 아무 말도 하지 않았다. 심지어 칼을 너무 깊이 넣어 내장을 손상시켜도, 그저 묵묵히 작업을 이어갈 뿐이었다.

"어젯밤 일을 좀 과하게 한 거 아냐?" 칼을 다룰 줄 아는 한 일꾼이 낄낄거리며 빈정거렸다. "내가 대신할까?"

천장수이는 고개를 저었지만, 여전히 입을 열지 않았다. 그저 얼굴을 굳게 다문 채, 손에 쥔 도살칼에 온 신경을 집중했다. 칼을 쥔 손은 힘을 주느라 미세하게 떨리고 있었다. 잇따른 실수. 그러나 천장수이는 숨을 길게 들이마신 뒤, 천천히 내뱉었다. 그러자 손끝부터 팔뚝까지 다시 감각이 살아났다. 그는 힘을 주어 칼을 들어 올리더니, 단숨에 그었다. 칼날이 지나가자 돼지의 배는 마치 지퍼가 열리듯, 목덜미에서부터 정확히 갈라졌다. 한 치의 오차도 없었다. 그제야 천장수이는 멈춰 서서 입꼬리를 살짝 올렸다. 그리고 바닥에 퉤 침을 깊게 뱉어냈다. 그러나 순간, 머릿속을 스친 것은 침대 위, 검붉게 말라붙은 핏자국이었다. 천장수이의 미간이 찌푸려졌다. 그는 다시 한 번, 아니, 연거푸 퉤, 퉤 몇 번이고 침을 뱉었다.

그다음 작업은 한결 수월했다. 갈라진 돼지는 작은 방으로 옮겨졌다. 여전히 두 뒷다리는 쇠고리에 묶인 채 거꾸로 매달려 있었다. 이때, 도장을 찍는 사람이 앞으로 나섰다. 손에 든 롤러를 굴려, 돼지의 몸통에 푸르스름한 도장이 줄지어 찍혀 나갔다. 머리 한가운데에도 잊지 않고 도장을 찍었다. 작업이 끝나면, 일꾼이 날카로운 도살칼을 들고, 몇 번의 정확한 칼질로 돼지 머리를 단번에 잘라냈다. 이제 배가 갈라진 돼지는 인력거에 실렸다. 머리와 내장까지 함께 실려, 고깃집으로 운반되었다. 이후, 그것을 어떻게 손질할지는 전적으로 정육점 도살사의 손에 달려 있었다. 뼈째 썰어낼지, 껍질을 벗길지, 아니면 살코기만 정교하게 발라낼지. 그것은 이제, 칼을 쥔 자의 몫이었다.

천춰좡 푸두의 아침. 서둘러 돼지를 출하해야 했기에, 천장수이도 작은 방으로 들어가 손을 보탰다. 그는 돼지의 목뼈 틈을 따라 칼을 깊숙이 박아 넣었다. 단칼에 큼지막한 돼지머리가 툭, 떨어졌다. 그 순간, 그는 곁에 서 있던 키 작은 중년 남자에게 불쑥 말을 걸었다. "아볜(阿扁), 이거 자네 거야? 혹시 예약한 사람 있어?" 아볜이라 불린 남자는 고개를 저었다. "그럼, 이 돼지머리 내가 가져갈게."

"좋지, 늘 하던 가격대로." 아볜은 천장수이의 어깨를 툭 하고 내려쳤다. 그러다 문득, 빙긋 웃으며 덧붙였다. "오늘은 푸두 날이잖아. 돼지머리로 '삼생(三牲)'*을 차리려는 사람들이 줄을 설 텐데, 가격 좀 더 받을 수 있을 거야."

마끈을 돼지의 주둥이에 꿰어 단단히 묶었다. 천장수이는 줄 한

<hr />

*   삼생(三牲): 중국 및 대만의 전통 제사에서 사용되는 세 가지 동물의 희생 제물을 뜻한다. 일반적으로 닭, 돼지, 생선을 사용하며, 신에게 바치는 공물로 여겨진다. 푸두(普渡)나 중요한 제사에서 흔히 볼 수 있다.

쪽 끝을 움켜쥔 채 도살장을 빠져나왔다. 태양은 이미 머리 위까지 솟아 있었고, 하늘은 구름 한 점 없이 눈부셨다. 한여름의 강렬한 햇살이 금빛 물결처럼 쏟아지며, 도살장 옆으로 펼쳐진 논밭 위로 부드럽게 내려앉았다. 벼 이삭들은 점차 여물어가며 노란빛을 머금었고, 그 위로 윤기 어린 옅은 황금빛이 감돌았다. 들판 저편에서 불어오는 바람은 가늘고도 부드러웠다. 몸을 살짝 감싸는 듯한 미지근한 온기 속에, 여름이 깊어가고 있었다.

오늘도 숨 막히게 더운 하루가 되겠지. 천장수이는 논두렁을 따라 난 좁은 길을 걸었다. 길 양옆으로 빽빽이 자란 대나무들이 바람을 머금고 흔들릴 때마다, 사각사각, 잎들이 맞부딪히며 속삭였다. 그 순간 그는 문득, 어디로 가야 할지 알 수 없었다. 발길이 멈추었다. 그저 길가에 선 푸르른 대나무 한 그루에 기댄 채, 한동안 그대로 서 있었다. 이 시간, 집으로 돌아간들 기다리고 있는 건, 린스의 그 길게 늘어진 얼굴, 피하듯 흔들리는 눈빛, 그리고 언제나 공포에 질린 표정뿐이다. 그렇다면, 도대체 어디로 가야 한단 말인가? 천장수이는 짜증스럽게 생각했다. 그러나 곧, 너무도 자연스럽게 또 다른 생각이 스쳤다. 진화, 그리고 그녀의 온기가 남아 있는, 지난밤의 따뜻한 이불 속.

도살장에서 허우처루까지 넓은 논밭을 가로지르는 좁은 길이 하나 있다. 그 길로 가면, 고작 십 분이면 도착할 거리였다. 허우처루, 이곳은 큰 대로의 뒷골목이었다. 양쪽으로 열댓 채의 작은 집들이 줄지어 있고, 대부분 낡고 낮은 목조 건물이었다. 그중에서도, 단 한 채의 2층 목조 누각이 있었다. 청나라 시대에 지어진 건물로 그곳의 이름은 '풍월루(風月樓)'다. 이 건물 2층의 난간에는 '미인고(美人靠)'라 불리는 긴 의자가 늘어서 있었다. 이름 그대로, 기녀들이 이곳에 몸을 기대어 앉아, 지나가는 남자들에게 은근한 눈길을 보냈다. 황혼녘이면, 거리에서 그 광경을 바라보는 것만으로도 사내들의 입방아가 끊이질 않았다. 한때, 허우처루를 가장 화려하게 물들였던 장면이기도 했다. 그 시절, 풍월루의 기녀들은 시를 읊고, 그림을 그리고, 훌륭한 가야금을 연주하는 예인들이었다. 그녀들은 기예(技藝)로 손님을 접대했으며, 웃음을 팔되 몸을 팔지는 않았다. 그래서 사람들은, 그들을 '예단(藝旦)'이라 불렀다.

하지만, 그 모든 것은 오래전 이야기가 되어버렸다. 이제, 그 아름다운 '미인고'도 방치된 지 오래. 누군가 기대어 앉기는커녕, 기둥 몇 개만 남아 휘쭉하게 기울어질 대로 기울어진 상태였다. 그리고, 예단들도 모두 사라져버렸다. 더 이상 문인이나 상인들이 모여들지 않는 풍월루. 이제는 그저 낡고 허름한 빈 건물일 뿐이었다. 한쪽에는 흔들리는 현판 하나가 걸려 있었다. '사관풍월(事關風月)', 예전에 어떤 이름난 문인이 남긴 편액이라 했으나, 이제는 금가루로 장식된 서체조차도 먼지에 뒤덮여, 빛을 잃은 채 흔들리고 있을 뿐이었다. 그러나 어찌 되었든, '풍월루'는 여전히 허우처루에서 가장 체면 있는 여자들이 있는 곳이었다. 물론, 그 '체면'이라는 것도 그저 조금 더 젊고, 얼굴이 반반하다는 정도였다. 그녀들은, 과거 청나라 시절의 선배 기녀들처럼 시를 읊거나, 그림을 그리고, 웃음만 팔며 몸을 팔지 않는 그런 여자들이 아니었다. 결국, 그들도 허우처루의 다른 여자들과 마찬가지로, '그저 끼니를 빌어먹는 여자' 로 불렸다.

천장수이에게 한때 기담처럼 떠돌던 문인과 거상들의 풍류, 그런 것들은 아무 의미도 없었다. '풍월루'에서 펼쳐졌던 그 모든 '고상한 일화'들조차, 그에게는 여자를 눕히고, 두 다리를 벌리게 하는 것만큼 실감 나지 않았다. 더욱이, 그 순간 그녀가 미친 듯 소리쳐 준다면 금상첨화. 천장수이는 확신했다. '풍월루'의 어린 여자들은, 그런 걸 모를 것이다. 그래서 천장수이는 '내춘각'을 택했다. 그리고 그중에서도, 진화의 뜨겁게 데워진 이불 속을. '늙은 어미한테 매달려 젖이나 찾는 놈'이라고 도살장 동료들에게 수도 없이 놀림을 당했지만, 천장수이는 언제나 진화를 찾았다. 그렇게 세월이 흐르자, 이제 허우처루의 여자들은 모두 알고 있었다. 천장수이가 오직 진화의 그 짐승 같은 신음을 좇아온다는 것을.

그날, 천취좡 푸두의 아침. 천장수이는 허우처루로 발길을 옮겼다. 한때 번성했던 거리, 지금은 이 회색 돌길만이 그 자취를 간직하고 있었다. 길게 뻗은 회색 화강석들이 하나둘 이어지고, 짧은 석판들이 그 사이를 메우며, 소박한 무늬를 이루고 있었다. 그러나 이 길은 한 번도 질척인 적이 없었다. 손님들은 언제나 서둘러 들어왔다가, 흔적도 없이 사라져갔다. 천장수이는 '내춘각' 앞에 멈춰 섰다. 오래된 두 짝짜리 나무문은 여전히 굳게 닫혀 있었다. 한동안 오지 않았더니, 낯설었다. 무엇 때문인지, 그조차 알 수 없었다. 그동안 여자들은 몇 번이나 바뀌었을까? 그 포주할매는 여전히 살아 있을까? 아니, 그런 것조차, 이젠 확신할 수 없었다. 진화가 여전히 이곳에 있다면, 예전처럼 길가 쪽 오른쪽 방에 있을 터였다. 천장수이는 손을 들어 목판으로 이루어진 창문을 세게 두드리며 목소리를 높였다.

"진화, 진화! 문 열어, 나야."

진화에게 손님이 있다면, 늙은 포주가 문을 열며 늘 그랬듯 웃는 얼굴로 "이 아침부터 남의 잠을 깨우다니, 못 말리겠어"라고 핀잔을 주었을 것이다. 손님이 없다면, 진화는 자신이 나와 느긋하게 다타오산을 걸친 뒤 문을 열었을 것이다. 단추를 여미는 게 번거로웠던 그녀는 한 손으로 옷깃을 대충 여미고, 다른 손으로 문을 열며 반쯤 열린 문 틈 사이로 누가 왔는지 먼저 살폈을 것이다.

천장수이는 잠시 기다렸다. 그러나 문이 열릴 기미가 없었다. 마음 한 켠이 급해지기 시작했다. 그는 다시 손을 들어 창살을 두드리려 했지만, 끼익 문이 열렸다. 천장수이는 기다렸다는 듯 성큼성큼 안으로 들어섰다. 방 안은 어두웠다. 한여름, 칠월의 강렬한 햇빛이 창을 통해 스며들었지만, 그 빛조차 희미하게 퍼질 뿐, 어둠을 몰아내지 못했다. 그러나 그녀의 실루엣은 단번에 알아볼 수 있었다. 문을 양손으로 당기고 서 있는 여인. 다타오산을 걸쳤으나, 제대로 여미지 않아 어깨에 헐렁하게 걸쳐진 상태였다. 그리고, 그 흐트러진 옷 사이로 드러난 풍만한 가슴. 배꼽까지 길게 늘어진 두 개의 둥근 곡선이 그가 찾던 여인이 누구인지 확실히 말해주었다.

"진화, 나야." 천장수이가 거칠게 말했다. 그리고 문턱을 넘는 순간 손을 뻗어, 그녀의 가슴을 움켜쥐었다.

여자는 담담히 서 있었다. 맞이하려 나서지도, 물러서지도 않았다. 그저 조용히 서 있을 뿐. 그러다 한참 후, 천장수이가 손을 풀자, 그제야 앞장서서 방 안으로 그를 이끌었다. 방은 좁았다. 겨우 여섯, 일곱 자 남짓한 작은 공간. 여자는 방 한쪽에 놓인 작은 전등을 켰다. 희미한 불빛이 방안을 가득 채우기엔 모자랐지만, 나무로 된 침대와 그 옆의 대나무 의자 하나, 그 정도는 알아볼 수 있었다. 침대 위에는 하얀 천 바탕에 진홍색 가장자리가 둘러진 이불이 깔려 있었는데, 하얀 부분은 이미 때가 잔뜩 타 검게 변해 있었고, 여기저기 어두운 얼룩이 점점이 박혀 있었다. 여자는 한쪽 다리를 침대 위에 올리고, 자연스럽게 다타오산을 벗어던졌다. 그리고 몸을 뉘어, 이불을 당겨 배 위로 덮으며, 조용히 말했다.

"여름엔 시원한 게 좋아서 이대로 자려다가도, 막상 잠들면 밤새 춥더라구."

목소리는 다소 거칠었고, 어조는 루청 변두리 차오디 특유의 사투리가 묻어 있었다. 문장 끝마다, 미묘한 억양이 위로 솟아올랐다. 천장수이는 벽에 박힌 기다란 못에 돼지머리를 묶었던 마끈을 가지런히 걸어 두었다. 그리고는 서둘러 옷을 하나둘 벗어 던지고, 털이 성성한 묵직한 몸뚱이를 이끌고 침대 위로 기어올랐다. 진화 곁에 몸을 붙이고 누운 그는 이불 한쪽을 끌어와 아랫도리를 덮었다. 이윽고 여자가 말을 이었다. "오랜만이네." 잠시 멈칫하더니, "마누라가 생기더니 안 오더라." 그녀는 여전히 담담하게 말했다.

천장수이는 아무 대꾸도 하지 않았다. 대신, 여자의 몸을 돌려 자신 쪽으로 향하게 하고, 얼굴을 깊숙이 파묻었다. 풍만한 가슴 사이에. 그곳에 얼굴을 바짝 대고, 그는 천천히 숨을 들이마셨다. 아침에 막 잠에서 깨어난 여자의 체온, 이불 속에 남아 있는 달큰하고 따스한 밤의 냄새. 그 향기 속에서, 천장수이는 머리를 비벼대며 가장 편안한 자리를 찾았다. "잠깐 눈 좀 붙일게." 그렇게 중얼거리더니, 그 자리에서 깊이 빠져들듯 잠들어 버렸다.

여자는 조용히 눈을 뜨고 옆으로 누워 있었다. 넓고 풍성한 얼굴. 그 위에 크고 둥근 눈과 두툼한 입술이 넉넉하게 자리 잡고 있었다. 첫눈에 보면 어딘가 둔해 보이기도 했지만, 그 얼굴에는 느긋하고도 나른한 단맛이 배어 있었다. 어쩌면, 그건 그녀가 살아온 방식과 관련이 있을지도 모른다. 그녀의 몸은 단단하고 튼튼했다. 한때 차오디의 들판에서 노동하던 여인의 몸. 크고 단단한 손, 그러나 이제는 오랜 세월 일을 놓았고, 나이가 들면서 몸 전체가 느슨하고 무겁게 불어났다. 그럼에도 불구하고, 그녀의 몸엔 여전히 과거의 힘이 지탱하던 단단한 흔적이 남아 있었다. 그래서일까. 그 무게 속에서도, 그녀는 안온해 보였다. 피부는 여전히 햇볕에 그을린 짙은 갈색, 그 모습은 마치 추수 후, 물에 젖은 가을 들판 같았다.

여자는 눈을 뜨고 한동안 가만히 누워 있었다. 천장수이는 깊이 잠들어 있었다. 쉽사리 깨어날 기미가 보이지 않았다. 아침의 허우처루는 고요했다. 너무나 조용해서, 멀리서도 장사꾼들이 외치는 소리가 또렷이 들려올 정도였다. 방 안의 공기는 탁했지만, 묘하게 포근했다. 여자는 다시 눈을 감았다. 그리고 이내, 낮고 느릿한 숨소리를 흘리며 다시 잠에 빠져들었다. 얼마나 지났을까. 어렴풋이, 가슴께에서 천장수이가 몸을 뒤척이는 느낌이 들었다. 완전히 깨어나지도 않은 채, 그녀는 본능적으로 몸을 돌렸다. 그가 원하나 보다. 자연스럽게, 익숙한 자세를 취했다. 그런데 천장수이는 미동도 하지 않았다. 대신, 흡족한 목소리가 들려왔다. "오랜만에 푹 잤다. 못 잔 잠까지 다 보충한 기분이야."

여자는 여전히 눈을 감은 채, 아랫도리는 그대로 벌려둔 채 기다렸다. 하지만 천장수이가 더 이상 다가오지 않자, 그제야 입을 열었다. "안 할 거야?"

"아침에 마누라랑 하다가, 생리 중인 줄 모르고 온몸에 묻었다니까." 천장수이는 짜증 섞인 목소리로 말했다.

여자는 킥킥 웃음을 터뜨렸다. "참, 그러게 성질 급하긴. 하긴 뭐, 이해는 가지. 당신네 천춰좡 사람들이 그러더라. 네 마누라 대단하다고. 할 때마다 소리를 얼마나 질러대는지, 삼 리 밖에서도 다 들린다던데."

"너만큼은 아니지!" 천장수이가 능글맞게 웃으며 진화에게 얼굴을 들이밀었다.

"나야 뭐, 다 연기지." 진화가 호탕하게 웃자, 하얗고 건강한 이가 반짝 드러났다. "너무 오래 안 왔잖아. 소리도 다 굳었지, 이제는 못 낼지도 몰라?"

천장수이가 피식 웃으며, 낮고 부드러운 목소리로 중얼거렸다. "요 짓궂은 것!"

두 사람은 한동안 말없이 누워 있었다. 그러다, 여자가 무심한 듯 나직이 입을 열었다. "곧 그만둘 거야."

"……뭐?"

"시어머니가 돌아오라 하셔. 큰아주버니의 손자를 내 양자로 들이겠대."

천장수이는 화들짝 몸을 일으켰다. "그래서, 그러자고 했어? 걔네들이 노리는 건 니 손에 쥔 돈뿐이잖아!"

그러나 여자는 담담하게 말했다. "알고 있어." 목소리엔 어떠한 놀라움도 없었다. "그렇다고, 이렇게 계속 살 수도 없잖아. 사십, 오십 넘어 늙다리 포주라도 될 거야? 어린 계집애들 등 떠밀어 돈 벌게 하고, 나는 그 돈으로 먹고 마시고……."

그녀는 말을 잇지 않았다. 천장수이도 아무 말 없이 침묵했다.

그러다, 그는 문득 낮고 거친 목소리로 물었다. "네 남편 죽고 나서, 그 사람들이 널 그렇게 내쫓았는데, 그 집에 다시 돌아가겠다고?" 여자는 천천히 배 위로 손을 올렸다. 그리고 조용히 문질렀다. "그때는 애가 없었으니까. 모르겠어. 왜 그런지, 이 배에서는 바퀴벌레 한 마리조차 나올 기미가 없었으니."

천장수이는 답답한 듯 입술을 씹었다. 그리고, 걱정스러운 눈빛으로 말했다. "진화, 거기 돌아가면……, 논밭일 해야 할 텐데. 그 고생, 감당할 수 있겠어?"

여자가 발가락을 한 번 꼼지락거렸다. 그녀의 발은 오랫동안 흙바닥을 딛고 살아온 발. 발가락 하나하나가 널찍이 벌어진, 커다랗고 단단한 발이었다.

"요즘 꿈을 자주 꿔." 여자가 천천히 입을 열었다. "우리 집 어미돼지가 새끼를 스물다섯 마리나 낳았는데, 젖이 없어서 전부 나한테 달려오더라. 그래서 용산사(龍山寺) 관음보살님께 물었더니 절에서 해몽해 주더라. 우리 시어머니네 올해 농사가 안 돼서, 그 새끼돼지들처럼 나한테 먹을 걸 달라고 한다고." 여자는 혼잣말처럼 중얼거리다가, 문득 천장수이의 질문을 떠올리고 말을 돌렸다. "그래도, 여기 있는 것보다는 나을 거야. 고생해도 내 집에서 하는 고생이니까."

천장수이는 잠시 생각하다가 고개를 끄덕였다. "그렇게 가는 게 나을 수도 있지. 그래야 네가 몸을 의지할 곳이라도 생기니까." 그러나 그는 덧붙였다. "하지만, 돈은 꼭 쥐고 있어. 옛날에 어떻게 쫓겨났는지 잊지 말고."

"알아, 걱정 마." 여자는 아무 생각 없는 듯, 밝게 웃어 보였다.

"언제 돌아갈 건데?"

"며칠 전에도 시어머니가 돈 가지러 왔어. 그냥 바로 들어오라는 데, 좀 더 있다 가려고. 요즘 새로 군인 부대 하나 들어와서 장사가 잘되거든."

"그럼 이제 네 신음소리 못 듣겠네." 천장수이는 여자의 둥글고 묵직한 엉덩이를 툭 치며 말했다. "이제 너랑 못 하겠네."

그러자 여자가 능청스럽게 말했다. "우리 마을로 날 찾아와."

"이 요망한 계집 같으니." 천장수이가 웃으며 핀잔을 주었고, 두 사람은 마주 보며 한바탕 크게 웃었다.

나란히 누운 채, 천장수이는 여자가 하는 말을 들었다. 그녀의 시어머니가 그녀에게서 돈을 받아 어미돼지를 한 마리 샀다는 이야기. 이제 곧 새끼를 낳을 것이고, 그 새끼들을 키워 팔면 조금이나마 돈이 생길 거라는 기대. 원래 모아둔 돈도 있어서, 그걸로 논 몇 마지기를 되찾아 오면, 이제 땅도 있고, 돼지도 있으니 굶을 일은 없겠다는 이야기. 그러다 문득, 여자는 별생각 없이 덧붙였다. "그래, 나중에 돼지 잡을 일 있으면, 당신한테 부탁해야겠네."

천장수이는 소리 내어 한바탕 웃었다. "몰래 돼지를 잡다 걸리면 잡혀 갈 텐데?"

　“내 돼지를 내가 잡는데, 뭐가 불법이야?” 여자는 당당한 태도로 맞받아쳤다.

　천장수이는 피식 웃더니, 훈계하듯 말했다. “아이고, 세상 물정을 몰라도 너무 모르네.” 그리고는, 돼지를 도축할 때 어떻게 세금을 내야 하는지, 도장 찍는 법부터 절차까지 하나하나 설명했다. 천장수이는 분명 자신의 전문 지식을 뽐내고 싶어 했다. 여자는 그것을 알면서도, 별다른 반응 없이 묵묵히 듣고 있었다. 부어오른 듯 칙칙한 두 눈을 멀찍이 둔 채, 어딘가를 응시하는 듯하면서도, 사실은 아무것도 바라보지 않았다. 그녀는 천장수이의 말이 끝날 때쯤이면, 심드렁한 목소리로 “아, 그런 거구나!” 하고 건성으로 맞장구를 쳤을 뿐이었다.

　그러나 천장수이의 말이 끝나자, 여자는 빠르게 반박했다. “내 돼지를 잡아서, 남는 건 친척이나 이웃들에게 나눠 주는데, 거기서도 세금을 내라니, 이게 말이 돼?”

　“제기랄, 그게 현실이지.” 천장수이는 욕을 내뱉으며, 여자의 허리를 거칠게 끌어안았다. “그래도 다행인 건, 도장 찍는 돈이 내 호주머니에서 나가는 게 아니라는 거야. 그게 내 돈이었다면? 씨발, 난 가만 안 뒀을 거야.” 그는 말하면서도, 어쩐지 점점 화가 치밀어 올랐다. 가슴이 답답해지고, 이마 한가운데로 열기가 확 치솟았다. 양쪽 관자놀이가 쾅쾅 뛰는 듯했고, 살이 불룩하게 덮인 눈동자에는 불빛이 번득였다.

"진화야, 나 진심으로 말하는데, 앞으로 누가 너한테 함부로 굴면 내가 당장 가서 돼지 잡는 칼로 박살 내줄게."

"알았어." 여자는 조용하고도 부드러운 목소리로 대답하며, 천장 수이의 얼굴에 살며시 뺨을 기댔다. "근데 너, 그 말투…, 꼭 진짜 돼지 잡을 때 같아."

"알아…, 나 화나면 꼭 이래." 천장수이는 힘이 빠진 듯 나직이 중얼거렸다. 방금 전까지 치솟던 흥분과 분노가 빠져나가자, 그 자리를 허탈하고 공허한 무력감이 대신 채웠다. 그는, 멍하니 허공을 보며 말을 잇기 시작했다. "돼지 잡을 때만 세금 내는 게 아니야. 돼지 똥을 줍는 것도 다 관리 당하지."

여자는 대수롭지 않게 "흥." 하고 코웃음을 쳤다.

"난 다섯 살 때부터 돼지 똥을 주우러 다녔어. 등에 짊어진 대나무 광주리는 거의 내 키만 했고, 엄마는 그런 나를 끌어안고 매번 울었지. 정작 본인은 남의 집에서 두부를 갈아주면서 살았는데."

"그랬구나." 여자는 아무렇지도 않게 말했다. 이런 얘기를 너무 자주 들어서인지, 동정하는 기색도 없었다. 그저 조용히 듣고 있을 뿐이었다.

"한 번은 운이 정말 좋았어." 천장수이는 담담하게 말을 이었다. "그날따라 돼지 똥이 엄청 많았거든. 어린애가 뭘 알겠어, 무거우면 못 짊어지고 갈 거라는 생각도 못 하고, 광주리에 잔뜩 담았지. 근데 등에 짊어지는 순간 털썩, 그대로 나자빠졌지. 하지만 차마 몇 개라도 덜어낼 수 없었어 결국, 광주리를 질질 끌고 가기로 했어. 그러다 길에서 애들 두 놈한테 들켜서, 흠씬 두들겨 맞고, 광주리까지 빼앗겼지.”

“그랬구나….” 여자는 가볍게 대꾸했다.

“엄마는 한밤중에 남의 집에 가서 두부를 갈아야 했는데, 밤새 날 위해 대나무 광주리를 엮어 주셨어. 그때 난 일곱, 여덟 살이었어. 그때부터 생각했지. 언젠가 반드시 복수할 거라고.”

“정말 그렇게 했어?” 여자는 웃음기 어린 목소리로 물었다. 이미 결말을 알고 있었지만, 그래도 궁금증을 참을 수 없었다.

“당연하지.” 천장수이는 입꼬리를 올리며 말했다. “도살장에 들어가서 내 식구들이 생기고 나니까, 길에서 놈들을 붙잡고 똑같이 두들겨 패 줬어. 아간(阿甘) 아저씨네 아들은 며칠 동안 일어나지도 못했고, 아춘(阿春)네 아들은 몸이 가벼운 놈이라 덜 맞긴 했지만, 눈알이 빠질 뻔했지.”

“그러지 좀 마.” 여자는 단호한 목소리로 말했다. “관음보살님이 그러셨잖아. 착하게 살면 복이 오고, 나쁘게 살면 벌받는다고…….”

“그놈들 맞은 게 바로 그 벌이야.” 천장수이가 여자의 말을 끊으며 대꾸했다.

여자는 피식 웃음을 터뜨렸다. “말로는 절대 못 이긴다니까.” 그러면서도, 한마디 덧붙였다. “그래도 말이야, 빠져나갈 구멍 하나쯤은 남겨둬야 한다고들 하잖아.”

천장수이는 그 말에 별다른 반응을 보이지 않고, 고개만 대충 끄덕였다.

"난 차라리 네가 땅콩 팔던 얘기가 더 좋아." 여자는 천장수이의 두툼한 어깨를 툭 밀었다. "그거 한 번 들려줘 봐."

천장수이는 어딘가 머쓱한 기색을 보였지만, 그래도 이야기를 이어갔다. "어릴 때 나도 땅콩을 팔러 다녔어. 엄마가 껍질째 삶은 땅콩을 광주리에 담아 주면, 난 그걸 들고 동네를 돌아다니며 팔았지. 근데 어느 해였나, 비가 며칠이고 계속 퍼붓더라고. 덕분에 땅콩은 엄청 많이 팔았지. 그런데……."

"그런데 애들이 비 오는 날에 밖에 못 나가니까, 집에서 뛰어다니면서 심심해했고, 어른들은 그걸 달래려고 땅콩을 사줬다, 그 얘기지?" 여자가 대신 말을 끝맺었다.

천장수이는 묘한 웃음을 지었다. "다 알면서, 굳이 들으려고?"

"듣고 싶으니까." 여자는 눈을 크게 뜨고 방 한쪽을 바라보았다. "그 군인들 있잖아, 와서는 별의별 이상한 얘기만 늘어놔."

"어떤 얘기?"

"남의 여자 가지고 어떻게 노는지." 진화는 다시 무심한 어조로 돌아왔다. "아직 네가 가슴까지 물에 잠겼던 이야기 안 했잖아."

천장수이는 순순히, 그리고 천천히 말을 이었다. "한 번은 비가 엄청 쏟아졌어. 얼마 지나지 않아 물이 차오르더니, 순식간에 홍수가 났지. 성황궁(城隍宮) 근처부터 물이 불기 시작했는데, 처음에는 무릎 정도였어. 그때도 내 바구니엔 땅콩이 좀 남아 있었고, 팔지 못하면 다 물러 터질까 봐 서둘러 나갔지. 그런데 물이 계속 차올라서, 금세 가슴팍까지 차올랐어. 거의 휩쓸려 갈 뻔했는데, 다행히 근처에 커다란 반얀나무가 있어서, 얼른 기어올랐지.”

“그럼 바구니랑 땅콩은?” 여자가 물었다.

그러자 천장수이는 피식 웃음을 터뜨렸다. “그걸 기억할 정신이 어딨어?”

여자는 바로 말을 잇지 않았다. 한동안 말없이 있다가, 문득 떠오른 듯 나직이 말했다. “우리 차오디 사람은, 좋은 옷 한 벌, 배불리 먹을 밥 한 그릇 없었지만……, 그래도, 내가 어릴 때 우리 집엔, 고구마 죽 한 그릇은 늘 있었어.”

천장수이의 얼굴이 어둡게 가라앉았다. 더 이상 말을 잇지 않았다.

둘은 나란히 누워 있었다. 창밖에서는 장사꾼들의 외치는 소리가 간간이 들려왔다. 그중에서도, 유난히 날카롭고 쉰 듯한 노인의 목소리가 두드러졌다. 길고 곧게 이어지는 음조로, “더우—화(豆花) 따뜻한 연두부요!” “싱런—차(杏仁茶) 고소한 살구씨 차요!” 삑삑거리는 소리가 길게 퍼졌다. 그 외침이 멀어지는가 싶더니, 옆방에서도 사람들의 말소리가 들리기 시작했다. 문이 열리고 닫히는 소리, 이리저리 부딪히는 물건 소리. 천장수이가 길게 하품을 내뱉었다. 그리고 몸을 쭉 펴며 기지개를 켜더니, 천천히 일어나 앉았다. “이제 가야겠다.” 그가 말했다.

여자는 서둘러 자리에서 일어나, 대나무 의자 위에 걸쳐 둔 옷가지를 챙겨 왔다. 천장수이는 그것을 받아 들고, 넉넉한 통이 달린 검은 바지를 먼저 꿰어 입었다. 그 위로, 세탁에 바래 회빛이 감도는 남빛 천의 맞깃 저고리를 걸쳤다. 그러나 단추는 채우지 않았다. 그렇게 헐렁하게 걸쳐 입고, 기름기가 번들거리는 커다란 배를 그대로 드러낸 채, 서서히 숨을 들이쉬었다.

여자는 일찍이 벽에 걸어 두었던 돼지머리를 묶은 마끈을 내려 두 손으로 들고 있었다. "아이고, 무거워라" 하고 탄식하듯 중얼거렸을 뿐, 아무 말 없이 그것을 천장수이에게 건넸다. 돼지 머리를 가져온 것이 자신을 위한 것이라 기대하지도 않는, 체념한 듯한 그녀의 평온한 태도가 어쩐지 천장수이를 머쓱하게 만들었다. 그는 괜히 변명을 늘어놓듯 말했다. "이건 푸두공을 위한 거야. 다음번엔 고기 가져다줄게."

여자는 가볍게 고개를 끄덕였다. 여전히 아무 말도 하지 않았다. 천장수이가 허리춤에서 돈을 꺼내 내밀었을 때도, 그녀는 묵묵히 손을 내밀어 받을 뿐이었다. 방 안은 정오의 무더운 공기로 가득 차, 묵직한 열기가 깔려 있었다. 그러나 여자는 이마저도 아랑곳하지 않았다. 이번엔 다타오산도 걸치지 않았다. 그저, 알몸 그대로 서 있었다. 화장기 없는 얼굴, 넓게 벌린 다리, 살짝 내민 배. 피로에 짓눌린 채, 무거운 몸을 이끌고 서 있는 한 명의 차오디 여인이었다.

천장수이가 문을 나서자, 돌바닥에 반사된 햇빛이 새하얗게 번뜩이며 눈을 찔렀다. 그는 눈을 가늘게 뜨고 중얼거리며 욕을 내뱉었다. 한 손에 돼지머리를 들고, 길을 제대로 보지도 않은 채, 익숙한 걸음걸이로 비틀거리며 허우처루를 빠져나갔다.

집에 돌아오자, 린스는 작은 몸을 침대에 웅크린 채 누워 있었다. 헐거운 회색 옷은 마치 낡은 천 조각을 덮어쓴 것 같았고, 그 속에서 유난히 도드라진 볼은 핏기 없이 부어올라 붉게 달아올라 있었다. 언뜻 보면 살집 좋은 턱처럼 보일 정도였다. 린스의 표정에는 두려움이 서려 있었고, 얼굴은 잔뜩 굳어 있었다. 고통스러워 보였지만, 식탁 위에는 반듯하게 차려진 밥상이 놓여 있었다.

천장수이는 그녀를 거들떠보지도 않았다. 그저 자리에 앉아 묵묵히 밥을 뜨기 시작했다. 문득 고개를 들자, 눈앞에는 어젯밤 제사에 올렸던 그 돼지족이 또 놓여 있었다. 천장수이는 젓가락을 탁 내던졌다. 막 입에서 욕이 튀어나오려던 순간, 이미 잘게 썰어 간장에 조린 돼지족은, 더 이상 어젯밤 제사상에 올랐던 형체를 남기지 않고, 그저 껍질째 삶아진 돼지고기 한 그릇일 뿐이었다. 천장수이는 다시 젓가락을 집어 들고, 허겁지겁 밥을 먹어치운 뒤, 서둘러 자리에서 일어났다. 문을 나서며 던진 말은 단 한 마디.

“돼지머리는 푸두 제사용이다!”

7

루칭의 풍습에 따르면, 푸두 제사는 늘 오후에 시작되었다. 보통 두세 시 무렵부터 시작해서, 해가 서쪽으로 뉘엿뉘엿 기울 때까지 이어졌다. 여름날 해가 긴 만큼, 오후부터 어둠이 깔리기 전까지 너댓 시간 동안 제사가 계속되었다. 사람들은 믿었다. 오랜 시간 향을 피우고 공물을 차려야만, 성황묘(城隍廟)에서 풀려난 떠도는 외로운 혼령들이 비로소 충분한 시간을 갖고 밖으로 나와, 일 년에 한 번 배불리 먹을 수 있다고.

그날, 푸두의 날. 린스는 온종일 불안하게 집안을 서성이며 여러 번 문밖을 내다보았다. 천장수이는 아직도 돌아오지 않았다. 도대체 무엇으로 제사를 지내야 한단 말인가? 그때, 멀리서 아칭의 모습이 보였다. 그는 두 자쯤 되는 커다란 전갱이 한 마리를 들고, 조심스러운 발걸음으로 다가오고 있었다. 아칭은 쑥스러운 듯 멋쩍게 웃으며 말했다. "제가 잡은 고기예요. 푸두공에게 바치려고요. 별 건 아니지만……." 그리고는, 손에 들고 있던 작은 보자기를 내밀었다. 보자기는 단단히 묶여 있었다. 아칭은 잠시 머뭇거리더니, 조금 수줍은 듯한 목소리로 덧붙였다. "이건……, 시어머니를 살려주셔서 감사하다는 뜻으로 우리 집사람이 챙겨서 보내 거예요." 그 말을 끝내자, 그의 얼굴은 금세 붉어졌다. 그리고는 허둥지둥 물건을 건네주고, 급히 몸을 돌려 도망치듯 사라졌다.

천장수이에게 꾸중 들을까 두려워, 린스는 보자기를 풀어볼 엄두도 내지 못했다. 이미 시간도 늦어, 서둘러 부엌으로 가서 전갱이를 손질하기 시작했다. 살을 다듬고 기름을 두른 팬에 올려, 천천히 노릇하게 지졌다. 접시에 옮겨 담으니, 생선이 길어 꼬리 한쪽이 밖으로 삐져나왔다. 린스는 급히 젓가락을 하나 가져와, 한쪽 끝을 접시 안에 박아 생선 아래에 받치고, 나머지는 접시 밖으로 빼내어, 꼬리가 떨어지지 않도록 받쳐 두었다. 반짝이는 붉은 황금빛 생선 한 마리가 접시 위에 단정히 놓인 것을 보고서야, 린스는 아침 내내 걱정했던 마음을 조금이나마 내려놓을 수 있었다.

정오 무렵, 천장수이가 크고 묵직한 돼지머리를 들고 돌아왔다. 린스는 뜻밖의 기쁨에 눈이 휘둥그레졌다. 제사상에 올릴 삼생 공물은 항상 삶아서 준비하는 것이 관례였다. 린스는 커다란 솥에 물을 채운 뒤, 그 안에 묵직한 돼지머리를 조심스레 넣었다. 그녀는 한 번도 돼지머리를 삶아본 적이 없었다. 대체 얼마만큼 삶아야 하는 걸까? 적당히 익었다 싶을 무렵, 린스는 돼지머리를 건져 올렸다. 그런데 막상 담아낼 접시가 없었다. 아무리 찾아도 그 크기를 감당할 만한 접시는 보이지 않았다. 결국, 대나무로 엮은 촘촘한 채반 위에 올려 두었는데, 비로소 채반이 가득 찼다. 린스는 그것을 가만히 바라보았다. 가슴 깊숙이, 묵직한 만족감이 차올랐다.

다시 여러 가지 푸성귀를 삶아 내고, 린스는 서둘러 밖으로 나갔다. 대문 앞에 급히 제사상을 차릴 요량으로, 대나무 의자 두 개 위에 긴 나무판을 올려 임시 공탁을 만들었다. 이웃들은 이미 자리를 잡고, 향을 피우며 정성스레 절을 올리고 있었다. 린스도 급히 준비한 음식을 한데 모아 공탁 위에 차려 올렸다. 커다란 돼지머리가 상의 절반을 차지했고, 그 옆으로 커다란 전갱이 한 마리와, 갖가지 채소 요리 몇 그릇을 올려놓으니, 비록 간소하지만 나름 푸짐한 상차림이 되었다.

린스는 향을 붙들고 경건하게 두 손을 모았다. 문 앞에 서서, 고개를 숙인 채 정성껏 몇 번이고 절을 올렸다. 그리고는 나직이 속삭이듯 중얼거렸다. "굶주린 떠도는 영혼들이여, 부디 이 음식으로 배불리 드시고 가십시오." 그러면서도, 마음 한편으로는 간절히 빌었다. '그리고 제발, 요즘 근처를 떠도는 목매달아 죽은 원혼이 더 이상 자신과 아장을 괴롭히지 않기를.'

향이 타들어 가고, 린스는 작은 대나무 의자를 가져와 대문 앞에 앉았다. 길거리를 기웃거리는 들개나 고양이들이 음식을 훔쳐 먹지 못하도록 감시하기 위해서였다. 그러나 막 자리에 앉은 지 얼마 되지 않아, 저 멀리서 대여섯 명의 여인들이 걸어오는 것이 보였다. 린스는 재빨리 자리에서 일어났다. 그리고 자세히 들여다보니 그 무리의 선두에 서 있는 이는 다름 아닌 아왕관이었다.

그날 밤, 붉게 달아오른 얼굴로 바닥에 쓰러진 그녀를 본 이후로 아왕관은 우물가에 나타나지 않았다. 동네를 오가던 그녀의 모습도 자취를 감추었다. 린스는 단 한 번도 그녀를 다시 마주치지 못했다. 그러나, 칠월 십칠일 푸두의 오후, 숨이 턱 막힐 듯한 무더위 속에서, 린스는 멀리서 걸어오는 아왕관을 보았다. 그 순간, 온몸을 파고드는 서늘한 한기가 척추를 타고 오르며 퍼져 나갔다. 린스는 자신도 모르게 몸을 움츠렸다. 소름이 돋고, 머릿속이 번쩍하면서 저릿해졌다. 뇌가 얼얼하게 부풀어 오르는 듯한 기분이 들었다.

아왕관은 햇빛을 등지고 걸어오고 있었다. 칠월의 오후, 태양은 사방으로 금빛 섬광을 흩뿌리며, 그녀의 등 뒤로 눈부신 빛의 그물을 펼쳐 놓았다. 그 빛을 배경으로 선 그녀는, 예전보다 더 야위어 보였지만, 몸은 곧고 단단하게 펴져 있었고, 고개도 높이 치켜들려 있었다. 휘청이는 듯 걸어오면서도, 그 걸음엔 기묘한 위엄이 서려 있었다.

아왕관이 가까이 다가오자, 린스는 그녀가 전보다 훨씬 수척해졌다는 것 알 수 있었다. 늘 입고 다니던 빛이 바래 회백색이 된 다타오산과 헐겁게 늘어진 검은 바지는 속이 빈 허물처럼 그녀의 몸 위에서 흔들렸다. 얼굴은 움푹 꺼져 가죽만 남은 듯 보였고, 본디부터 콧대가 높고 이마가 돌출된 편이었지만, 지금은 뼈마디마저 앙상하게 도드라져 칼로 깎아놓은 듯한 윤곽이 더욱 뚜렷해졌다.

그녀가 아직 완전히 다가오기도 전에, 린스는 참을 수 없다는 듯 먼저 입을 열었다. "아왕관, 며칠 동안 뵙지 못했네요⋯⋯."

그러나 그녀는 대답 대신, 린스의 말을 단칼에 끊었다. "네, 남편, 도살꾼 천은 집에 있나?" 그녀의 목소리는 담담하고도 차분했다. 고개는 여전히 높이 치켜든 채, 단 한 번도 내려오지 않았다.

"그 사람 지금 집에 없는데, 아왕관, 저는……." 린스는 급하게 답하며 무언가 더 말하려 했지만, 입술만 달싹일 뿐, 어디서부터 이야기를 시작해야 할지 몰랐다. 그 순간, 자연스레 그녀의 시선이 아왕관의 등 뒤로 향했다. 거기에는 우물가에서 함께 빨래하던 동네 여자들이 서 있었다. 그 무리 속에는 왕스와 춘즈도 있었다. 린스는 급히 그들에게 가볍게 고개를 끄덕이며 인사를 건넸다. 그러나, 말을 건네는 것조차 어색해져, 결국 그저 멍하니 아왕관을 바라볼 뿐이었다.

그러나 아왕관은 조금도 개의치 않았다. 이미 몸을 돌려 제사상 앞에 다가섰다. 그녀는 공물 하나하나에 얼굴을 가까이 들이밀며 천천히 살펴보았다. 그러다 콧방귀를 뀌듯 코웃음을 치며 말했다. "한번 보자고, 뭘 그렇게 대단한 걸 올렸나."

"어머나, 돼지머리를 통째로 올렸네! 이 동네에서 이렇게 제사 지내는 건 처음 봐!" 춘즈가 날카로운 목소리로 말했다. 그 말에는 놀람과 부러움이 뒤섞여 있었다.

그녀의 말에 왕스를 비롯한 이웃 여자들도 궁금증을 참지 못하고 앞으로 다가왔다. 그리고는 감탄을 터뜨렸다. 린스는 순간 조금 으쓱해졌다. 그러나 겉으로는 손사래를 치며 겸손한 척 말했다. "아유, 별거 아니에요. 아무것도 아니에요."

그때, 아왕관이 천천히 입을 열었다. "돼지를 직접 잡아 올리니,

한 마리쯤 바치는 것도 어렵지 않겠지." 그러나 그녀는 곧, 린스를 흘겨보며 한숨을 내쉬듯 덧붙였다. "그런데 말이다, 푸두 제사상에 고작 다섯, 일곱 그릇만 올리는 사람이 어딨나? 제사상에는 삼생을 올리고, 그 아래에는 적어도 열댓 그릇은 차려야지. 그것도 모르다니, 참으로 세상 물정 모르는군."

"그게……." 린스는 당황한 기색으로 물었다. "적게 바치면 어떻게……, 되는데요?"

"굶주린 외로운 혼령들이 배를 곯고 가면, 해마다 찾아와 괴롭히겠지." 아왕관의 목소리는 싸늘하게 가라앉아 있었다.

린스는 그대로 굳어 섰다. 그 순간, 아왕관이 걸어오던 순간 느꼈던 그 싸늘한 한기가 다시 등골을 타고 서서히 기어올랐다. 그리고 문득, 그녀의 머릿속에서 또 다른 생각이 스쳤다. 아왕관의 목소리가 이상했다. 바람이 빠져나가는 듯한, 찢어진 나무 문짝이 삐걱거리는 소리처럼……, 그녀의 음성은 자꾸만 새어나가며, 곳곳에서 지직거리며 갈라졌다. 린스의 온몸에는 땀이 송골송골 맺혔다. 그때, 누군가 옆에서 그녀의 팔을 붙잡았다. 왕스였다.

"놀라지 마." 왕스는 나지막이 말했다. "제사란 건, 결국 마음이 중요하지. 몇 그릇을 차리든 그게 무슨 상관이야."

그러나, 아왕관은 그 말을 잘라내듯 끊었다. "그건 신(神)과 조상들에게 올릴 때나 그런 말이 통하지. 외로운 혼령들에게는 얘기가 다르지." 그녀의 음성은 날이 무뎌진 칼날처럼 사방으로 마구 찢기며 흩어졌다. "그래도 넌 불평할 처지가 아니야. 네 남편, 도살꾼 천 덕분에 이렇게 큰 생선이며 고기를 올릴 수 있는 거잖아. 쯧쯧, 그것도 돼지머리까지 바치고 말이야."

제사상을 둘러보던 여인들은 이제 흥미를 잃었는지, 서로 눈짓을 주고받으며 다른 집으로 발길을 돌렸다. 그곳에서도 또 한바탕 품평을 늘어놓을 참이었다. 그들이 멀어지는 것을 본 아왕관은 걸음을 멈추고, 목소리를 높였다. "사람이란 만족할 줄 알아야지. 네 남편, 도살꾼 천은 좋은 사람이야. 아미타불, 좋은 마음을 쓰면 좋은 보답이 있는 법이지…, 어디 모르는 사람이 들으면, 네 남편이 너를 두들겨 패는 줄 알겠구나."

그 말을 남기고, 아왕관은 빠른 걸음으로 다른 여인들을 따라갔다. 린스는 그 자리에 한동안 가만히 서 있었다. 그러나 결국, 호기심을 이기지 못하고, 그들의 뒤를 따라 걸음을 옮겼다. 그러나, 그 발걸음은 어딘가 머뭇거렸다. 혹시라도, 길고양이나 떠돌이 개들이 제사상을 엿볼까 싶어, 걷는 내내 몇 번이나 뒤를 돌아보았다. 바로 옆집이었기에, 여인들은 자연스럽게 발걸음을 멈춰 아왕관의 집 앞에 모여들었다. 린스가 도착했을 때, 왕스가 제사상 위의 한 접시를 가리키며 머뭇거리며 말했다. "나쁜 뜻으로 하는 말은 아닌데……, 이거 혹시 국수 아니야? 푸두 제사상에 국수를 올리는 사람이 있어?"

"눈이 삐었구먼. 엉뚱하게 헛것을 보고 있잖아! 눈 크게 뜨고 똑똑히 봐!" 아왕관이 언짢은 기색으로 그녀의 말을 딱 잘라 끊었다. 그 순간, 춘즈가 날카로운 목소리로 비명을 질렀다. "어머나! 국수가 아니라 죽순채였어! 이렇게 곱게 채를 썰다니, 솜씨가 정말 대단하네."

그제야, 한쪽에 서 있던 허차이가 수줍은 듯 조용히 미소를 지으며 말했다. "별거 아니에요. 그냥 대충 한 거예요."

그때서야, 린스는 허차이를 알아보았다. 과거라면, 무엇이든 앞장서서 나서고, 거칠 것 없던 허차이가 지금은 아왕관 앞에서 한껏 몸을 움츠린 채, 구석으로 한 발짝 물러서 있었다. 그녀의 얼굴에는 어색한 웃음이 걸려 있었지만, 그 웃음 속에는 알 수 없는 두려움이 섞여 있었다. 린스는 문득, 동네에서 떠돌던 소문을 떠올렸다. 허차이는, 아왕관을 따라다니는 저승의 원혼이 자신을 찾아올까 두려워, 그녀에게 거스르지 못하고 있다는 것이었다. 여인들은 계속해서 상 위의 음식을 품평하며, 허차이의 솜씨를 칭찬했다. 그러면서 아왕관이 이렇게 좋은 며느리를 두어 참 복이 많다며, 부러움을 감추지 않았다. 린스는 그들의 이야기를 흘려들으면서도, 자연스레 제사상 위에 차려진 음식들을 훑어보았다. 대나무 의자 두 개를 받침 삼아 넓은 나무 문짝을 올려 만든 임시 탁자 위에는 무려 서른 그릇이 넘는 음식이 빼곡하게 놓여 있었다. 그중에는 생선이나 고기만 있는 것이 아니었다. 밀가루 반죽을 튀겨 만든 야채볼, 익히지 않은 두부껍질 요리, 말려둔 금침채까지, 온갖 음식이 풍성하게 차려져 있었다. 게다가, 그 옆에는 생쌀, 소금, 설탕이 나란히 놓여 있었다.

"그런데, 생쌀이랑 소금, 설탕은 왜 올리는 거예요?" 린스는 고개를 갸웃하며 물었다.

"그래야 산해진미가 되는 법이지." 아왕관은 거칠게 갈라진 목소리로 툭 던지듯 말했다. 그녀는 더 이상 설명할 생각도 없는 듯, 린스가 이해했는지 신경도 쓰지 않았다. 그리고는, 앞장서서 다음 집으로 걸음을 옮겼다. 린스는 한참을 망설이다가, 결국 그들을 따라가지 않았다. 아왕관처럼 집을 봐줄 며느리가 있는 것도 아니었기에, 집을 오래 비우기가 영 마음에 걸렸다.

그날 오후, 린스는 작은 나무 걸상에 앉아 천천히 타들어가는 선향을 바라보았다. 삼생 위에 꽂아둔 세 가닥 향이 이내 다 타들어갈 즈음, 그녀는 재빨리 새로운 향 세 개를 피웠다. 그렇게 몇 번을 향을 갈아 꽂는 사이, 해는 서쪽으로 기울고 있었다. 주변 이웃들은 하나둘씩 종이돈을 태우기 시작했다. 어스름이 내려앉은 거리 곳곳에 작은 불꽃들이 피어올랐다. 간혹, 타오르는 명지(冥紙)가 바람을 타고 날아오르며 짧은 순간 빛을 발하고, 이내 검은 재가 되어 바닥으로 흩날렸다.

린스는 문득, 자신이 올린 제사상이 부족하지 않을까 걱정되었다. 혹여라도, 굶주린 외로운 혼령들이 배를 곯지는 않을까 싶어, 조금이라도 더 오랫동안 제사를 이어가기로 했다. 그러다, 이웃들이 모두 제사를 마치고 상을 거두기 시작할 즈음, 그제야 린스도 금지를 태우고 공물을 정리했다. 몇 그릇의 음식을 집 안으로 들여놓았지만, 그동안 다 식어버린 데다 향재와 먼지가 내려앉아 있었다. 그러나, 그녀는 별로 개의치 않았다. 어차피 절에서 올리는 향재는 일부러라도 구해다 먹는 법, 이 정도쯤은 대수롭지 않았다. 급히 밥과 반찬을 다시 데운 뒤, 린스는 상을 차려 밥그릇을 놓고, 심지어 천장수이를 위해 술 한 대접까지 따라 놓았다.

어느새, 세상이 완전히 어둠에 잠겼다. 그러나 천장수이는 여전히 돌아오지 않았다. 린스는 조용히 앉아 기다렸다. 그러다 문득, 제사상 위에 올려둔 작은 보자기가 눈에 들어왔다. 아침에 아칭이 건네줄 때, 허차이가 보낸 것이라 했던 바로 그 보자기. 푸두 제사 준비로 바쁘게 뛰어다니느라 아직 펼쳐보지도 못한 채였다. 린스는 잠시 망설이다가, 천장수이가 없는 지금이라면, 슬쩍 열어본다 해도 괜찮지 않을까 싶었다. 그녀는 조심스레 보자기를 풀었다. 그 안에는, 한 장의 꽃무늬 천이 접혀 있었다. 거친 흰 무명 바탕에, 두어 뼘 크기의 푸른 모란꽃이 박혀 있는 천. 그러나, 날염 상태가 그리 좋지 않아, 모란꽃의 겹겹이 겹친 꽃잎이 어지럽게 얽혀 있었고, 자세히 들여다보아야 겨우 꽃 모양을 알아볼 수 있었다. 그러나, 린스는 그것을 보자마자 가슴이 미친 듯이 뛰었다. 이 천이 허차이가 보낸 것이라면, 그녀는 분명 자신에게 옷을 지으라고 준 것이리라. 린스는 꽃무늬 천을 펼쳐 몸에 둘러보았다. 어깨에서 내려

허리까지 감아보니, 딱 한 벌의 다타오산을 만들 수 있는 크기였다.

그녀는 한동안 그 천을 가슴에 꼭 끌어안고 있었다. 손끝으로 느껴지는 부드러운 천의 감촉. 그녀의 시선은 자신이 입고 있는 옷으로 옮겨갔다. 이미 색이 바래 희끗해지고, 살이 불어나 팽팽하게 당겨진 낡은 청색 상의. 그 순간, 뜨거운 눈물이 뺨을 타고 흘러내렸다. 혹여나, 소중한 꽃무늬 천에 눈물이 떨어질까 두려워 린스는 급히 손으로 눈물을 닦아냈다.

8

푸두가 지나고 며칠이 흘렀다. 린스는 아왕관네 집도 이제 제사에 쓰였던 그릇이며 찜기 따위를 깨끗이 정리했을 거라 짐작했다. 그러나 며칠이 지나도 아왕관은 예전처럼 찾아오지 않았다. 아침마다 우물가에서 빨래하는 모습도 보이지 않았다. 그날 오후, 린스는 천장수이가 집을 비운 틈을 타 조심스럽게 하얀 바탕에 푸른 꽃무늬가 박힌 천을 보자기에 싸서 품에 안았다. 그리고 집 뒤편으로 돌아 나와, 낮고 좁은 흙담을 에둘러 아왕관네 뒷마당으로 향했다. 그 무렵, 음력 7월 15일이 막 지난 늦여름, 저 멀리 바다와 하늘이 맞닿은 곳에 갈대들이 우거져 있었다. 그중 일부는 벌써 하얀 꽃을 피우기 시작했다. 가늘고 긴 갈대꽃들이 초록빛 잎 사이에 흩어져, 마치 계절의 변화를 예고하듯 부드럽게 바람에 흔들리고 있었다. 그러나, 늦여름의 찌는 듯한 더위는 아직 완전히 물러나지 않았다.

린스는 문득, 아왕관이 들려주던 옛이야기가 떠올랐다. 아왕관은 소녀 시절, 손재주가 뛰어났다고 늘 자랑하곤 했다. "보통 여자들이야 집에서 배운 솜씨로 자기 옷이나 만들고, 검은 천으로 수놓아 신발이나 짓는 정도지만, 나는 달랐어. 어릴 적부터 꽃을 수놓았지. 모란 한 송이를 수놓는 데도 열세 가지 색 실이 필요했지. 그때 '시내'의 아가씨들조차 내 솜씨를 보고 감탄했다니까." 린스는, 그녀가 늘 했던 이 말을 생생히 떠올릴 수 있었다.

푸두가 지난 어느 오후, 린스는 소중히 감싼 보자기를 품에 안고 조심스럽게 아왕관의 집 뒤뜰로 향했다. 그녀는 아왕관에게 부탁해, 다타오산을 만들고 싶었다. 직접 천을 재단하고, 어떻게 옷을 만드는지 배울 수 있다면 더할 나위 없었다. 어릴 적, 린스는 오랜 세월을 숙부 집에서 지냈다. 그곳에서 늘 병상에 누워 있던 숙모를 돌보고, 수많은 사촌 형제들을 보살피느라 바느질 한 번 할 겨를이 없었다. 그녀가 입던 옷 몇 벌도 숙부가 어디선가 구해 온 것들이었고, 대부분 너덜너덜해진 헌옷들이었다. 린스는 늘 맨발로 다녔다. 발을 씻고 잠자리에 오를 때만, 겨우 나무로 된 슬리퍼를 신을 수 있었다. 신발 한 켤레조차 변변히 없었으니, 옷을 만들거나 신을 짓는 법을 배울 기회도 당연히 없었다.

그래서, 그날 오후, 린스는 평소처럼 낮잠을 자지 않았다. 그 대신, 보자기 속의 꽃무늬 천을 꼭 품에 안고, 아왕관을 찾아갔다. 그녀에게서 배우고 싶었다. 그리고, 자신에게 딱 맞는 옷을 만들고 싶었다. 조금 더 편안한 옷, 그리고, 조금 더 예쁜 옷. 그렇게, 설레는 마음으로 뒷마당을 지나, 아왕관의 뒷문 앞에 섰다. 그때였다. 어디선가, 자신의 이름을 부르는 듯한 소리가 들려왔다. 린스는 걸음을 멈추고 귀를 기울였다. 정말이었다. 누군가 그녀의 이름을 부르고 있었다. 낯설지 않은 목소리. 거칠고 쉰 듯한 소리. 아왕관이었다. "린스는 정말……." 그 뒤로는 희미한 단편들만 들려왔다. 그리고, 낄낄대는 웃음소리. 그 속에서 린스는 춘즈의 날카로운 목소리도 들을 수 있었다. 본능적으로, 그녀는 더 이상 앞으로 나아가지 않았다. 대신, 반쯤 열린 뒷문 뒤로 몸을 숨겼다. 그러자, 대화가 더욱 또렷이 들려왔다. 아왕관의 목소리는 여전히 거칠고 단호했다.

"나처럼, 죽음으로 뜻을 증명할 용기가 있어야 하는 법이야. 사람이 진짜 마음을 굳히면, 못 할 일이 어딨겠어?" 그러다, 그녀의 말투가 갑자기 비웃음으로 변했다.

"그런데 어떤 것들은……, 참 우습지 않아? 매번 끙끙거리며 요란을 떠는 것 좀 봐. 마치 얼마나 대단한 일이라도 되는 것처럼. 이런 여자들이 우리 여자들 명예를 망치는 거야. 쳇, 그딴 것 때문에 괜히 입 아프게 말할 가치도 없지."

그 말이 끝나자, 여기저기서 훗훗거리는 웃음이 터져 나왔다. 그리고, 누군가 장난스럽게 쏘아붙였다. "아왕관, 요즘 들어 더 거침 없어지는 것 같아!"

"내가 뭐, 어디 못할 말 했나? 여자가 남자의 그거에 눈이 멀면, 어떤 꼴 나는지 다 알잖아." 그 순간, 어색하면서도 들뜬 웃음소리가 뒤섞이며 터져 나왔다. 춘즈가 목소리를 높였다. "그만해, 그런 얘기만 하지 말고…, 그보다, 도살꾼 천이 그렇게 대단한 것도 아닌데, 린스는 어쩌다 그렇게 살이 포동포동 찌고 얼굴이 희어졌을까?"

"그것도 몰라?" 이번엔 왕스가 황급히 끼어들었다. "도살꾼 천이 매일 오후마다 바닷가에 가서, 갈대숲에 숨어서 바다 사내들이랑 도박을 한다더라. 사색패(四色牌)를 하면서 늘 이긴다 던데, 자기 돈만 거는 게 아니라, 심지어 돈을 대주고 판까지 주선한대. 그러니 돈이 없을 리가 없지!"

"도박하는 게 어디 도살꾼 천뿐이겠어? 다들 하는 거야. 그중에서도 판을 주도하는 건 따로 있지. 도살장 쪽에 있는 잔춰좡(粘厝莊)의 아벤, 그 사람이야말로 진짜 노름판을 좌우하는 인물이라고." 아왕관의 목소리에는 어딘지 변명하는 듯한 기색이 묻어 있었다.

잠시 정적이 흘렀다. 그러다, 다시 춘즈의 집요한 목소리가 이어졌다. "이웃집이니까 누구보다 잘 알 텐데, 도살꾼 천이 그렇게 나쁜 놈이야?"

"그럴 리가 있나. 나쁜 놈이면 나를 구해줬겠어?" 아왕관이 쏘아붙였다. 그러나, 곧이어 그녀의 목소리가 비꼬는 듯한 어조로 변했다. "문제는, 린스가 원체 밝힌다는 거야. 아침에도, 저녁에도……, 끝도 없이 들러붙으니 원. 정말이지, 부끄러운 줄 알아야지. 대낮에 그 짓을 하는 여자가 어딨어?" 그녀의 말이 끝나자, 여기저기서 폭소가 터졌다. 그리고, 누군가 장난스럽게 물었다. "그런데, 어쩌다 그걸 다 알게 된 거야?"

"아이구, 매번 소리를 질러대잖아. 삼 리 밖에서도 다 들릴 정도라니까!"

"설마, 말도 안 돼!" 여기저기서 놀라움과 조롱이 뒤섞인 반응이 쏟아졌다.

"그건 네가 모르는 얘기지." 이번에는 왕스의 목소리였다. "우리 숙모네 마을 사람들이 그러는데, 린스는 시집오기 전부터 그랬대. 맨날 대문 앞에 앉아서 남자들만 쳐다봤다지 뭐야. 특히……, 아래쪽을, 그것도 유난히 오래 봤다더라고."

"어머나, 정말?" 여자들의 목소리가 일제히 놀라움에 휩싸였다. 그러자, 왕스가 다시 장난스럽게 물었다. "근데, 그 도살꾼 천이 정말 그렇게 막무가내로 마구 대하는 거야?"

"그게 아니야! 뭘 모르는 소리!" 아왕관의 목소리가 노기로 가득 찼다. "도살꾼 천이야말로 말수가 적을 뿐, 속정 깊은 사람이야. 안 그랬다면 날 어떻게 구해줬겠어?" 그녀의 말투는 점점 더 격앙되었다. "거친 면이 좀 있다고는 해도, 돼지 잡는 일을 하는 사람이잖아. 원래 그런 법이지. 우리는 여자니까 뭐든 참아야지. 남편은 하늘과 같은 존재인데, 그깟 작은 통증 따위로 마구 소리나 질러대서야 되겠어? 그러다 남자들 체면까지 다 구기는 거라고!"

"맞아, 맞는 말이야!" 여기저기서 맞장구치는 소리가 이어졌다.

"나 같은 사람을 봐! 남들이 나를 험담하든 말든, 난 내 뜻을 밝히기 위해 죽음을 불사할 수 있어. 봐, 내가 죽지 않았다는 건 내가 떳떳하다는 증거야. 하늘도 내 결백을 아시니, 날 다시 살려 보내 공정한 말을 하라고 하신 거지. 그런데 린스 같은 여자는 뭐야? 스스로 그 꼴을 자초해 놓고, 겉으로는 새침한 척, 뒤로는……."

그 순간 누군가 이왕관의 말을 가로막았다. 춘즈의 날카로운 목소리였다. "설마, 시집온 첫날부터 그 짓을 했단 말이야?"

아왕관이 키득거리며 대답했다. "오리 앞에서 꿈틀대는 지렁이가 무사하겠어?"

"쯧쯧쯧!" 그 말에 웃음과 함께 야유가 터져 나왔다.

"이게 다 집안 대대로 내려오는 비방이라니까." 그녀는 주변을 둘러보며 조용히 말을 이었다. "그거 알아? 십여 년 전, 린스네 엄마가 군인이랑 정을 통했다는 거? 린스의 숙부가 직접 잡으러 갔는데, 그때 두 사람이……, 붙어서는 떨어지지도 않았대!"

"근데……, 그 군인이 강제로 한 거 아니었어?"

"강간이 두려웠다면 도망쳤겠지. 도망치지도 않고, 소리 한 번 지르지 않고, 옷이 찢어지지도 않은 채로 강간당하는 사람이 어딨어?" 아왕관의 목소리는 점점 더 격앙되었다. "입이 다 헤어지도록 떠들어봐라. 강간당하는 사람이 입으로 신음소리를 흘리면서 끙끙대는 걸 본 적 있나?"

"아, 그랬구나! 린스가 그렇게 끙끙대는 것도 다 거기서 배운 거였네!"

잠깐의 침묵이 흘렀다. 하지만 이내 의미를 깨달은 듯, 모든 여인들이 한바탕 웃음을 터뜨렸다. 웃음이 가라앉자마자, 아왕관의 쉰 목소리가 다시 이어졌다.

"그래서, 썩은 대나무에서 좋은 죽순이 나겠냐고? 헌데, 애미가 미처 몰랐던 게지. 딸년이 너무 어려서, 제대로 못 가르친 탓에, 정작 한참 신나게 즐기고 있던 순간에, 딸년이 밖으로 뛰쳐나가 살려 달라고 소리를 지르는 바람에……, 그 여편네, 목숨을 거저 날려버린 거지.”

쾅! 마치 벼락이 치듯, 린스는 머릿속이 새하얘지는 느낌을 받았다. 두피가 서늘하게 얼어붙는 듯하더니, 곧이어 머리가 터질 듯한 압박감이 밀려왔다. 귀에서는 윙윙 낯선 소리들이 끊임없이 울려 퍼졌다. 순간, 온몸이 땀으로 흠뻑 젖었다. 그리고, 겨우 정신을 차렸을 때, 그제야 마당 구석이 눈에 들어왔다. 거기에는 막 부화한 새끼 오리 한 무리가 대나무로 엮은 닭장 안에서 쉴 새 없이 삐악대고 있었다. 그러나, 린스의 귀에는 여전히 수많은 소리들이 겹쳐 들렸다. 횡―횡. 거센 바람이 바닷가 습지를 휩쓸고 지나가는 소리. 이마 위 핏줄이 맥동하며 뜨겁게 꿈틀거렸다. 그 순간, 여자들의 목소리가 다시 그녀의 귓가를 파고들었다.

“……, 엄마 하는 걸 보고 배운 거겠지. 린스 같은 여자가 ‘허우처루’의 잡종들하고 다를 게 뭐야?”

“그러니까 말이야. 시어머니도 없고, 시누이도 없고, 도련님도 없고, 눈치 볼 시댁 식구도 없는데, 그렇게 떵떵거리며 사는 게 어디야? 먹고 자는 것밖에 모르는 주제에, 집안일도 손 하나 까딱 안 해. 고작 한다는 게, 그냥 벌러덩 누워서…….”

“들리는 말로는 대낮부터 아무 데서나 그 짓을 한다더라. 방 안이 아니라, 여기저기 장소도 가리지 않고……, 히히.”

“그 애미도 똑같았지. 사당 대청 한복판에서 그 군인이랑 붙어 먹었으니, 천벌을 받지 않은 게 신기할 정도야. 부끄러운 줄도 모르고.”

린스는 그 자리에 서 있었지만, 이제는 누가 말을 하는지조차 구분할 수 없었다. 단지 무질서한 말들과 웃음소리만이 소란스럽게 몰려왔다. 명확하게 들리는 말 한 마디 한 마디가 마치 칼날처럼 뇌리로 파고들었고, 귓속에서는 날카로운 소음이 윙윙 울려 퍼졌다. 그때, 햇살이 눈부시게 이글거렸다. 너무나 강렬한 빛이었기에 그대로 눈 속을 찌르는 듯했고, 어지러움이 몰려왔다. 하늘과 땅이 한순간 뒤집히는 듯했다. 분명 집으로 걸어왔을 터였다. 하지만 언제, 어떻게 돌아왔는지 전혀 기억이 나지 않았다.

린스는 그저 뺨에 화끈한 통증이 번지면서 정신이 번쩍 들었다. 천장수이의 손바닥이 그녀의 뺨을 후려친 것이었다. 그녀가 정신을 차렸을 때, 밖은 이미 어둑해져 있었다. 대청의 대나무 의자에 얼마나 앉아 있었는지조차 알지 못했다. 몸에 걸친 다타오산은 완전히 젖어 있었다. 등과 배 부분에는 커다란 얼룩이 번져 있었고, 손으로 짜면 물이 뚝뚝 떨어질 것 같았다. 그러나 품에 안고 있던 보자기만큼은 그대로였다. 린스는 당황한 나머지 급히 일어나 보자기를 있는 힘껏 밀어냈다. 부드러운 천이 바닥에 떨어지며 풀어졌다. 하얀 바탕에 푸른 모란꽃 무늬가 선명한 천이었다. 그러나 그 한 모서리

는 땀에 흠뻑 젖어 있었고, 몇 송이 푸른 모란은 얼룩져 미묘한 청
홍색으로 변해 있었다. 마치 씻겨 내려가지 않은 핏방울처럼, 얼룩
덜룩한 흔적이 그대로 남아 있었다.

그럼에도 린스는 여느 때처럼 저녁을 차렸다. 천장수이는 식탁
에 앉아 음식을 기다리며 입에 담기도 거북한 욕설을 퍼부었고, 곧
바로 술을 들이켰다. 식사를 마쳤을 때는 이미 그의 얼굴에 취기가
가득했다. 붉게 부어오른 눈두덩이는 번들거리는 기름기와 뒤섞여
불그스름한 광택을 띠었고, 술기운에 더위까지 겹쳐 얼굴에는 땀
이 번들거렸다. 그의 얼굴은 마치 부풀어 오른 듯했고, 평소보다 더
둥글고 두꺼워 보였다. 천장수이는 능글맞은 얼굴로 린스를 거칠
게 끌어당겼다. 한 손을 그녀의 바짓속 깊숙이 밀어 넣으며 더듬었
다. 오래된 천 조각이 더 이상 덧대어져 있지 않다는 것을 확인하
자, 그는 흥분한 기색으로 그녀를 대청의 흙바닥 위로 거칠게 눕혔
다. 린스는 처음엔 공포에 질려 몸을 피하려 했으나, 도망칠 방법이
없다는 것을 깨닫고 점점 저항을 멈추었다. 그러나 끝까지 입을 굳
게 다문 채 단 한 마디도 내뱉지 않았다.

천장수이는 평소와 달리 그녀가 아무런 소리도 내지 않는다는 사
실을 알고, 더욱 난폭하게 그녀를 유린했다. 그러나 린스는 고통이
아무리 심해도 입을 열지 않았다. 통증을 견디다 못한 순간, 그녀는
윗니로 아랫입술을 사정없이 깨물었다. 날카로운 치아가 살을 파
고들며 자국을 남겼고, 피가 한 방울씩 입안으로 스며들었다. 비릿

한 피맛이 혀끝을 감돌았다. 술기운이 가득한 천장수이는 더 이상 억지로 밀어붙이지 않았다. 그는 제 몸 하나만 만족시키고는, 린스를 내팽개치듯 내버려둔 채, 몸을 뒤집어 곯아떨어졌다. 린스는 양 팔을 단단히 가슴에 끌어안았다. 그리고 소리를 억누르며, 낮고 희미하게 들짐승처럼 흐느꼈다. 그 울음은 목구멍 어딘가에 걸려 나오지 못하고 막혀 있었다. 몇 차례나 숨이 목까지 차올라 가슴을 꽉 막아버렸고, 결국 숨조차 제대로 쉬지 못해 얼굴이 벌겋게 달아올랐다. 목이 졸리는 듯한 고통이 온몸을 뒤덮었다.

그날 밤은 바람 한 점 없는, 음력 7월 15일을 갓 넘긴 여름밤이었다. 달빛은 맑고 바람은 잔잔했다. 바닷바람이 고요히 잠든 해안가를 부드럽게 스쳐 지나갔고, 멀리서 들려오는 파도 소리는 사방의 적막 속에서 아득하게 울려 퍼졌다. 다음 날 아침. 린스는 깨진 거울 조각을 주워 들고 그 속에 비친 자신의 얼굴을 들여다보았다. 부은 아랫입술과 그 아래 퉁퉁 부어오른 턱. 그리고, 밤새 울어 짓무른 눈은 실처럼 가늘게 부어올라 겨우 두 줄기 틈만 남아 있었다. 린스는 느릿느릿 몸을 움직이며 집 안을 대충 정리했다. 그러나, 늘 하던 대로 빨랫감을 들고 우물가로 나가지 않았다. 대신, 침대 아래에 쌓아둔 나무 대야 속 빨랫감을 그대로 둔 채, 조용히 대나무 의자를 집어 들었다. 그리고, 집 앞에 놓고 그저 가만히 앉아 있었다. 얼마나 그렇게 있었을까. 해가 천천히 기울어 머리 위로 한낮의 뙤약볕이 내리쬘 무렵. 린스는 천장수이가 돌아올 시간이 다가왔음을 알았다. 그러고서야 그녀는 의자를 들고 집 안으로 들어갔다. 그리고, 부엌 한쪽 구석에 조용히 웅크리고 앉았다.

천장수이는 큼직한 고깃덩이를 한가득 들고 집으로 돌아왔다. 그제야 린스는 정신을 가다듬고, 느릿느릿 저녁을 준비했다. 밥과 반찬이 차려진 후, 린스는 천천히 한입을 베어 물었다. 그러나, 얼마 지나지 않아, 입술에 짠 국물이 스며들자마자 날카로운 통증이 온몸을 찌르듯 훑고 지나갔다. 입안이 싸늘하게 저려오고, 그 아픔이 심장 깊숙이 파고들었다. 너무나도 따끔하고 쓰라려서, 눈물이 절로 뚝뚝 떨어졌다. 저녁 식사가 끝난 후, 천장수이는 언제나처럼 밖으로 나갈 채비를 했다. 린스는, 한동안 망설이다가, 조심스럽게 얼굴을 들었다. 그리고는, 조용한 목소리로 망설이듯 물었다.

"……어디 가요?"

"어라? 감히 어딜 가는지 따질 생각을 해?" 그의 말투에는 화가 섞이지 않았고, 오히려 흥미로움이 묻어 있었다.

"……사람들이 그러던데, 당신 도박하러 다닌다고." 린스는 작은 목소리로 더듬거리듯 말했다. "남의 고기를 먹고, 남의 피를 마시면……, 자식 복도 끊긴대요."

천장수이는 크게 웃음을 터뜨렸다. "내가 남의 걸 훔쳤냐? 강제로 빼앗았냐? 지발로 찾아와서 거는 판인데, 그게 내 잘못이냐고?"

"……그만둘 순 없어요?" 그녀의 목소리는 처음엔 조용히 떨렸지만, 점점 단호해졌다. "괜히 사람들 구설수에 오르지 말고요."

“아무리 힘들어도, 난 당신 곁에 있을 거예요.” 린스는 다소 순진하게 말을 이었다.

“그러니까……, 제발, 도박은 그만둬요.”

순간. 천장수이의 얼굴이 날카롭게 일그러졌다. 그는 벌떡 일어나며, 이빨을 부드득 갈더니, 린스를 사납게 노려보며 윽박질렀다. “쳐먹고 자고, 해줄 거 다 해줬는데, 그것도 모자라 이제 감히 내 일까지 참견하려 들어? 이 쌍년이…, 다시는 주제넘게 나서지 마! 이번 일, 똑똑히 기억해 둬라.”

린스는 고개를 푹 숙이며 단 한 마디도 더 하지 않았다.

그날 오후, 린스는 여전히 대문 옆의 대나무 의자에 앉아 있었다. 졸음이 밀려오면 의자에 기대어 깜빡 졸았고, 몇 번이고 방으로 들어가 몸을 뉘였지만, 좀처럼 잠에 들 수 없었다. 눈을 감기가 무섭게 기이한 꿈들이 한꺼번에 몰려들었고, 어딘가에서 눈꺼풀을 세차게 끌어당기는 느낌이 들었다. 그러나, 아무리 애써도 눈꺼풀은 무겁게 가라앉아 도무지 떠지지 않았다. 공포에 질린 린스는 급히 방을 나와 다시 대나무 의자에 앉았다. 그리고는, 그저 햇빛을 멍하니 바라보았다. 하얗게 눈부신 한낮의 여름볕이 서서히 기울어, 어느덧 세 시, 네 시가 되었다. 그제야 그녀는 대야 가득 쌓인 빨랫감을 들고 우물가로 향했다.

한낮의 태양 아래, 우물터의 돌바닥은 종일 뜨거운 햇빛을 뒤집어쓴 채 달궈져 있었다. 회색빛의 거친 돌들은 아침 일찍 빨래하던 물기로 한때 축축하게 젖어 있었지만, 이제는 온기가 밴 듯 바짝 말라 있었다. 하얗게 타오르는 듯한 햇빛이 반사되어, 바닥 위에는 희끗한 빛이 일렁였다. 린스는 맨발로 푹푹 찌는 흙길을 따라 걸어왔다. 뜨거운 열기가 발바닥 깊숙이 전해져 아릿하게 후끈거렸다. 우물터 앞에 도착한 그녀는 돌바닥 위로 발을 올려놓을지 잠시 망설였다. 하지만, 물을 긷기 위해선 반드시 그 뜨거운 돌길을 지나야만 했다.

린스는 한쪽 발을 조심스레 돌바닥 위에 디뎠다. 그러나, 아무리 마음의 준비를 했어도 발바닥을 순식간에 휘감은 뜨거운 열기 앞에서는 소용이 없었다. "아야!" 그녀는 저도 모르게 비명을 내지르며 발끝을 세운 채 깡충깡충 뛰었다. 간신히 우물가에 도착했을 때, 그녀의 발은 이미 화끈거려 견딜 수 없었다. 급히 한 발로 중심을 잡은 채, 양동이를 내려놓고 물을 길어 올리며 두 발을 번갈아 가며 들어 올렸다. 첫 양동이를 퍼올리자마자 그녀는 발을 딛고 서 있던 바닥으로 물을 확 쏟아 부었다. 차가운 물이 순간적으로 발등에 부딪히며 서늘함이 전해졌지만, 그 물이 돌바닥에 닿자마자 금세 미지근하게 식어버렸다. 그러나, 적어도 이제는 아까처럼 감당하기 어려운 뜨거움은 아니었다.

양동이에 물을 가득 채우고 나니, 린스의 옷은 땀으로 축축하게 달라붙었다. 칠월의 폭염. 그 한낮의 햇볕 아래, 우물터에는 그늘 한 점 없었다. 그녀는 한참을 웅크린 채 빨래를 시작했다. 그러나,

그 짧은 시간 동안에도 땀방울이 쉼 없이 쏟아졌다. 쏟아지는 땀은 마치 비처럼 흘러내렸고, 이마에서 떨어진 땀방울은 회색빛 돌바닥에 빠르게 스며들었다. 한 바가지, 두 바가지. 린스는 땀과 물로 뒤범벅이 된 채 한참을 빨래했다. 마침내 한 대야 가득 옷을 헹궈낸 그녀는 입이 바싹 말라 자리에서 비틀거리며 몸을 일으켰다. 그 순간. 눈앞이 뿌옇게 흐려졌다. 그녀는 중심을 잃고 앞으로 휘청거렸다. 그러다 그대로 나뒹굴며, 머리가 대야의 모서리에 부딪쳤다. 둔탁한 충격음이 조용한 우물가에 무겁게 울려 퍼졌다.

그제야 린스는 깨달았다. 왜 동네 여자들이 새벽이 채 밝기도 전에 서둘러 우물가로 빨래하러 가는지를. 한낮의 태양 아래서 빨래하는 일이 얼마나 잔혹한 고행인지 알게 되었지만, 린스는 여전히 오후마다 우물가로 향했다. 그러나, 이제는 늘 고개를 푹 숙인 채 급히 걸었다. 누군가라도 마주칠까 조바심이 나서. 혹시라도 멀리서 걸어오는 사람이 익숙한 동네 사람처럼 보이면, 린스는 재빨리 작은 골목이나 샛길로 몸을 숨겼다. 정말로 피할 길이 없을 때는, 그저 시선을 바닥에 떨구고, 아예 모르는 척 지나쳤다.

그러나, 천장수이에게서만큼은 그렇게 피해 갈 수 없었다. 린스는 이제 그와 함께할 때, 더 이상 소리를 내지 않았다. 이전처럼 아프다고, 괴롭다고 울부짖거나 애원하는 일은 없었다. 그녀의 침묵은 천장수이를 더욱 광기로 몰아넣었다. 그는 폭발하듯 분노했고, 린스를 거칠게 몰아세웠다. 때리고, 목을 조르고, 살을 비틀어대며,

온몸에 잔혹한 상처를 새겼다. 그리고, 그녀의 몸 안에 머무르는 시간을 한없이 길게 늘여갔다. 그러나, 린스는 끝까지 이를 악물고 참아냈다. 입술 사이로 겨우 새어 나오는 것은 숨 가쁜, 짧은 숨소리뿐. 그 소리는 마치 죽음이 임박한 작은 짐승이 마지막 남은 숨을 애처롭게 토해내는 것과 같았다.

가끔은, 정말로 참을 수 없는 순간이 찾아왔다. 그럴 때면, 린스는 입 속에서 흐느끼듯 작은 신음을 흘렸다. 그 소리는 공기 속을 맴돌며 애처롭게 울려 퍼졌고, 날카롭고, 끔찍할 정도로 참담했다. 물론 저항도 해보았다. 천장수이가 아무리 그녀를 짓밟고 유린해도, 결국 멈추는 순간이 오기 마련이었다. 그가 몸을 가득 실은 채 린스를 짓누르면서도, 어느 순간부터는 혼자서 허공을 가르며 흔들리는 순간. 그때였다. 린스는 그의 움직임이 흐트러지는 틈을 타 온 힘을 다해 그를 밀쳐냈다. 천장수이의 몸이 옆으로 휘청였고, 린스는 즉시 몸을 굴려 침대 아래로 뛰어내렸다. 그러나. 방 안을 둘러보는 순간, 그녀는 숨이 턱 막혔다. 이 작은 방 안엔, 도망칠 곳이 없었다. 출구는 단 하나, 문밖뿐.

린스는 한순간도 망설이지 않고 문을 벌컥 열고 밖으로 내달렸다. 차가운 공기가 그녀의 땀에 젖은 몸을 감쌌다. 그리고, 순간 몸이 얼어붙었다. 하얗게 빛나는 달빛 아래. 린스의 눈앞엔, 한 사람의 그림자가 선명하게 서 있었다. 아왕관. 그녀는 대문 앞, 마치 오래전부터 기다렸다는 듯 그곳에 서 있었다. 밤의 어둠 속에서, 아왕관의 검은 바지는 거의 보이지 않았다. 그러나, 그녀가 입은 회백색의 다타오산은 달빛을 받아 희미한 윤광을 뿜어내고 있었다. 그 옷은, 마치 허공에 떠 있는 듯, 어둠 속에서 흰 형체만을 선명하게 드러냈다. 린스는 갑작스럽게 문을 열었다가, 그 '흰 형체'와 정면으로 마주쳤다. 그 순간, 피가 얼어붙는 듯한 공포가 밀려왔다. 그녀의 입에서 자신도 모르게 찢어지는 듯한 비명이 튀어나왔다. 그리고, 그 즉시. 두 다리에 힘이 풀리며 그녀는 그 자리에서 풀썩 주저앉고 말았다.

한참이 지나 간신히 정신을 가다듬고 보니, 그제야 그녀는 그 형체가 아왕관이라는 걸 깨달았다. 린스는 머뭇거리며 고개를 들었다. 아왕관은 아직도 그 자리에 서 있었다. 그녀의 얼굴은 달빛 아래 더욱 도드라져 보였다. 높이 치켜든 이마, 단정히 빗어 넘긴 흰 머리칼. 그리고, 한 치의 흐트러짐도 없는 매끄러운 옷자락. 그녀는 무표정하게 린스를 내려다보고 있었다. 그러나, 그 눈빛에는 뚜렷한 경멸과 혐오가 짙게 깔려 있었다. 린스가 몸을 조금 일으키려 하자, 아왕관은 의도적으로 콧소리를 내며 크게 비웃었다. 그리고는, 아무 말도 하지 않은 채 몸을 돌려 자신의 집 쪽으로 천천히 걸어갔다.

린스는 문 뒤에 천장수이가 기다리고 있다는 걸 잘 알고 있었다. 그럼에도 불구하고, 그녀는 무릎을 꿇은 채 기어가듯 방 안으로 들어갔다. 린스가 방에 들어오자마자, 천장수이는 문을 닫고 문빗장을 거는 소리를 내더니, 곧바로 한 발을 들어올렸다. 퍽! 그의 발길이 린스의 복부를 세차게 가격했다. 린스의 머릿속이 순간 새하얘졌다. 그러나, 그 짧은 순간. 그녀의 기억 속에 희미한 한 장면이 어렴풋이 떠올랐다. 오래전 어느 날. 천장수이가 자신을 유린한 직후, 그녀가 문을 열고 바깥으로 나왔던 날. 그때도 그녀는 아왕관을 보았다. 두 집 사이를 가로막은 낮고 허름한 토벽 앞에서. 아왕관은 앞으로 나아가지도 못하고, 뒤로 물러서지도 못한 채 그 자리에 서 있었다. 아왕관은, 분명 그 모든 걸 지켜보고 있었을 것이다. 린스의 머릿속에 그 생각이 날카로운 송곳처럼 박혔다. 그 순간. 극심한 통증이 복부 깊숙이 밀려왔다. 뱃속이 불길처럼 뒤집히고, 무언가 터져 나오는 듯한 감각이 들었다. 온몸의 피가 마구 쏟아져 나가는 것 같았다. 그녀의 시야가 급격히 어두워졌다. 그리고, 린스는 그대로 정신을 잃었다.

　강렬한 자극이 코를 찔렀다. 숨이 막혀 린스는 사래 들린 듯 기침을 하며 눈을 떴다. 그녀는 축축한 바닥에 쓰러져 있었다. 그리고, 천장수이는 그녀가 깨어나는 걸 보자마자, 아무렇지도 않다는 듯 혼자 침대로 올라가 태연히 몸을 뉘였다. 린스는 온몸이 무겁게 가라앉은 채, 몸을 움직일 수조차 없었다. 그러나, 그보다 더 무서운 건. 만약 그가 다시 다가온다면. 린스는 그 어떤 저항도 할 수 없을 것이란 사실이었다. 그래서, 그녀는 그대로 바닥에 누운 채 한밤을 몽롱한 상태로 보냈다. 누운 채로 깨어 있는 것도 같았고, 어렴풋이 잠이 든 것도 같았다. 그러나, 하룻밤 내내, 어둠 속에서 몸을 떨고 있었다. 여름밤이라기엔 이상할 정도로, 땅은 축축하게 젖어 있었고, 기온은 섬뜩할 만큼 차가웠다. 그녀의 몸은 오한이 이는 듯 끊임없이 떨려왔다.

다음 날, 린스는 겨우 몸을 일으켜 보았다. 그러나, 일어나자마자 머리가 천근만근 무거웠고, 몸이 화끈거리며 숨이 뜨겁게 달아올랐다. 온 몸에 열이 났다. 천장수이는 이미 집을 나간 뒤였다. 린스는 겨우 힘을 내어 침대 위로 기어 올라갔다. 그리고, 이내 깊은 잠 속으로 빠져들었다. 다시 눈을 떴을 때. 창밖은 한낮이 지나 있었다. 천장수이는 아직 돌아오지 않았다. 그러나, 린스는 다시 잠에 빠져들었다. 시간이 흐르고, 밤이 오고, 다시 낮이 찾아왔다. 그녀는 잠결에 몇 번이고 깨어났다가, 다시 기절하듯 잠들었다. 그렇게 끝없는 어둠과 빛이 교차하며 반복되었다. 그 사이, 천장수이가 집에 다녀갔는지조차 알 수 없었다. 린스는, 흔들리는 감각 속에서 깨어났다. 눈꺼풀이 무겁게 내려앉아 쉽게 떠지지 않았다. 한참을 그렇게 희미한 시야 속에서 헤매다, 겨우 눈앞의 형체를 식별할 수 있었다. 아칭. 그녀의 옆집 사람이었다.

"……물." 린스는 입술을 겨우 달싹이며 희미하게 중얼거렸다. 그러나, 자신의 목소리가 정말로 나왔는지조차 알 수 없었다. "물 좀……."

그 순간, 이마 위로 차가운 손이 스며들듯 내려앉았다. 그 손은 넓고, 크고, 서늘한 감촉을 가지고 있었다. 너무나 편안했다. 린스는 그 손의 감각을 따라 다시 눈을 감았다. 이윽고 누군가 그녀를 부축해 일으켜 입가로 한 사발의 물을 가져왔다. 입을 벌리자 물기가 천천히 흘러들어왔다. 그러나, 그녀는 그 물을 얼마나 마셨는지조차 분간할 수 없었다. 곧, 몸이 다시 깊은 어둠 속으로 가라앉았다.

그리고, 꿈이 시작되었다. 그 꿈속에서. 린스의 어머니는 붉은 옷을 입고 있었다. 그러나, 그녀의 하반신은 굵고 긴 밧줄로 질식하듯 여러 겹 단단히 묶여 있었다. 어머니는 두 손을 앞으로 내밀며 린스를 향해 애타게 부르짖었다. "아스(阿市), 배고파……, 너무, 너무 배가 고파. 어서 가서 밥을 구해 와, ……배고파, ……배고파…."

그러나, 린스는 몸을 움직일 수 없었다. 마치 온몸이 돌덩이처럼 굳어버린 듯, 어머니에게 단 한 걸음도 다가갈 수 없었다. 그때였다. 어머니의 표정이 순간 일그러졌다. 그녀는 더 이상 기다릴 수 없다는 듯, 손을 자신의 복부 안으로 깊숙이 찔러 넣었다. 그러더니, 핏물이 뚝뚝 흐르는 창자 한 움큼을 끄집어냈다. 그리고, 그것을 거침없이 입안에 욱여넣으며 낄낄거리며 소름 끼치는 웃음을 터뜨렸다. "먹을 게 없어. 이 고구마 줄기라도 먹어야겠어."

린스는 몸부림치며 꿈속에서 깨어났다. 그러나, 그녀의 몸은 아직 깊은 어둠 속에 완전히 붙잡혀 있었다. 눈을 떠야 한다. 여기가 꿈이라는 걸 안다. 그런데, 눈이 떠지지 않았다. 그녀는 어둠 속에서 점점 깊이 잠식되어 갔다. 그때였다. 어디선가, 누군가 그녀를 흔들어 깨웠다. 그리고, 절박한 목소리가 들려왔다. “린스, 린스……, 정신 차려. 돌아와…….”

그 목소리를 따라, 린스는 천천히, 아주 천천히 눈을 떴다. 눈앞에는 아칭의 얼굴이 보였다. 그는 사발 하나를 그녀의 입 가까이 가져왔다. 린스는 본능적으로 입을 벌렸다. 따뜻한 액체가 천천히 목구멍을 타고 흘러들어왔다. 그녀는 천천히, 조금씩 삼켰다. 마지막 몇 모금을 넘길 즈음, 입안에서 알싸한 쓴맛이 퍼졌다. ‘……약인가?’ 린스는 머릿속이 희미해진 채, 막연히 그렇게 생각했다.

그 순간. 갑자기 누군가가 사발을 쳐냈다. 린스의 눈앞에서 사발이 바닥으로 내팽개쳤다. 그녀가 얼이 빠진 눈으로 올려다보자, 거기에는 천장수이가 서 있었다. 그는 술에 취해 얼굴이 벌겋게 달아올라 있었고, 기름기 어린 땀방울이 이마에서 미끄러지듯 흘러내리고 있었다. 천장수이는 순식간에 아칭의 멱살을 거칠게 움켜잡았다. 그리고는 고함을 질렀다.

“씨발, 내 마누라한테 뭐 하는 짓이야?! 씨발”

“자네 부인이 앓고 있다고. 온몸이 불덩이처럼 뜨거워서, 약초를 구해 다려주려던 거라고.” 그의 말투는 한치의 흔들림도 없었다.

“씨발, 거짓말하지 마! 뻔한 수작 부리면서 착한 척은! 네 속셈 모를 줄 알아? 씨발 너도, 네 그 썩은 애미도 다 좆같은 년이야!”

“자네 많이 취한 것 같네.” 그리고는, 그의 손을 훌쩍 뿌리치고 몸을 돌려 나가려 했다. 그러나. 천장수이는 단숨에 그를 따라붙었다. 그리고, 탁자 위에 있던 돼지 잡는 칼을 거꾸로 낚아채듯 움켜쥐었다.

"제대로 불지 못해, 어딜 그냥 가려고!"

"자네가 우리 어머니를 구해줬으니, 더 이상 당신과 싸우고 싶지 않네." 아칭은 단호하게 말했다. 아칭은 빠르게 문 밖으로 한 걸음 물러섰다.

"자네가 이렇게 몰아붙이니까 하는 말이지만, 우리 어머니가 린스가 앓고 있는 걸 보고 나를 보내셨어. 꼭 그녀를 살려야 한다고. 기도했던 걸 돌려줘야 한다며 말이야."

그리고 아칭은 칼을 든 천장수이를 차분히 바라보며, 마지막으로 조용하지만 묵직한 한마디를 던졌다. "자네도 들은 적 있겠지. 사람은 덕을 지켜야 하는 법이야. 함부로 탕진하면, 끝이 있는 거야."

린스는 그의 뒷모습을 무기력하게 바라보았다. 그제야, 그녀는 집 밖이 완전히 어둠에 잠겼다는 걸 알았다. 밖은 어느새 깊은 밤이었다.

9

병을 앓고 난 후, 린스의 몸은 다시 전처럼 여위고 삭막한 모습으로 돌아갔다. 그리고, 그녀는 언제나 무언가를 두려워하는 듯 몸을 최대한 움츠린 채 걸을 때마다 등이 움푹 굽어 있었다. 린스는 여전히 한낮의 햇빛이 기울기 시작할 때쯤 우물가로 향했다. 하지만, 이제는 더욱 조심스럽게 사람이 드문 좁은 길만 골라 걸었다. 걷는 동안에도 그녀의 눈은 신경질적으로 사방을 두리번거렸다. 햇볕에 오래 탄 피부는 거칠고 바싹 마른 갈색으로 변해 있었고, 마치 햇볕에 말린 새우처럼 몸을 움츠리고 다녔다. 한편, 천장수이는 점점 더 집에 들어오지 않는 날이 많아졌다. 며칠이고 연달아 집에 오지 않는 일이 잦아졌고, 린스는 사람들의 입에서 "그가 '허우처루'의 진화한테 가 있다더라." 라는 말을 들었다. 하지만, 린스는 아무렇지도 않았다. 그녀가 신경 쓰는 것은 오로지 쌀독에 남은 쌀과 고구마 줄기가 당장 바닥나지는 않을까 하는 걱정뿐이었다. 그만큼이면 충분했다. 천장수이가 돌아오지 않는다면, 그녀는 덜 짓밟힐 수 있었다.

그래서일까. 린스는 여전히 매일 오후가 되면 대문 앞에 대나무 의자를 가져다 놓고 앉았다. 그것은 길을 지나는 사람들을 보기 위해서가 아니었다. 오히려, 그들에게 '낮잠을 자지 않았다'라고 증명이라도 하려는 듯, 그저 앉아 있을 뿐이었다. 그렇게 매일 같은 시간에 의자에 앉아 있다가, 오후 해가 살짝 서쪽으로 기울면 그제야 대야를 들고 우물가로 향했다.

이제는 그 모든 것이 습관이 되어 버렸다. 그렇게 무기력하게 반복되던 나날이, 린스가 새끼 오리를 키우기 시작하면서 조금씩 변하기 시작했다. 사람들은 그녀가 갑자기 오리를 기르겠다고 나선 이유를 이해하지 못했다. 어느 날, 천춰좡의 사당 앞 장터에서 린스가 이른 아침부터 서성이고 있는 모습이 보였다. 그녀는 오리를 팔고 있던 젊은 상인에게 다가가 말했다. "새끼 오리 열 마리 주세요. 전부 암컷으로요. 잘 키우면 하루에 알 하나씩 낳을 테니, 열 개씩 얻을 수 있겠죠."

오리장수는 천처좡 사람이 아니었다. 루청근처 차오디에서 온 젊은 남자였다. 그는 흥미롭다는 듯 린스를 한번 훑어보며 웃으며 말했다. "전부 암컷만 달라고요? 수컷 없이 암컷만 있으면, 알을 낳아도 무정란인데. 부화도 안 될 텐데, 그렇게 많이 낳아서 뭐 하려고요?"

린스는 순간 "아—" 하고 작은 탄성을 내뱉었다. 그리고는 한참을 생각하더니, 조금 느릿하게 대답했다. "알이 무정란이 되는지 몰랐어요. 그냥 알을 팔아서, 쌀이랑 고구마 줄기를 사려고요. 무정란이든 아니든, 그게 무슨 차이가 있나요?"

오리 장수는 린스가 깊은 생각에 잠긴 채 어딘가 불안한 표정을 짓고 있는 모습을 한동안 가만히 바라보았다. 처음에는 장난삼아 농을 걸었지만, 린스의 태도가 너무도 진지했기 때문일까. 그는 더 이상 웃지 않고, 신중하게 두 손가락으로 노란 솜털이 보송한 새끼 오리들을 하나씩 들어 올렸다. 그리곤, 오리들의 항문을 하나하나 살펴보며 암컷과 수컷을 가려냈다. 열 마리가 모이자, 그는 진지한 얼굴로 린스를 향해 말했다. "여섯 마리는 암컷으로 하고, 네 마리는 수컷으로 하세요. 수컷은 크면 팔아 넘기고, 그 돈으로 또 쌀을 살 수 있을 테니까요."

린스는 낡은 다타오산 주머니를 뒤적이기 시작했다. 하지만, 손으로 아무리 더듬어도 돈이 쉽게 나오지 않자, 그녀는 옷의 실밥을 뜯기 시작했다. 촘촘하게 꿰매진 실밥을 살며시 풀어내고, 그 안에서 기름 묻은 작은 천 꾸러미를 꺼냈다. 그녀는 그것을 천천히 펼쳤다. 기름종이 한 조각이 들어 있었는데, 손바닥만 한 크기의 그 종이에는 검게 굳은 약덩어리가 덕지덕지 붙어 있었다. 약의 흔적이 남아 있는 기름종이 속에는 몇 개의 동전이 단단히 눌어붙어 있었고, 린스는 손가락으로 그것을 조심스럽게 문질렀다. 그러자 굳어 있던 약 덩어리가 바스러지며 동전들이 하나둘 떨어져 나왔다. 그녀는 손바닥 위에 올려놓은 동전들을 한 번, 두 번, 세 번 차근차근 세어 보았다. 그리고, 금액이 맞는 것을 확인한 뒤에야 오리 장수에게 돈을 건넸다. 그녀는 남은 동전 한두 개를 다시 기름종이에 싸서 단단히 여미고, 다타오산의 주머니 속 깊숙이 밀어 넣었다. 그제야 그녀는 앞에 놓인 새끼 오리 열 마리가 담긴 대나무 바구니를 조심스럽게 끌어안았다. 그리고는 천천히, 장터를 걸어 나갔다.

아직 장터를 벗어나기도 전에, 린스의 앞쪽에서 낯선 중년 여인이 다가왔다. 그 여인은 어딘가 인상이 부드럽고 선해 보였다. 그녀는 린스가 들고 있는 새끼 오리를 보더니, 상냥한 목소리로 물었다. "어디서 샀어요?" 린스는 말없이 고개를 끄덕이며 손가락으로 아까 오리를 샀던 장수를 가리켰다. 그 여인은 그쪽을 바라보더니, 눈썹을 찡그렸다. 그러고는 조금 망설이는 듯하더니, 조용히 충고하듯 말했다. "그 오리 장수 조심해야 해요. 암컷이라고 속여서 수컷을 파는 수작을 부린다니까요. 괜히 잘못 샀다가 낭패 보지 말고, 확실히 확인하고 가요."

린스는 그 말을 듣는 순간, 가슴이 철렁 내려앉았다. 심장이 쿵쿵 뛰고, 숨이 턱 막히는 기분이었다. 그녀는 겁이 나서 고개를 돌려 오리 장수를 다시 쳐다볼 용기도 나지 않았다. 린스는 그냥 오리 바구니를 품에 꼭 끌어안고, 서둘러 발걸음을 옮겼다. 더 이상 큰길로 갈 엄두가 나지 않았다. 그녀는 좁고 구불구불한 골목길을 찾아 들어가, 몇 번이고 돌아서 걸었다. 한참을 그렇게 걷고 나서야 간신히 집에 도착했다.

그날 오후 내내, 린스는 한동안 깊은 시름에 잠겼다. '혹시 암컷이 아니라 수컷이면 어쩌지? 수컷은 알을 낳지 못하는데…….' 그녀는 그 작은 오리들을 이리저리 뒤집어 가며 살폈다. 하지만, 아무리 들여다봐도 수컷과 암컷을 구별할 방법을 알 수 없었다. 그러다가 문득, 오리 장수가 했던 말이 떠올랐다. '수컷은 나중에 자라면 잡아 팔 수 있어요.’ 그제야 마음이 한결 가벼워진 그녀는 기쁜 마음으로 밖으로 달려나가, 삐약삐약 울어대는 어린 오리들에게 먹이를 찾아주었다.

린스는 틈이 날 때마다 논밭과 개울가를 돌아다녔다. 새끼 오리에게 먹일 지렁이, 작은 벌레, 달팽이, 우렁이 등을 찾기 위해서였다. 그녀가 손수 잡아온 먹이를 새끼 오리들이 우르르 몰려와 쪼아 먹는 모습을 바라볼 때면, 그녀의 얼굴에는 조금씩 미소가 떠올랐다. 부드러운 노란 솜털이 점차 빠지고, 길고 뾰족한 새 깃털들이 제멋대로 삐죽삐죽 돋아나기 시작했다. 린스는 그 변화가 신기하면서도 어딘가 뿌듯하게 느껴졌다.

날이 점점 선선해졌다. 멀리 바다와 하늘이 맞닿은 곳에는 갈대가 무리지어 피어 있었다. 가을빛을 머금은 회백색 갈대꽃들이 부드럽게 흔들리며, 높고 맑은 하늘 아래 하얀 물결처럼 펼쳐졌다. 그 풍경은 조용하고도 평화로웠다. 그러나, 밤이 되면 상황이 달라졌다. 점점 거세지는 가을바람이 드넓은 바닷가 자갈밭을 휩쓸고 지나가며, 쉭쉭, 우우. 끊임없이 서로를 뒤쫓듯이 울부짖었다. 린스는 작은 오리들이 찬 바람에 떨까 봐 걱정되었다. 그래서 논에서 베어온 짚단을 엮어 바람막이를 만들어 주었다. 하지만, 남편 천장수이가 집에 쌀을 가져오지 않는 날이 많아지면서, 린스는 제대로 끼니를 챙기지 못했다. 한 끼를 굶고, 그다음 끼니도 해결할 수 없을 때면, 그녀는 마당에서 오리들 곁을 떠나지 못했다. 자라나는 오리들을 바라보며, 그녀는 한 가지 희망을 품었다. '어미 오리가 곧 알을 낳겠지.' 설령, 오리 장수가 자신을 속여서 암컷이 적다 해도, 적어도 너댓 마리쯤은 암컷일 테고, 그렇다면 곧 알을 낳지 않겠는가. 린스는 그렇게 믿고 싶었다.

그러나, 린스는 끝내 오리들이 다 자라기까지 기다릴 수 없었다. 그녀는 어느 오리가 암컷이라 알을 낳을 것인지, 어느 오리가 수컷이라 도축될 것인지조차 확인할 수 없었다. 천장수이는 오랜 시간 동안 어쩌다 가끔 집에 들렀다. 올 때마다 무엇이든 먹을거리를 가져오긴 했지만, 그는 언제나 린스를 원했다. 하지만, 린스는 끝내 소리를 내지 않았다. 그가 더욱 거칠고, 더 오래 린스를 짓누르며 괴롭혀도, 그녀는 입을 닫고 있었다. 다행인 것은, 이제 천장수이가 집에 머무는 날이 줄어들었다는 것. 예전처럼 하루도 빠짐없이 그녀를 덮치진 않았지만, 린스는 이제 더 이상 생선이나 고기를 먹을 기회도 없었고, 자주 배를 곯아야 했다. 그럼에도 불구하고, 그녀는 예전처럼 그것을 원망하지 않았다. 그녀가 바라는 것은 오직 하나. '어미 오리가 빨리 알을 낳았으면…….' 만약 오리가 알을 낳는다면, 그녀는 더 이상 굶주릴 걱정을 하지 않아도 될 테니까.

가을 기운이 완연해진 어느 밤. 린스는 이미 잠자리에 들었지만, 그때, 갑자기 쿵쿵! 거칠게 문을 두드리는 소리가 들려왔다. 문을 열어 보니, 천장수이가 서 있었다. 그의 얼굴은 술기운으로 불그스름하게 달아올라 있었고, 손에는 아직도 청주 한 병이 들려 있었다.

린스는 그가 또다시 자신을 괴롭히고 폭력을 휘두를까 두려워 조용히 문을 열어주고는, 그의 손길을 피해, 한 발짝 멀리 물러났다.

하지만 천장수이가 집 안으로 들어서자마자, 몇 걸음도 떼지 못한 채 오리를 가둬 둔 닭장을 밟고 말았다. 날씨가 점점 쌀쌀해지자, 밤이면 린스는 어린 오리들이 추위를 탈까 걱정되어 거실 바닥에 먼저 짚을 한 겹 깔고, 오리들이 든 닭장을 집 안으로 들여놓곤 했다. 술기운에 비틀거리며 어둠 속을 걷던 천장수이는, 그만 닭장을 밟고 균형을 잃어 거의 넘어질 뻔했다. 몸이 기울어지는 바람에 손에 들고 있던 술병을 놓쳤고, 술병은 단단한 바닥에 내던져지며 산산조각이 났다.

천장수이는 갑작스러운 분노에 목청을 높이며 소리쳤다.

"이게 뭐야?! 혹시 남자 들였냐? 남정네를 집 안에 숨겨둔 거야?!"

"아, 아니에요…, 오리예요." 린스는 몸을 움츠린 채 조심스레 대답했다.

"개소리하긴! 그걸 믿으라고!" 천장수이는 버럭 소리를 지르며 성큼 다가와 닭장 덮개를 거칠게 걷어찼다. 그 충격에 놀란 새끼 오리들이 우르르 한쪽으로 몰려들며 낑낑대며 울어댔다. 그러나, 천장수이는 눈길 한 번 주지 않은 채 덮개를 다시 닫아버렸다. 그 순간, 오리 한 마리가 제때 피하지 못하고 덮개 틈에 뒷다리가 끼었다. 오리는 필사적으로 몸부림치며 애처로운 소리를 내질렀다. 그럼에도 불구하고, 천장수이는 아무런 관심도 보이지 않았다. 대신, 그는 린스를 향해 거친 목소리로 윽박질렀다. "이 썩어 문드러질 오리 냄새를 집 안에서 풍기게 둬? 이 썩을 년아, 질식시켜 죽이려고 작정했냐?"

린스는 아무 대답도 하지 않았다. 그저 우리 틈에 다리가 낀 새끼 오리를 가만히 바라볼 뿐이었다. 몇 번이나 그것을 구해주고 싶었지만, 곁에 천장수이가 서 있었기에 그녀는 섣불리 움직일 수 없었다. 마음이 급해질수록, 그녀의 머릿속에는 단 하나의 생각만이 맴돌았다. '저 오리는…, 절뚝거리게 되겠지.'

그러나, 린스의 멍한 표정이 천장수이의 화를 더욱 치밀게 만들었다. 그는 한 걸음 성큼 다가오더니, 린스의 뺨을 거세게 후려쳤다. "니년이 이 오리들을 길러서 뭐 하겠다는 거야?"

"알을 낳아요…, 그러면…, 쌀이랑 바꿔올 수 있어서요…." 린스는 아무런 망설임도 없이 그저 있는 그대로 말했다.

"아하, 이제 내가 먹여주는 걸로는 부족해서, 니년이 직접 오리를 키워서 쌀을 사시겠다! 이거냐?" 그러자, 천장수이는 비열한 웃음을 띠며 린스를 싸늘한 눈빛으로 노려보았다.

"당신이 가끔…, 쌀을 안 가져오니까, 나는……." 그녀가 말을 끝맺기도 전에, 천장수이는 반사적으로 도살용 칼을 집어 들었다. 린스는 그 칼이 자신을 향할까 봐 숨이 멎을 듯한 공포를 느꼈고, 뒤로 급히 물러섰다. 그러나, 천장수이는 린스가 아니라 닭장 속의 오리들을 향해 칼을 내리쳤다. 그는 칼을 든 손을 우리 틈으로 깊숙이 밀어 넣고 무자비하게 휘둘렀다. 칼날이 지나갈 때마다, 우리의 대나무 틀이 갈라지고, 새끼 오리들의 날카로운 비명이 들려왔다. 그러나, 몇 번 더 칼질이 이어지고 나자, 오리들의 소리도 점점 잦아들었다. 마지막 비명마저 끊어지자, 천장수이는 천천히 손을 뺐다. 문 틈 사이로 들어온 차가운 가을 달빛이 그의 손을 비추었다. 그의 손끝에서부터 팔꿈치까지, 핏빛으로 새빨갛게 물들어 있었다. 아직 굳지도 않은 피가 그의 팔을 따라 천천히 흘러내렸다. 린스는 비명을 지르며 닭장 덮개를 확 잡아 올렸다. 그곳엔 짚더미 위로 오리들의 잘려나간 사체가 널려 있었다. 잘린 머리, 동강난 몸통, 잘려나간 다리, 끊어진 목. 아직도 잘린 부분에서 선홍색 피가 흐르고 있었다.

토막 난 어린 오리들의 처참한 모습을 보자, 섬뜩한 한기가 천장수이의 온몸을 타고 퍼져갔다. 어쩌다 이렇게 난잡하고 형체를 알아볼 수 없을 정도로 피투성이가 되었단 말인가? 돼지를 잡을 때처럼 칼자국이 반듯하고 정교한 것도 아니었다. 그 순간, 천장수이의 머릿속에 오래전의 기억 하나가 떠올랐다.

막 도살장에 들어갔던 어린 시절. 그는 칼을 쥐지도 못하는 신참이었다. 그저 돼지의 털을 태우고, 내장을 씻어내는 허드렛일이나 하던 풋내기. 그러던 어느 날, 한 돼지 장수가 도살장으로 찾아왔다. 그의 어깨에는 대나무 장대가 짊어져 있었고, 그 끝에는 암돼지

한 마리가 매달려 있었다. 장수는 다급한 얼굴로 말했다. "이 돼지를 좀 도살해 주시오!" 그는 돼지가 병들어 일어나지도 못한다며, 지금 죽이지 않으면 더 이상 손쓸 도리가 없다고 했다. 그 돼지는 뼈만 남은 듯 비쩍 말랐는데, 이상하게도 배만큼은 터질 듯이 부풀어 올라 있었다. 간신히 몸을 일으켜도 배가 너무 불러 거의 땅에 닿을 정도였다. 도살장 사람들은 돼지를 보며 각자 수군거리기 시작했다. "이거…, 혹시 돼지 열병에 걸린 거 아냐? 병든 돼지는 함부로 잡아선 안 되는데……." 그러나, 그날 칼을 쥐고 있던 도살장 주인은 그 어떤 말도 하지 않았다. 돼지 장수는 그 암퇘지를 반드시 도살해야 한다고 고집했다. "오늘 밤을 넘기지 못할 겁니다!" 드디어 자신의 실력을 증명할 기회가 왔다고 생각한 천장수이는 그 일을 맡겠다고 나섰다.

모든 과정은 평소처럼 진행되었다. 먼저 돼지의 피를 빼고, 털을 태우고, 몸을 깨끗이 정리한 뒤, 마지막으로 도축에 들어갔다. 그 암퇘지는 이미 기력이 다한 듯 제대로 저항하지도 못했다. 천장수이가 칼을 쥐고 입을 벌려 날카로운 칼끝을 돼지의 목구멍에 찔러 넣었을 때도, 녀석은 힘없이 늘어진 채 그저 조용히 피를 흘릴 뿐이었다. 그때, 천장수이는 순간적으로 그 돼지의 눈빛이 몹시 처량하다는 느낌을 받았다. 그러나 그는 그저 기분 탓일 거라 생각하며, 다시 칼을 쥐고 다음 작업으로 넘어갔다.

그리고, 천장수이가 칼을 내려 돼지의 배를 갈랐을 때. 그 안에는 배를 꽉 채울 정도로 커다란 혈육 덩어리가 자리하고 있었다. 그 순간, 주변에서 지켜보던 사람들이 외마디 비명을 질렀다. "이런 젠장, 새끼를 밴 암돼지를 잡아버렸어!"

하지만, 천장수이는 아직 상황을 제대로 이해하지 못했다. 그는 무심히 칼을 들어 그 거대한 덩어리를 단칼에 그었다. 그리고, 그 순간. 그 안에서 핏빛에 젖은 여덟 마리의 새끼 돼지가 나란히 누운 채 모습을 드러냈다. 아직 털도 제대로 나지 않은 돼지들. 말랑말랑하고 따뜻했지만, 그 눈은 단단히 감긴 채, 이미 죽어 있었다.

그날, 천장수이는 세상의 섭리를 거스르는 일을 저질렀다. 어미 뱃속에서 태어나지도 못한 채 핏덩이로 죽어간 작은 생명들. 그것은 대자연이 품은 모성을 파괴하는 일이었다. 그 이후, 며칠 밤낮을 지나는 동안, 천장수이의 눈앞에는 오직 그 새끼 돼지들의 처참한 모습만이 아른거렸다. 그는 눈을 감으면 핏빛으로 물든 어린 것들이 무리지어 자신을 응시하는 듯한 환영에 시달렸다. 무엇보다도, 도살장에서는 오래전부터 임신한 어미 돼지를 죽이면, 그 뱃속의 새끼들이 원혼이 되어 복수를 한다는 소문이 퍼져 있었다. "그런 돼지를 함부로 잡은 자는, 반드시 비참하게 죽는다." 천장수이는 도살장에서 일하는 사람들의 말에 따라, 돼지들의 혼을 달래기 위해 삼생제를 차리고, 엄청난 양의 명지를 불태우며 제사를 올렸다. 그리고 간절히 기도했다. '제발, 다시 태어나거라. 다음 생에는 부디 무사하거라…….' 그러나, 그렇게까지 했음에도 불구하고, 그의 가슴

속에는 여전히 가늠할 수 없는 무거운 죄책감이 남아 있었다. 또한, 그는 자신이 임신한 어미를 도살했다는 사실 자체가 불길하고, 부정한 짓이라는 생각을 도저히 지울 수가 없었다.

그러나, 세월이 흐르면서 그날의 기억도 점차 희미해졌다. 특히, 소문과 달리 새끼 돼지들의 원혼이 나타난다거나, 그를 해하려는 기이한 일이 벌어지지 않자, 그는 점점 안도감을 느꼈다. 그럼에도 불구하고, 때때로 그날을 떠올릴 때면, 여전히 어미의 뱃속에서 보았던 그 기괴한 장면이 생생하게 떠오르곤 했다. 검붉은 피로 뒤덮인 둥그런 살덩어리. 그 위를 가로지르는 푸르스름한 혈관과 검붉은 핏줄. 그리고, 그 안에서 줄지어 누워 있던 여덟 마리의 새끼 돼지들. 그때의 광경이 눈앞에서 다시금 선명하게 살아났다.

오랜 세월이 흐르면서, 천장수이는 완벽한 도살 기술을 익혔다. 그에게 도살은 더 이상 피를 흘리는 일이 아니라, 정밀하게 연출된 한 편의 공연과도 같았다. 칼끝이 단번에 적중하면, 피 한 방울 손에 묻지 않았다. 목을 찌른 순간, 핏줄이 터지며 피가 뿜어져 나왔지만, 그는 이미 그것을 예측하고 있었다. 배를 가르는 순간에도, 피는 이미 말끔히 빠져 있었고, 손놀림에 따라 장기들이 질서 있게 쏟아져 나왔다. 회색빛 창자는 매끈했고, 간과 심장은 깨끗한 붉은 자주색을 띠고 있었다. 어느 하나 난도질된 흔적도 없이, 잔여 혈흔조차 남지 않았다.

그러나, 오늘 밤, 어린 오리들을 죽이면서, 그는 전례 없이 엄청

278

난 피와 난잡하게 흩어진 살점들을 보게 되었다. 천장수이는 자신의 손을 들어 올렸다. 손등과 팔뚝에는 이미 말라붙어 검붉게 굳어버린 피가 덩어리째 엉겨 붙어 있었다. 그 순간, 그는 이해할 수 없는 격렬한 분노가 치밀어 오르는 것을 느꼈다. 이 분노는 어디서 오는 것일까? 그조차도 이유를 알 수 없었다. 그것은 너무나도 원초적인 분노였고, 마치 자신도 제어할 수 없는, 날것 그대로의 감정이었다. 천장수이는 손에 든 칼을 다시 한 번 휘둘러 뭔가를 더 베어내고 싶었다. 그러나, 그의 시야에 들어온 것은 무참히 난도질된 오리 새끼들의 시체뿐이었다. 그제야 몸속 깊은 곳에서 서서히 기어올라오는 두려움이 그를 덮쳐왔다. 천장수이는 손에 들고 있던 칼을 바닥에 내던졌다. 그리고, 그 자리에 그대로 무너져 내리며 털썩 무릎을 꿇었다.

천장수이는 자신이 도살하는 동안 늘 몸속에서 올라오는 특유의 기운을 알고 있었다. 그것은 처음부터 필요한 것이었고, 도살을 하기 위해 반드시 길러야 하는 것이었다. 칼을 들어 올릴 때, 그리고 살아 있는 짐승의 목을 찌를 때. 그것이 없으면 그는 단 한 번도 정확히 목줄기를 찌를 수 없었다. 도살장에서는 이 기운이 있어야만 겁먹지 않고 칼을 들 수 있었다. 그래야만 날카로운 칼끝이 두려움 없이 살점을 파고들어 살아 있는 생명을 한 번에 끝낼 수 있었다. 한 마리를 죽이면, 다시 기운을 모았다. 그리고 또 한 마리를 죽였다. 그렇게 하루가 지나고, 한 달이 지나고, 수십, 수백 마리의 피가 흘렀다. 그렇게 수없이 많은 생명을 자신의 손으로 끝내 왔다.

그러나, 이 기운을 어떻게 모아 도살에 활용하는지조차, 이미 반복된 경험 속에서 더 이상 의식하지 않게 되었다. 그것은, 숨 쉬는 것만큼이나 자연스러운 일이 되었다. 천장수이가 기억하는 것이라곤, 오직 단 한 번. 그것은 바로, 뱃속에 여덟 마리 새끼를 품고 있던 어미 돼지의 도살이었다. 그날, 그는 칼을 들기 전부터 이 기운을 모으기 위해 온 신경을 집중해야 했다. 그래야만, 그 기운을 한데 응축해, 한순간의 망설임 없이 칼을 깊이 찔러 넣을 수 있었으니까. 그러나, 그 외에 그가 죽인 수많은 짐승들의 순간들은 기억조차 남아 있지 않았다. 그저, 칼을 들고, 목을 찌르고, 장을 가르고, 피를 빼는 행위가 반복되었을 뿐. 그 과정 속에서, 그 기운은 그의 몸과 하나가 되었다. 만약 이번에 오리 새끼들을 칼로 난도질하지 않았다면, 아마 그는 자신이 그 기운을 여전히 품고 있다는 사실조차도 깨닫지 못했을 것이다.

그러나 지금, 그는 문득 깨달았다. 그 기운은 더 이상 도살장에서만 필요한 것이 아니었다. 이제는 그의 일상 속에서도, 언제든 불쑥 떠오를 수 있는 어떤 본능이 되어 있었다. 그리고, 그것이 떠오를 때마다, 그 자신조차도 그 기운이 무엇을 초래할지 예측할 수 없었다. 그것은 이미 그의 삶에 깊숙이 스며든, 떨쳐낼 수 없는 무엇인가가 되어 있었다. '이번엔 오리 새끼들을 죽였다면, 다음번엔 무엇을 죽이게 될까?' 천장수이는 생각했다. 그 순간, 극심한 두려움이 온몸을 뒤덮었다. 아직 채 가시지 않은 술기운 속에서, 그는 저도 모르게 입을 크게 벌렸다. 그리고, 마치 어린아이가 울음을 터뜨리듯, 목 놓아 울기 시작했다.

린스는, 닭장 덮개를 들춰 보았다. 눈앞에 펼쳐진 것은 산산조각 난 오리 새끼들의 형체였다. 그러나, 그녀는 그저 조용히 서 있을 뿐이었다. 천장수이가 한바탕 울음을 쏟아내고, 무릎을 꿇은 채 방 안으로 기어들어가 곧 코를 골며 잠에 빠지는 것을 확인한 후에야, 린스는 움직이기 시작했다. 그녀는 뒷마당으로 가, 빗자루와 쓰레받기를 가져왔다. 그리곤, 잘린 오리들의 사체와 바닥에 흩어진 짚단들을 쓸어 담았다. 그렇게, 쓰레받기에 사체를 가득 담은 채 린스는 조용히 집 밖으로 나섰다. 그리고, 아득히 저 멀리, 하늘과 바다가 맞닿아 있는 곳을 향해 걸어갔다.

그러나, 그곳은 생각보다 훨씬 멀었다. 한참을 걸어도, 희미한 가을 달빛 아래 펼쳐진 짙푸른 수평선은 여전히 머나먼 곳에 있었다. 깊은 밤, 가을바람은 싸늘했고, 광활한 들판은 어둠에 잠긴 채 희미한 그림자를 드리우고 있었다. 가끔, 어디선가 들려오는 짐승의 울음소리가 바람에 실려 스치듯 지나갔다. 그러나, 린스는 아무런 감각도 없이 그저 묵묵히 걸을 뿐이었다. 한참을 걸어 피로가 몰려오자, 그녀는 허리까지 자란 잡초 무더기 속에 짚단과 뒤섞인 오리 사체를 쏟아부었다. 그리고, 아무 일도 없었다는 듯, 빈 쓰레받기를 들고 조용히 돌아섰다. 더 이상 오리들에게 먹이를 줄 필요가 없어진 린스는, 다시 원래의 일상으로 돌아갔다. 매일 오후, 의자를 문 앞에 내놓고 앉아 넋 나간 듯 바깥을 바라보는 일. 그녀의 앞을 지나던 이웃들은 린스가 자신을 볼 것이라 생각하며 인사를 건넸다. 그러나, 린스는 아무것도 듣지 못한 듯, 그저 허공을 응시할 뿐이었다. 눈동자는 한곳에 멈춰 있었고, 그 시선은 더 이상 어떤 감정을 담고 있지 않았다.

대부분의 시간, 린스는 한 번 자리에 앉으면 그대로 온종일을 보내곤 했다. 이제는 매일같이 우물가에 빨래를 하러 가지도 않았고, 저녁밥 짓는 시간마저 놓치기 일쑤였다. 늘 그랬듯이, 천장수이가 집으로 돌아올 즈음이면 이미 어둑어둑해져 있었고, 그때서야 린스는 천천히 몸을 일으켜 밥을 짓기 시작했다. 오래도록 닦지 않아 기름때가 눌어붙은 부엌, 한쪽 구석에는 거미줄이 쳐져 있었고, 그 위에는 다리가 하나 잘린 파리 한 마리가 축 늘어져 있었다. 사방에 먼지가 내려앉았지만, 린스는 아무렇지도 않은 듯 그저 무심하게 몇 가지 반찬을 끓이거나 볶아낼 뿐이었다. 그녀는 부뚜막에 쪼그리고 앉아 깊은 생각에 잠겼다. 그녀가 입고 있던 청색 무명옷도 며칠째 빨지도, 갈아입지도 않은 상태였다. 목깃과 소매에는 기름때가 눌어붙어 검게 변해 있었고, 가슴께에는 국물이 잔뜩 묻어 옷감의 색을 더욱 칙칙하게 만들었다. 린스는 깡마른 턱을 가슴에 묻고, 그 얼룩을 멍하니 내려다보았다. 그녀의 얼굴이 옷 위로 길게 그림자를 드리웠다.

부엌의 화로만이 여전히 따뜻했다. 가을로 접어든 해안가 마을. 차가운 바닷바람이 불어와 뼛속까지 싸늘한 한기가 스며드는 밤에도, 화로 곁에만 앉으면 온기가 감돌았다. 린스는 마치 그 온기에 안긴 듯, 불가 앞에 쭈그리고 앉아 있었다. 밥이 다 지어졌지만, 그녀는 여전히 움직이지 않았다. 천장수이가 성난 목소리로 소리칠 때까지. "밥 안 차려?!" 그제야, 린스는 천천히 자리에서 일어났다.

요즘 천장수이는 매일같이 정해진 시간에 집으로 돌아왔다. 이전처럼 큰 소리로 욕을 하거나, 무턱대고 그녀를 때리는 일도 줄었다. 심지어 욕정을 채울 때조차, 예전처럼 거칠고 난폭하게 굴지는 않았다. 린스는 아무런 감각 없이 그 모든 것을 받아들였다. 더 이상, 입술을 깨물며 소리를 억지로 참을 필요조차 없었다. 날씨가 점점 더 쌀쌀해졌다. 이제는 대낮에도, 해안가 먼 바다에서 불어오는 바람이 점점 더 건조하고 매서워졌다. 거친 모래바람이 해안 들판 위를 휩쓸고 지나가며, 린스의 얼굴과 손을 사정없이 때렸다. 얼얼한 통증이 퍼졌다. 그리고, 그 바람은 점점 더 싸늘하고도 음산해졌다. 린스의 무기력한 태도는 마침내 천장수이의 분노를 불러일으켰다. 어느 날, 그녀가 간장에 조린 삼겹살 한 그릇을 실수로 바닥에 떨어뜨렸다. 천장수이는 참지 못하고 손을 번쩍 들어 린스의 뺨을 세차게 후려쳤다. "이런 빌어먹을 년! 밥값 벌겠다고 오리나 키우더니?!"

천장수이는 분을 이기지 못한 채 뛰면서 소리쳤다. 린스는 멍하니 서 있었다. 예전처럼 두려워 몸을 움츠리는 대신, 그저 아무런 감정도 없는 얼굴로 그를 바라보았다. 그녀의 그런 태도는 오히려 천장수이의 화를 더욱 돋우었다. 그동안 억눌러왔던 분노가 폭발하듯 터져 나왔다. 그는 밥상이 놓인 나무 탁자를 있는 힘껏 뒤엎었다. 탁자 위의 그릇과 수저, 갓 지은 뜨거운 죽 한 냄비가 바닥으로 나뒹굴었다. 집을 나서기 직전, 천장수이는 차갑게 내뱉었다. "그렇게 잘났으면, 네 손으로 밥 벌어먹어. 내 쌀로는 너 같은 년을 먹여 살릴 수 없으니까."

그 후로, 천장수이는 정말로 집안의 쌀과 고구마 줄기 같은 먹을거리를 찬장에 넣어 잠가 버렸다. 린스가 밥을 짓는 것도 허락된 양만큼만이었다. 그렇게 지어진 밥을 앞에 두고, 천장수이는 일부러 그녀를 시중들게 만들었다. "밥이나 퍼 와."

린스는 조심스레 밥 한 공기를 떠서 천장수이의 앞에 내밀었다. 그러나 그는 냉정한 손길로 그릇을 탁자 위로 내팽개쳤다. "거지냐? 왜 이렇게 많이 퍼와? 내 배 터지길 바라는 거냐, 이년아?" 천장수이는 거칠게 소리쳤다.

린스는 아쉬운 듯 밥공기를 받아 들고, 조심스레 밥을 덜어내기 시작했다. 처음엔 한 움큼. 그런데도 여전히 많아 보였다. 다시, 조금 더. 그마저도 못내 아쉬워하며, 마침내 결심이라도 하듯 조심스럽게 다시 덜어냈다. 다시 내온 밥상을 앞에 두고 천장수이는 일부러 천천히, 그리고 아주 맛있다는 듯이 밥을 몇 숟갈 떠먹더니, 린스를 바라보며 비열하게 웃었다. "배 안고프냐? 한 입 먹어볼래?"

린스는 눈앞에 놓인 윤기 흐르는 하얀 쌀밥을 뚫어지게 바라보며, 입안에 고인 침을 삼켰다.

"밥을 얻어먹으려면, 그만한 값을 해야지. 뭘 할 수 있겠어?"

"무…, 뭐…를요…." 린스는 움츠린 채, 머뭇거리며 되물었다.

천장수이는 느릿하게 미소를 지으며, 낮고 기분 나쁜 목소리로 말했다.

"예전처럼 애처롭게 울어봐. 내가 듣고 흡족하면, 밥 한 그릇 정도는 줄 수도 있지."

린스는 놀라 두어 걸음 물러섰다. 눈앞의 하얀 쌀밥을 바라보며, 괴로운 듯 천천히 고개를 저었다. 음식을 미끼로 위협하고 유혹해도, 린스는 끝까지 굴복하지 않았다. 결국 그는 더욱 잔혹한 폭력으로 그녀를 괴롭히기 시작했다. 그러나 아무리 그가 몰아세워도, 린스는 끝끝내 소리를 내지 않았다. 그렇게 하룻밤, 이틀, 사흘이 지났다. 린스는 한 끼도 먹지 못했지만, 마치 아무렇지도 않다는 듯 집 안을 떠돌아다녔다. 이곳에서 저곳으로. 부엌에서 방으로. 다시 부엌으로. 그러던 어느 날 천장수이는 알아차렸다. 린스가 몰래 음식을 훔쳐 먹고 있다는 사실을.

그녀는 항상 눈치를 살피며 움직였다. 천장수이가 방 안에 있음을 확인한 후, 살며시 솥뚜껑을 열었다. 국물 속에서 고기 덩어리가 흐물흐물 끓고 있었다. 또는, 갓 지어진 하얀 밥이 탱글탱글하게 솥

안에 고여 있었다. 린스는 한 번 더 주위를 살폈다. 그리고 재빨리 숟가락을 들어 고기 한 덩이를 퍼올렸다. 입안에 집어넣었지만, 너무 뜨거웠다. 그녀는 급히 뱉어내며 손으로 받았다. 순간, 온몸을 낮추며 자연스럽게 장작을 집어 드는 시늉을 했다. 마치 불을 지피는 것처럼. 입안에서 고기의 온기가 가라앉을 때까지 천천히 씹었다. 그리고 조용히 삼켰다. 이내 다시 몸을 일으켜 솥보다 높이 얼굴을 올렸다. 그녀는 눈길을 돌려 방을 확인했다. 천장수이는 여전히 나오지 않았다. 비록 부뚜막 위에서 음식이 익어가는 동안에만 몰래 먹을 수 있었지만, 린스는 매 끼니마다 적지 않은 양의 덜 익은 음식을 손에 넣을 수 있었다. 특히 천장수이는 쌀 한 되로 밥이 얼마나 지어지는지 제대로 가늠할 줄 몰랐기에, 그녀가 조금씩 빼돌려도 쉽게 눈치채지 못했다.

그러나 며칠이 지나도 린스의 얼굴에 굶주림의 기색이 전혀 보이지 않자, 천장수이는 의심을 품기 시작했다. 조금만 신경을 기울여 살펴보니, 린스가 몰래 먹고 있다는 사실을 금세 알아차렸다. 그는 무엇보다도, 린스가 자신에게 한마디 애원조차 하지 않고 밥 한 그릇을 구걸하기는커녕, 몰래 훔쳐 먹으며 여전히 고개를 숙이지 않는다는 사실에 격분했다. 천장수이는 분노에 휩싸여 린스를 인정사정 없이 때렸다. 그리고는 아예 집에서 밥을 먹지 않기로 했다. 린스가 시집오기 전처럼, 다시 천춰좡 시장통의 몐차 가게에서 매 끼니를 해결하며, 일부러 아무것도 집으로 가져오지 않았다.

처음 며칠간 린스는 집 안 곳곳을 뒤지며 먹을 것을 찾았다. 그러던 어느 날, 찬장 깊숙한 곳에서 국수 몇 다발을 발견했다. 하지만, 그 국수에는 이미 회녹색 얼룩이 동전만 하게 퍼져 있었고, 곰팡이는 가느다란 솜털처럼 길게 자라 있었다. 마치 전설 속 썩어가는 귀신의 얼굴처럼. 린스는 곰팡이가 핀 부분을 손톱으로 긁어내고, 몇 번이고 물에 헹궜다. 그리고 끓였다. 그렇게 끓인 국수를, 린스는 남김없이 전부 삼켰다. 그 순간, 잊힌 줄 알았던 기억이 불쑥 떠올랐다. 이 국수는 아칭이 아왕관을 구해준 은혜에 보답하며 돼지족발과 함께 제사용으로 보내온 것이었다. 오래전 기억 속 희미하게 사라졌던 그 순간. 그제야 린스는 깨달았다. 이 국수에는, 아왕관의 죽음이 깃들어 있다. 가슴이 서늘하게 얼어붙었다. 그녀의 머릿속에 불길한 어둠이 피어나고 있었다.

아버지가 세상을 떠난 해, 숙부는 린스와 어머니를 집에서 쫓아냈다. 어머니는 어디에서도 빨래할 일감을 구할 수 없었고, 가끔 루청 장터의 부잣집에서 청소나 허드렛일을 할 뿐이었다. 그 외의 날들은 대부분 굶주림 속에서 흘러갔다. 아무리 배가 고파도 어머니는 늘 신신당부했다. "길가 구석에 누군가가 차려 놓은 밥상은 절대 손대면 안 된다." 보통 그런 제사상은 밥 한 공기와 반찬 한 접시로 이루어져 있었고, 밥 위에는 세 개의 향이 곧게 꽂혀 있었다. 어머니는 말했다. "그런 방식으로 제사를 지내는 사람들은 악귀에게 씌인 거야. 그 불운을 떨쳐내려고 어두운 골목길마다 이름 없는 제사를 지내는 거지. 보통 사람들은 그런 제사를 보기만 해도 악귀가 달라붙으니, 실수로라도 지나치게 되면, 꼭 그곳을 향해 침을 뱉어야 해."

하지만 굶주림은 어떤 공포보다도 강했다. 결국, 린스는 어느 날 길가에 놓인 밥상에서 다 타버린 향의 검은 재를 털어내고, 밥 위에 꽂힌 세 개의 향을 뽑아냈다. 그리곤, 반찬 접시에 놓인 돼지고기 한 점을 집어 입에 넣었다. 밥은 겉보기에 여전히 윤기 나는 흰 쌀밥이었지만, 속을 뒤집어 보니 이미 끈적하게 엉겨 붙어 있었다. 린스는 밥을 먹기 전에 혹시나 하는 마음에 땅바닥에 열 번도 넘게 침을 뱉었다. 하지만 집에 돌아오자마자 심한 복통과 함께 연이어 토하기 시작했다. 고열에 시달리는 사이, 그녀의 눈앞엔 푸른 얼굴과 붉은 얼굴의 수많은 귀신들이 나타났다. 귀신들은 입을 벌린 채 차례로 린스의 목구멍으로 기어들었다. 어머니 말로는, 그때 린스가 거의 병으로 죽을 뻔했다고 했다. 하지만 무슨 원인인지 캐묻는 어머니에게 린스는 끝내 진실을 말하지 못했다. 입 밖으로 꺼내는 순간, 그 긴 혀와 날카로운 이빨을 가진 귀신들이 다시 나타나 자신을 찾아올 것만 같았다.

이번에도 그런 귀신의 제삿밥을 먹고 말았다. 린스는 그때처럼 벌을 받게 될 거라 생각했다. 하지만 하루가 지나도 아무런 일도 일어나지 않았다. 그러자 오히려 두려움이 서서히 밀려왔다. 그녀는 멈출 수 없었다. 자꾸만 그 끔찍한 상상이 떠올랐다. 면발 하나하나마다 목매달아 죽은 귀신의 붉고 질긴 혀가 달라붙어 있는 모습이. 그 혀들은 린스의 배 속에서 수런거리며 서로 말을 주고받다가, 어느 순간 한꺼번에 몸을 뒤틀며 움직일 것만 같았다. 린스는 극도의 공포 속에서 필사적으로 천장수이의 요구를 거부했다. 그가 몸을 짓누를 때마다, 그 움직임이 배 속 깊은 곳에 도사린 수많은 목매달아 죽은 귀신들의 긴 혀를 자극할까 봐, 그녀는 숨 막히는 두려움에 휩싸였다. 천장수이가 끝끝내 먹을 것을 집에 가져오지 않자, 린스 역시 그에게 순종하는 것을 멈췄다. 그녀는 다리를 단단히 오므려 그의 접근을 막았고, 억지로 당할 수밖에 없는 순간에도 몸부림치며 남자의 살덩이를 물어뜯거나 때리고 차버렸다. 특히, 천장수이가 몸을 흔들며 움직일 때면, 그 틈을 타 벗어나려고 애썼다. 린스의 저항은 당연히 더 큰 폭력으로 돌아왔다. 그러나 집 안의 남은 음식이 완전히 바닥나고, 집 밖 작은 텃밭의 푸성귀마저 모두 사라지자, 린스는 더 이상 몸을 버틸 힘조차 남아 있지 않았다. 그리고, 그 지독한 배고픔이 다시 그녀를 덮쳐오기 시작했다.

굶주림은 너무나도 빠르게 엄습해 왔다. 단 사흘, 아니 이틀만 굶었을 뿐인데도 이미 견딜 수 없었다. 배 속이 텅 비어버린 것 같았고, 마치 한 번도 음식을 먹어본 적이 없는 사람처럼 허기가 깊숙이 파고들었다. 위장은 납작하게 말라붙어 등뼈에 닿을 듯했고, 서 있기조차 힘들 만큼 통증이 밀려왔다. 입 안에서는 끊임없이 쓴 침이 고였고, 역한 냄새가 목구멍을 타고 올라왔다. 어느 황혼녘, 갯마을 어부들이 하나둘씩 집으로 돌아가는 모습을 보며 린스는 마침내 집 밖으로 나섰다. 천취좡의 자갈길을 따라 걸으며, 집집마다 찾아가 일손이 필요하지 않은지 물었다. "마음씨 좋은 아저씨, 뭐든 할 수 있어요. 제발, 밥 한 끼만 먹게 해주세요." 그녀는 중얼거리듯 같은 말을 반복했다. 그러나 그때는 이미 음력 11월에 접어들 무렵이었다. 바닷가 사람들은 린스를 보고도 더 이상 묻지 않았다. 그저 온화한 목소리로 답할 뿐이었다. "다음 달이면 숭어 떼가 올 거야. 물고기가 많이 잡히면 그때 와서 도와줘. 지금은 고기 한 마리 잡기도 어려워서, 사람을 쓸 여력이 없어."

린스는 하나둘 흙벽으로 지어진 집들을 지나쳐 갔다. 겨울 해가 짧게 저물어가면서, 푸르스름한 흙벽집들은 금세 어둠 속으로 스며들었다. 어부들은 귀한 전기를 아끼느라, 아직 희미한 5촉광 전구조차 켜지 않았다. 사방이 어둑한 그림자에 잠겨 있었다. 하지만 멀지 않은 곳, 유난히 눈에 띄는 붉은 벽돌의 삼합원(三合院) 한 채가 서 있었다. 그곳에서는 이미 은은한 불빛이 새어나오고 있었다. 린스는 삼합원의 정문을 지나 안으로 들어섰다. 정면의 대청에는 한 남자가 팔선탁앞에 앉아 주판을 튕기며 계산을 하고 있었다. "아저씨, 제발…." 린스는 중얼거리듯 같은 말을 반복했다. "뭐든지 할 수 있어요. 그저 밥 한 끼만 주시면 돼요."

남자가 얼굴을 돌렸다. 아직 젊어 보였다. 네모반듯한 얼굴을 한 그는 린스를 가만히 살펴보더니, 안채를 향해 크게 이름을 부르고 나서야 물었다. "어디 사람이냐? 집은 어디고? 그래, 할 줄 아는 일은 뭐냐?" 린스가 막 대답하려는 찰나, 한 여자가 몇 그릇의 밥과 반찬을 들고 나왔다. 그녀는 린스를 보자마자 남자를 향해 몸을 돌리더니, 낮은 목소리로 한참을 속삭였다. 린스는 두어 마디 어렴풋이 들었지만, 무슨 말을 주고받고 있는지는 정확히 알 수 없었다. "도살꾼 천의……", "……저번에 아칭을 때리려 했던…….", "아왕관……, 상종할 필요 없어요." 남자는 묵묵히 여자의 말을 들으며 계속 고개를 끄덕였다. 그러고는 그녀의 손에서 밥그릇을 받아 들고, 가득 담긴 밥 한 그릇을 린스에게 내밀며 차분한 목소리로 말했다. "우린 지금 일손이 필요하지 않다. 자, 여기 밥을 줄 테니, 다 먹으면 돌아가거라."

린스는 선뜻 손을 내밀지 못했다. 당황한 나머지, 급하게 소리를 내뱉었다. "저, 저 빨래도 할 줄 알고, 청소도 잘해요……."

하지만 남자의 단호한 눈빛을 보고, 더는 매달릴 수 없다는 걸 깨달았다. 그러자 갑자기 그녀는 떨리는 손을 내밀어 밥그릇을 낚아채듯 받아들곤, 몸을 홱 돌려 뛰쳐나갔다. 삼합원 밖으로 나가자마자 땅바닥에 주저앉아, 두 손으로 한 움큼씩 밥을 움켜쥐어 입에 쑤셔 넣었다. 숨이 막힐 듯 허겁지겁 삼키고 나서야, 손에 남은 그릇을 내려다보았다. '어떻게 해야 할까?' 그릇을 들고 다시 안으로 들어갈 엄두가 나지 않았다. 망설이던 끝에, 그녀는 조심스럽게 대문 틈으로 그릇을 밀어 넣었다. 몸을 일으켜 섰지만, 어디로 가야 할지 한동안 갈피를 잡지 못했다.

　밤공기는 뼛속까지 스며드는 싸늘한 한기였다. 매서운 바람이 쉼 없이 울부짖으며 몰아쳤고, 보름달에 거의 다 찬 둥근 달이 하늘 높이 걸려 있었다. 푸른빛이 감도는 창백한 달빛이 사방에 퍼져, 어디에도 어둠이 머물 틈이 없었다. 린스는 방향도 없이 무작정 걸었다. 사방은 쥐죽은 듯 고요했고, 길 위에는 사람 그림자 하나 보이지 않았다. 그녀는 문득, 마치 온 세상이 사라져버린 것만 같았다. 사람도, 집도, 도시도. 오직 이 황량한 들판 위, 자신만이 외따로 남겨진 듯한 느낌. 그녀는 계속 걸었다. 그러다 얼마 지나지 않아 간간이 흙벽집에서 새어 나오는 희미한 불빛이 눈에 띄었다. 그 순간, 린스의 머릿속을 스치는 한 가지 생각. ‘숙부 집에 가볼까……?’ 그러나 바로 떠올랐다. 그날, 시집가던 날. 숙부가 그녀에게 단호하게 내뱉었던 마지막 말. “더 이상 찾아올 필요 없다.” 린스는 멍하니 허공을 바라보았다. 그렇게 한참을 헤매다 보니, 차가운 바람과 배부름이 몰고 온 깊은 졸음이 몰려왔다. 그러다 어느새, 알 수 없는 힘에 이끌리듯 그녀의 발걸음은 집으로 향하고 있었다.

　이튿날, 거의 정오가 되어서야 천장수이가 집으로 돌아왔다. 그의 손에는 기름기가 적은 뒷다리 고기 한 덩이와 큼직한 전갱이 한 마리가 들려 있었다. 린스는 순간 기쁨에 휩싸였다. 너무도 기뻐서, 천장수이의 얼굴이 잔뜩 어두워져 있다는 사실조차 눈치채지 못한 채 급히 손을 뻗었다. 그러나 천장수이는 선뜻 물건을 건네지 않았다. 그의 입가에 서늘한 미소가 스쳤다. "아왕관한테 들었다. 네가 일자리 알아보러 다녔다면서? 덕분에 지금 온 천취좡 사람들이 나를 비웃고 있어. '천장수이가 마누라 하나 못 먹여 살린다'고 말이야." 그제야 린스는 두려움에 휩싸였다. 천장수이가 또다시 손찌검을 할까 봐, 본능적으로 몇 걸음 뒤로 물러났다.

"뭐 그렇게 겁을 먹어? 안 때릴 거니까." 그의 살찐 얼굴 틈으로 박힌 두 눈이 싸늘하게 빛났다. "니년이 그렇게 일하고 싶다니까, 내일 당장 돼지 도살장에 데려가 주지. 안 그래도 내장 씻는 일손이 부족하거든."

린스는 비명을 지르며 입을 틀어막았다. 그러나 천장수이는 전혀 개의치 않은 듯, 그대로 방으로 들어가 버렸다. 남겨진 린스는 완전히 힘이 풀려 주저앉았다. 지금까지 들어온 도살장에 대한 온갖 끔찍한 이야기들이 머릿속을 가득 메웠다. 살을 에는 추위 속에서, 그녀는 두 팔로 자신의 몸을 감싸 안았다. 그대로 굳어버린 채, 텅 빈 시선을 허공에 던졌다. 얼마나 시간이 흘렀을까. 해가 머리 위로 기울기 시작한 것을 보고서야, 그녀는 깜짝 놀라 허둥지둥 일어섰다. 밥을 해야 한다. 한겨울의 매서운 추위 속에서 모처럼 불을 지필 기회가 생기자, 그것만으로도 퍽 따뜻했다. 아궁이 옆에 서 있기만 해도, 손을 가까이 대지 않아도 온기가 스며들었다. 익숙한 부엌일이 린스에게는 마음을 놓이게 했다. 활활 타오르는 불길에 얼굴이 붉게 물든 채, 그녀는 정성스레 푸짐한 점심을 차렸다.

천장수이는 내내 태연한 모습이었다. 저녁 식사 때, 그는 술을 마시며 익숙한 가락을 흥얼거리기 시작했다. 한쪽 다리는 의자 위에 올려 걸치고, 다른 쪽 발끝은 바닥에 살짝 닿은 채 까딱거렸다. 때때로 가락에 맞춰 손바닥으로 박자를 맞추기도 했다. 그가 반복해 부르는 대목은 늘 같았다.

"아가씨—손을 잡고—수놓인 방으로 가네,

—남들—말이야—들을 필요 없지"

린스는 아궁이 옆에 몸을 기댔다. 겨울밤, 불이 꺼진 아궁이의 온기는 이제 희미해지고 있었다. 손바닥을 아궁이 위에 올려놓자, 아직도 남은 온기가 은은하게 퍼졌다. 서서히, 고르게, 손바닥 깊숙이 스며들던 따스함이 점차 사라지자, 린스는 마치 자신의 체온으로 이 거대한 아궁이를 덥히고 있는 듯한 기분이 들었다.

이튿날, 아직 동이 트기도 전에 린스는 천장수이의 거친 고함에 의해 강제로 잠에서 깨어났다. 오랜만에 이렇게 일찍 일어나려니 몽롱한 기운이 가시지 않았다. 그는 옷을 챙겨 입으며 밖으로 나가려 했고, 그제야 린스는 오늘이 바로 돼지 도살장으로 가는 날이라는 걸 깨달았다. 순간적으로 몸을 움츠리며 저항했지만, 주먹질과 욕설이 이어진 끝에 결국 끌려나올 수밖에 없었다. 린스는 천장수이의 뒤를 따라 한 발 한 발 터벅터벅 걸었다. 어둠 속, 좁고 구불구불한 골목길을 헤치며 나아가자, 익숙했던 이 도시가 전혀 낯선 공간처럼 느껴졌다. 수년을 살아온 이 루청이 아닌, 처음 와 본 낯선 땅처럼 말이다. 그 순간, 린스는 절박하게 천장수이의 뒷모습을 따라붙었다. 이 남자가 여전히 그녀가 아는 유일한 사람이었고, 여전히 그녀의 남편이었다. 그러나 새벽녘의 차가운 바람은 사정없이 그녀의 얼굴을 때리며 스며들었고, 깊고 깊은 어둠 속에서 몸을 더욱 움츠리게 했다.

멀리서 돼지 도살장의 불빛이 보였다. 어둠 속에서 우뚝 솟은 한 줄기 환한 빛이, 끝없이 이어지는 검은 농지 사이에서 마치 길을 안내하는 등대처럼 깜빡이고 있었다. 그 빛을 바라보며 한순간 마음이 놓였지만, 막상 도살장에 가까워지자 숨을 찌르는 듯한 짙은 악취가 코를 찔렀다. 돼지들이 목구멍 깊숙이 울려 퍼지는 긴 비명 소리를 내질렀고, 날카로운 울음소리는 쉴 새 없이 이어졌다. 사람들은 분주히 오가며 그 소리를 무심히 지나쳤고, 도살장 안은 어둑한 조명 아래 더욱 혼란스러워 보였다. 커다란 솥에서는 물이 펄펄 끓어오르며 하얀 김이 자욱하게 퍼졌다. 희뿌연 김 사이로 어른거리는 사람들의 형체가 바닥 위로 어른거렸다. 곳곳에 얕은 물이 고여 축축하게 번들거렸고, 빛은 그 위에서 노랗게 퍼졌다. 그 모든 것이 현실이라기보다 꿈속에서 본 장면처럼 흐릿하고, 손을 뻗으면 닿을 듯하면서도 금세 흩어질 것만 같은 환영 같았다.

천장수이는 린스를 도살장 안으로 데려온 후 곧바로 사라졌다.

그녀는 그 자리에 그대로 서 있었다. 어쩌면 지금 이 순간이 꿈속이 아닐까. 천장수이가 자신을 어디론가 이끌었고, 그녀가 보고 있는 이곳은, 아왕관이 말했던 바로 그 지옥이 아닐까. 그러나 곧 천장수이가 어디선가 다시 나타났다. 석양빛에 물든 흐릿한 조명 아래, 그의 손에는 날카롭게 빛나는 칼이 들려 있었다. 그가 힘껏 칼을 내리꽂자, 돼지의 목구멍이 깊이 갈라지며, 귀를 찢는 듯한 비명이 긴 울음처럼 이어졌다. 순식간에 거대한 핏물이 솟구쳤고, 그 붉은 물결이 바닥 위로 퍼져 나갔다. 그러고는 다시, 또다시 반복되는 장면. 마침내 비명도, 흐르던 피도 모두 멎었다. 그 순간, 천장수이는 한 칼로 단숨에 돼지의 배를 갈랐다. 그 움직임은 마치 한 치의 망설임도 없는 손길처럼 깨끗했다. 칼끝에 피 한 방울 묻지 않았고, 그 틈으로 회백색의 창자가 우르르 밀려 나왔다. 굵고 가느다란 창자들이 꿈틀거렸고, 그 사이사이로 검붉은 내장이 섞여 있었다. 린스는 숨이 멎을 듯한 기분이었다. 이렇게까지 핏자국 하나 없이 장기를 꺼낼 수 있다니, 이 모든 것이 마치 현실이 아니라 꿈속 같았다.

하지만 천장수이는 아무 말 없이, 한 아름 가득 안은 내장 더미를 그녀에게 밀어주었다. 린스는 본능적으로 손을 내밀어 그것을 받아 들였다. 순간, 팔에 닿은 감촉은 축축하고 끈적했으며, 따뜻하기까지 했다. 그 부드러운 감촉, 묵직한 무게감, 온기를 머금은 채 코를 찌르는 비릿한 냄새. 그 순간, 린스는 깨달았다. 이것은 꿈이 아니다. 방금 전 튀어 오른 선혈, 길게 늘어진 비명 소리. 그 모든 것이 다시금 생생하게 그녀를 덮쳐왔다. 린스는 소스라치게 몸을 떨며, 두 눈을 내려다보았다. 팔에 안긴 내장 덩어리 속, 한 줄기 긴 창자가 매달린 채 허공에서 꿈틀거리고 있었다. 그녀는 비명을 내질렀다. 그러나 내장을 내려놓을 겨를도 없이, 그 자리에서 그대로 뒤로 넘어갔다. 몸이 뻣뻣하게 굳어지며, 두 눈은 위로 치켜떴고, 입에서는 하얀 거품이 흘러나왔다. 린스는 돼지를 실어나르는 두 바퀴 손수레에 실려 집으로 돌아왔다. 그러나 정오가 가까워질 무렵, 천취좡의 우물가에서 그녀를 본 사람들이 있었다. 헝클어진 머리카락, 충혈된 눈. 린스는 무릎을 꿇은 채 지나가는 사람들에게 계속 절을 올렸다. 입술은 쉴 새 없이 움직였다.

"착한 분이시여, 부디 자비를 베푸소서. 한 푼만 주세요. 어머니께 저승에서 머물 집을 태워 보내야 해요. 우리 엄마는 강간을 당하고, 우물에 몸을 던져 죽었어요. 내 뱃속에 있는 혀가 말해 주었어요. 어머니가 온몸이 젖어 벌벌 떨고 있는데, 갈아입을 옷도 없고, 먹을 것도 없어 배를 곯고 계신다고요. 어머니께 옷 한 벌이라도 태워 보내고, 반찬 한 상 차려 드려야 해요. 그래야 굶지 않고, 추위도 피하실 거예요. 마음씨 좋은 분들……, 부디 한 푼만 주세요……."

그녀는 마치 노래라도 부르듯, 만나는 이마다 같은 말을 되풀이했다. 그러나 아직 한낮이라, 바닷일을 나간 어부들은 돌아오지 않은 상태였다. 그나마 마을에 남아 있던 것은 대부분 노파들이었고,

그들이 나와서 진정시키려 했지만, 린스는 들은 체도 하지 않았다. 그저 사람을 볼 때마다 몸을 바닥에 붙여 절하며, 같은 말을 반복했다. 한동안 사람들은 그녀를 물끄러미 바라보다가, 결국 천장수이를 찾으러 나섰다. 하지만 그는 집에 없었고, 어디에 있는지도 알 길이 없었다. 결국, 사람들은 하나둘 흩어졌다.

그러던 중, 마을 밖에서 온 몇몇 행인이 지나가다 이 장면을 보았다. 그들은 린스를 구걸하는 거지쯤으로 여겼고, 가엾게도 생각한 데다, 어머니를 위해 제사를 지내려 한다는 말에 감동하여 몇 푼의 동전을 건넸다. 해가 서쪽으로 기울 무렵, 린스의 손에는 작은 동전 몇 개가 쥐어져 있었다. 그제야 그녀는 일어나 어디론가 사라졌다. 남겨진 것은, 쪼그리고 앉아 린스의 기이한 행동을 신기하게 지켜보던 아이들뿐이었다.

천장수이가 린스의 소문을 들은 것은 아왕관을 통해서였다. 그가 서둘러 집으로 돌아왔을 때는 이미 밤이었다. 그날 아침, 도살장에서 묻은 사악한 기운을 씻어 낸다며, 도살장 일꾼들과 함께 저녁을 먹으며 술을 들이켰던 터였다. 집에 들어서자마자, 그는 코를 찌르는 향냄새에 기겁했다. 희미한 불빛 아래, 방 안은 자욱한 연기로 가득 차 있었다. 그 뿌연 연기 속, 팔선탁 위에는 알록달록한 종이 인형들이 일렬로 세워져 있었다. 어른 손바닥만 한 크기의 종이 인형들은 납작한 얼굴 위로 붉은 연지를 떡칠한 듯 칠해 놓았고, 형형색색의 종이 옷을 입고 있었다. 그 옆으로, 자주색 윗옷에 초록색 넓은 바지가 맞춰진 몇 벌의 종이 옷이 세워져 있었다. 그 아래에는 밥그릇 몇 개가 놓여 있었는데, 그 위에는 향불에서 떨어진 재가 수북이 쌓여 있었다.

한겨울의 싸늘한 밤, 알록달록한 종이 인형들이 줄지어 선 광경을 본 순간, 천장수이는 등골이 오싹해지며 식은땀이 흘렀다. 그리고 탁자 앞에 무릎을 꿇고 엎드려 절을 올리는 린스를 보자, 그는 성큼성큼 다가와 그녀의 머리채를 휘어잡고 주먹질을 해대며 거칠게 소리쳤다. "씨발, 내가 아직 멀쩡히 살아 있는데, 벌써부터 제 삿상 차리고 종이인형을 태워? 이년이 날 저주해서 죽이려고 작정했냐, 엉?" 린스는 아무런 대꾸도 하지 않았다. 울지도 않고, 그저 묵묵히 다시 몸을 돌려 탁자 앞에 엎드려 계속 절을 할 뿐이었다.

"어디서 착한 척이야! 니 엄마한테 절 올리는 거라고? 지랄하고 자빠졌네. 네 년은 날 저주하려고 이 짓 하는 거잖아!"

"…제발……, 우리 엄마 욕하지 마."

린스는 땅에 엎드려 절하며 기어가듯 몸을 숙였다가 다시 일으키기를 반복했다. 그녀는 천천히 얼굴을 들어 올렸다. 엉킨 머리카락이 창백한 얼굴을 덮고 있었고, 붉게 충혈된 눈은 텅 빈 시선으로 허공을 응시했다. 그러나 그녀는 필사적으로 정신을 붙들려는 듯, 힘겹게 입술을 열었다.

"…우리 엄마 건드리지 마……."

"닥쳐, 씨발, 그년도 내가 조지고, 너도 내가 조질 거야"

　술에 취한 천장수이는 희열에 차 계속해서 같은 말을 반복하며 린스를 붙잡아 방 안으로 질질 끌고 갔다. 그의 손이 그녀의 옷깃을 거칠게 찢어냈다. 그러고는 허리춤에서 늘 가지고 다니던 돼지 잡는 칼을 꺼내 그녀의 눈앞에서 위협적으로 휘둘렀다. “오늘도 소리 안 지르면, 이 칼로 배를 갈라서 보여줄 테니까!”

　“…제발, 우리 엄마는 건드리지 마…….” 린스는 두려움에 몸을 웅크린 채, 중얼거리듯 나지막이 말했다.

　“소리 안 질러!” 천장수이가 몸을 밀쳐 눌렀다. “안 지르면, 내일은 돼지 도살장에서 제대로 보여주지.” 린스는 몸부림치지 않았다. 그저 작은 짐승처럼 가늘게 흐느끼기 시작했다. 숨죽여 흐느끼는 소리는 마치 쥐가 벽 사이에 갇혀 가느다랗게 내는 비명과도 같았다. 천장수이는 흐뭇한 미소를 지었다. 그녀의 울음소리를 감상하듯 잠시 몸을 맡긴 후 언제나처럼 순식간에 곯아떨어졌다. 그의 손이 미처 놓지 못한 돼지 잡는 칼이 침대 가장자리에 그대로 남아 있었다.

　린스는 천천히 몸을 일으켰다. 무릎을 끌어안은 채 창을 통해 들어오는 한 줄기 창백한 달빛을 바라보았다. 흐릿한 빛줄기는 느리지만 분명한 속도로 침대 위를 가로질러 이동했다. 그 빛이 칼날을 스치자, 차디찬 금속이 번뜩이며 눈부신 섬광을 내뿜었다. 린스는 마치 그 섬광에 이끌리듯 천천히 손을 뻗어 그 칼을 집어 들었다. 넓은 등날과 얇은 칼날을 가진 돼지 잡는 칼이 뜻밖에도 묵직했다.

린스는 두 손으로 그것을 꽉 움켜쥐고, 힘껏 내려찍었다. 어둠 속에서 그녀의 눈앞을 스친 것은 군복을 입은 사내의 얼굴이었다. 굵은 흉터 하나가 눈썹에서 시작해 광대뼈를 가로질러 턱까지 이어졌다. 그다음 순간, 날카로운 비명이 섞인 돼지의 울부짖음이 들렸다. 그 돼지의 목구멍에는 돼지 잡는 칼이 깊숙이 꽂혀 있었고, 진한 붉은 피가 그 칼날의 틈새에서 쉴 새 없이 분출되고 있었다. 그것은 온몸을 심하게 경련시키며, 사력을 다해 몸부림쳤다.

'왜 이렇게 피가 많지? 대체 언제까지 쏟아지는 거야?' 린스는 의아했다. 그래서 돼지 도살장에서 보았던 대로, 목을 옆으로 돌려 피를 한 방향으로 흘려보내려 했다. 그러나 피는 여전히 사방으로 뿜어져 나왔고, 그녀의 얼굴 전체를 뜨겁고 비릿한 피로 흠뻑 적셨다. 바닥까지 피가 튀며 사방으로 퍼졌다. 그렇게 솟구쳐오르는 피가 어느 순간 기묘한 형상을 이루더니, 마치 새빨간 기둥처럼 칠흑 같은 어둠을 향해 곧게 치솟았다.

'꿈인가…?' 린스는 두 눈을 비볐다. 그때, 격렬한 경련이 반복되며, 핏빛 기둥은 갑자기 새까맣게 그을리더니 순식간에 무너져 내렸다. 그리고는 다시 붉은 피로 변해 사방으로 튀었다. '이건 분명 꿈이야…….' 그녀는 스스로에게 속삭였다. '돼지 도살장에서 본 것과는 전혀 달라. 피가 이렇게 많을 리가 없어. 그래, 배를 갈라서 확인해 보자.' 린스는 칼을 다시 들었다. 그러나 배를 가르자 끝없는 피의 웅덩이가 펼쳐졌다. 내장은 깨끗하게 정리된 모습이 아니었다. 온통 피범벅이 된 채 진득한 액체 속에 떠 있었다. 린스는 손을 집어넣어 내장을 더듬기 시작했다. 그 촉감은 끈적했고, 따뜻하고, 끝도 없이 길게 엉겨 붙어 있었다. 그런데, 그녀의 손끝이 닿은 것은 기괴하게도 뒤엉킨 국수 다발이었다. 끝이 없는 국수 가닥의 끝자락마다 새빨간 혀가 묶여 있었고, 그 혀들은 마치 살아 있는 듯 끊임없이 재잘거렸다. 린스는 재빨리 칼을 휘둘렀다. 한 번, 또 한 번. 칼날이 허공을 가를 때마다, 혓바닥들이 사라졌다.

'그래, 꿈이야⋯⋯.' 그녀는 다시 혼잣말을 했다. '다음은 머리를 잘라야겠지.' 린스는 계속해서 칼을 휘둘렀다. 다리를 자를 차례가 되자, 몸통에 붙어 있던 살덩이가 산더미처럼 쌓였다. 게다가 돼지 발굽은 아직 덜 익은 것처럼 속살이 붉었고, 핏물이 서서히 흘러나왔다. '조금 더 잘라야겠어.' 린스는 더 깊숙이, 더 세차게 칼을 내리쳤다. 마침내, 고깃덩이들은 알아볼 수 없을 정도로 조각났고, 그녀는 그제야 자리에서 털썩 주저앉았다. 창백한 달빛이 문가 쪽으로 옮겨가고 있었다. '곧 끝나겠지. 그러면 다 괜찮아질 거야.' 그녀는 그렇게 생각했다. 그런데 바로 그 순간, 배 속에서 극심한 허기가 엄습해 왔다. 입안에서는 끊임없이 신물이 올라왔다.

린스는 손에서 돼지 잡는 칼을 툭 떨어뜨렸다. 그리고는 무릎을 짚고 비틀거리며 방을 빠져나왔다. 바깥은 아직도 어둠에 잠겨 있었지만, 린스는 곧장 부엌으로 가 손놀림 하나 흐트러짐 없이 익숙하게 불을 지폈다. 제단 위에 놓여 있던 색색의 종이 인형들과 종이 옷을 가져와 하나씩, 천천히 불 속에 던져 넣었다. 불길이 활활 타오르며 종이 인형들이 형체도 없이 사그라들었다. 린스는 곧장 제물로 올려두었던 밥그릇을 들어 숟가락도 없이 손으로 마구 퍼먹기 시작했다. 배 속이 뜨끈해지고, 목구멍까지 음식으로 가득 차 더 이상 삼킬 수 없을 때까지 그녀는 멈추지 않았다. 배가 꽉 찼다. 숨 쉬기도 벅찰 정도로. 린스는 불이 남긴 온기 속에서 몸을 웅크린 채 조용히 눈을 감았다. 그리고는 아무런 꿈도 꾸지 않은 채, 깊고 깊은 잠에 빠져들었다.

10

반년이 넘는 시간 동안, 아왕관은 루청의 화젯거리가 되었다. 처음에는 천춰좡 사람들, 그다음엔 사건을 수사하는 관리들, 그리고 마침내는 루청 곳곳에서 몰려든 사람들이 연신 그녀의 집을 찾았다. 사람들은 대개 이런 식으로 말을 꺼냈다. "정말 사람이 죽는 걸 봤나요?"

그러면 아왕관은 그녀 특유의 쉰 목소리로 딱 잘라 대답했다. "내가 그걸 보고도 가만 있었겠소? 도살꾼 천이 날 살려준 사람이오. 내 은인인데, 그런 사람을 죽이는 걸 내가 눈 뜨고 보겠소?" 그녀는 머리카락 한 올 흐트러짐 없이 반들반들한 쪽을 틀어 올리고, 평소처럼 풀 한 점 남기지 않은 깨끗한 흰 다타오산을 입고 있었다.

잠시 후, 사람들은 꼭 덧붙여 묻곤 했다. "그럼, 그 시체 버리는 걸 보셨다는 건 진짜가요?"

"그렇소, 내가 똑똑히 봤소. 하늘이 알고 땅이 알지 않겠소?" 그녀는 기다렸다는 듯이 이야기를 풀어놓기 시작했다. "그 여편네, 린스 말이오. 처음부터 딴 사람 같았다니까. 그래서 내가 늘 예의주시했지. 그런데 그 며칠 동안 옆집이 너무 조용한 거요. 이상해서 슬쩍 고개를 내밀어 보았더니, 어이구야, 집 안에 벽이며 천장이며 온통 말라붙은 피투성이 더라니. 그리고 그 년이, 커다란 등나무 상자에 뭔가를 꾸역꾸역 쑤셔 넣고는 한밤중에 살금살금 집을 나서는 거요. 그래서 내가 몰래 따라갔지요. 그랬더니 어찌나 기겁을 했는지 아시오? 그 년이 그 상자에서 사람 몸뚱이 조각을 한 덩어리, 한 덩어리 죄다 쏟아버리는 거요. 손도 보이고, 머리도 굴러 떨어지고, 그래 놓고는 다시 돌아가서 또 뭔가를 가져오더이다. 내가 그걸 그냥 두겠소? 당장 관아에 달려가서 고발했지요!"

사람들은 하나같이 선 채로 귀를 기울이며 더 듣고 싶어 하는 기색이었다. 아왕관은 그 분위기를 놓치지 않았다. 그녀는 린스의 어머니 이야기를 시작으로, 린스가 저지른 온갖 일을 하나하나 늘어놓기 시작했다. 만약 듣는 사람이 여자들이라면, 아왕관은 일부러 목소리를 낮추어 한껏 비밀스러운 말투로 속삭였다. "그런데 요즘은 그 년이 도무지 소리를 안 지르더라니까. 설마…, 도살꾼 천도 더 이상 어쩌지 못하게 된 게 아닐까? 히히, 내가 또 뭘 들었는지 아시오? 도살꾼 천이 그 년을 두고 정체 모를 남자를 끌어들였다고 입에 거품을 물고 욕을 하지 뭐요."

그러자 사람들은 더욱 호기심을 감추지 못하고, 작은 목소리로 웅성거렸다. "설마, 정말 남자가 있었단 말이오?"

아왕관은 눈을 가늘게 뜨고, 마치 오래된 교훈이라도 읊듯 단호하게 말했다. "옛말에 이르기를, 간통 없이는 살인이 일어나지 않는다 했소. 그러니 한번 보시오. 그 애미에 그 딸이라더니! 모녀가 똑같이 그 짓거리로 천벌을 받은 셈이지!"

그녀의 말이 끝나기가 무섭게, 사람들은 연신 고개를 끄덕이며 맞장구를 쳤다.

"내가 괜히 나를 칭찬하는 게 아니오. 예전에 그 년이 목매달아 죽은 귀신을 불러냈을 때도, 천운이 나를 살렸지. 하지만 도살꾼 천은 어땠소? 팔자가 기구했던 게지. 결국 저렇게 가버렸으니 말이오." 그녀는 말끝을 흐리더니, 뭔가를 더 덧붙이듯 입을 열었다. "참으로 하늘이 사람을 돌보지 않는구나. 그리고 사람 역시 하늘의 뜻을 거스르니, 이 어찌 한탄스럽지 않겠소? 내 처음부터 말했건만. 그 년이 가진 복을 스스로 지킬 줄 몰랐다니까. 생각해 보시오. 시부모도 없고, 시동생이나 시누이도 없는 데다가, 바다에 나가거나 밭일도 하지 않아도 되는 팔자라니! 그저 가만히 앉아만 있어도 먹을 게 나오는 그런 삶을, 도대체 몇 생을 공들여야 받을 수 있겠소? 그런데도 그 년은 그 복을 제 손으로 내팽개쳤단 말이오. 결국 여자란, 몸가짐을 단속하지 않으면 이렇게 망하는 법이오!"

아왕관은 말을 잠시 멈추었다가, 이내 콧방귀를 뀌며 비웃듯 말했다. "그런 일쯤이야, 여자란 그냥 꾹 참고 견디면 지나가는 것이거늘. 어디 감히 함부로 소리쳐 난리를 피우나? 덕분에 온 동네가 알게 되었으니, 우리가 감히 그 년을 변호할 수도 없게 되었지. 참, 한심하기도 하지."

하지만 아무리 이야기가 길어도, 끝은 있는 법. 사람들이 하나둘씩 자리를 뜨려 할 즈음이면, 아왕관은 언제나 마지막으로 긴 한숨을 내쉬며, 이야기를 이렇게 마무리짓곤 했다. "정말로 원한이 깊구나. 그 어미가 그 꼴로 죽더니, 이 집안은 풍수부터가 영 좋지 않았어. 결국 딸년도 똑같은 일로 사람을 죽이고 말았으니, 이건 운명이야. 아무리 봐도, 이건 피할 수 없는 숙명적인 저주라니까.”

그 말을 들은 사람들은 하나같이 고개를 끄덕이며 입을 모아 중얼거렸다. “맞아요. 참으로 피할 수 없는 업보로군, 업보야….”

부록

잔저우(詹周氏) 씨* 남편 살해 사건

대만에서 날마다 신문을 펼치면, 남녀 간 치정 살인이나 술김에 벌어진 살인 사건 기사가 넘쳐난다. 얼마 전에는 한 여자가 남편을 지독히도 미워하여 그에게 스스로 목숨을 끊으라고 강요했다는 사건이 있었다. 그러나 남편은 이를 거부했다. 그러자 아내는 그의 두 손을 등 뒤로 묶어버린 뒤, 긴 대나무 못을 그의 머리에 박아넣었다. 남편은 필사적으로 살려달라고 울부짖었고, 그 비명은 온 동네를 뒤흔들었다. 그야말로 세상을 경악하게 만든 사건이었다. 하지만, 아무리 백 년 동안 별별 인간이 들끓고, 온갖 악행이 자행되던 상하이 조계(租界)라 해도, 이토록 인륜을 거스르는 사건은 좀처럼 보기 드물었다. 일제시대에도 비슷한 사건이 있었다. 그것이 바로 세상을 떠들썩하게 했던 '잔저우씨의 남편 살해 사건'이다.

---

* 중국 전통에서 기혼 여성은 남편의 성을 따르지 않았으나, 공식적인 호칭에서는 "남편 성 + 본래 성 + 氏(씨)" 형태로 표기되었다. 예를 들어, "詹周氏(잔저우씨)"는 詹(잔)씨 집안의 周(저우)씨 부인이란 뜻이다. 이 방식은 현대에는 거의 사용되지 않는다.

대개 남편을 죽이는 사건에는 다른 사내가 얽혀 있기 마련이다. 그러나 이 사건이 특별했던 이유는 그녀에게 내연남이 없었다는 것이었다. 잔저우씨는 재판정에서 담담한 어조로 직접 진술했다. 남편을 어떻게 묶었는지, 어떻게 그의 몸을 토막 내어 여덟 조각으로 갈랐는지. 그녀는 마치 남의 이야기를 하듯 담대하게 모든 것을 말했다. 재판부는 그녀에게 사형을 선고했다. 그러나 기막히게도, 그녀는 죽지 않았다. 사형 집행을 앞둔 바로 그날, 일본이 무조건 항복을 선언한 것이다. 그리고 곧이어 전쟁 승리를 기념하는 대사면이 내려졌다. 그렇게 해서, 남편을 여덟 토막으로 난도질한 잔저우씨는 결국 감옥을 나올 수 있었다.

잔저우씨의 남편은 돼지를 잡는 도살업자였다. 천한 직업이었지만, 이름만 보면 점잖고 고상한 사람처럼 들렸다. '잔즈안(詹子安)', 그러나 그는 이름과는 달리, 반안(潘安)처럼 잘생긴 것도, 조자건(曹子建)처럼 문재(文才)가 뛰어난 것도 아니었다. 그저 온몸이 살찌고 육중한 몸뚱이를 지닌 채, 하루 종일 술에 취해 지내며 도박을 즐겼다. 술에 취한 채 집으로 돌아오면, 돈을 잃었든 이겼든 아내를 때리거나, 화가 나서 밥상을 뒤엎는 일이 다반사였다.

그들이 살던 곳은 신자루(新閘路)의 장위안농(醬園弄)에 있는 중간 임대인의 집 2층에서 살았다. 집주인은 술 취한 도살업자를 몹시 싫어했다. 결국 잔저우씨 부부가 집 앞 현관으로 출입하는 걸 막고, 뒷문으로만 드나들도록 했다. 하지만 술에 취한 남편의 고함과 아내의 흐느낌 소리는 얇은 나무 바닥을 뚫고 아래층까지 전해졌다. 결국 집주인 부부는 밤마다 잠을 설치기 일쑤였다.

잔저우씨는 서른이 넘은 마른 몸의 여인이었으며, 남편에게 언제나 순종적이었다. 아래층에 사는 집주인 아내는 그녀를 가엾게 여겨 말했다. "세상에 남편한테 이렇게까지 순종하는 여자가 또 있을까?" 하지만 한없이 순한 짐승도 너무 몰아붙이면 언젠가 돌아서기 마련이다. 그리고 마침내, 잔저우씨도 반격했다.

어느 날 이른 아침, 아래층에 사는 집주인 아내가 거실을 쓸고 있었다. 그런데 갑자기 천장 틈새에서 핏물이 한 방울, 두 방울 떨어지는 것이 아닌가. "잔즈안이 어제도 팔지 못한 돼지머리를 집에 가져왔나 보군." 그녀는 그렇게 짐작하며 고개를 들어 올리고 위층을 향해 소리쳤다. "잔씨 댁, 위층에서 뭐가 뚝뚝 떨어지네요?" 위층에서 잔저우씨의 목소리가 들려왔다. "돼지 피예요, 돼지 피. 금방 닦을 테니 걱정 마세요." 집주인 아내는 속으로 생각했다. '잔즈안은 비록 아내를 때리는 인간이지만, 가져오는 돼지고기만큼은 늘 신선했지.' 그는 무심결에 입맛을 다시며, 혹시나 하고 위층에 올라가 보고 싶어졌다. "잔씨 댁, 위층에 좀 가봐도 될까?" 그러자 잔저우씨는 한결같이 차분한 목소리로 대답했다. "네, 그런데 방금 남편이 나갔거든요. 이부자리도 아직 정리 못 했어요. 몇 분만 기다렸다가 올라오세요."

이 말을 듣는 순간, 집주인 아내는 이상한 기분이 들었다. '잔즈안이 방금 나갔다고? 그럼 아직 돼지를 잡을 시간도 없었을 텐데, 어떻게 이토록 선홍빛 피가 묻은 고기를 집에 가져왔다는 거지?' 그녀는 의심을 품고 곧장 위층으로 올라가려 했다. 그러나 거실 문이 안에서 잠겨 있었다. "잔씨 댁, 문 좀 열어요!" 그녀는 문을 두드리며 소리쳤다. 하지만 한참이 지나도록 인기척이 없었다. 이윽고 문이 열리며 잔저우씨가 내려왔다. 그녀는 마치 불쾌하다는 듯 입을 삐죽이며 말했다. "아니, 아주머니, 왜 그렇게 급하게 두드려요? 깜짝 놀라서 심장이 튀어나올 뻔했잖아요." 집주인 아내는 웃으며 대꾸했다. "별일 없으면 뭘 그렇게 놀라? 뭐 찔리는 일이라도 있나?"

그렇게 말하며 두 사람은 함께 계단을 올라갔다. 위층에 도착한 순간, 집주인 아내는 더욱 기이한 광경을 마주했다. 바닥은 마치 금칠을 한 듯 번쩍번쩍 윤이 났고, 이부자리도 이미 단정하게 정리되어 있었다. 침대 휘장 뒤로 잔즈안의 외투 한 벌과 모자가 걸려 있었다. 잔저우씨는 이를 가리키며 말했다. "보세요, 오늘 아침 남편이 얼마나 급하게 나갔는지. 외투도 못 챙겨 입고, 모자도 두고 갔네요."

그러나 집주인 아내는 오직 신선한 돼지머리만이 마음에 걸렸다. "그래서, 남편이 가져왔다던 돼지머리는 어디 있어?" 그녀는 궁금한 듯 묻고는 한숨을 내쉬었다. "요즘은 배급표에 눌려 한 해 내내 숨도 제대로 못 쉬고 사니까 돼지고기는 고사하고, 저팔계 얼굴조차 어떻게 생겼는지 잊어버릴 지경이라니까." 그러자 잔저우씨의 얼굴이 순간 새빨갛게 달아오르더니, 곧이어 창백해졌다. 이 모습을 보고 집주인 아내는 의심이 들었다. "아니, 별거 아닌 걸로 뭘 그렇게 놀라? 그냥 한번 보여줘 봐요. 설마 내가 당신네 부부 먹을 걸 뺏어 가겠어?"

그때 문득 침대 곁에 놓인 커다란 등나무 상자가 눈에 들어왔다. 상자 밑부분에서는 선홍빛 핏물이 서서히 스며나오고 있었다. 집주인 아내는 손으로 상자를 가리키며 말했다. "아! 여기 있군." 그녀는 자리에서 일어나 상자를 열어보려 했다. 그러자 잔저우씨의 얼굴빛이 순식간에 사색이 되더니, 다급하게 그녀를 붙잡았다. 그러나 이미 늦었다. 집주인 아내의 손이 먼저 상자의 뚜껑을 열어젖혔다. 뚜껑은 아직 단단히 묶이지 않은 상태였고, 그 안에는 선혈이 낭자한 머리 한 개가 들어 있었다. 어디까지나 돼지머리일 것이라 여겼던 그것은, 다름 아닌 잔즈안의 잘린 머리였다. 집주인 아내는 순간적으로 기지를 발휘해, 거리 쪽 창가로 달려가 외쳤다.

"잔저우씨가 사람을 죽였어요!"

낮고 좁은 골목길, 소리 한 번에 사람들이 우르르 몰려들었고, 곧이어 경찰도 도착했다. 경찰이 도착해 들여다보니, 잔즈안의 커다란 몸뚱이는 이미 그의 아내가 돼지 잡는 칼로 조각조각 내어 여덟 토막으로 분해한 상태였다. 그 시신 조각들은 모두 등나무 상자에 담겨 있었고, 그녀는 기회를 봐서 시신을 옮기려던 참이었다. 그

312

러나 정작 잔저우씨는 아무런 두려움도 보이지 않았다. 그녀는 남편의 시신과 함께 경찰서로 끌려갔다. 그리고 경찰서에서 단호하게 인정했다.

"남편은 내가 죽였어요."

"왜 죽였습니까?" 경찰이 묻자, 그녀는 태연하게 대답했다. "그 사람이 나한테 너무 잔인하고, 너무나도 폭력적이었어요. 나는 그가 너무 혐오스러웠어요. 그래서 죽였어요." 의외로 잔저우씨는 글을 읽고 쓸 줄 아는 여성이었으며, 말도 조리 있게 잘했다. 그러나 경찰은 '간통 없는 살인은 없다'고 판단했다. 즉각 그녀를 형틀에 매달아 거듭 심문하기 시작했다. 사회 여론과 신문 기사도 한 목소리로 그녀를 비난했다. 대중은 분명히 그녀에게 숨겨둔 젊은 애인이 있을 것이라며 수군댔다. 결국 경찰은 강제로 그녀에게 현장 재연을 요구했다. 그제야 잔저우씨는 당황한 기색을 보이며, 처참하게 흐느끼기 시작했다. 그녀는 눈물을 쏟으며 말했다. "그 사람은 일부러 나를 나무 평상에 묶어두고, 돼지를 도살하는 장면을 보게 했어요. 내가 두려워할수록, 그는 더욱 즐거워했죠. 처음에는 너무 무서웠지만, 시간이 지나면서 점점 무뎌졌어요. 하지만 술에 취해 돌아올 때마다 나를 때리고 욕했어요. 그렇게 두들겨 패고 난 후엔, 침대에 드러누워 마치 돼지처럼 잠이 들었죠. 그때마다 생각했어요. 저 인간을 죽이는 건, 돼지 한 마리를 죽이는 것과 다를 게 없다고. 하지만 기회가 없었어요. 그런데 어제, 그가 도살용 칼을 집으로 가져왔어요. 입만 열면 죽이겠다며 협박했죠. 날이 밝고, 그가 깊이 잠든 순간, 문득 이런 생각이 들었어요. '그는 그동안 수없이 많은 짐승을 죽여 왔어. 내가 그를 죽이는 건, 그저 돼지들을 대신해 원한을 갚는 것뿐이야.' 그래서 한번 시험해 보려 했어요. 내가 그동안 지켜봐 온 도살법을 그대로 실행해 볼 생각이었어요. 그래서 그가 돼지를 토막 내던 방식대로, 나도 그를 토막 냈어요. 바닥에 피가 흐른 것도 내가 깨끗이 씻어냈어요. 도살장에서 그가 도살할 때마다, 난 항상 그렇게 피를 닦아내곤 했거든요."

이번의 자백으로는 사건에 대한 대중의 호기심을 완전히 충족시킬 수 없었다. 지방 법원이 재판을 열자, 방청석은 발 디딜 틈 없이 사람들로 가득 찼다. 그러나 그녀의 진술은 여전히 처음과 다름없이 일관되었고, 결국 어떤 불륜 상대도 존재하지 않는다는 것이 확인되었다. 그녀가 고문을 견디며 입을 다물고 있는 것처럼 보이지도 않았다. 오히려 그녀의 정신이 이상한 상태이며, 남편이 돼지를 도살하는 모습을 보며 극심한 환각과 공포에 사로잡힌 것이 아니냐는 의견도 나왔다. 그러나 남편을 살해한 것은 단순한 정신 이상이 아니라 사회적 윤리 문제였기에, 신경 쇠약을 이유로 그녀를 용서할 수는 없었다. 결국, 이 사건은 '직업 선택을 잘못한 자가 초래한 업보'로 결론이 났다. 법원은 그녀에게 사형(총살형) 판결을 내리고 집행을 보류했다.

그녀가 감옥에 이송되던 날, 손발을 결박당한 채 한 대의 화물 트

럭에 실렸다(당시는 10륜 트럭이 없던 시절이었다). 트럭 위에는
작은 징을 치는 사람이 앞장섰고, 8명의 형사가 그녀를 호송하며
북소리에 맞춰 도심을 돌았다. 이 행렬은 자베이(閘北)에서 출발해
조계로 들어갔고, 다시 라오베이먼(老北門), 샤오시먼(小西門), 다
난먼(大南門)을 거쳐 마침내 스리우푸(十六鋪)에 이르렀다. 훙커우
(虹口)에 도착하자, 그녀는 결국 '티란차오 감옥(提籃橋監獄, 상하
이의 악명 높은 감옥)'에 수감되었으며, 사형 집행을 기다리게 되
었다.

그녀가 이송되는 동안, 형사들은 끊임없이 북을 울리며 '도시를
돌며 죄를 참회하라'는 명목으로 그녀에게 노래를 부르게 했다. 이
는 마치 '댜오류씨 사건(刁劉氏案)'에서 죄인을 목마(木驢)에 태워
시가를 돌렸던 형벌을 연상케 했다. 이 광경을 구경하려는 인파는
그야말로 인산인해를 이루었다. 사람들 중에는 "아쉽군, 댜오류씨
만큼 미인은 아니네."라며 비아냥거리는 이들도 있었다.

이 사건은 일제 치하 상하이에서 벌어진 가장 황당하고 기이한
사건 중 하나로 기록되었다. 그러나 뜻밖에도, 일본이 패망하자 잔
저우씨는 결국 법망을 피해 목숨을 부지할 수 있었다.

출처: 《춘신구문(春申舊聞)》 - 천딩산(陳定山) 저

"눈을 들고, 거센 흐름을 바라보며"

― 《연합보》제8회 소설상 심사 회의 기록: 우옌밍(五彦明)

난항 속의 결정, 마치 출산의 진통처럼

이번 심사 과정에서 《부인살부(婦人殺夫)》는 가장 논쟁을 불러일으킨 작품이었다. 심사위원 가오양(高陽)은 이 소설이 수상작으로 선정되는 것에 강력히 반대했다. 그는 작품에 일본 소설의 분위기가 느껴진다며 이를 문제 삼았는데, 이에 대해 심사위원 쓰마중위안(司馬中原)은 즉각 반론을 제기하며 "일본적인 것이 아니라, 오히려 대만 루강(鹿港)의 정서가 드러난 작품"이라고 주장했다.

가오양이 반대하는 가장 큰 이유는 이 작품이 수상작으로 선정될 경우 사회적 반발을 불러일으킬 가능성 때문이었다. 그러나 쓰마중위안은 또다시 반박하며 이 작품은 "영원성을 가진 소재로, 결코 경박한 감상을 주지 않는다."고 강조했다. 그는 침대 장면 묘사조차 적절하게 표현되어 있어 독자에게 연민과 안타까움을 불러일으키며, 이 작품이 사회적 물의를 일으킬 소지는 없다고 단언했다.

가오양의 지지작: 《불귀로(不歸路)》

반대로, 가오양은 《불귀로(不歸路)》를 강력히 지지했다. 이 소설은 현대 여성과 기혼 남성 간의 관계를 다룬 작품으로, 일종의 '규원(閨怨, 사랑하는 사람에게 버림받은 여자의 원한)'을 주제로 삼고 있다. 가오양은 이 작품이 농업사회에서 산업사회로 이행하며, 기존의 윤리와 도덕이 흔들리고 새로운 도덕 체계가 자리 잡히지 않은 과도기적 시대를 배경으로, 남녀 간 감정이 갈등 속에서 부유하는 모습을 효과적으로 그려냈다고 평했다.

그는 특히 이 작품의 서사 기법을 높이 평가했다. 소설은 강렬한 직설적 묘사가 아니라, 점진적으로 감정을 덧칠하며 독자의 감각을 서서히 자극하는 '몰골화(沒骨花)'와 같은 방식으로 진행된다. 처음에는 별다른 특징이 없어 보이지만, 시간이 지나면서 감정과 분위기가 점점 우러나오는 구조다. 그는 이 작품이 문체, 분위기, 내용 면에서 일체감을 이루고 있다고 극찬했다.

장쉰(蔣勳)은 《불귀로(不歸路)》를 강력히 지지하며, 이 작품을 최근 몇 년간 보기 드문 현실주의 소설로 평가했다. 그는 바이셴융(白先勇)이 "이런 소재는 이미 많이 쓰였고, 몇몇 여성 작가들 역시 이 정도로 훌륭히 쓸 수 있다"고 언급했음에도, 장쉰은 이 소설이 단순히 낭만적인 사랑 이야기를 넘어서, 전환기의 사회에서 쉽게 주목받지 못하는 작은 인물들의 억울함과 애환을 진솔하게 그렸다고 보았다. 그는 특히, 이 작품이 보여주는 비극적 현실은 인물들의 습관에서 비롯된 것이며, 그들의 삶의 부조리함을 절망적으로 철저히 묘사했다고 극찬했다.

바이셴융은 《불귀로》의 남자 주인공이 지나치게 부정적으로 묘사되었다는 점을 문제 삼았다. 현실에서는 그런 남자가 존재할 수 있음을 인정하지만, 소설 속에서 그를 전혀 쓸모없는 인물로 그리면서도 여자 주인공이 여전히 그에게 애정을 품고 있는 설정은 설득력이 부족하다고 지적했다.

이 문제는 심사위원들 사이에서 격렬한 논쟁을 불러일으켰다. 가오양, 린화이민(林懷民), 장쉰은 모두 바이셴융의 의견에 반박하며, 이는 충분히 이해 가능한 설정이라고 주장했다. 그들은 사람이 습관 속에서 스스로 깨닫지 못하는 면이 있으며, 여자 주인공이 여러 번 관계를 단절하려 했지만 실패했다는 점에서 심리적 사실성을 강조했다.

니뤄(尼洛) 역시 《부인살부(婦人殺夫)》에 대해 부정적인 입장을 취하며, 《불귀로》를 더 선호했다. 그는 특히 이 작품이 후반부로 갈수록 더 뛰어나게 전개된다고 평가했다.

여러 차례에 걸친 논의와 논쟁 끝에, 심사 위원장은 우선적으로 투표를 진행하기로 했다. 투표 결과는 다음과 같았다:

· 니뤄: 《불귀로》

· 바이셴융: 《부인살부》

· 쓰마중위안: 《부인살부》

· 린화이민: 《비천(飛天)》

· 가오양: 《불귀로》

· 장쉰: 《불귀로》

· 정수썬: 《부인살부》

투표 결과, 《부인살부》와 《불귀로》가 각각 3표씩 얻었고, 《비천》은 1표를 얻으며 최종적으로 과반수를 넘는 작품이 없었다. 1위 선정이 불발되며, 심사 위원들은 깊은 고민에 빠졌다.

위원들은 한목소리로, 《부인살부》와 《불귀로》를 모두 포기할 수 없다는 점을 밝혔다. 두 작품 모두 각기 다른 장점과 깊이를 지니고 있어 쉽게 결론을 내리기 어려웠다.

심사위원 린화이민은 자신의 한 표를 《비천》에 던진 이유를 고백했다. 그는 《부인살부》와 《불귀로》가 서로 완전히 다른 장르와 스타일을 가지고 있다고 평가하며, 두 작품이 저울의 양 끝에 위치한 것처럼 각자의 탁월함을 지녔다고 언급했다. 그는 다음과 같이 설명했다. "어느 하나를 선택하는 것은 나머지 하나에 대한 불공정한 평가가 될 수 있다. 그래서 나는 저울의 한쪽 끝이 아닌 중립적인 선택으로 《비천》을 택했다."

《부인살부》와 《불귀로》가 각각 3표씩 동률을 이루자, 심사위원 간의 의견 차이는 쉽게 좁혀지지 않았다. 린화이민은 두 작품 중 하나를 선택하는 것이 공정하지 않다며 기권 의사를 표명했고, 투표는 교착 상태에 빠졌다. 긴 침묵 끝에, 심사위원 정수썬이 다음과 같은 제안을 내놓았다. "칸 영화제에서도 본상은 하나뿐이지만, 논란이 클 때는 '심사위원 특별상'을 따로 수여합니다. 이번 중편 소설상에서도 이를 참고하여 '특별 추천상'을 신설해 유망 작품을 놓치지 않도록 하면 어떻겠습니까?"

심사위원 가오양이 즉시 찬성하며, 7명의 심사위원이 각자 1만 달러씩 기부해 총 7만 달러의 상금을 마련하자는 아이디어를 제시했다. 이 제안은 열렬한 환영을 받았고, 곧바로 전원 만장일치로 특별상 신설이 결정되었다. 한편, 참석 중이던 류창핑(劉昌平) 사장과 자오위밍(趙玉明) 편집장은 심사위원들의 호의에 감사하며, 언론사 측에서 10만 달러의 상금을 추가 제공하겠다고 밝혔다. 이렇게 중편 소설 특별 추천상이 공식적으로 신설되었다. 2시간의 격론 끝에, 마침내 6시 2분에 결정적 투표가 진행되었다. 결과는 다음과 같다:

니뤄:《불귀로》

바이셴융:《부인살부》

쓰마중위안:《부인살부》

린화이민:《부인살부》

가오양:《불귀로》

장쉰:《불귀로》

정수썬:《부인살부》

결과적으로,《부인살부》는 4표를 얻어 1위를 차지했으며,《불귀로》는 3표로 특별 추천상에 선정되었다. 1983년 9월 17일,《연합보》는 공식 발표를 통해 다음과 같은 수상 결과를 공표했다:

대상:《살부(殺夫)》

　작가: 리앙(李昂)

　상금: 15만 대만달러

　부상: 상패 1점

특별 추천상:《불귀로(不歸路)》

　작가: 랴오후이잉(廖輝英)

　상금: 10만 대만달러

　부상: 상패 1점

심사위원들은《부인살부》의 제목을 간결하게《살부(殺夫)》로 변경하여 발표할 것을 제안했다.

1983년 9월 17일《연합보》에 게재됨

《살부》(殺夫) 관련 주요 연표

연도	사건	내용
1973	《루청 이야기》 및 《인간세》 시리즈 소설 집필 시작	- 《루청 이야기》(鹿城故事)와 《인간세》(人間世) 시리즈 소설을 집필하기 시작했다.
1977	연극학 석사 학위 취득 및 미국 거주	- 오리건 주립대학교에서 연극학 석사 학위를 취득하였다. - 졸업 후 뉴욕, 로스앤젤레스 등지로 이주하여 거주하였다.
	《살부》 집필 구상 시작	- 바이셴융(白先勇)의 샌타바버라(Santa Barbara) 자택에서 체류하던 중, 천딩산(陳定山)의 《춘신구문(春申舊聞)》을 읽게 되었다. - 그중 "잔저우씨 남편 살해사건"을 다룬 사회적 뉴스를 접하며 《살부》 집필의 영감을 얻었다. - 그러나 당시 상하이에 대한 지식이 전혀 없어, 집필을 본격적으로 시작하기까지 시간이 필요했다. 법적 문제로 인해 한동안 집필이 중단되었다.

1979	《살부》 집필 재개	- 루강(鹿港)을 배경으로 하여 집필을 시작하였다. - 미려도 사건(美麗島事件) 이후, 단순한 도살업자 아내의 남편 살해 사건이라는 설정만을 유지하였다.
1983	《살부: 루청 이야기》 출간	- 《살부》(殺夫)가 1983년 《연합보》 중편 소설상에서 대상(首獎)을 수상하였다. - 이 소설은 성(性)과 폭력을 대담하게 묘사하여 당시 문단에 큰 충격을 주었으며, 이후 수십 개 언어로 번역되었다. - 대만 연경출판사(聯經)에서 《살부: 루청 이야기》(殺夫: 鹿城故事)를 출간하였다.
1984	《살부》 영화로 각색	- 《살부》(殺夫)가 동명의 영화로 각색되었다. - 쩡좡샹(曾壯祥)이 감독을 맡았으며, 우녠전(吳念真)이 각본을 집필하였다.
1986	미국 영어판 출간	- 《The Butcher's Wife》(도살꾼의 아내)라는 제목으로 미국에서 출간되었다. - 하워드 골드블랫(Howard Goldblatt)과 엘런 영(Ellen Yeung)이 공동 번역하였다. - North Point Press에서 출판되었다. - 《뉴욕 타임스》(The New York Times)에 영어판 서평이 게재되었다.
1987	독일어판 출간	- 《Gattenmord》(배우자 살해)라는 제목으로 독일에서 출간되었다. - 우도 호프만(Udo Hoffmann)과 장셴전(Chang Hsien-chen)이 공동 번역하였다. - Eugen Diederichs Verlag에서 출판되었다. - 《로스앤젤레스 타임스》(Los Angeles Times), 《샌프란시스코 크로니클》(San Francisco Chronicle), 《커커스 리뷰》(Kirkus Reviews) 등에서 영어판 서평이 게재되었다.

연도	항목	내용
	중국어판 재출간	《살부: 루청 이야기》(殺夫 : 鹿城故事) 중국어판이 재출간되었다.
1989	영국 영어판 출간	- 《The Butcher's Wife》(도살꾼의 아내)라는 제목으로 영국에서 출간되었다. - 하워드 골드블랫(Howard Goldblatt)과 엘런 영(Ellen Yeung)이 공동 번역하였다. - Peter Owen Books에서 출판되었다. - '진석당(金石堂) 서점 선정 10대 베스트셀러 여성 작가' 에 포함되었다. - 《가디언》(The Guardian)에 서평이 게재되었다.
1990	독일어 평판본 (페이퍼백) 출간	- 《Gattenmord》(배우자 살해)라는 제목으로 독일에서 페이퍼백으로 출간되었다. - 우도 호프만(Udo Hoffmann)과 장셴전(Chang Hsien-chen)이 공동 번역하였다. - Deutscher Taschenbuch Verlag에서 출판되었다.
	홍콩 영어판 출간	- 《The Butcher's Wife》(도살꾼의 아내)라는 제목으로 홍콩에서 출간되었다. - 하워드 골드블랫(Howard Goldblatt)과 엘런 영(Ellen Yeung)이 공동 번역하였다. - 삼련서점(三聯書店, Joint Publishing)에서 출판되었다.

연도	구분	내용
1991	영국 영어판 재출간	- 《The Butcher's Wife》(도살꾼의 아내)라는 제목으로 영국에서 재출간되었다. - 하워드 골드블랫(Howard Goldblatt)과 엘런 영(Ellen Yeung)이 공동 번역하였다. - 펭귄 북스(Penguin Books)에서 출판되었다.
	한국어판 출간	- 《살부》(도살꾼의 아내)라는 제목으로 한국에서 출간되었다. - 노혜숙(盧惠淑)이 번역하였다. - 시선(視線) 출판사에서 출판되었다.
1992	프랑스어판 출간	- 《La femme du boucher》(도살꾼의 아내)라는 제목으로 프랑스에서 출간되었다. - 알랭 페이로브(Alain Peyraube)와 후아팡 비스카라(Hua-Fang Vizcarra)가 공동 번역하였다. - Flammarion 출판사에서 출판되었다.
	스웨덴어판 출간	- 《Slaktarens hustru》(도살꾼의 아내)라는 제목으로 스웨덴에서 출간되었다. - 레나르트 룬드베리(Lennart Lundberg)가 번역하였다. - Bokförlaget Tranan 출판사에서 출판되었다.
1993	일본어판 출간	- 《夫殺し》(남편 죽이기)라는 제목으로 일본에서 출간되었다. - 후지이 쇼조(藤井省三)가 번역하였다. - 다카라지마샤(寶島社)에서 출판되었다.
1994	프랑스어판 재출간	- 《La femme du boucher》(도살꾼의 아내)라는 제목으로 프랑스에서 재출간되었다. - 알랭 페이로브(Alain Peyraube)와 후아팡 비스카라(Hua-Fang Vizcarra)가 공동 번역하였다. - Seuil 출판사에서 출판되었다.

1995	영국에서 《리앙 소설집》 출간	- 《The Butcher's Wife and Other Stories》(도살꾼의 아내와 그 밖의 이야기: 이앙 소설집)라는 제목으로 영국에서 출간되었다. - 하워드 골드블랫(Howard Goldblatt)이 편집 및 번역하였다. - Cheng & Tsui Company에서 출판되었다.
	네덜란드어판 출간	- 《De vrouw van de slachter》(도살꾼의 아내)라는 제목으로 네덜란드에서 출간되었다. - C.M.L. 키슬링(C.M.L. Kisling)이 번역하였다. - De Arbeiderspers 출판사에서 출판되었다.
1998	《살부》 TV 드라마로 각색 및 방영	- 《살부》(殺夫)가 동명의 텔레비전 연속극으로 각색되었다. - 대만 TTV(台視)에서 방영되었다.
2002	영국 영어판 페이퍼백 출간	- 《The Butcher's Wife》(도살꾼의 아내)라는 제목으로 영국에서 페이퍼백으로 출간되었다. - 하워드 골드블랫(Howard Goldblatt)과 엘렌 영(Ellen Yeung)이 공동 번역하였다. - Peter Owen Books에서 출판되었다.
2004	프랑스 예술 및 문학 훈장(騎士勛位) 수훈	- 프랑스 문화부에서 '프랑스 예술 및 문학 훈장(Ordre des Arts et des Lettres)' 기사 작위를 수여함.
	프랑스어 개정판 출간	- 《Tuer son mari》(남편을 죽이다)라는 제목으로 프랑스에서 개정판이 출간되었다. - 알랭 페이로브(Alain Peyraube)와 후아팡 비스카라(Hua-Fang Vizcarra)가 공동 번역하였다. - Denoël 출판사에서 출판되었다.

2005	영화《달빛 아래, 나는 기억한다》 각색 및 제작	- 《살부: 루청 이야기》(殺夫 : 鹿城故事)에 수록된 단편소설 〈시롄(西蓮)〉을 원작으로 영화화되었다. - 《달빛 아래, 나는 기억한다》(月光下 , 我記得)라는 제목으로 각색되었다. - 린정성(林正盛)이 감독 및 각본을 맡았다.
2007	이탈리아어판 출간	- 《La moglie del macellaio》(도살꾼의 아내)라는 제목으로 이탈리아에서 출간되었다. - 안나 마리아 파올루치(Anna Maria Paoluzzi)가 번역하였다. - Editrice Pisani 출판사에서 출판되었다.
2012	제35회 우산롄 문학상(小說類) 수상	- 제35회 우산롄 문학상(吳三連文學獎) 소설 부문을 수상하였다.
	스페인어판 출간	- 《Matar al marido》(남편을 죽이다)라는 제목으로 스페인에서 출간되었다. - 베르나르도 모레노 카리요(Bernardo Moreno Carrillo)가 번역하였다. - Plataforma Editorial 출판사에서 출판되었다.
2013	미국에서 리앙 연구서 출간	- 《Li Ang's Visionary Challenges to Gender, Sex, and Politics》(이앙의 성·젠더·정치에 대한 혁신적 도전) 출간. - 《살부》(殺夫) 등 이앙의 작품을 다룬 영어 논저가 포함됨. - 우옌나(吳燕娜)가 편집하였으며, Lexington Books 에서 출판되었다.
	체코어판 출간	- 《Řeznīkova žena》(도살꾼의 아내)라는 제목으로 체코에서 출간되었다. - 야나 베네쇼바(Jana Benešová)와 페트르 시몬(Petr Šimon)이 공동 번역하였다. - IFP Publishing에서 출판되었다.

2021	카탈루냐어판 출간	- 《Matar el marit》(남편을 죽이다)라는 제목으로 스페인에서 출간되었다. - 미레이아 바르가스 우르피(Mireia Vargas Urpí)가 번역하였다. - Editorial Males Herbes 출판사에서 출판되었다.
2022	폴란드어판 출간	- 《Żona rzeźnika》(도살꾼의 아내)라는 제목으로 폴란드에서 출간되었다. - 마리아 야로시(Maria Jarosz)가 번역하였다. - PIW 출판사에서 출판되었다.
	세르비아어판 출간	- 《Žena jednog kasapina》(도살꾼의 아내)라는 제목으로 세르비아에서 출간되었다. - 이바나 엘레조비치 바비치(Ivana Elezović Babić)가 번역하였다. - Partizanska Knjiga 출판사에서 출판되었다.

작가의 말

소설을 쓰기 시작했을 때, 나는 '여성 작가'라는 이름이 싫었다. 그 말이 내게 의미하는 바는, 생각보다는 감정에 치우치고, 이성보다는 감상에 머무르는, 어딘지 열등해 보이는 작가라는 이미지였기 때문이다.

나는 늘 이렇게 믿었다. 좋은 작가란 남성도, 여성도 아닌 중성적인 존재여야 한다. 캐서린 앤 포터나 도리스 레싱처럼, 인간이 가진 깊은 문제를 꿰뚫어볼 수 있어야 하며, 단지 연정과 감상, '여성의 감정'만을 써내려가는 이들과는 달라야 한다고 생각했다.

하지만 최근, 칼럼을 연재하게 되면서 나는 여성이라는 존재에 대해, 그리고 여성이 마주하는 수많은 문제들에 대해 더욱 직접적으로, 깊이 있게 마주하게 되었다.

그리고 내 생애 처음으로, 나는 조용히 스스로에게 말했다. "그래, 이제는 나는 기꺼이, 여성 작가로부터 다시 시작하겠다." 여성이라는 정체성 안에서 비롯되는 여러 문제들, 그리고 거기서 파생

되는 문화적 차이들을 나는 정직하게, 천천히 짚어보고 싶어졌다.

그리하여 나는 여성이 억압받는 전통 사회를 있는 그대로 바라보는 주제를 택했다. 그 속에는 피와 눈물이 너무나 당연하게 얽혀 있다. 나는 그것을 감추려 하지 않았다. 그래서 나는, 『살부』를 썼다.

지금의 나는 솔직하게 말할 수 있다. 이 시기의 글쓰기에서, 나는 기꺼이 '여성 작가'로서의 나를 받아들인다. 여성의 감정과 감각은, 부끄럽거나 열등한 것이 아니라 그 자체로 충분히 의미 있는 문화의 언어가 될 수 있다고 믿기 때문이다.

중요한 건, 그 감각을 통해 무엇을 바라보고, 무엇을 전달하고자 하느냐다. 그리고 나는 믿는다. 그 길의 끝에는 여전히, 위대한 창작으로 가는 문이 열려 있다고.

1983년 9월 22일《살부》연재 첫날《연합보(聯合報)》게재

살부

1판 1쇄 2026년 5월 10일

지은이 리앙
옮긴이 김주아, 민경만
편집 김효진
교열 이수정
디자인 최주호
펴낸곳 마르코폴로
등록 제2021-000005호
주소 세종시 다솜1로 9
이메일 laissez@gmail.com
인스타그램 instagram.com/marcopolopress

ISBN 979-11-24110-16-4

책 값은 뒤표지에 있습니다.